SOCCORRERE PIPER

Armi & Amori: verso il futuro, Libro4

SUSAN STOKER

Proteggere Jessyka
Proteggere Julie
Proteggere Melody
Proteggere il Futuro
Proteggere Kiera
Proteggere i figli di Alabama
Proteggere Dakota

Forze Speciali alle Hawaii
Trovare Elodie
Trovare Lexie
Trovare Kenna (19 Oct 2021)
Trovare Monica (10 Maggio 2022)
Trovare Carly
Trovare Ashlyn
Trovare Jodelle

Mercenari di Montagna
Difendere Allye
Difendere Chloe
Difendere Morgan
Difendere Harlow
Difendere Everly
Difendere Zara
Difendere Raven

Ace Security
Il riscatto di Grace
Il riscatto di Alexis
Il riscatto di Bailey
Il riscatto di Felicity
Il riscatto di Sarah

SENZA TITOLO

Quella che è cominciata come un'avventura, in breve si è rivelata un disastro. Piper Johnson è emozionata all'idea di passare del tempo con la sua migliore amica, una volontaria dei Peace Corps[1]... finché scoppiano disordini civili nel paese e le due donne restano coinvolte in un attacco all'orfanotrofio che stanno visitando. Grazie all'aiuto di una squadra di SEAL[2] della marina mandati per recuperare la volontaria, Piper riesce a fuggire con le uniche sopravvissute, tre giovani orfane. Piper non è stata in grado di salvare l'amica, ma non ci pensa nemmeno a lasciare le tre piccole in balia dei trafficanti di bambini sparsi per la città devastata. Per portarle con sé negli Stati Uniti, però, Piper è costretta a compiere un'azione drastica, quasi folle... un'azione che non può compiere da sola.

Quella che è cominciata come una missione, in breve si è rivelata il destino. Dopo aver rischiato la vita durante una missione, Beckett "Ace" Morgan non ha tempo per i rimpianti: la vita è troppo breve. Quando scopre che la donna bella, coraggiosa e altruista che ha appena salvato ha un piano per portare fuori dal paese tre orfane, Ace non si tira indietro; sposa Piper e si ritrova immediatamente con la famiglia che ha sempre sognato. Con il passare del tempo, Ace sa che il rispetto che prova per Piper può trasformarsi in amore e nel frattempo è riuscito a salvare lei e le figlie acquisite da una fulminea incursione dei ribelli.

Proteggere le sue ragazze in terra straniera è la parte facile della missione.

Proteggerle da una minaccia che li aspetta a casa potrebbe essere la più grande battaglia di Ace.

**Soccorrere Piper* è il terzo libro della serie *Armi & Amori: verso il futuro*. Ogni libro è indipendente, senza finali sospesi.

CAPITOLO UNO

Piper Johnson stava per morire.

Non aveva dubbi in merito.

Quando Kalee l'aveva invitata per farle visita a Timor Est, un'isoletta tra l'Indonesia e l'Australia, Piper era stata entusiasta all'idea della nuova avventura. Aveva trentadue anni e aveva già sprecato abbastanza tempo intrappolata tra le mura di vari appartamenti in affitto, persa in se stessa mentre creava celebri fumetti.

Ma in quel momento era semplicemente terrorizzata. Si trovava accucciata in un cunicolo sotto il pavimento della cucina di un orfanotrofio per bambine che lei e Kalee avevano visitato tre giorni prima, con tre orfanelle che guardavano *Piper* per farsi salvare la via. In realtà, Piper non aveva la più pallida idea di come agire.

Quando avevano sentito gli spari e le grida provenire dall'esterno della cucina, Kalee aveva spinto l'amica e le bimbe nel cunicolo e aveva detto loro che sarebbe uscita per trarre in salvo altre bambine.

Ma non era più tornata.

Avevano scoperto che i ribelli nei dintorni stavano organizzando dei colpi per provocare problemi alle forze di sicurezza. Gli altri volontari amici di Kalee le avevano mandato messaggi, intimandole di fare attenzione, lei controllava sempre la situazione con il capo, che risiedeva a Dili, ma né lei né Piper si erano troppo preoccupate. Piper si fidava delle rassicurazioni di Kalee, l'amica l'aveva convinta che i ribelli erano in contrasto con il governo già da qualche tempo e non avevano mai combinato nulla. Dal canto suo, Kalee era tranquilla perché viveva in quel paese da sei mesi e si era abituata a quel tipo di allarmi.

I ribelli avevano finalmente deciso di attaccare proprio mentre Piper e Kalee visitavano un orfanotrofio poco lontano dalla casa di Kalee, un orfanotrofio dove i volontari Peace Corps si recavano spesso.

Mentre Piper era nascosta sotto il pavimento con le bimbe, rifletteva sul fatto che aveva sentito talmente tanti suoni orribili che non avrebbe più guardato un film horror in vita sua: urla, spari, strilli. Voleva uscire e aiutare l'amica, ma sapeva che così facendo avrebbe firmato la propria condanna a morte.

Era abbastanza sicura che Kalee fosse morta. Non poteva essere altrimenti, dato che non era tornata da loro. Sentì le lacrime formarsi negli occhi ma le ricacciò indietro; non aveva il tempo di piangere per la scomparsa dell'amica, in quel momento.

La piccola Rani, una bimba di quattro anni, era affamata; avevano tutte fame. Dopo un giorno, Piper si era spinta fuori dal nascondiglio alla disperata ricerca di cibo, ma si era spaventata talmente tanto che non si sentiva pronta a ritentare. La dispensa della cucina era stata saccheggiata dai ribelli, la vista del sangue sparso ovunque l'aveva sconvolta. Era riuscita a trovare qualche lattina di frutta sciroppata e del pane raffermo, lei e le ragazzine avevano fatto il possibile per far durare il più possibile quella scorta.

Prima o poi, però, Piper avrebbe dovuto fare una scelta; o tentare di raggiungere casa di Kalee, prendere ciò che le apparteneva, trovare un modo per lasciare le montagne e raggiungere l'aeroporto... o restare nascosta fino a quando le forze speciali di Timor Est non le avrebbero trovate. Non erano un granché, come opzioni.

Inoltre, per quanto riguardava la prima opzione, Piper sapeva che avventurarsi tra le montagne senza conoscere il posto sarebbe stato estremamente pericoloso. Non possedeva un gran senso dell'orientamento; se anche fosse riuscita a raggiungere la casa di Kalee, che non era troppo distante dall'orfanotrofio, sempre ammesso che non si fosse imbattuta nei ribelli pronti a uccidere chiunque incrociasse il loro cammino, Piper si sarebbe comunque trovata a circa tre ore di macchina dalla capitale, Dili. Era pressoché impossibile trovare un modo per andarsene da quel luogo senza rischiare la vita.

E poi... c'erano Rani, Sinta e Kemala. Durante quei giorni tesi, Piper aveva iniziato a legare con loro. Le piccole erano vulnerabili e sarebbero state sicuramente uccise o catturate dai ribelli, se le avesse lasciate da sole; quindi lei non avrebbe mai permesso che *ciò* accadesse. Però portarsi dietro tre ragazzine, probabilmente traumatizzate dagli eventi, avrebbe reso il viaggio verso la capitale ancora più difficile.

"Piper mangia?" le chiese Sinta con il suo inglese stentato.

A Timor Est le persone parlavano portoghese, per via del passato coloniale del paese. Si parlava anche molto Tetum, la lingua indigena; c'era spazio anche per indonesiano e inglese. Kalee visitava regolarmente l'orfanotrofio, da quando aveva iniziato a lavorare con Peace Corps per insegnare inglese alle bimbe. Non erano fluenti, ma capivano più di quanto riuscissero a parlare e conoscevano abbastanza vocaboli per comunicare.

"Non ho fame," rispose Piper alla bimba di sette anni.

Non era proprio vero, ma voleva lasciare il cibo rimasto alle bambine.

Kemala, la ragazzina più grande, aveva tredici anni ed era sempre vigile. Era quella che Piper avrebbe definito "anima vecchia": seppur giovane, la ragazzina aveva già visto e sentito fin troppo. Piper non sapeva mai come comportarsi con lei, non capiva nemmeno se le stava simpatica. Di sicuro Kemala la tollerava, ma... la trovava simpatica? Lei non l'aveva ancora capito.

Sinta aveva un'età in cui era ancora una bambina, ma stava maturando molto in fretta, per via delle circostanze in cui si trovava. Era anche la più ansiosa del gruppo: si preoccupava per il cibo rimasto, per il rischio di morire, per le amichette che non vedeva più... e per Kalee.

La più giovane, Rani, era ancora abbastanza piccola per essere intrattenuta con facilità. Piper era riuscita a distrarla giocando a tris nel terriccio; si era stufata di quel gioco, ma finché teneva la bimba occupata e contenta, Piper avrebbe continuato a giocare. Rani non aveva spiccicato parola: Piper non l'aveva mai sentita parlare da quando si erano incontrate. Era una bimba sveglia e attenta, ma restava in silenzio.

Piper non si sentiva molto materna, a dire il vero: era molto introversa, aveva pochi amici fidati e stava benissimo nel proprio appartamento, che lasciava di rado. Le piacevano i bambini, certo, ma non aveva mai pensato che un giorno avrebbe avuto una famiglia tutta per sé.

Prima avrebbe dovuto sposarsi, però... tale evento le sembrava decisamente improbabile. Fino ad allora non aveva avuto molta fortuna, con il sesso opposto; aveva provato a incontrare gli uomini come si fa di solito... applicazioni per incontri online, chiacchiere fugaci al supermercato, aveva persino permesso a Kalee di organizzarle un paio di appuntamenti. Tuttavia, Piper non aveva ancora incontrato la persona giusta, con la quale condividere il resto della vita. Sì, insomma, qualcuno con cui avere un matrimonio solido come quello dei nonni.

Dal momento che suo padre aveva lasciato la madre quando lei era ancora una bimba, e la madre era morta durante una rapina in un supermercato quando Piper aveva solo cinque anni, lei era cresciuta con i nonni; era andata a vivere con loro e aveva ricevuto una buona educazione, seppur rigida.

Era incredibile come talvolta piccole decisioni potessero risultare decisive e cambiare il corso della vita. La madre di Piper si era fermata a fare benzina, anche se il serbatoio era ancora mezzo pieno, e aveva trovato la morte. Piper aveva deciso di fare una breve visita alla cara amica Kalee e si era trovata invischiata nel bel mezzo di una sommossa di ribelli.

Porse l'ultimo pezzo di pane a Sinta e guardò come la ragazzina spezzò subito il pane in tre parti per dividerlo anche con Rani e Kemala. Era proprio da lei, voleva sempre prendersi cura delle altre.

A Piper sembrava di non prendersi cura delle ragazzine, neanche la *metà* di quanto stava facendo Sinta: erano ancora intrappolate, affamate e sporche. Non desiderava altro che scappare da quel nascondiglio, portare le ragazzine nella baracca di Kalee e fare loro un bel bagno. Erano tutte sporche di terriccio e sudore. Timor Est era un paese tropicale e faceva molto caldo, anche sulle montagne dove si trovava l'orfanotrofio. Il fatto di essere in ombra e praticamente sottoterra rendeva il caldo sopportabile, ma era comunque difficile.

Piper indossava un paio di pantaloni leggeri color cachi e una maglia a maniche corte; si era messa le scarpe da ginnastica prima di andare all'orfanotrofio, facendo divertire Kalee per quella scelta. L'amica indossava sempre le infradito, a ogni ora del giorno. Piper era contenta di aver optato per le scarpe chiuse, anche se sentiva i piedi bollenti; se avesse trovato uno dei tanti insetti striscianti per cui Kalee amava prenderla in giro, sarebbe stata pronta ad affrontarli.

Il solo pensiero di Kalee spinse Piper al pianto per la seconda volta, ma fece un gran respiro per controllarsi. Non poteva piangere, in quel momento: non con Sinta che le avrebbe chiesto quale fosse il problema, con Rani che si sarebbe spaventata e avrebbe iniziato a piangere anche lei, e con Kemala che l'avrebbe guardata con un'espressione preoccupata sul viso.

Piper si sforzò di concentrarsi sulle ragazzine: anche se voleva solo portarle in salvo, doveva ammettere che non erano vestite in modo adeguato ad affrontare la giungla. Indossavano tutte solo pantaloncini e magliette, così come tutte le bimbe dell'orfanotrofio. Avevano anche delle piccole infradito, che al momento si trovavano vicino al buco che avevano attraversato per spingersi sottoterra.

Nonostante la sporcizia, i fastidi e la necessità di una doccia, Piper non poté fare a meno di notare che le ragazzine erano molto belle. Avevano capelli neri, la pelle scura e gli occhi neri più belli che Piper avesse mai visto. Non aveva riflettuto su quanto il proprio aspetto (capelli biondi, occhi azzurri) la facesse spiccare in un paese del sud-est asiatico. A casa sua, nella California del Sud, le bionde erano comuni, ma a Timor Est lei e Kalee rappresentavano un'anomalia: Piper con la chioma bionda e Kalee con i capelli ramati.

Piper fu assalita di nuovo dai ricordi dell'amica, voltò la testa per nascondere le lacrime alle ragazzine; doveva riprendersi, doveva agire. Non potevano restare nascoste in quel punto per sempre, era giunta l'ora di capire come muoversi.

Era da un po' che non si sentivano più le grida dei ribelli. Era difficile indovinare quanto tempo fosse passato, dopo tutto quel tempo trascorso nell'oscurità, ma secondo Piper era passato almeno un giorno da quando avevano avvertito la presenza di qualcuno.

Nel momento in cui Piper decise che dovevano vedere se riuscivano ad andarsene da quel posto (non che avessero altra scelta, in verità) sentì scricchiolare le assi sopra la testa.

C'era qualcuno, o forse più persone che si aggiravano per l'orfanotrofio.

Piper si voltò immediatamente verso le ragazzine e si portò un dito alle labbra; tutte e tre annuirono. Kemala si mosse silenziosamente, in modo da trovarsi tra Rani e Sinta, e le abbracciò. Per loro quella non era una novità, era già successo, Piper sapeva che le ragazzine non avrebbero emesso un fiato. Erano innaturalmente silenziose per essere tanto piccole, ma da quando avevano sentito i ribelli attaccare l'orfanotrofio, non avevano mai sprecato il fiato per emettere suoni comprometenti.

Piper trattenne il respiro e si mise tra la botola e le ragazzine. Con un po' di fortuna, chiunque fosse al piano di sopra non si sarebbe mai accorto della loro presenza. Se le avessero trovate, lei avrebbe fatto tutto il possibile per affrontare gli intrusi e costringerli ad avere a che fare con *lei*, in quel modo forse non avrebbero cercato nel cunicolo e non avrebbero trovato le bambine.

Piper deglutì a fatica e trattenne il respiro, non si era mai sentita tanto vulnerabile.

Udì qualcosa che la emozionò e spaventò al tempo stesso.

Gli uomini sopra le loro teste stavano parlando inglese... Se Piper non si sbagliava, erano *americani*.

———

"Che cazzo è successo qui?" sbottò Ace mentre lui e il resto della squadra si facevano strada nell'edificio fatiscente. C'erano diverse capanne di legno nella proprietà dell'orfanotrofio, la squadra le aveva già perquisite: la capanna più grande era stata adibita a dormitorio, era piena di brandine dove dormivano le bambine; poi c'erano una capanna che ricordava un'aula e un paio di capanne più piccole. Ai SEAL restava da perlustrare solo l'edificio a due piani in cui stavano entrando.

Erano stati indirizzati verso l'orfanotrofio da alcuni cittadini che vivevano a qualche chilometro di distanza. Prima la squadra era passata nella casa che i Peace Corps avevano assegnato a Kalee Solberg, ma sia quella che moltissimi altri edifici del piccolo villaggio erano stati rasi al suolo dai ribelli. I SEAL non avevano trovato alcuna traccia di Kalee o della sua amica.

Quando finalmente erano riusciti a trovare una delle alunne di Kalee nel piccolo villaggio, la ragazzina aveva detto loro che a Kalee piaceva visitare l'orfanotrofio vicino. Dato che non avevano altre piste da seguire, i SEAL si erano diretti verso l'edificio in cui si trovavano in quel momento.

Il posto era talmente silenzioso e statico da risultare inquietante: avrebbe dovuto essere pieno di bambine allegre e scorrazzanti, ma l'unico suono nell'aria era il fruscio del vento tra gli alberi.

"Niente di positivo," gli rispose Rocco.

"Qui c'è del sangue," aggiunse Gumby.

"Anche qui," avvisò Rex.

"Nessun segno di Kalee o di Piper?" chiese Bubba al gruppo.

"No, e quel che è peggio è che non ci sono neanche le bambine. Dobbiamo dividerci. Phantom, tu, Rex e Gumby andate fuori e controllate la situazione," ordinò Rocco. "Fate attenzione. Ormai sappiamo che i ribelli sono sparsi per tutta la montagna. Abbiamo circa cinque minuti prima di doverci dividere... Non mi piace l'energia che c'è in questo posto, ho una brutta sensazione."

"Sarà fatto," gli rispose Phantom. "Concordo con te,

comunque. Anche secondo me sta per scoppiare un gran casino, da un momento all'altro."

Ace la pensava esattamente come i compagni. Non c'era un *motivo* oggettivo di sentirsi in quel modo: era ovvio che i ribelli fossero già passati a razziare l'orfanotrofio, ma dopo tutte le esperienze passate la squadra sapeva sempre quando c'era qualcosa fuori posto. Ace si era sentito osservato mentre si stava inoltrando nella giungla per raggiungere l'orfanotrofio. Non aveva visto o sentito nessuno, ma aveva i nervi a fior di pelle ed era sicuro che anche i compagni si fossero sentiti nello stesso modo. Prima trovavano Kalee e se ne andavano da quel luogo, meglio sarebbe stato per tutti.

Ace osservò metà della squadra uscire dalla porta della cucina, che era attaccata a un solo cardine, poi lanciò un'occhiata al resto della stanza. Gumby e Rex avevano ragione: c'era sangue ovunque, la cucina era un totale disastro. Non aveva idea di cosa fosse successo in quell'edificio, ma di sicuro non era stato niente di positivo.

"Qualcuno ha trovato qualche traccia delle bambine che erano qui?" chiese Bubba alla squadra. "Non so quante ce ne fossero, ma non credo proprio che se ne siano andate tutte insieme."

"Non credo che siano semplicemente scappate," gli rispose Rocco con tono cupo. Stava vicino alla porta della cucina e guardava quella che Ace credeva essere una sala da pranzo. Rocco si voltò con un'espressione che attanagliò le budella di Ace. "Ci sono tre cadaveri, lì dentro," disse loro con un cenno rivolto alla stanza.

"Piper o Kalee?" gli chiese Bubba.

"No. Sembrano donne del posto... i ribelli hanno aperto il fuoco."

I tre uomini rimasero in silenzio per un lungo momento. D'accordo, i ribelli che si scontravano con i militari o chiunque fosse armato era abbastanza normale... Ma sparare a donne indifese la diceva lunga su quanto fossero crudeli i guerriglieri.

Un fruscio interruppe il silenzio della stanza e fece scattare Ace, che puntò l'arma ancora prima di pensare.

Osservò incredulo una piccola parte del pavimento che si sollevava lentamente verso l'alto.

Con la coda dell'occhio vide Rocco e Bubba posizionati accanto a lui, con le armi puntate su chiunque stesse per spuntare da sotto il pavimento.

Videro una manina che spostava una botola ai loro piedi, poi con molta lentezza una bionda spuntò da sotto il pavimento.

La donna aveva gli occhi sgranati dal terrore.

"Non muoverti!" le ordinò Rocco. "Facci vedere le mani."

La donna appoggiò l'altra mano sull'imposta della botola e si tirò su fino a mostrare la parte superiore del corpo, con le braccia sollevate. Ace non aveva idea se la donna fosse in piedi o in ginocchio sul terreno sotto di lei, ma il fatto che si fosse nascosta in quello spazio angusto significava che potevano esserci altre persone. Poteva trattarsi di un'imboscata, motivo per cui Rocco si comportava in modo estremamente cauto.

Ace riconobbe immediatamente la donna e si sentì stranamente sollevato.

Si era sentito incuriosito da lei dal momento in cui l'aveva vista in foto, sul dossier che aveva ricevuto per la missione. Tuttavia fu scoraggiato da un dettaglio: la bionda di fronte a lui in quel momento non era la stessa che aveva visto ritratta in foto. Sì, certo, era lei fisicamente, con viso e capelli sporchi, ma aveva uno sguardo diverso: Ace capì che quella non era più la donna spensierata e allegra di un tempo.

Qualsiasi evento avesse vissuto a Timor Est l'aveva cambiata.

"Piper Johnson?" le chiese per conferma.

Lei sollevò le sopracciglia sorpresa e annuì con entusiasmo. "Sai chi sono?" gli chiese.

"Sì. Kalee è lì con te?" le chiese Ace.

Il SEAL detestò il lampo di dolore che attraversò lo sguardo di Piper e capì la risposta ancora prima di sentirla.

"No. Voi non l'avete trovata?"

"Non ancora," le disse Rocco. "C'è qualcuno lì con te?"

"L'ultima volta che ho visto Kalee mi ha detto di nascondermi qui mentre lei andava a recuperare alcune bambine. Poi ci sono stati gli spari, le urla... sono rimasta nascosta e in attesa, ma lei... non è più tornata." Sull'ultima frase, la voce di Piper si spezzò.

Ace aveva notato che lei non aveva risposto alla domanda di Rocco, e probabilmente anche gli altri SEAL se n'erano accorti, ma decise di non insistere; si ripromise di stare molto attento. Piper stava mostrando loro entrambe le mani, sembrava fin troppo sollevata per trarli in inganno. Tuttavia, ciò non escludeva che potesse esserci qualcun altro nascosto con lei, qualcuno che poteva costringerla a metterli a loro agio per far abbassare le armi e mettere in atto un'imboscata.

"La stiamo ancora cercando," le disse Bubba.

"Bene," gli rispose Piper con voce tremante. "Sono sicura che sta bene. È molto intelligente e conosce questo posto come le sue tasche. Probabilmente ha portato le bambine in salvo e si sta nascondendo da qualche parte, proprio come sto facendo io."

Ace annuì senza mai distogliere lo sguardo da lei. Purtroppo secondo lui non era andata in quel modo, non con tutti quei cadaveri e quel sangue in giro. A ogni modo aveva abbastanza esperienza per riconoscere al volo una persona distrutta. Sentiva che in qualche modo Piper aveva capito la triste sorte dell'amica, ma continuava ad aggrapparsi a una speranza.

Piper corrugò la fronte e chiese loro: "Voi siete americani, giusto?"

"Sissignora," le rispose Bubba. "Siamo SEAL della marina."

"Wow," sussurrò Piper. "Cosa diavolo ci fate *qui*? Voglio dire, non fraintendetemi, sono felicissima di vedervi, ma sono confusa. Aspettate... *siete* qui per salvarci, giusto? Non siete qui per caso o per un'esercitazione, vero?"

"Quanto bene conosci Kalee?" le chiese Rocco.

"È la mia migliore amica da quando eravamo alle medie," gli rispose Piper.

Ace spostò il peso da un piede all'altro, iniziava a innervosirsi. Si sentiva un bersaglio facile in quell'edificio fatiscente, non gli piaceva l'idea di starsene lì a chiacchierare. Ma durante l'addestramento aveva imparato che quando si trattava di salvare qualcuno, stabilire un rapporto di fiducia era fondamentale: una volta creato il legame, l'estrazione sarebbe risultata cento volte più semplice.

"Allora sai che il padre di Kalee ha delle conoscenze piuttosto influenti," proseguì Rocco.

Piper annuì. "Sì. Credo che voli a Washington tipo una volta al mese, o qualcosa del genere, per incontrarsi con alcuni politici."

Ace si trattenne dallo sbuffare: "alcuni politici" era a dir poco minimizzare. Paul Solberg era un multimilionario che dava del tu al presidente degli Stati Uniti e pranzava regolarmente con il vicepresidente e altri deputati e senatori influenti.

"Giusto," le disse Rocco annuendo. "I Peace Corps avevano già diramato l'allarme quando non erano stati in grado di riportare a Dili dodici dei loro volontari, poi i ribelli hanno iniziato i loro attacchi, ma il padre di Kalee ha fatto di tutto per spedirci qui a salvare la figlia."

Piper rimase in silenzio un istante, poi annuì con

lentezza. "Certo, ha senso. Anche se conosco Kalee da anni, suo padre mi intimidisce. Me lo immagino a tirare tutti i fili possibili per salvare la mia amica. Lei è tutto, per lui. Quando Kalee ha perso la madre era una matricola al liceo, il padre è diventato ancora più protettivo. Farebbe di tutto per tenerla al sicuro, spenderebbe qualsiasi cifra.... Kalee è molto fortunata."

Ace percepì un tono malinconico nella voce di Piper, un tono che non gli piacque, ma non aveva il tempo di analizzarlo. Se lei invidiava la relazione padre-figlia della sua amica, era un problema di Piper. L'unico pensiero di Ace era recuperare la ragazza, metterla sull'aereo e tornare negli Stati Uniti.

"Chi c'è lì con te?" le chiese a bruciapelo.

Piper non cercò di mentirgli o di eludere di nuovo la domanda, lo guardò dritto negli occhi prima di rispondergli: era spaventata ma non si scompose di fronte al tono autoritario di Ace. "Visto che non siete venuti qui per *me*... mi aiuterete ad andarmene da qui per raggiungere la capitale?"

"Credi davvero che ti lasceremmo qui?" le chiese Ace sbigottito.

Piper fece spallucce. "Vorrei dire di no, ma i miei nonni non hanno il denaro o le conoscenze del signor Solberg. Inoltre, posso dire che negli ultimi giorni ho fatto un corso intensivo sulla natura umana."

"Tu vieni con noi," confermò Ace. La sola idea di lasciarla indietro era aberrante e il fatto che lei lo aveva in qualche modo pensato possibile lo disturbava ugualmente.

"Basta così," si intromise Rocco, senza suonare troppo duro. "Non abbiamo tempo per altre chiacchiere."

Come per confermare le parole di Rocco, si sentirono degli spari che spezzarono la quiete del mattino.

Piper trasalì e i tre uomini si tesero, pronti ad affrontare l'irruzione nemica.

"Non sono qui da sola," disse Piper a bassa voce, Ace

percepì la *vera* paura che lei aveva tenuto sotto controllo durante la loro conversazione.

"Chi altro c'è?" le chiese Bubba, sempre a bassa voce. "Un ribelle? Ti sta minacciando?"

"No, niente del genere," gli disse Piper. Abbassò lentamente le braccia e si voltò, parlando con qualcuno dietro di lei. "Venite. Va tutto bene, sono amici" disse dolcemente, facendo un cenno a chiunque ci fosse lì sotto.

Ace osservò sconvolto Piper che chiamava non una, non due, ma ben *tre* bambine verso di lei.

Poi Piper fissò intensamente i SEAL, come per sfidarli. "Non le lascio qui."

"Cazzo," imprecò Rocco sottovoce.

La loro intera missione era stata un disastro fin dall'inizio: mancavano le informazioni, il villaggio dove viveva Kalee era stato distrutto, non erano riusciti a trovarla e non dovevano salvare solo due donne, azione già di per sé complicata, ma dovevano salvare anche tre ragazzine.

Rocco aveva davvero ragione a imprecare.

Ace si portò l'arma dietro la schiena, sicuro che i suoi compagni l'avrebbero coperto se ce ne fosse stato bisogno, e si accovacciò per portarsi all'altezza degli occhi di Piper e delle ragazzine. "Ciao," disse loro dolcemente.

Una delle ragazzine lo guardò con grandi occhi scuri e gli rispose: "Ciao."

"Lei è Sinta," gli disse Piper. "Ha sette anni. Lei è Rani, ha quattro anni... e lei è Kemala, ha tredici anni."

"Ciao, Rani, Sinta, Kemala. Io sono Ace. Il mio vero nome è Beckett, ma nessuno mi chiama così, è difficile da pronunciare. Quindi potete chiamarmi Ace. I miei amici si chiamano Rocco e Bubba, anche questi sono soprannomi. Siamo felici di conoscervi."

Le ragazzine lo fissarono senza proferire parola.

"Non parlano molto bene l'inglese," gli disse Piper a bassa

voce. "Ci stanno lavorando. Rani non parla proprio con nessuno."

"Quanto hanno capito?" le chiese Ace.

Piper fece spallucce. "Penso più di quanto credi."

Ace fece un respiro profondo: guadagnarsi la fiducia di un adulto terrorizzato era un conto, ma convincere tre orfane che lui aveva davvero a cuore i loro interessi, quando non riuscivano a parlare la stessa lingua, era davvero molto complicato. Ma Piper aveva ragione: non avrebbero lasciato le ragazzine in balia di loro stesse. Ace non sapeva esattamente *come* le avrebbero aiutate, ma di certo non le avrebbero lasciate da sole. Era sicuro che i ribelli non si sarebbero fatti scrupoli a uccidere le bambine, e Kemala era abbastanza grande per essere... beh... Ace non voleva nemmeno pensarci.

Guardò negli occhi le ragazzine mentre parlava. "Vi porteremo in salvo, state tranquille. Ma dovete essere molto silenziose e fare quello che diciamo, quando ve lo diciamo. Potete farlo?"

Sinta annuì; le altre due si limitarono a fissarlo.

Ace si voltò verso Piper, che aveva le lacrime agli occhi e si stava mordendo un labbro; doveva mantenerla calma e composta, il SEAL era sicuro che se Piper avesse perso la testa, anche le ragazzine avrebbero perso il controllo. "Dai," le disse, avvicinandosi a lei, "ora vi tiriamo fuori da lì."

Si chinò e avvertì una zaffata di sudore ed escrementi, ma non commentò: aveva visto e sperimentato di peggio.

Piper si voltò verso le ragazzine. "Tenete gli occhi incollati su di me," disse, indicando i propri occhi, poi i loro, poi di nuovo i propri. "Non guardatevi intorno. Avete capito?"

Rani e Sinta annuirono.

Piper guardò Kemala e le disse con voce roca e rotta dall'emozione: "Non voglio che tu veda qualcosa di brutto." Dopo qualche istante, l'adolescente annuì. "Grazie," aggiunse Piper, poi si voltò di nuovo verso Ace. "Ok, siamo pronte."

Piper gli passò le ragazzine una ad una, finché si trovarono tutte fuori e di nuovo rannicchiate insieme. Ace fu colpito da quel gesto, era un qualcosa di molto... familiare. Non aveva idea di quali orrori avessero passato quelle quattro negli ultimi giorni, ma qualunque evento successo aveva reso Piper molto protettiva nei confronti delle ragazzine.

Ace rimase accovacciato di fronte a loro e iniziò a frugarsi nelle numerose tasche dell'uniforme; dopo alcuni secondi, tirò fuori tre caramelle. Portava sempre delle caramelle alla frutta quando andava in missione, gli altri lo prendevano sempre in giro ma in quel momento Ace era davvero contento di poterle offrire alle ragazzine.

Iniziò a scartarle, poi chiese: "Volete una caramella?"

"Non credo che sappiano cosa siano le caramelle," gli disse Piper con una voce stranamente tremula.

"Allora lo scopriranno tra poco," le disse Ace con calma, poi porse il palmo con le caramelle multicolori verso le ragazzine.

Come previsto, tutte e tre guardarono Piper, chiedendole silenziosamente se potevano accettarle.

Lei annuì e Sinta allungò la manina per prima, prese una caramella rossa e la annusò; leccò con cautela il dolcetto e spalancò gli occhi per la sorpresa dovuta al sapore dolce.

Ace non poté fare a meno di ridacchiare per quella reazione tanto genuina, poi le sorrise. "Buona, vero? Le rosse sono le mie preferite."

Sinta sorrise e si mise in bocca tutta la caramella nel momento in cui Rani e Kemala si allungarono e presero le altre due.

"Mi dispiace di non averne una per te," disse Ace a Piper, con un po' di tristezza.

"Oh, non importa. Tanto non ho fame," gli disse lei.

Ace non le credeva, ma non era il caso di insistere.

"Ace, dobbiamo andarcene da qui," gli disse Bubba a bassa voce, dietro di lui.

Ace annuì ma non distolse lo sguardo da quello di Piper. "So che non sarai sorpresa, ma lasciare questo posto sarà difficile."

Lei serrò le labbra e annuì.

"Sappiamo che eri in visita da Kalee e avevamo pianificato di salvarti insieme a lei. Ma le bambine... complicano la faccenda."

"Sono molto brave," lo interruppe Piper. "Staranno tranquille e faranno tutto quello che chiederete. Non posso lasciarle qui, non posso!"

Ace si alzò lentamente e guardò Piper. Era più alto di lei di pochi centimetri, ma gli sembrava comunque una creatura fragile e minuta... anche se probabilmente non era così, perché se fosse stata davvero una donna fragile, non avrebbe resistito tanto a lungo nello spazio angusto sotto la cucina. Sicuramente era una donna dalla fibra d'acciaio. Gli piaceva anche il fatto che lei non volesse assolutamente abbandonare le ragazzine: aveva visto madri abbandonare subito i figli, nella fretta di fuggire da una situazione pericolosa, ma Piper era pronta a proteggere delle ragazzine che conosceva da forse due giorni.

Ace ripensò subito a quando lui, Rocco e Gumby erano rimasti intrappolati in Bahrain durante una delle loro missioni. Erano sicuri che sarebbero morti, lui aveva rivelato ai compagni che il suo unico rimpianto nella vita era quello di non avere avuto figli. Aveva sempre desiderato dei figli e in quel momento drammatico era convinto che non avrebbe mai realizzato quel desiderio.

Se quelle ragazzine fossero state figlie *sue*, senza dubbio avrebbe risposto e reagito come Piper.

"Non le lasceremo qui, e neanche te," le disse Ace. "Ma dovete fidarvi di noi." Guardò tutte e tre, prima di riportare lo sguardo in quello di Piper. "Qualsiasi cosa vi chiediamo di fare, dovete farla immediatamente e senza fare domande. Va bene?"

Piper annuì. "Sapevo che non potevamo resistere là sotto ancora per molto, ma non avevo idea di come avremmo fatto a raggiungere Dili... non so nemmeno in che direzione sia. Quindi il vostro arrivo è la risposta a una preghiera: faremo tutto quello che ci direte, quando ce lo direte." Si voltò verso le ragazzine. "Vero?"

Tutti e tre annuirono.

Quello era il massimo che potessero ottenere i SEAL per quel giorno. Ace annuì di nuovo. "Va bene."

"Ma prima dobbiamo trovare Kalee, giusto?" gli chiese Piper. "Non possiamo lasciarla qui."

Ace aprì la bocca per rispondere, ma Rex fece capolino dalla porta e disse con una certa urgenza nella voce: "Phantom ha trovato qualcosa."

Ace fece un cenno a Piper. "Statemi vicino e non fate rumore."

Lei annuì e si rivolse alle ragazzine. "Andiamo. Sinta, tieni Kemala per mano. Io porterò Rani." Si portò un dito alle labbra prima di prendere in braccio la più piccola. Rani avvolse le braccine intorno al collo di Piper e le appoggiò la testa su una spalla.

Ace rimase colpito dalla fiducia che Rani riponeva in Piper, da quanto lei fosse protettiva nei confronti di tutte e tre. Il SEAL aveva la sensazione che Piper avrebbe fatto di tutto per proteggere quelle piccole, di fronte a qualsiasi minaccia. Non era la loro madre, ma sembrava aver legato molto con loro.

Ace annuì al quartetto, era giunto il momento di spingere da parte certi pensieri e concentrarsi su una missione che si era complicata ulteriormente, doveva fare attenzione a tutto ciò che lo circondava. Ace riprese l'arma in mano, poi Rocco uscì dalla cucina seguito da Ace, Piper e le ragazzine dietro di lui, Bubba chiudeva la fila.

Uscirono dall'edificio e raggiunsero Phantom e Gumby, poco lontani e in piedi. Stavano guardando qualcosa, Ace non riusciva a capire cosa fosse.

Man mano che si avvicinavano, distinsero un odore penetrante; Ace fece del proprio meglio per respirare con la bocca e non con il naso.

Conosceva quell'odore...carne umana in decomposizione.

Si fermò e sentì Piper fermarsi proprio dietro di lui.

"Restate in silenzio," le disse.

Lei annuì; quando lui si voltò per guardarla, capì che Piper non aveva idea di cosa fosse quell'odore tremendo.

"Resterò qui con loro," gli disse Gumby a bassa voce.

Ace annuì. "Torno subito. Restate qui con il mio amico. Ok?"

Piper annuì immediatamente, Ace si sentì orgoglioso di lei: stava facendo esattamente come promesso, obbediva e non poneva domande fuori luogo. Ace ebbe la sensazione che di solito lei non fosse così accondiscendente, ma Piper doveva aver capito che la salvezza dipendeva dai SEAL. Lei e le ragazzine non ce l'avrebbero mai fatta a raggiungere la capitale da sole.

Ace e Rocco si avvicinarono agli altri compagni e fissarono un grande buco nel terreno; a momenti il SEAL perdeva la testa, il fetore emanato dai cadaveri era ancora più forte in quel punto.

Ma si sentì male più per la vista di fronte a lui, che per il tanfo.

Cadaveri... almeno due dozzine di corpi ammucchiati nella buca, gettati come se fossero stati sacchi della spazzatura, circondati da mosche.

La maggior parte dei cadaveri erano di bambine... bambine a cui avevano sparato.

"Quella è Kalee Solberg?" chiese Rocco a bassa voce.

Phantom era rimasto in silenzio, Ace notò che il compagno aveva la mascella serrata, come se si stesse sforzando di non dire nulla.

"Abbastanza sicuro, sì," gli rispose Rex con lo stesso tono. "È un po' difficile da dire, ma i capelli rossi corrispondono, ha la pelle più chiara di quella della gente del posto."

"Dobbiamo portarla via da lì," disse Phantom, interrompendo il silenzio che era seguito alle parole di Rex. "Abbiamo promesso di riportarla a casa."

I quattro uomini annuirono. Non sarebbe stato per nulla piacevole, ma la loro missione era di portare Kalee fuori dal paese, viva o morta che fosse. Anche se purtroppo era rimasta coinvolta nell'attacco contro l'orfanotrofio, loro avevano una missione da portare a termine.

"Come vogliamo fare?" chiese Rocco agli altri tre.

Phantom aprì la bocca per rispondere, ma una forte raffica di spari riecheggiò dalla giungla intorno a loro.

"Merda," imprecò Rex nello stesso momento in cui Rocco tolse la sicura dell'arma.

"Non c'è tempo," sbottò Ace. "Dobbiamo andarcene da qui."

"Non possiamo lasciarla," protestò Phantom. "Ci vediamo al villaggio."

Udirono delle grida nelle vicinanze: con i ribelli tanto vicini non potevano stare tranquilli.

"Non ci dividiamo," disse Rocco, afferrando Phantom per un braccio. "Dobbiamo andare!"

"Lei è la nostra *missione*. Non possiamo lasciarla qui!" ripeté Phantom, liberandosi dalla presa dell'amico.

"Ormai è morta, amico," gli disse Bubba con urgenza. "Non possiamo scendere dalla montagna con il suo corpo *e* portare via anche Piper e le bimbe. Torneremo a prenderla dopo che ci saremo liberati dei ribelli."

Phantom era chiaramente in vena di continuare a protestare, sembrava pronto a saltare nella fossa e afferrare il corpo della povera Kalee, ma come SEAL ben addestrato sapeva benissimo che in quel momento non era l'azione migliore.

Si voltò di nuovo verso la buca gettò un ultimo sguardo a Kalee. Era sdraiata a faccia in giù, in cima al mucchio di corpicini. Era scalza e non indossava alcuna maglietta.

Ace si rifiutò di pensare a cosa dovesse aver passato quella povera donna prima di essere uccisa e gettata in quel buco.

Phantom strinse i denti con forza, ma proprio in quel momento si sentirono degli uomini che parlavano in lontananza: presto i SEAL avrebbero avuto compagnia. Non c'era più tempo per discutere se potessero entrare nella fossa e tirare fuori Kalee per portarla a casa. I SEAL erano addestrati al combattimento, ma non avevano idea di quanti uomini fossero diretti verso di loro e di che tipo di armi disponessero, *e* avevano quattro civili innocenti da proteggere. Dovevano andarsene. *Immediatamente.*

"Torneremo a prenderla," disse Phantom a Rocco. "Promettimi che torneremo."

"Torneremo a prenderla," gli promise Rocco.

CAPITOLO DUE

Piper sentiva che Rani le tremava tra le braccia, non poteva dire di biasimarla. Non aveva idea di cosa stessero guardando i SEAL, ma qualunque cosa fosse... di certo non era piacevole. Piper non era una sciocca: sapeva che la sparizione delle altre bimbe dall'orfanotrofio poteva essere solo un brutto segno, aveva visto dei cadaveri nella sala da pranzo quando era sgattaiolata fuori dal nascondiglio in cerca di cibo. Di certo i ribelli non avevano organizzato un maledetto picnic per le bambine, ma lei sperava comunque che la maggior parte di loro fosse riuscita a scappare nella giungla e nascondersi.

"Riesci a correre con la bambina in braccio?" le chiese Ace con una certa urgenza nella voce, mentre tornava a passo spedito verso di lei.

"Sì." In realtà Piper non ne era tanto sicura, ma se l'alternativa era essere catturata dai ribelli, si sarebbe impegnata al massimo nella fuga.

Il SEAL non aggiunse altro, si limitò ad annuire e si rivolse a Sinta e Kemala. "So che indossate le infradito, ma riuscite a correre?"

Entrambe annuirono.

"Bene. Se vi stancate o vi fanno male i piedi, ditemelo che vi porto io. Ok?"

Piper sbatté le palpebre: le avrebbe portate lui? Entrambe? Quell'uomo aveva uno zaino in spalla, portava un'arma e sicuramente le tasche dell'uniforme erano piene di oggetti. Doveva aver capito male.

Ma Piper non ebbe il tempo di chiedere spiegazioni in merito o di discutere del perché ci fosse bisogno di correre.

Sentirono riecheggiare delle voci maschili, fin troppo vicine a loro.

Ace la fece spostare e le mise una mano sulla parte bassa della schiena, intimandola a muoversi.

Tutti iniziarono a correre e Rani strinse la presa su Piper, attorcigliandole anche le gambette intorno al busto, come se fosse una scimmietta. Lei corse come non aveva mai corso in vita sua; si accorse di fare un po' troppo rumore, ma non riusciva a controllare i respiri affannati e gli sbuffi, mentre correva più velocemente possibile. Si sentiva pesante come un elefante mentre si faceva strada tra gli arbusti.

Avevano avuto fortuna: erano scappati dall'orfanotrofio appena in tempo, i ribelli non li avevano visti... o almeno, Piper *pensava* che non li avessero visti. Avevano sentito degli spari alle loro spalle, mentre si addentravano nella fitta boscaglia che circondava l'edificio, ma i rumori sembravano sempre distanti. Era un miracolo, considerando che erano sette adulti e tre ragazzine che correvano a perdifiato nella giungla. Piper iniziò a considerare quanto fossero abili i SEAL nel mimetizzarsi e condurle lontano dal pericolo, avevano fatto molto più di quanto lei sarebbe riuscita.

Corsero per cinque minuti buoni e Piper sentiva i polmoni prossimi allo scoppio.

"Passami la bambina," le ordinò Ace mentre tendeva le braccia verso di lei.

Piper si sentì improvvisamente reticente all'idea di

passargli Rani e si limitò a fissare il soldato. Si erano fermati per riposarsi un attimo prima, lei aveva fatto in tempo a prendere un respiro prima di ricevere quella richiesta.

"Ce la faccio," gli rispose.

"Lo so," concordò Ace, "ma ora che ci siamo allontanati dal pericolo, posso tenerla io in modo che tu possa risparmiare le tue energie."

Ace aveva ragione, Piper ne era consapevole... ma strinse a sé la bambina. I SEAL avevano un aspetto minaccioso, con le loro tute mimetiche sporche di fango, inzaccherati quanto lei e le ragazzine. Ace aveva una barba curata e i capelli rasati sui lati, con i capelli più lunghi sulla testa. Poteva sembrare sciocco, era un taglio alla moicana, ma a lui donava un aspetto da duro. Ace la stava fissando negli occhi con i suoi occhi scuri penetranti.

Vicino a lui, Piper si sentiva del tutto fuori posto. Diamine, lei passava tutto il tempo seduta a disegnare fumetti. Non si allenava, neanche le *piaceva*; aveva provato a mangiare in modo sano, ma non riusciva a resistere alla cioccolata. Quindi portare Rani in braccio era stato decisamente faticoso. La bimba non pesava tanto, era più leggera di qualsiasi bambina americana di quell'età, ma comunque le braccia di Piper tremavano dallo sforzo, dopo aver corso per la giungla con quel piccolo peso.

"Fidati di me," le disse Ace. "Non le farò del male."

Ma certo che non le avrebbe fatto del male; Piper annuì riluttante. "Rani?" La bimba sollevò la testolina e la guardò. "Il nostro nuovo amico Ace ti porterà in braccio per un po', ti va?"

Rani annuì immediatamente e si voltò per guardare Ace; lo osservò da cima a fondo e poi si sporse verso di lui, andandogli in braccio come se lui l'avesse sempre portata in giro in quel modo.

Quando Piper notò l'espressione sorpresa di Ace, sentì lo

stomaco farle una capriola; il SEAL sembrava sbalordito dall'immediata fiducia della bambina. La prese con delicatezza dalle braccia di Piper e se l'appoggiò al petto.

Rani sembrava ancora più minuta, in quella stretta possente. Ace era un fascio di muscoli e se le fosse caduto addosso mentre correva avrebbe potuto schiacciare la bimba... ma Piper sentiva che lui avrebbe fatto di tutto per tenerla al sicuro.

Ace guardò Rani negli occhi e le disse: "Ti tengo, piccoletta."

Lui la strinse come se avesse familiarità con i bambini, il che portò Piper a chiedersi se quell'uomo fosse sposato o avesse figli suoi, in America. Se fosse stato così, le imprese dei SEAL sarebbero risultate ancora più straordinarie.

"Te la cavi con lei... Hai figli?" gli chiese Piper, circondando Sinta con le braccia; la bimba le si era avvicinata durante il momento di riposo. Kemala si teneva un po' in disparte, come al solito. Piper pensò che alla fine gli adolescenti erano tutti uguali, a prescindere dal paese di origine. Sperava solo che la ragazzina le stesse lontano solo per quel motivo, e non per antipatia.

Ace scosse la testa. "No, non sono sposato o altro. Ma ho sempre voluto avere dei bambini, ecco tutto."

Piper si interrogò sullo strano senso di sollievo provato ascoltando quelle parole. Figurarsi se quell'uomo avrebbe mai voluto uscire con *lei*; Piper faceva parte della missione e basta. Non appena fossero tornati tutti nella capitale e avessero trovato il modo di tornare a casa, i SEAL sarebbero usciti di scena per sempre.

Piper fece di tutto per ignorare il senso di delusione provocato da quel pensiero.

"Dobbiamo procedere," annunciò Rocco. "Sembra che i ribelli non ci stiano seguendo, ma più stiamo qui, più rischiamo di essere intercettati dalle bande che si aggirano da queste parti."

Il volto di Ace si liberò da ogni emozione, annuì e si rivolse a Piper. "Ti starò dietro, fai del tuo meglio per procedere. Presto ci fermeremo di nuovo in modo che tu e le ragazzine possiate bere e mangiare qualcosa, va bene?"

Il solo pensiero di mangiare fece venire a Piper la voglia di scattare, ma si limitò ad annuire. Quand'era stata l'ultima volta che aveva mangiato? Forse aveva sbocconcellato un po' di pane il giorno prima... o almeno, così credeva. Guardò Sinta. "Pronta?"

La ragazzina annuì e tutti ripresero il cammino. Non correvano più a perdifiato, mantenevano una sorta di camminata molto rapida, che rendeva il tutto più facile. Piper non aveva idea di dove stessero andando; per lei, tutto sembrava uguale. Visto un albero, erano tutti identici.

Si sforzò di controllare dove mettere i piedi, procedeva a fatica ma si ripromise di non lasciarsi sfuggire un solo lamento. Doveva essere un buon esempio per le ragazzine: se loro potevano farcela, allora poteva farcela anche lei. Non voleva proprio essere l'anello debole del gruppo: sentiva che se fosse stato necessario fare uno scatto, Kemala e le altre l'avrebbero superata in un battibaleno.

Rocco si fermò dopo quelle che sembravano ore, anche se in realtà era passata solo mezz'ora circa. Tre SEAL guidavano il gruppo, Piper e le ragazzine erano in mezzo e gli altri tre soldati marciavano dietro di loro. L'uomo chiamato Phantom chiudeva la fila: a Piper stava più che bene, dato che quel soldato la faceva sentire un po' a disagio. Qualsiasi cosa avesse visto all'orfanotrofio lo aveva fatto irritare, non le era piaciuto lo sguardo intenso che aveva intravisto sul volto di Phantom prima che gli spari risuonassero da molto vicino.

Quando si fermarono lei stava sbuffando come un treno,

ma provò a nasconderlo agli altri. Nessun altro sembrava aver problemi con il fiato: solo lei.

Fantastico, alla fine era *proprio* lei l'anello debole del gruppo; non la bimba di quattro anni... *Lei.*

Piper si guardò intorno e realizzò che avevano raggiunto il villaggio dove viveva Kalee. Non lo aveva riconosciuto subito, perché aveva un aspetto totalmente diverso da come se lo ricordava. Le baracche di legno che costeggiavano il sentiero principale erano ridotte a involucri neri, vuoti e fumanti. Non c'era nessuno in giro, non c'era il profumo di pane appena sfornato. Si sentiva invece la puzza del fumo che si elevava dalle casette bruciate.

"Accidenti!" esclamò Piper. "Pensate che Kalee sia riuscita a tornare qui? Magari ha pensato che potesse essere una buona mossa correre qui e prendere i nostri passaporti, prima di scappare verso la capitale."

Non le piacque lo sguardo che le lanciarono tutti i SEAL.

"Non ce l'ha fatta," le disse Phantom in modo diretto.

Piper sussultò.

"Phantom..." lo avvertì Ace con un sibilo.

L'uomo chiamato Phantom fece un gran respiro, quando riprese a parlare aveva un tono più delicato: "Mi dispiace per la tua perdita. Pensavo preferissi saperlo da noi."

Piper guardò tutti gli uomini e si morse un labbro, provò a non piangere. Finalmente aveva capito il motivo dello sguardo furioso di Phantom, quando erano ancora nell'orfanotrofio.

E poi... beh, Piper sapeva che Kalee era morta, se lo sentiva. Ovviamente aveva *sperato* che l'amica fosse riuscita a mettersi in salvo o a chiedere aiuto, ma nel profondo sapeva che Kalee non avrebbe mai lasciato lei e le bambine da sole nascoste nel cunicolo sotto la cucina, se poteva evitarlo. Kalee non avrebbe abbandonato Piper in quella situazione.

"Grazie per non avermi tenuto nascosta quest'informazione. Avete trovato il corpo? Era in quel buco, vero?" chiese loro con calma. "Quello in cui stavate guardando quando siamo scappati?"

Rex e Bubba presero per mano le bambine e le condussero leggermente in disparte, facendo del loro meglio per non farle partecipare alla conversazione.

Piper sapeva che le ragazzine la stavano fissando, ma non poté fare a meno di guardare i soldati di fronte a lei.

"Sì." Le rispose Phantom senza troppe spiegazioni.

Piper ricordò l'odore atroce che aveva sentito attraversando la cucina... e fu colta da un conato di vomito quando pensò alla fossa. Si girò e si piegò per vomitare. Non aveva nulla nello stomaco, chiuse gli occhi e lasciò che il proprio corpo fosse scosso da tremiti e conati incontrollabili mentre tentava di espellere qualcosa.

"Ci penso io." Piper sentì qualcuno alle spalle, una grande mano che le toccò il fianco e l'altra che le copriva lo stomaco per supportarla.

"Calma, Piper." La voce di Ace era calda e confortevole, ma Piper non riusciva a smettere di pensare a cosa fosse successo a Kalee... la sua migliore amica. Le era mancata tanto, quando si era unita ai Peace Corps, ma tutte le avventure che le raccontava via e-mail le avevano reso sopportabile la distanza. Kalee amava insegnare, amava la gente di Timor Est...

...ed era stata uccisa proprio da quella gente.

Piper fu colpita da un pensiero; si voltò verso Ace. "È morta per colpa mia, vero?"

Ace scosse immediatamente la testa. "Cosa? No."

"Sì, invece," sussurrò lei. "Poteva nascondersi nel cunicolo con me, ma l'ho lasciata andare via mentre cercava di salvare le altre bambine."

"Lo hai appena detto," le rispose Ace, mettendole le mani sulle spalle. "È andata via."

"Potevo insistere!" gridò Piper.

"E pensi che ti avrebbe ascoltato?" le chiese Ace.

Piper lo fissò in silenzio.

"Davvero... ti avrebbe ascoltato? Secondo me Kalee sapeva bene quello che stava facendo, non saresti riuscita a convincerla diversamente."

"Allora avrei dovuto seguirla per aiutarla," gli disse Piper con un filo di voce.

"E ora saresti in quella fossa, insieme a lei," controbatté Ace. "E le ragazzine? Non sarebbero rimaste nascoste nel cunicolo; ora sarebbero morte anche loro. Se proprio vuoi dare la colpa a qualcuno, incolpa i ribelli. Sono *loro* i responsabili di queste morti, loro hanno sparato. Non tu. Chiaro?"

Piper chiuse gli occhi, vedeva Kalee come se ce l'avesse ancora di fronte. L'amica che le sorrideva quando l'aveva accolta all'aeroporto di Dili, o che rideva per qualcosa che le aveva detto Piper mentre entravano nella casetta del villaggio. Kalee che le parlava con entusiasmo dell'orfanotrofio, le diceva quanto fossero carine le bimbe e quanto fosse fiera di loro per come stavano imparando l'inglese. Kalee rideva e sorrideva sempre, era una delle persone più allegre che Piper avesse mai conosciuto. Lei l'aveva presa in giro per quel motivo, Kalee aveva alzato gli occhi al cielo e le aveva risposto che non c'era ragione di essere triste, aveva fin troppo per cui essere felice e riconoscente.

Il pensiero che un'anima tanto luminosa... e buona... come quella di Kalee fosse stata strappata dalla faccia della terra era un pensiero ripugnante, e per quale motivo? Giochi di potere?

Piper non aveva mai capito nulla di politica, di certo non sapeva nulla di Timor Est e dei problemi del paese: sperava solo di divertirsi con la sua migliore amica.

Spalancò gli occhi quando fu colpita da un altro pensiero. "Di cosa stavate discutendo?"

"Quando?" le chiese Ace.

"Prima di lasciare l'orfanotrofio, prima che iniziassero gli spari e la fuga."

Ace esitò, ma Piper rispose alla propria domanda. "Stavate cercando di capire come fare a tirarla fuori da lì e riportarla a casa, vero?"

"Sì."

Piper apprezzò l'onestà di Ace.

"Ma era troppo pericoloso," proseguì lui. "Se non ci fossero stati i ribelli, lo avremmo fatto."

"E se non dovevate occuparvi anche di una donna e di tre ragazzine," continuò Piper, conscia di aver ragione.

Ace annuì di nuovo.

"Mi sento male per il fatto che non possiamo riportarla dal padre. Sarà devastato." Devastato era dir poco. Il signor Solberg viveva per la figlia, era molto protettivo e quando Kalee si era diretta a Timor Est le aveva fatto promettere di chiamarlo ogni giorno.

Piper sapeva che l'amica si sentiva soffocata dal padre, ma allo stesso tempo gli voleva un gran bene. Erano sempre stati molto uniti, dopo la morte della madre, e condividevano un legame indissolubile.

La morte di Kalee avrebbe distrutto il signor Solberg.

"Guardami, Piper," le disse Ace, mettendole una mano dietro il collo. Era un gesto molto intimo, specialmente per due persone che non si conoscevano, ma Piper si sentì incredibilmente confortata.

Per un attimo si scordò di essere nel bel mezzo della giungla, tra edifici bruciati e lontana troppi chilometri da casa: si perse nei profondi occhi scuri di Ace, che era totalmente concentrato su di lei.

"Questa. Non. È. Colpa. Tua."

Piper si leccò le labbra secche e annuì.

Ace la fissò per qualche istante. "Porteremo Kalee a casa. Non ora."

Lei lo guardò confusa. "E come farete?"

"Un SEAL non lascia mai indietro un compagno. Quando ti avremo riportata a casa in tutta sicurezza, torneremo per Kalee. Abbiamo imparato ad avere pronti sempre piani B, C, D, E... a volte persino F."

"Come questa volta, eh?" gli chiese lei, nel debole tentativo di sdrammatizzare quella situazione tanto ardua.

Il breve sorriso che attraversò il volto di Ace fu una bella ricompensa. Era la prima volta che Piper lo vedeva sorridere, quel piccolo movimento gli aveva trasformato i lineamenti.

"Esatto. Ora, dimmi che non ti stai più incolpando," le intimò.

Piper strinse le labbra e lo fissò senza rispondere.

Ace sospirò; non le lasciò andare la presa sul collo e Piper sperò segretamente che lui mantenesse quella presa, non voleva perdere quel contatto fisico. Il calore e il peso di quella mano sembravano trattenerla dal frantumarsi in mille pezzi.

"Almeno dimmi che ti senti un po' *meno* colpevole al riguardo."

Piper si leccò di nuovo le labbra e fece un leggero cenno di assenso col capo.

"Può bastare... per ora."

Piper deglutì a fatica, poi gli chiese: "Qual è il piano? Posso prendere la mia roba dalla casa di Kalee, prima di andare verso la capitale?"

A giudicare dallo sguardo di Ace, c'erano altre brutte notizie.

"La casa è andata, Piper. L'hanno bruciata, così come hanno bruciato tutte le capanne del villaggio."

"Come tornerò a casa?" sussurrò lei. "Non ho nulla... niente passaporto, niente documenti."

"Ci pensiamo noi, ti porteremo a casa."

Piper gli credeva. Non sapeva come avrebbero fatto i soldati, ma sicuramente avevano più contatti di lei. "Va bene."

Ace lasciò cadere la mano che le teneva sul collo e Piper sentì freddo, il che era assurdo visto che si trovavano nella torrida giungla umida.

"Però dobbiamo parlare delle ragazzine."

Piper si irrigidì: non aveva proprio pensato a cosa sarebbe successo, dopo aver tratto in salvo le tre bimbe.

Guardò oltre la spalla di Ace e vide che le ragazzine la stavano fissando. Rani, Sinta e Kemala stavano ancora tra Rex e Bubba, ma la tenevano d'occhio... l'avevano osservata per tutto il tempo. Avevano trascorso tre giorni molto intensi insieme, avevano legato nel cunicolo sotto la cucina. Beh, almeno... Piper, Rani e Sinta avevano legato, con Kemala meno; l'adolescente teneva gli adulti distanti da lei, Piper non sapeva mai indovinare a cosa stesse pensando.

"Cos'hai in mente per loro, quando arriviamo a Dili?" le chiese Ace.

Piper non ne aveva la minima idea.

Ace riuscì a leggerle il panico in volto, le si avvicinò lentamente e l'abbracciò.

Piper si sciolse contro il soldato: si era trattenuta per tre lunghi giorni e in quel momento poteva finalmente appoggiarsi a qualcuno, anche solo per un istante... era una sensazione magnifica. Il petto di Ace era rigido per via del gilet tattico, lei gli aveva appoggiato sopra le mani ed era rimasta bloccata in quella posizione. Nonostante ritenesse un po' imbarazzante appoggiarsi a un uomo appena conosciuto, Piper non riusciva proprio a distaccarsi. Era stanca, accidenti se era stanca; stare tra le braccia di Ace le permetteva di lasciarsi andare, non doveva essere per forza tosta e risoluta, non doveva più costringersi a essere fiduciosa e positiva.

Era sconvolta dalla morte dell'amica, possedeva solo i vestiti che indossava. Aveva trascorso tre giorni infernali, nascosta in uno spazio angusto nella costante paura che qualcuno le trovasse e facesse loro del male. Tra le braccia del

SEAL, Piper non si sentiva più sola: forse poteva davvero cavarsela, uscire dalla brutta situazione in cui si era cacciata.

Però la domanda posta da Ace le fece pensare al futuro di Rani, Sinta e Kemala per la prima volta. Cosa diavolo *avrebbe* fatto con loro? Nessuno aveva sparato alle ragazzine, erano salve. Ma poi? Non avevano una famiglia, Piper le stava portando verso la capitale. Cosa sarebbe successo una volta arrivati a Dili? Sarebbero finite in un altro orfanotrofio? Non è che poteva portarsele negli Stati Uniti...

O forse sì?

Non appena formulò quel pensiero, Piper cercò di disfarsene... senza successo.

In fondo, perché *non* poteva portarsele negli Stati Uniti? Era single da molto tempo, aveva trentadue anni e non sarebbe di certo ringiovanita. Aveva sempre desiderato dei figli, ma era arrivata a pensare che non fosse quello il suo destino... e conosceva quelle ragazzine da meno di una settimana.

Non poteva davvero pensare di adottarle... era un pensiero folle.

Eppure, non riusciva a smettere di pensarci.

"Troveremo un modo," le promise Ace, interrompendole quel flusso di pensieri.

Piper sentì quelle parole rassicuranti rimbombarle nel petto e fu assalita dall'ansia. Ma a cosa diavolo stava pensando? Era una fumettista, passava la maggior parte del tempo in casa a disegnare. Detestava stare troppo a contatto con il prossimo... persino avventurarsi fuori di casa quando doveva compiere delle commissioni.

Eppure eccola lì, appoggiata a uno sconosciuto come se lui fosse l'unico scudo di salvezza tra lei e tutto il male del mondo, a valutare l'opzione di portarsi tre bambine in un piccolo bilocale.

Piper non poteva pensarci, in quel momento. Prima avrebbero dovuto lasciare le montagne, brulicanti di bande di ribelli pronti ad ucciderli. In effetti Ace *era* l'unico scudo di salvezza tra il rischio di morire nella giungla e la possibilità di tornare a casa nel piccolo bilocale. Beh, lui e gli altri cinque uomini della squadra.

Piper fece un gran respiro, non poteva cedere; si ritirò di qualche centimetro e non appena Ace colse il movimento, la lasciò andare. Piper si sentì vagamente delusa per il mancato contatto fisico, ma era ridicolo. Non era proprio il momento di prendersi una cotta, per non parlare di quanto fosse inappropriata; nonostante ciò, Piper si permise di nutrire un briciolo di affetto per quell'uomo, che era andato da lei per rassicurarla e confortarla. Per lei era stato un gesto molto importante.

Lanciò un'occhiata a Phantom, che stava un po' in disparte. Teneva le braccia incrociate sul petto e le gambe aperte piantate nel terreno. Sembrava inavvicinabile e furioso.

"Sai, penso di non piacere molto a Phantom," sussurrò Piper. "Sono sicura che mi dia la colpa della morte di Kalee."

Ace non distolse lo sguardo da lei. "No. È frustrato e non sa nascondere bene le emozioni."

Piper non era molto convinta, decise di fare di tutto per non irritare quel soldato... magari standogli alla larga il più possibile.

"Dai, adesso ci facciamo una bella pausa, ci ricarichiamo ed elaboriamo un piano."

"Pensavo che voi ragazzi aveste già pronti i piani B, C, D ed E," ribatté Piper.

Ace le regalò un altro sorriso. "Sei sveglia," le disse. "Se proprio vuoi saperlo, ci fermiamo per far riposare te e le piccole, così potete bere e mangiare. Scommetto che sei esausta."

Era proprio così, ma Piper non voleva ammetterlo. "Alle bimbe serve una pausa, certo."

Ace sorrise di nuovo e a quella vista Piper dovette portarsi una mano sulla pancia per tentare di placare le farfalle che sentiva svolazzare nello stomaco.

Lui si incupì immediatamente. "Stai ancora male?"

Lei lasciò cadere la mano. "No, sto bene."

"Non fare la splendida," l'avvisò Ace. "Se ti senti male, devi dircelo. Lo stesso vale per le ragazzine. Ci aspetta un lungo viaggio per arrivare a Dili e se qualcosa non va, dobbiamo saperlo."

"Come siete arrivati qui, comunque? Non possiamo farci dare un passaggio da qualcuno?" gli chiese Piper.

"Abbiamo richiesto dei favori, le forze speciali di Timor Est ci hanno portato in elicottero e ci hanno lasciato poco distanti da qui. Ma per tornare verso la città, dobbiamo arrangiarci. In effetti abbiamo contemplato la possibilità di farci dare un passaggio," le disse Ace, "ma il problema è che non sappiamo di chi fidarci. Ci manca solo di salire su un veicolo guidato dai ribelli."

Il ragionamento aveva senso, ma il significato dietro quelle parole era troppo per Piper. "Mi stai dicendo che raggiungeremo la capitale... *a piedi*?"

Ace fece spallucce. "Eh, se dobbiamo."

Poteva andare bene per i super soldati, ma lei non ce l'avrebbe mai fatta. Tuttavia, dopo averci pensato un attimo, Piper realizzò che Ace aveva ragione. Non poteva essere sopravvissuta al massacro dell'orfanotrofio solo per rischiare di farsi ammazzare per essere salita sulla macchina della persona sbagliata.

"Peccato che qui non ci sia Uber, eh?" gli chiese, nel tentativo di smorzare la tensione.

"Non sarebbe stato male," concordò Ace con un piccolo sorriso. Non era come quello precedente, ma ci si avvicinava. "Dai, andiamo. Ora ti do un po' d'acqua, abbiamo dei pasti pronti. Mangiamo qualcosa prima di scendere dai monti."

Piper annuì e rimase sorpresa quando Ace la prese per mano. Entrambi erano sporchi e sudati, ma nel momento in cui le loro dita si intrecciarono, Piper si sentì subito molto meglio.

Non era cambiato niente, in realtà. Kalee era sempre morta, erano bloccati sui monti in un paese instabile e lei stava portando in giro tre ragazzine senza avere idea di cosa fare con loro. Ma con Ace accanto che le offriva supporto silenzioso, nulla le sembrava impossibile.

La vita di Piper e quella delle ragazzine era nelle mani dei SEAL, lei giurò silenziosamente che non avrebbe mai fatto nulla di stupido per metterli in pericolo. Poteva anche scivolare e crollare dalla fatica, ma accidenti, non sarebbe mai stata un peso. Non voleva in alcun modo avere sulla coscienza le ferite o la morte dei soldati per aver fatto o non fatto qualcosa.

Piper sorrise alle tre ragazzine mentre le raggiungeva insieme ad Ace, decise di fare del proprio meglio per rassicurarle. "Ora facciamo una pausa. Mangiamo e beviamo qualcosa, poi continuiamo. Va tutto bene. I nostri nuovi amici ci proteggeranno da tutti i pericoli."

Rani sorrise tra le braccia di Bubba.

Sinta annuì e si morse un labbro, chiaramente preoccupata.

Kemala guardò Piper con espressione vuota, un'espressione a cui Piper si era ormai abituata.

CAPITOLO TRE

Ace seguiva Piper e la teneva d'occhio mentre portava in braccio Rani; la squadra aveva ripreso a muoversi e la bimba si era addormentata dopo mangiato. Le ragazzine erano rimaste incantate dai pasti pronti offerti dai soldati, in particolar modo da come si erano riscaldati i noodles disidratati; persino Kemala era stata attratta dal profumo del cibo cotto.

Piper inciampò in una radice e rischiò di cadere di faccia, ma riprese l'equilibrio all'ultimo e lanciò subito una battuta sulla propria goffaggine. Ace era contento che lei indossasse scarpe da ginnastica e vestiti appropriati per affrontare la giungla, mentre era in pensiero per le ragazzine che si muovevano con T-shirt, pantaloncini e infradito... anche se a dirla tutta, Sinta e Kemala se la stavano cavando senza problemi.

Più Ace osservava Piper, più restava impressionato da quanto fosse coraggiosa: era chiaramente fuori posto, ma faceva di tutto per non darlo a vedere; non si era mai lamentata e ogni volta che lui o uno dei compagni le chiedeva di compiere un'azione, lei obbediva senza sollevare questioni.

Piper si sforzava anche di intrattenere Sinta e Kemala, si assicurava che stessero sempre bene. Nessuna delle due ragazzine diceva molto, ma erano ovviamente consapevoli di tutto ciò che le circondava.

Anche se la bimba che Ace teneva in braccio era leggerissima, lui non era mai stato tanto sensibile alla vicinanza di un altro essere umano. Ad ogni respiro, Rani gli produceva piccoli sbuffi sul collo e lui era incredulo per l'immediata fiducia che la bimba aveva riposto in lui, tanto da addormentarsi. Ciò la diceva lunga sulle peripezie che avevano dovuto affrontare quelle quattro negli ultimi giorni.

Restare nascoste per giorni in preda al terrore non doveva essere stata una passeggiata: Ace non riusciva a immaginare a cosa avessero pensato in quei momenti. A proposito di pensieri, l'idea di lasciare le tre ragazzine a un destino incerto iniziava a disturbare Ace. Non aveva avuto il tempo di discuterne con Rocco e gli altri, ma cos'altro potevano fare, oltre a trovare un altro orfanotrofio? Non potevano portarle negli Stati Uniti... le ragazzine non avevano documenti di identità. Nell'orfanotrofio non c'erano computer, sicuramente li avevano rubati i ribelli.

Ace doveva parlarne con gli altri ed escogitare un piano. Al momento non c'era copertura di rete nella giungla, ma magari avvicinandosi alla città i SEAL avrebbero avuto modo di contattare il comandante North. Rocco aveva un telefono satellitare, ma erano tutti d'accordo nell'usarlo solo come ultima risorsa, se fosse successo qualcosa di grave e avessero avuto bisogno di eseguire un'estrazione immediata. La batteria di quell'affare era pessima: fino a quel momento i SEAL avevano incontrato qualche difficoltà, ma non si erano mai trovati in pericolo di vita.

Sicuramente il comandante li stava tenendo d'occhio con il tracciatore satellitare che portavano tutti, ma ciò indicava solo che i SEAL fossero vivi e in movimento, non spiegava la situazione attuale. Ace sapeva che il comandante voleva essere aggiornato su cosa diavolo stesse succedendo, dato che

era un brav'uomo che aveva sempre a cuore le missioni dei
suoi soldati.

Senza dubbio c'era anche Paul Solberg che gli metteva
addosso molta pressione per trovare la figlia.

Quando Piper inciampò per la seconda volta, Ace la
raggiunse rapidamente. "Tutto bene?" le chiese con tono
calmo.

"Sì, grazie. Sono solo un'imbranata," gli rispose lei.

Ace non riuscì a vederla in faccia, e nemmeno a farla
girare verso di sé dal momento che teneva in braccio Rani. Si
voltò verso Bubba per dirgli che dovevano fare una pausa, ma
avvertì un rumore alla propria destra.

Riaggiustò rapidamente la presa sulla bimba e afferrò
Piper per un braccio, anche se lei si era già fermata, aveva
sentito lo stesso rumore molto vicino a loro.

Bubba afferrò Rani, Ace non voleva lasciargli la bimba ma
non oppose resistenza. Tutti avevano capito che tra Ace e
Piper si era instaurato un legame, quindi se fosse successo
qualcosa Ace doveva occuparsi di lei.

Il SEAL vide con la coda dell'occhio che Rex prendeva
Sinta e Gumby si avvicinava a Kemala; in pochi secondi,
erano svaniti tutti nella giungla, il piano era quello di nascondersi per far passare chiunque ci fosse nei dintorni. I soldati
erano letali, ma l'aggiunta di quattro civili rendeva la faccenda
più complicata. Inoltre, la loro missione era quella di soccorrere Piper, non avevano interesse a ingaggiare scontri con i
ribelli locali.

Piper aprì la bocca per chiedergli cosa stesse succedendo e
Ace si mosse senza pensare, portandosi dietro di lei e copren-
dole la bocca con una mano, poi la sollevò tirandola verso di
sé. Lei si irrigidì per un secondo ma poi si lasciò andare tra le
braccia del soldato.

Ace si voltò e corse per circa venti metri prima di svoltare
a sinistra e lasciare il percorso che stavano seguendo. Si lascia-

rono inghiottire dalle foglie e Ace si fece strada in cerca di un riparo.

Vide un enorme albero caduto e lo raggiunse rapidamente. Era lungo dieci metri e alto due: a giudicare dalle piante che lo circondavano, era caduto da tanto tempo. Le piante tutt'intorno li avrebbero aiutati a nascondersi meglio.

Ace raggiunse il lato opposto del tronco, riappoggiò Piper al suolo e le mise un dito sulle labbra. Lei annuì e indicò il terreno; senza esitare si mise in ginocchio, poi lo guardò confusa.

Lui si lasciò sfuggire un'imprecazione sottovoce quando udì altri suoni di uomini che si avvicinavano, si abbassò accanto a Piper e le sussurrò: "Schiacciati contro l'albero, il più possibile."

Lei annuì e si sdraiò sul lato, per spingersi nell'albero. Ace si distese accanto a lei e fece del proprio meglio per coprirla, girandosi verso di lei in modo da ritrovarsi petto contro petto. Le guidò la testa nell'incavo del collo, poi li spinse ancora più verso l'interno del tronco, sforzandosi di seppellire i loro corpi nel terriccio sotto il tronco, sfruttando appieno la sterpaglia intorno per camuffarli.

Non era il nascondiglio ideale: era fin troppo vicino al sentiero che stavano percorrendo, ma Ace non aveva avuto tempo di escogitare qualcosa di più brillante. Raccolse una manciata di terriccio e la spalmò nella chioma bionda di Piper con un gesto delicato; lui si era già occupato dei propri capelli chiari prima di dirigersi verso l'orfanotrofio. Piper si incastrava a meraviglia con Ace; dal momento che era pochi centimetri più bassa di lui, il soldato riusciva a ricoprirla interamente con il proprio corpo. Ma lei aveva i capelli tanto chiari che i ribelli l'avrebbero notata subito, se avessero deciso di dare un'occhiata nel tronco.

Piper rimase immobile tra le braccia di Ace, salvo spingersi impercettibilmente ancora più vicina. I due erano così attaccati che Ace immaginò di sentirle battere il cuore contro il proprio gilet. Piper respirava in modo rapido e incontrollato.

"Calma, Piper. Passeranno oltre, prova a rilassarti."

Lei annuì, ma rimase comunque tesa.

Le voci si fecero più forti, si trattava di un gruppo di uomini che parlavano il Tetum, il dialetto locale. Ace non aveva idea di cosa stessero dicendo, ma il tono era tranquillo e rilassato, sembrava che non avessero incontrato nessun SEAL... per il momento.

Ace avrebbe fatto del proprio meglio per ucciderne il più possibile, se fosse stato necessario, anche se avrebbe preferito evitare per non dare nell'occhio. Certo, il viaggio verso la capitale sarebbe stato più facile senza bande di ribelli che li cercavano.

A giudicare dalle voci, Ace immaginò che ci fossero circa dodici uomini; strinse la presa su Piper quando gli uomini si fermarono sul sentiero, vicino al punto in cui loro due avevano fatto la deviazione per nascondersi.

Gli uomini ridevano tra loro, i passi si avvicinavano al nascondiglio.

Ace si allontanò abbastanza da Piper per estrarre il coltello tattico dal fianco, strinse saldamente l'impugnatura mentre attendeva il peggio.

Piper aveva smesso di respirare, era rigida come uno stoccafisso; Ace voleva tanto rassicurarla e dirle di non preoccuparsi, l'avrebbe protetta da tutto e tutti, ma parlare in quel momento era decisamente pericoloso.

I passi si fermarono dall'altra parte del tronco, Ace udì il rumore di una cerniera e il suono distinto di una vescica che si svuotava dall'altra parte del loro nascondiglio.

Un uomo gridò qualcosa dal sentiero, il tizio che orinava gli urlò qualcosa di rimando. Ace spostò la mano che non impugnava il coltello dietro la testa di Piper e le accarezzò i capelli con un pollice. Sperava di farla rilassare, mostrandole di essere tranquillo.

Lei gli teneva le mani sul petto e premette leggermente le dita in risposta a quella carezza gentile, come per dirgli che era presente.

Il tempo sembrava essersi fermato; quando Ace stava iniziando a pensare che quel tizio avesse una vescica da Guinness dei Primati, udì il suono della cerniera che veniva chiusa.

Ecco. Se l'uomo avesse deciso di aggirare il tronco per qualsivoglia ragione, avrebbe visto Ace e Piper e sarebbe scoppiato un casino.

Ace si irrigidì mentre si preparava a balzare in piedi per affrontare l'eventuale minaccia, ma si sentirono altre grida provenire dal gruppo di ribelli e il tizio che aveva orinato si allontanò.

Piper si lasciò andare in un lungo sospiro, Ace sentì i brividi sul braccio quando il respiro di lei gli si diffuse sul collo. Non si mossero di un centimetro, rimasero lì incollati mentre ascoltavano i ribelli andarsene verso chissà quale destinazione.

Ace doveva pensare alla squadra, a dove fossero finiti, a cosa fare...

...ma in quel preciso istante riusciva a concentrarsi solo sull'immenso sollievo e su quanto gli piacesse stringere Piper Johnson tra le braccia.

Era una follia, a momenti uno stronzo gli pisciava addosso, santo cielo. Tuttavia, Ace non riuscì a ignorare quel senso di... *naturalezza*... che non provava da tanto tempo. Forse non lo aveva neppure mai provato.

In quel momento, Ace realizzò che il senso di protezione provato per Piper andava ben oltre al dovere di soldato di proteggere qualcuno. Il solo pensiero che Piper venisse ferita o peggio, venisse uccisa, lo faceva star male fisicamente. Ammirava la forza di quella donna, come fosse rimasta concentrata e come si fosse occupata delle tre ragazzine con grande altruismo.

Tra tutte le persone salvate nel corso della carriera, Ace non si era mai sentito in quel modo... per nessuna. Certo, forse poteva essere l'adrenalina dello scampato pericolo, ma in qualche modo lui sapeva che non era per quello.

Piper sollevò la testa dall'incavo tra collo e spalla di Ace per guardarlo, si leccò le labbra secche e gli chiese senza voce: *Se ne sono andati?*

Lui annuì e abbassò la testa fino a sussurrarle nell'orecchio. "Però dobbiamo stare qui ancora un po', per precauzione."

Lei annuì e ritornò nella posizione precedente, Ace la sentì muovere le mani lungo il gilet, come se lui rappresentasse l'unica zavorra in grado di tenerla ferma a terra, impedendole di volare via. Ace si avvicinò di nuovo a portata di orecchio e con lo stesso tono calmo di prima aggiunse: "Sei stata brava, Piper. Non hai perso la testa e hai fatto esattamente quello che ti ho chiesto."

In tutta risposta, lei fu scossa da un brivido, Ace si preoccupò all'istante: la giungla era bollente e umida, se Piper aveva freddo significava che non stava bene. "Ehi, tutto bene? Stai tremando."

"Nervoso," sussurrò lei, "sto bene."

Le accarezzò la testa e la strinse ancora di più a sé. "Certo. Va tutto bene. Respira, Piper."

"Non ce la faccio," gli rispose lei dopo un minuto.

"Certo che puoi," ribatté Ace. "Lo stai facendo."

Piper scosse la testa. "Vi farò uccidere tutti, lo so. Se avessi tossito o starnutito, quel tizio ci avrebbe trovati."

"Ma non è successo e quello non ci ha visti. E anche se ci avesse visti, avrei fatto di tutto per proteggerti."

Lei tirò di nuovo indietro la testa e lo guardò negli occhi

per un lungo istante. "Non voglio essere il motivo per cui spezzi una vita."

"Ogni vita che spezzo non dipende da te," le disse Ace con cocciutaggine. "Dipenderà solo dal fatto che l'altra persona compirà un'azione stupida, come tentare di ferire me o chi sto proteggendo."

Lei rimase in silenzio per qualche istante, poi gli rispose: "Kalee se la sarebbe cavata molto meglio di me... le piaceva fare escursioni e stare all'aria aperta. Era più amichevole di me, più aperta... le ragazzine la amavano, persino le adolescenti."

Ace si accigliò e mosse la mano in modo da riuscire ad accarezzarle una guancia con un pollice.

"Stai andando alla grande, Piper. Credimi, non lo dico a tutti quelli che salvo. Non hai perso la testa, non ti sei lamentata di esserti spezzata un'unghia... sì, è successo davvero, una volta. Quelle ragazzine non ti perdono mai di vista, sei *tutto* per loro."

"Penso che Kemala mi odi," ammise Piper.

Ace scosse la testa. "Non sono un esperto di adolescenti, ma penso sia solo cauta... sicuramente lo è di più rispetto alle altre due. Ma sa che hai a cuore il suo interesse."

"Davvero?" gli chiese Piper, anche se sembrava più rivolta a se stessa che a lui. "Ci siamo ritrovate costrette a stare vicine in quella situazione critica, dentro quello stretto cunicolo... ora le stiamo portando con noi per salvarle. Non hanno idea di cosa accadrà dopo, sinceramente neanche io. La mia unica preoccupazione era quella di salvarle, non cosa sarebbe successo dopo."

Ace non sapeva cosa risponderle, aveva ragione. Dopo qualche istante le chiese: "Cosa ti suggerisce il cuore?"

Lei lo guardò con occhi lucidi, alcune lacrime le bagnarono una tempia e i capelli. "Voglio che stiano al sicuro, che crescano sapendo di essere sempre amate. Voglio che sposino uomini di cui si innamorano e non che siano costrette a sposarsi troppo giovani per dare alla luce un'altra bambina da spedire in orfanotrofio. Voglio che vadano a scuola e diventino qualsiasi cosa vogliano diventare... Ma non so se per loro sarà possibile, ciò è *tremendo*. Sento che se le porto in città, poi sarò solo l'ennesima persona che le delude... che le abbandona."

Ace sapeva che dovevano alzarsi e cercare gli altri, dovevano allontanarsi il più possibile da quei monti pericolosi e raggiungere la città, nella speranza di trovare una realtà più stabile e tranquilla... ma non poteva concludere quella conversazione, non ancora. "Quindi... cosa ti suggerisce il cuore?" ripeté.

Piper gli affondò di nuovo il viso tra collo e spalla. Quando lei gli rispose, più che sentire la risposta la percepì sulla pelle.

"Voglio tenerle."

Ace si aspettava quella risposta, lo aveva già capito dal modo in cui Piper guardava Rani o sorrideva a Sinta, dal modo in cui si preoccupava delle altre e si tormentava circa il comportamento di Kemala.

Ace non sapeva proprio se sarebbe stato possibile adottare le ragazzine: di certo avrebbe richiesto un *bel* po' di lavoro e favori, magari Piper aveva parlato in quel modo solo per la situazione rischiosa in cui si era trovata e per la perdita della migliore amica. Quando avrebbero raggiunto la capitale e sarebbero stati tutti al sicuro, forse lei avrebbe cambiato idea.

Rimasero sdraiati ancora un po', Ace si concentrò sui suoni per cercare di captare segnali dai ribelli, ma sentì solo il canto degli uccelli e il proprio respiro.

Si scostò leggermente da Piper e le chiese: "Pronta a cercare gli altri?"

Lei inspirò a lungo e annuì.

Ace sorrise e tentò di asciugarle le lacrime con un pollice. Finì con l'inzaccherarla ancora di più, ma almeno le ragazzine non si sarebbero accorte delle tracce di pianto. Gli altri lo avrebbero capito dagli occhi rossi, ma Ace non le disse nulla, Piper era già abbastanza in imbarazzo.

Lui si alzò per primo dal loro nascondiglio di fortuna e le tese una mano. Lei l'afferrò subito e tornarono verso il sentiero, senza più separarsi. Ad Ace piaceva tenerla per mano, quel gesto aveva un che di naturale... era una follia, ma lui non aveva alcuna intenzione di fermarsi a esaminare certi pensieri. Pensò a come doveva essersi sentito Rocco la prima volta che aveva incontrato Caite e a quanto fosse dispiaciuto quando erano convinti che sarebbero morti, la volta in cui erano rimasti intrappolati in una cantina del Bahrain. In quella situazione tremenda, Rocco era più disturbato dall'idea che Caite pensasse di essere stata snobbata, che dalla morte stessa.

Persino in quel momento Ace aveva capito che Caite era diversa e avrebbe cambiato la vita di Rocco: era successo proprio così.

Pensò anche a Gumby, al modo in cui si era sentito quando aveva conosciuto Sidney. Dal primo momento in cui l'amico l'aveva vista lottare contro un coglione che maltrattava i cani e si era fermato per aiutarla, Gumby lo sapeva.

Ace nutriva un sentimento simile per Piper, sentiva che avrebbe fatto parte della *sua* vita.

Ace condusse Piper lungo lo stesso sentiero che avevano già percorso, facendo estrema attenzione perché ci erano passati anche i ribelli; raggiunsero il punto dove si erano divisi dagli altri; non c'era nessuno.

"Dove sono? Pensi che i ribelli li abbiano trovati?"

"Niente paura," le disse Ace. "Sono qui in giro. Continueremo a muoverci e ci troveremo al prossimo punto di incontro, se necessario."

"Quale punto di incontro?" gli chiese Piper.

"Decidiamo sempre dove faremo la prossima pausa, prima di ripartire dall'ultima. Ho le coordinate, andremo lì."

"Scommetto che le ragazzine hanno paura," gli disse Piper con calma.

"Sono al sicuro con gli altri," le rispose Ace, nel tentativo di farla stare tranquilla.

"Lo so, è che... per me è strano non averle intorno, le conosco da poco, ma..." le si spense la voce.

"...ma sei stata con loro tutto il tempo," concluse Ace per lei. "È totalmente normale. Le vedrai tra poco. Secondo i miei calcoli, siamo a un'ora di distanza dal ritrovo, ma sono convinto che ci riuniremo con gli altri molto prima."

"Davvero? Non lo dici tanto per dire?"

"Davvero. Faccio del mio meglio per non mentirti, Piper. So che la situazione è stressante, ma rilassati e prova a pensare che non ci stai né rallentando, né deludendo... perché è la verità."

"Ci proverò."

"Bene." Ace proseguì lungo il sentiero, sempre mano nella mano con lei, lasciando l'altra libera nel caso in cui avesse dovuto afferrare l'arma. "Ora... parlami di te."

Piper ridacchiò leggermente. "Wow, una domanda facile facile. Ma del resto abbiamo tempo, no?"

"Sì." Ace *voleva* sapere tutto su quella donna, ma voleva anche distrarla mentre si muovevano nella giungla.

Era anche un po' preoccupato per lei: Piper non aveva mangiato abbastanza da farlo stare tranquillo, quando erano al villaggio, ma lui non aveva voluto forzarla. Almeno lei aveva bevuto la razione d'acqua, Ace doveva accontentarsi... per il momento.

"Beh, mio padre ha lasciato mia madre quando ero piccola e quando avevo cinque anni, mia mamma è stata uccisa durante una rapina a un distributore di benzina vicino casa. Sono stata cresciuta dai nonni materni."

Ace la guardò stupito. "Accidenti, mi dispiace."

Piper fece spallucce. "Eh, va bene così. Non mi ricordo tanto la mamma... a quanto pare era una donna di cuore che faceva due lavori per mantenerci nel quartieraccio dove vivevamo. I nonni erano brave persone, ma non si aspettavano di dover crescere la nipote, sai. Gli voglio bene, ma non siamo molto legati. E tu? Sei in buoni rapporti con i tuoi genitori?"

Ace si sentì male per quella storia, ma era ovvio che lei non avesse sofferto più di tanto crescendo con i nonni. "Lo ero, sì."

"Eri?"

"Sono morti in un incidente stradale, tre anni fa."

"Cazzo, mi dispiace tanto," gli disse Piper. "Non volevo riportarti a galla dei brutti ricordi."

"No, tranquilla. Erano fantastici e innamorati, facevano sempre del loro meglio per mettermi in imbarazzo in pubblico con le loro effusioni... ovunque andassimo. Una sera stavano tornando a casa da una serata con gli amici e sono stati colpiti da un conducente ubriaco. Mi hanno detto che sono morti sul colpo... almeno ringrazio per questo."

"Sì, ma che merda," commentò Piper. "Hanno preso quello che li ha travolti?"

"Sì, condannato per omicidio colposo. Guidava senza patente, gliel'avevano ritirata perché lo avevano fermato ubriaco alla guida già tre volte, prima di quella notte."

"Coglione," esclamò Piper.

Ace ridacchiò, non riuscì a farne a meno.

"Non riesco a credere che tu stia ridacchiando," commentò lei con un sorriso.

"Non ho fratelli, ed è un gran peccato perché li ho sempre voluti. Sono cresciuto in solitudine e quando ho trovato i miei compagni di squadra, ho capito cosa mi fossi perso fino ad allora."

"Quindi siete tutti molto legati, vero?"

"Sì, molto. Farei qualsiasi cosa per loro... *Qualsiasi* cosa, davvero. So che loro farebbero lo stesso per me. Mi coprono le spalle, io copro le loro. Mi piacerebbe se i miei figli condividessero lo stesso legame, sai. So che non tutti i fratelli vanno d'accordo, ma non penso ci sia qualcosa di meglio della sensazione di sapere che hai sempre qualcuno pronto ad aiutarti. Pensaci... un fratello o una sorella è una persona che conosci praticamente da una vita."

Piper annuì. "Non l'ho mai pensata in questi termini, ma hai ragione. E sì, anche io avrei sempre voluto avere fratelli o sorelle. Kalee era come una sorella per me, mi fa male pensare che non faremo ciò che ci siamo dette... partecipare ai rispettivi matrimoni, crescere i figli insieme... cose così."

Ace le strinse la mano con empatia.

Rimasero in silenzio per un po' mentre camminavano, poi Piper gli disse: "So che adottare le ragazzine è un pensiero da fuori di testa. Non pensavo proprio ad avere bambini quando sono partita, non le porterei mai via senza il loro consenso dal loro paese di origine e tutto ciò che conoscono. In parte penso che dovrei cercare di farle sistemare in tutta sicurezza a Dili. Questa è casa loro."

"Casa loro era l'orfanotrofio... e non c'è più. Tutto quello che conoscevano non c'è più," le rispose gentilmente Ace. "Ma penso che saprai aspettare a prendere qualsiasi decisione fino a quando arriveremo a Dili e capiremo com'è la situazione. Ci saranno degli orfanotrofi e chissà... magari vivere in città per loro sarà l'opzione migliore."

"Sì, è quello che continuo a ripetermi. Saranno al sicuro. Voglio dire... i ribelli si aggirano principalmente tra i monti, no?"

"Sì," la rassicurò Ace.

"Quindi... forse è così che deve andare: io le ho salvate e le porto a Dili. Scommetto che in città tante persone le vorranno adottare... o magari anche famiglie all'estero."

Ace dubitava su quel punto: per quel che aveva visto di Dili, gli era sembrata una città povera, non credeva ci fossero tante famiglie disposte ad accogliere delle ragazzine... ma non voleva dire nulla per smorzare l'entusiasmo di Piper o condizionarla, era sicuro che lei avrebbe deciso da sola, senza pressioni di alcun tipo.

"Quindi..." gli disse Piper dopo un gran respiro. "Ace, eh? Scommetto che c'è una bella storia dietro."

Ace sapeva che lei voleva solo cambiare argomento per non pensare a ciò che la stava tormentando, quindi resse il gioco. "Sì. Tra i ragazzi, sono quello che lancia meglio i coltelli." Fece spallucce. "Un giorno stavamo cazzeggiando, bevendo e lanciando coltelli, ma nel momento in cui stavo lanciando sono stato colpito da qualcosa e la mia mira ha vacillato."

Piper lo fissò con occhi sgranati. "Dio santo, non avrai mica colpito qualcuno?"

Ace ridacchiò. "No, ma c'erano dei tizi che stavano giocando a carte, il mio coltello è finito sul tavolo da gioco e ha infilzato la carta che stava tenendo in mano uno di loro... l'asso di picche. Rocco, scemo come sempre, ha commentato: 'Bel tiro, asso[1].' E quindi... ecco il soprannome."

Il sorriso che illuminò il viso di Piper era splendido, Ace la preferiva sorridente piuttosto che in lacrime e prossima al collasso. "Beh, ti calza a pennello."

"Meglio di Beckett?" le chiese con tono giocoso.

Piper si portò un dito al mento, finse di ponderare la questione. "...sì. Qual è il tuo cognome?"

"Morgan."

"Ace Morgan. Mi piace."

Ace le sorrise. Un rumore alle loro spalle lo tramutò immediatamente da uomo rilassato e affabile a soldato tosto: spinse Piper dietro di sé e lontana dal sentiero, a momenti lei non se ne rese conto tanto fu veloce quel movimento.

Lui si portò di nuovo un dito alle labbra, lei annuì.

Rimasero immobili mentre Ace cercava di capire cosa stesse succedendo; un minuto dopo si rilassò e fece cenno a Piper di risalire sul sentiero. Lei obbedì senza porre domande, lui le diede di nuovo la mano.

Ace sollevò la testa e produsse uno strano suono, a metà tra un fischio e un verso per richiamare gli uccelli; pochi secondi dopo, chiunque stesse arrivando riprodusse lo stesso suono.

Poco dopo apparvero Rex, Gumby, Sinta e Rani.

Piper sussultò sorpresa e corse subito verso le bimbe, che lanciarono le braccine intorno a lei e tutte e tre si abbracciarono con grande affetto.

"Tutto bene?" chiese Rex ad Ace mentre si avvicinava.

"Sì, uno dei ribelli si è fatto una bella pisciata dietro il nostro nascondiglio, ma non ci ha visti. E voi?"

"Tutto a posto. Queste ragazzine sono fantastiche, fa quasi male vedere quanto siano in grado di stare tranquille e in silenzio... come se ci fossero abituate," commentò Gumby scuotendo la testa.

"Dove sono gli altri?" chiese loro Ace.

"Non li abbiamo ancora incrociati, ma credo siano più avanti... si muovono più rapidamente con Kemala, dato che è più grande," gli disse Rex.

"Lo penso anch'io," concordò Ace. "Li troveremo al punto d'incontro."

"Per essere tre persone che si sono trovate di botto in uno stress infernale solo tre giorni fa, quelle tre hanno stretto proprio un bel legame," osservò Rex a bassa voce mentre osservava la riunione tra Piper e le bimbe.

Ace annuì. "Sì, ma sappiamo meglio di chiunque altro che le situazioni difficili avvicinano le persone, anziché separarle."

Piper tornò verso il gruppo tenendo per mano le bimbe.

"Procediamo," propose Rex.

Lei sorrise. "Grazie per esservi presi cura di loro, lo apprezzo."

"Ma certo," le rispose Gumby, "Adesso ce ne andiamo sani e salvi da questi monti. Potete contarci."

Piper annuì. "Grazie ancora."

Rani lasciò la mano di Piper e corse verso Ace con le braccine tese.

Lui rimase piacevolmente sorpreso da quella richiesta, così spostò l'arma sulla schiena, si piegò e prese in braccio la piccola, che gli si raggomitolò sul petto.

"Le piace stare lì," commentò Piper con un sorriso.

"Sì, vero," le rispose Ace. "Pronta ad andare?" chiese a Rani.

La bimba annuì e gli passò una manina sulla barba.

"Sai... non credo che abbia mai visto un uomo tanto da vicino, e non con una barba come la tua," osservò Piper.

In tutta risposta Ace inclinò il viso verso Rani e le passò la barba tra il visino e il collo.

La bimba ridacchiò, lui rimase di sasso: non aveva mai udito un suono più bello, una risatina leggera e spensierata. Quella bimba ne aveva passate di tutti i colori e non solo si stava fidando di un uomo appena conosciuto, chiedendogli di farsi portare in braccio... ma ridacchiava per il solletico.

Sinta si sentì esclusa e corse verso Ace, incollandosi alla gamba del soldato e abbracciandolo.

Lui sollevò lo sguardo e guardò Piper: aveva gli occhi che traboccavano d'affetto per le bimbe, lo stesso affetto che anche lui stava iniziando a provare.

Sì... per quanto fosse incredibile, Ace si stava già affezionando... non solo alla donna che si trovava di fronte, ma anche alle bimbe.

Gumby si chinò per prendere in braccio Sinta e le passò la barba sul collo, facendola ridacchiare. "Dai, raggiungiamo gli altri, che dite?" chiese.

"Kemala," gli rispose allegramente Sinta, poi indicò il sentiero.

"Certo, andiamo a trovare Kemala," concordò Gumby.

Rex si mosse per primo, seguito da Gumby con la bimba contenta. Piper lo seguì da vicino e Ace chiuse la fila. Mentre procedevano, il SEAL non poté fare a meno di fissare la bionda che camminava davanti a lui.

Ma cosa diavolo gli stava succedendo? Cosa c'era in Piper che lo aveva tanto colpito?

Non ne aveva idea, ma per il momento decise di seguire il flusso degli eventi... avrebbe continuato a conoscerla mentre si dirigevano verso Dili. Magari dopo qualche giorno di forzata escursione, senza doccia, stanco e accaldato, si sarebbe ripreso dai sentimenti travolgenti e improvvisi che provava per Piper Johnson.

CAPITOLO QUATTRO

Come previsto da Ace, gli altri erano arrivati per primi al punto d'incontro. Dopo il raduno, il gruppo si rimise in marcia per altre due ore. Non incontrarono altri ribelli, ma ogni tanto si sentivano degli spari in lontananza.

Anche se il peggio delle schermaglie sembrava allontanarsi, i SEAL non si sentivano ancora fuori pericolo.

Piper aveva capito perfettamente che, se non si fosse imbattuta in quella squadra di soldati, non ce l'avrebbe mai fatta a raggiungere Dili da sola. Loro erano dei professionisti: non solo erano in grado di studiare rapidamente il suolo quando dovevano lasciare il sentiero per evitare brutti incontri, ma erano in grado di capire con facilità da quanta distanza provenissero gli spari.

Rani, Sinta e Kemala tenevano il passo dei SEAL, ma quando le più piccole si stancavano, gli uomini le portavano in braccio. Piper non ce l'avrebbe fatta, tanto era stanca; fino a quel momento le ragazzine avevano retto bene, ma lei non aveva idea di quanto ancora avrebbero sopportato.

Dopo un altro momento di riposo, Rocco annunciò che avrebbero cercato un posto dove accamparsi la notte.

Piper non era entusiasta all'idea di passare la notte nella giungla, ma del resto non avrebbero di certo trovato un hotel a cinque stelle dietro il prossimo albero.

Gumby e Rocco si erano allontanati per cercare posti adatti dove trascorrere la notte; dopo un'ora, erano tornati annunciando di aver trovato il luogo adatto.

Piper sperava che avessero trovato un riparo, una capanna... anche una dannata tenda da poter usare per ripararsi. Ma quando lei rivelò ad Ace quelle speranze, lui le spiegò che non avrebbero usato alcun tipo di attrezzatura, altrimenti avrebbero dato troppo nell'occhio a chiunque passasse di lì, ribelli inclusi.

Aveva senso, certo, ma a Piper non piacque comunque quella spiegazione.

A lei piaceva stare al chiuso, adorava le coperte: ne aveva tante a casa, quando si appollaiava sul divano adorava arrotolarsi in una copertina. Riverton non era una città molto fredda, ma Piper preferiva scaldarsi con le coperte invece di puntare troppo sul riscaldamento.

Il posto designato per la notte era una parte molto fitta della giungla, con molti alberi frondosi dai rami bassi. C'erano anche tanti alberi caduti nella zona, Ace le spiegò che potevano sdraiarsi vicino agli enormi tronchi proprio come avevano fatto loro due quando il ribelle aveva orinato sul lato opposto.

Senza badare troppo alla praticità, Piper si era immaginata di accendere un bel falò e guardare le stelle... una fantasia sciocca, ne era consapevole, ma non riuscì proprio a trattenersi al pensiero di tutti gli esserini striscianti con cui sarebbe dovuta entrare in contatto di lì a poco.

"Tutto bene?" le chiese Ace mentre le si avvicinava.

Gli altri SEAL continuavano a muoversi nei paraggi, preparavano i posti per dormire e intanto perlustravano la zona. Rex, Rocco e Gumby coinvolgevano le ragazzine per tenerle occupate.

"Non proprio," gli rispose lei onestamente.

"Cosa posso fare per farti *stare* meglio?" le chiese Ace.

"Ordinami del cibo cinese, trovami un materasso comodo, un bel cuscino, una lunga doccia calda... ma non in quest'ordine," scherzò lei.

Ace non sorrise e le rispose: "Quando arriveremo a Dili, farò il possibile per procurarti tutto."

Piper sospirò e gli regalò un piccolo sorriso. "Va bene così... so che sono fortunata a essere ancora viva, devo ammettere però che tutta questa avventura è decisamente fuori dalla mia zona di comfort."

"Per quel che vale, secondo me sei stata fantastica."

"Grazie, ma sappiamo entrambi che non è vero."

Ace le mise le mani sulle spalle e la voltò verso di sé. "Sì, invece. Lo so bene, dato che ho salvato la mia buona parte di damigelle in pericolo."

Piper lo fissò pensosamente. Era molto curiosa circa l'uomo che le stava di fronte, non poteva negarlo. Lei era cresciuta a Riverton e quindi aveva visto tanti marinai, tanti da formarsi un giudizio proprio, forse per stereotipi, ma non aveva mai considerato i SEAL fino al momento in cui l'avevano salvata da quel maledetto orfanotrofio sperduto nella giungla.

Eppure, Ace non si comportava come un soldato delle forze speciali. A dirla tutta, nessuno dei SEAL lo faceva... beh, forse l'unico era Phantom: agli occhi di Piper era scorbutico e indecifrabile. Era così che lei si immaginava i militari, ma c'erano anche Gumby, che giocava con Rani, Rex, che spiegava con pazienza a Sinta tutto ciò che stava facendo e Rocco, che stava mostrando a Kemala come adoperare il depuratore d'acqua che stava usando.

Nessuno di loro si era mostrato impaziente quando lei o le

ragazzine avevano avuto bisogno di una pausa, o cadevano a terra. Non si erano spaventati quando Rani si era sbucciata le ginocchia dopo una caduta. Con un po' di fantasia, Piper poteva fingere di vivere un'avventura con un gruppo di amici, invece di scappare con degli sconosciuti per salvarsi la pelle dalla giungla, in un paese straniero.

"Quante persone *hai* salvato?" gli chiese Piper. Ace era sempre davanti a lei e le teneva le mani sulle spalle, in paziente attesa che lei la smettesse di fantasticare e gli rivolgesse la parola.

Ace fece spallucce. "Onestamente non lo so, non ho tenuto il conto, ma di sicuro sono tante. Alcune persone, non solo donne, anche uomini, sono andate completamente nel panico; in alcuni casi abbiamo dovuto mettere qualche persona fuori combattimento, per poterla salvare. Altre si sono letteralmente bloccate dal terrore, abbiamo dovuto portarle via in spalla. Poi c'era chi era talmente fuori forma da non essere in grado di camminare più di cento metri senza fermarsi. Poi c'erano persone talmente preoccupate del proprio benessere da non avere nemmeno un briciolo di empatia per il prossimo... una volta uno di noi è rimasto ferito, il tizio che dovevamo salvare ha proprio detto che se non ci fossimo sbrigati, ci avrebbe fatto causa."

Piper sussultò. "Ma dici davvero?"

"Sì. Quindi credimi quando ti dico che stai andando proprio alla *grande*."

Lei deglutì rumorosamente, fece un respiro profondo ed esplose in un torrente di parole.

"Sono terrorizzata, sento male ovunque, non so se riuscirò a camminare anche domani. Non sono una che si allena, non sono abituata a questi sforzi. Sono devastata per la morte di Kalee e delle altre bambine, sono furiosa con i ribelli per aver ucciso donne e bambine indifese. Non riesco a smettere di pensare al signor Solberg e a quanto soffrirà quando saprà della figlia. Sono preoccupata di cosa ne sarà di Rani, Sinta e Kemala quando arriveremo a Dili. Non mi piace che Phantom sia infastidito per non aver compiuto la missione, ovvero aver salvato Kalee.... E mi sento disgustosa, non mi faccio una doccia da giorni: puzzo, sono stanca, ho sete. L'ultimo dei miei desideri è quello di sdraiarmi per terra tra lo schifo e gli insetti che mi strisciano addosso. Voglio solo tornare a casa."

Senza dire una parola, Ace le portò una mano sulla nuca e una alla vita, poi la spinse leggermente verso di sé, fino a far toccare le loro fronti.

Piper voleva scoppiare a piangere, ma era tanto disidratata da non riuscire a produrre nemmeno una lacrima; si aggrappò al polso di Ace. Quella posizione avrebbe dovuto metterla in imbarazzo, in fin dei conti si conoscevano appena, ma dopo tutto quello che avevano passato, Piper si sentiva semplicemente meglio mantenendo il contatto con quell'uomo, non le importava se lui le invadeva lo spazio personale.

"Mi preoccuperei se tu *non* provassi tutto ciò," le disse Ace con calma dopo qualche istante.

"Tutta la situazione è molto al di fuori della tua zona di comfort, direi anche troppo. Pensavi di andare in vacanza a trovare la tua amica, alla peggio rimediare qualche puntura di insetto, invece sei finita in una rappresaglia di ribelli. Sei troppo severa con te stessa... nonostante tutto ciò che senti, non ti sei mai lamentata. Ti porterò a casa, Piper, in quel bel letto soffice e comodo che desideri tanto."

Piper chiuse gli occhi e si appoggiò ancora di più contro la fronte del soldato.

"Il fatto che in questo momento ti preoccupi delle ragazzine, del padre di Kalee e Phantom è impressionante: chiunque altro nei tuoi panni si starebbe preoccupando solo per sé... vorrei dirti di fare lo stesso, e pensare solo a te, ma credo che non mi daresti retta... sbaglio?"

Piper scosse lentamente il capo.

Ace la fissò, Piper si perse in quegli occhi profondi, che le ricordavano la cioccolata al latte che le piaceva bere ogni tanto. Marrone scuro, ma con una parte più chiara quando aggiungeva il latte nella bevanda. Gli osservò le labbra, piene e circondate dalla barba; all'improvviso, Piper desiderò che Ace si muovesse come aveva fatto con Rani e le passasse la barba sul collo.

"Non posso fare nulla per alleviarti il dolore o rimediarti una doccia, ma se a te va bene, mi piacerebbe dormire vicino a te e fare il possibile per allontanare gli insetti."

Lui le sorrise e Piper si sentì incredibilmente meglio. Era bello ricevere complimenti, forse lui cercava solo di tirarla su di morale, ma a lei non importava: aveva bisogno di conforto, bisogno di sentirsi dire che stava andando bene, dal momento che lei non si sentiva tanto sicura di sé.

"Mi piacerebbe," gli disse con solennità.

Poi le venne l'improvviso, folle impulso di sollevarsi in punta di piedi e baciarlo.

Lui le guardò le labbra per un secondo, provocandole la pelle d'oca sulle braccia; Piper voleva baciarlo, sentire il tocco di quelle labbra, sentire quella barba sul viso.

"Ace, dove... Ops, scusate."

Piper si sentì avvampare ma sperò che il colorito delle guance venisse scambiato per una scottatura; indietreggiò e guardò Bubba.

"Non c'è problema, stavo solo elogiando Piper per la sua condotta," gli disse Ace.

Bubba annuì con vigore. "Concordo. Sono veramente contento per il fatto che non hai perso la testa e non abbiamo dovuto metterti fuori combattimento per portarti giù da questi monti."

Piper lanciò un'occhiata divertita ad Ace.

"Vedi? Non ti stavo prendendo in giro," le disse lui con un piccolo sorriso.

Piper sorrise di rimando. "Immagino di no."

"Comunque volevo sapere dove volevate dormire. Ho parlato con Rocco; lui, Gumby, Rex e Phantom occuperanno i quattro angoli della zona. Potremmo mettere le ragazzine in centro, dove ci sono quei grossi tronchi."

Ace annuì. "Sì, ottimo. Ho promesso a Piper che avrei fatto di tutto per non farla disturbare dagli insetti fastidiosi che ci sono qui."

Bubba sorrise. "Ah, non ti piacciono gli insetti?" le chiese.

Lei rabbrividì e si limitò a dire: "No."

Il sorriso di Bubba si spense e le si avvicinò, non tanto quanto aveva fatto Ace, ma comunque varcò la soglia dello spazio personale. "Ti stai comportando benissimo, Piper. So che Ace te l'ha già detto, ma non stava scherzando. Non potevi fare di meglio che resistere e restare in vita. Tu e le ragazzine. Non sei andata nel panico; abbiamo visto tante persone nella tua stessa situazione dare i numeri e morire... quindi grazie. Grazie per averci permesso di tenerti in vita. Faremo tutto il possibile per continuare così."

Poi annuì a entrambi, si voltò e tornò verso gli altri.

Piper si rivolse ad Ace con uno sguardo confuso. "Mi ha ringraziato per essere rimasta in vita?"

Ace annuì. "Abbiamo avuto la nostra dose di missioni fallite, dove non siamo riusciti a riportare gli obiettivi a casa."

"Come Kalee."

"Come Kalee," confermò Ace.

"È per questo motivo che Phantom è tanto adirato?" gli chiese.

Ace fece spallucce. "Credo di sì. Il pensiero di lasciarci qualcuno alle spalle è odioso... Kalee non era una SEAL, ma era americana e..." si interruppe.

"E?" lo incalzò Piper, appoggiandogli una mano sul polso.

"...e Phantom detesta fallire, è molto severo con se stesso, probabilmente a causa del padre che si aspettava sempre il massimo da lui."

"Oh... Sì beh, posso capire quanto sia frustrante non portare a termine un lavoro assegnato."

Ace le portò due dita sotto il mento, alzandole il viso per incontrarle lo sguardo.

"Phantom non ti odia, Piper. È solo frustrato, sa quanto noi che è più importante tenere te e le ragazzine al sicuro, rispetto a riportare il corpo di Kalee negli Stati Uniti."

"Non è giusto," sussurrò Piper.

"No," concordò Ace.

Piper si leccò le labbra secche e gli disse: "Dovremmo aiutare gli altri a sistemare tutto per la notte."

"Nah, i ragazzi se la stanno cavando."

Piper gli rivolse un piccolo sorriso. "Sì, però... non sto dando il buon esempio alle piccole."

"Vero," concordò lui.

Poi Ace sorprese Piper, le accarezzò i capelli impiastricciati e mormorò: "Sei bellissima. Anche se sei stanca, sporca e fuori dal tuo contesto, sei stupenda." Lasciò cadere la mano lentamente, poi indicò il gruppo. "Dopo di te."

Piper stava sicuramente arrossendo di nuovo, ma si mosse verso il gruppo.

Due ore dopo, il sole era calato oltre l'orizzonte e tutto era divenuto buio. Piper e le ragazzine si erano rintanate nello spazio tra due grandi tronchi, nel tentativo di dormire un po' prima di incamminarsi verso la capitale. I SEAL si erano riuniti tra loro da circa quindici minuti, così Piper poteva parlare con le piccole.

"Rani, stai bene?" le chiese.

La bimba annuì, era raggomitolata su Piper e le teneva la testa su una spalla.

"Sinta, tu?"

"Sto bene," le rispose la piccola. Era appoggiata su Rani, apparentemente a proprio agio nel terriccio. Piper non era contenta che le ragazzine sembrassero abituate a dormire in posti tanto scomodi, a differenza sua.

Piper si voltò verso Kemala e le disse: "E tu? Stai bene?"

La sola risposta fu un lieve borbottio.

Piper sospirò e le disse: "So che non ti aspettavi un risvolto del genere quando eri incastrata in quel cunicolo con me. Mi dispiace che non ci sia Kalee, al suo posto ci sono io. Sto facendo del mio meglio per tenervi al sicuro... so che sei arrabbiata con me per qualche motivo. Parlami, Kemala: farò di tutto per farti stare meglio."

L'adolescente si girò, dando le spalle a Piper.

Piper sospirò di nuovo, triste e frustrata. "Non importa se non vuoi parlarmi... continuerò comunque a proteggerti," le disse.

Si avvicinò una lucina e Piper si voltò immediatamente.

"Siamo noi," sussurrò Ace. "Io e Bubba."

"Ciao," disse loro Piper.

Lei sapeva già che erano loro perché dopo la cena (a base di altri pasti pronti) Ace le aveva detto quale sarebbe stata la disposizione per la notte e come i SEAL avrebbero pattugliato a turni, tanto per essere sicuri che nessuno osasse avvicinarsi per tendere un'imboscata.

Le aveva detto che lui e Bubba avrebbero dormito accanto a loro, per aggiungere altra protezione. In quel momento, Piper aveva realizzato quanto quei soldati si stessero esponendo al pericolo per salvare lei e le ragazzine, per condurle in città. Era stupita e colpita: non era sicura di valere tutti gli sforzi dei SEAL, ma di sicuro la vita delle piccole era preziosa: non avevano potuto vivere in modo decente e avevano sofferto senza avere alcuna colpa. Erano solo finite nel posto sbagliato, al momento sbagliato.

"Fatti in là, Piper," le disse Ace mentre si avvicinava con cautela.

Lei obbedì, spostandosi con Rani verso destra. Anche Sinta si scostò fino a toccare la parete del tronco con la schiena. Kemala si era girata e osservava Ace da vicino.

Lui si sedette accanto a Piper e si sdraiò, poi la prese tra le braccia e la tirò a sé senza alcuno sforzo, finché lei gli fu completamente sopra. Poi tese un braccio a Rani e le disse: "Vieni qui, piccola." Rani si accoccolò immediatamente accanto a lui. Sinta si raggomitolò di nuovo accanto a Rani, con un braccio intorno alla bimba e l'altra mano che toccava il fianco di Ace.

Poi lui si voltò verso Kemala e tese l'altro braccio. "Vieni, Kemala. So che sei troppo grande per le coccole, ma è passato tanto tempo da quando ho dormito nella giungla e mi farebbe piacere un po' di conforto."

Piper non aveva idea se Kemala avesse capito quanto detto, ma rimase sbalordita quando l'adolescente ridacchiò e si avvicinò al soldato.

Piper si sollevò dal petto di Ace e gli sussurrò: "Che stai facendo?"

"Ti ho promesso di proteggerti dagli insetti striscianti," le disse Ace con naturalezza.

Lei lo fissò: non poteva vedere tanto a causa del buio, ma era davvero stupita. "Davvero, va tutto bene."

"Lo so. Ora vieni giù e rilassati," le suggerì.

Piper si abbassò lentamente sul petto di Ace e gli appoggiò una guancia sul cuore. Come letto improvvisato, Ace non era proprio comodo per via dell'uniforme spigolosa, colma di tasche con oggetti contundenti, ma se ciò le impediva di stare sul terriccio della giungla... avrebbe dormito lì ogni notte.

"Ace... bene?" sussurrò Sinta.

"Sì," le rispose subito Ace. "E tu?"

"Bene," gli rispose Sinta.

"Kemala? Stai bene?" le chiese Ace.

"Sì," gli rispose l'adolescente a mezza voce.

"Rani?"

Un russare leggero rispose per la bimba.

Piper sentì la vibrazione della risatina di Ace e chiuse gli occhi: in quel momento capì di essere molto fortunata. Non lo pensava di certo, quando era rimasta intrappolata sotto il pavimento dell'orfanotrofio, ma realizzò che stando sopra Ace, un potente SEAL disposto a tutto per salvarla, con Rani che russava e Sinta e Kemala in piena salute, capì quanto si era sbagliata.

Non aveva idea di quanto tempo fosse passato, ma quando capì che le ragazzine si erano addormentate tra respiri profondi, Piper sussurrò: "Ace?"

"Sì?" le rispose fulmineo.

"Grazie."

"Dormi, Piper," le rispose lui. "Ti terrò al sicuro. Vi terrò *tutte* al sicuro."

"Lo so."

Piper non credeva di poter dormire tra i dolori, i crampi allo stomaco per la cena improvvisata dopo giorni di digiuno, il pensiero degli insetti che potevano infastidirla nonostante Ace... eppure, nel giro di pochi minuti, lo stress accumulato e la mancanza di sonno la sconfissero e si addormentò.

———

Ace non dormì.

Piper gli pesava sul corpo, anche se non troppo; i respiri di lei lo confortavano.

Sentire Rani sul braccio destro e la manina di Sinta che gli stringeva la maglia lo portavano al settimo cielo, anche il calore del corpo di Kemala sul lato sinistro lo rilassava. L'adolescente non era rannicchiata contro di lui, ma era comunque a portata di mano. Era circondato dalle sue ragazze: erano al sicuro.

Le sue ragazze.

Un momento... quel pensiero lo perforò.

Ma a cosa stava pensando? Non erano sue.

Le sue ragazze.

Una volta raggiunta Dili, probabilmente Piper avrebbe lasciato Rani, Sinta e Kemala in un orfanotrofio e non le avrebbe più viste.

Le sue ragazze.

Poi, una volta a casa, Piper avrebbe voluto dimenticare tutto del periodo a Timor Est, lui incluso, e non poteva di certo biasimarla.

Le sue ragazze.

Nonostante tutto, Ace sentì un qualcosa dentro di sé, una voce che gli strillava di dover proteggere quelle quattro persone preziose, erano sue: le doveva proteggere, rendere felici, le doveva tenere con sé per sempre.

Era una follia... però Ace dovette ammettere che non aveva mai provato nulla di simile per nessuno, in tutta la sua vita. Ripensò di nuovo a quando era rimasto bloccato in quella cantina umida in Bahrain, con Rocco e Gumby. Erano sicuri di trovare la morte, l'avevano accettata, lui si era rammaricato di non essersi creato una famiglia.

Non riusciva a non pensare che tutto quell'evento fosse mosso dal destino. Quelle tre ragazzine avevano bisogno di qualcuno che si prendesse cura di loro, che le proteggesse dai ragazzi pericolosi, che insegnasse loro a difendersi e ad aspettarsi sempre il meglio dalla vita, non il peggio.

Le sue ragazze.

E poi... Piper. Gli piaceva sentirla su di sé, la sensazione era... naturale, *inevitabile*. Era un miracolo che fosse sopravvissuta all'attacco contro l'orfanotrofio: le probabilità che lei si trovasse nel punto giusto per nascondersi nel momento del pericolo erano al limite del ridicolo.

Rivolse una preghiera a Kalee, ringraziandola per aver avuto la lungimiranza di nascondere le ragazzine, poi restò a fissare le poche stelle che riusciva a vedere scintillare nella volta celeste.

Le sue ragazze.

Non avrebbe dovuto pensare a loro in quel modo... la separazione sarebbe stata straziante.

Ace sentì Sinta agitarsi contro Rani, poi udì una vocina assonnata. "Ace?"

"Shhhh, Sinta. Sono qui," le sussurrò Ace.

La bimba gli strinse la camicia con più forza, poi si limitò a dirgli: "Ok."

Ace sentì il cuore sul punto di scoppiare, non riuscì a trattenere quelle parole: "Dormite bene, ragazze. Vi terrò al sicuro."

Piper gli portò una mano al collo e si mosse leggermente per incastrare ancora di più i loro corpi.

Ace chiuse gli occhi e sospirò soddisfatto... anche se era preoccupato.

Le sue ragazze.

Sì, ma per quanto tempo?

CAPITOLO CINQUE

Il giorno seguente non fu molto diverso dal precedente, il gruppo continuava la discesa tra i monti per raggiungere Dili: man mano che si allontanavano, gli spari diventavano sempre più remoti, così come le possibilità di imbattersi in qualche banda di ribelli.

Per il momento i ribelli si mantenevano nelle piccole città e nei villaggi di montagna, nella speranza di reclutare nuovi soldati... dove per "reclutare" intendevano costringere uomini e ragazzi ad abbracciare la causa.

Ormai i SEAL e le ragazze si erano allontanati parecchio dall'orfanotrofio e Ace iniziava a sentirsi più sicuro. Ciò non significava che non ci fosse più pericolo, semplicemente c'erano meno minacce; ma lui sapeva che la squadra non avrebbe mai abbassato la guardia, se non dopo aver messo piede su un aereo diretto in California.

Le ragazzine marciavano allegramente, addirittura saltellavano lungo il percorso. Rocco era sicuro che una volta raggiunta la piccola cittadina ai piedi della montagna avrebbero trovato un passaggio per arrivare fino a Dili. Il fatto che non fossero riusciti a comunicare con il comandante infastidiva i SEAL, che però avevano imparato a sfruttare al meglio ogni situazione. Si sarebbero dovuti schiacciare tutti quanti dentro un pick-up o qualche mezzo simile, ma qualsiasi disagio sarebbe stato meglio che raggiungere la capitale a piedi.

Ace sperava di avere davanti solo un giorno di cammino: Piper zoppicava abbastanza e lui la guardava accigliato e preoccupato. Lei diceva di essere solo un po' indolenzita, motivo per cui camminava in quel modo, ma lui non ne era tanto sicuro.

La notte precedente lui aveva dormito in modo discontinuo, come si era abituato durante l'addestramento. Era costantemente consapevole di tutto ciò che lo circondava: aveva percepito sia i compagni che pattugliavano la zona, sia Kemala che cambiava posizione durante il sonno, ma si era concentrato principalmente sul peso tutt'altro che fastidioso che aveva sul petto... Gli piaceva avere Piper sopra di sé.

Anche se era sporca, stanca, fuori dalla zona di comfort e aveva avuto solo quel momento di sfogo con lui, si era comportata benissimo ed era stata molto disponibile nel cooperare.

Le ragazzine si erano svegliate presto, Ace le aveva spedite da Rocco per fare colazione; una volta rimasto solo con Piper, aveva chiuso gli occhi e per un secondo aveva finto di essere a casa con lei, facendo i pigroni la domenica mattina mentre i loro figli ridacchiavano e giocavano nella stanza accanto.

Aveva accarezzato il dorso di Piper e aveva sorriso, quando lei si era stretta a lui. Si era mossa durante la notte, si era spostata verso l'alto portandogli il naso nel collo; lui aveva avvertito ogni caldo respiro contro la pelle...

...e aveva sentito l'immediato bisogno di rivendicarla, voleva farla sua.

L'aveva sentita stiracchiarsi, ma Piper non sembrava aver

fretta di spostarsi: Ace sperava che anche lei sentisse quella forte connessione.

"Ace?" aveva sussurrato lei dopo essersi svegliata da un po'.

"Sì, Piper?"

"Immagino che tu non abbia del caffè nelle tue fantastiche tasche, vero?"

Lui aveva ridacchiato. "Temo di no."

Lei aveva sospirato. "Magari questa è la volta buona che rinuncio alla caffeina... alla fine, è una settimana che non bevo un caffè."

"Quando arriviamo a Dili te ne prendo una bella tazzona, che ne pensi?"

"Sarebbe splendido."

"Come stai oggi?"

"Bene."

"No," lui aveva scosso leggermente il capo. "Non dirmi quello che pensi io voglia sentire. Devi essere onesta, ci aspetta ancora un lungo cammino e devo sapere come te la stai cavando."

Piper aveva sospirato, provocando ad Ace ulteriori brividi lungo le braccia. "Non so... Non voglio muovermi da qui. Sono indolenzita, ovvio. Lo ero già ieri, il secondo giorno è pure peggio. Ma ce la faccio: se l'alternativa è starmene seduta sul terriccio, non va bene."

"Vuoi alzarti per vedere come ti senti?"

"No."

Ace aveva ridacchiato: gli aveva detto di no. Semplice. "Dai, ti aiuto." Ace si era alzato lentamente stringendo a sé Piper, lei gli si era seduta a cavalcioni. Si erano scambiati un lungo sguardo e lui aveva percepito una scintilla scoccare tra loro, ma lei aveva sbattuto le palpebre voltandosi dall'altra parte.

Lui l'aveva aiutata ad alzarsi, prendendola per le braccia quando l'aveva vista traballante.

"Piper?"

"Dammi un attimo," gli aveva chiesto lei.

Ace aveva aspettato; quando lei si era sentita stabile, aveva tentato un paio di passi incerti, poi gli aveva rivolto un sorriso strano. "Sono solo indolenzita, vedi? Quando ci metteremo in cammino, starò meglio."

Si erano mossi e avevano camminato per tre ore, ma Ace sapeva che Piper non stava affatto meglio: qualsiasi fosse il problema, non era solo una questione di muscoli doloranti.

Ace richiamò l'attenzione di Rocco e indicò Piper con una sollevata di mento, poi si indicò i piedi: l'amico annuì.

In dieci minuti trovarono un posto per fare una pausa e mentre tutti sgranocchiavano dei cracker Ace andò verso Piper, si inginocchiò di fronte a lei e le mise una mano su un ginocchio. "Ti controllo i piedi."

Lei lo fissò con occhi sgranati e ritrasse i piedi, come previsto da Ace. Lui si limitò a palparle un polpaccio e la guardò senza dire altro.

Piper si guardò rapidamente intorno: stava cercando l'aiuto delle ragazzine o era imbarazzata?

"Piper? Parlami... che succede?"

Lei fu scossa da un tremito e si guardò le mani in grembo. "Una squadra è forte tanto quanto l'elemento più debole... non voglio essere io. Voglio andarmene da qui, lasciare questa montagna proprio adesso, posso solo camminare: un passo dopo l'altro. Ce la faccio."

Il cuore di Ace si spezzò per lei. "Ma certo," la rassicurò. "Ma non devi soffrire, sai. Posso dare un'occhiata ai piedi?"

Lei non rispose alla domanda. "Dovrei stare *bene*: indosso scarpe da ginnastica, le piccole hanno le infradito..."

"Indossano quegli affari da tutta una vita, i loro piedi si sono irrobustiti, sono abituati a questi ambienti... ma non penso che lo stesso valga per te."

Lei sbuffò. "Direi di no."

Ace sorrise, poi tornò serio: "Fammi dare almeno un'occhiata, abbiamo diversi tipi di cuscinetti imbottiti e cerotti che possiamo applicare dove necessario. Fidati, con un po' di coccole ti sentirai meglio."

Lei lo guardò a lungo prima di rispondergli: "Odio essere l'elemento debole del gruppo."

"Abbiamo tutti le nostre debolezze," le rispose tranquillamente Ace. "Ciò non ci rende migliori o peggiori degli altri."

"E sentiamo, qual è la tua debolezza?" gli chiese lei, con occhi ridotti in due fessure.

"Spazi angusti," replicò immediatamente il soldato.

Piper lo fissò sorpresa.

"Non scherza," intervenne Bubba, alle spalle di Ace. "Io non nuoto benissimo."

"A me non piacciono le altezze," aggiunse Rex dalle vicinanze.

"Conosciamo tutti le nostre debolezze e ci aiutiamo l'un l'altro per superarle, quando è necessario," le spiegò Ace. "Non siamo macchine... siamo umani. Serve capirlo per lavorare insieme. Concordo con quanto hai detto prima... Una squadra è forte tanto quanto l'elemento più debole, ma Piper...non sei per niente debole, neanche per idea. Guarda come ti sei comportata bene negli ultimi cinque giorni: direi che sei molto forte. Ora... posso controllare i piedi?"

Sinta raggiunse Piper, le mise le braccia intorno al collo e le chiese: "Tengo mano?"

Le bastò quello. Piper inspirò a fondo e annuì. "Sì, grazie. Mi sentirei meglio se tu mi tenessi la mano."

Rani le raggiunse di corsa e prese l'altra mano di Piper, non voleva essere esclusa.

Ace alzò lo sguardo e vide che Kemala stava osservando la scena, di fianco a Bubba. L'adolescente si comportava sempre in quel modo: osservava e ascoltava tutto, assorbiva ogni evento.

"Buone notizie," disse Rocco, alle spalle di un Ace occupato a slacciare le scarpe di Piper, "sono riuscito a parlare con il comandante: dice che quando riusciremo a raggiungere la cittadella qui vicino, dovremmo trovare un passaggio per raggiungere Dili."

Ace non distolse lo sguardo da ciò che stava facendo, i SEAL conoscevano già il piano, lui sapeva che l'amico stava solo tentando di distrarre Piper da quella situazione.

Continuò a fischiettare e rimosse con estrema delicatezza la scarpa e il calzino di Piper.

La vista del piede gli fece venire voglia di imprecare e picchiare qualcuno, ma si trattenne. I piedi erano rosa e raggrinziti, come se lei li avesse tenuti a mollo in acqua per ore. C'erano bolle bianche e vesciche, ovvio che zoppicava.

A un certo punto, Piper si era inzuppata i piedi... probabilmente era successo quando avevano attraversato un ruscello il giorno precedente. Lei non indossava le calzature tattiche dei SEAL, quindi ovvio che si era inzuppata scarpe e calzini, che non avevano avuto il tempo di asciugarsi. Ace si rimproverò di non averci pensato... era stato proprio *stupido*.

I SEAL sapevano che era fondamentale tenere i piedi all'asciutto, specialmente in lunghi percorsi come quello che stavano affrontando.

"Dobbiamo amputare?" scherzò lei.

Ace la guardò: Piper stava scherzando, ma era preoccupata. Si sforzò di sorriderle e scosse la testa. "Ma no, va tutto bene. Dobbiamo solo lasciarli respirare un po' e farli asciugare. Quando è stata l'ultima volta che ti sei tolta calzini e scarpe?"

Piper fece spallucce. "Non so neanche che giorno sia oggi, ma non le ho tolte da quando sono andata a visitare l'orfanotrofio con Kalee."

Ace annuì, era ciò che si aspettava. Sentì del movimento alle spalle ma non si girò, era sicuramente uno dei compagni che stava armeggiando con lo zaino alla ricerca di ciò che serviva per curare i piedi di Piper. "Va bene, Piper. Non è un gran problema. Senti male?"

Lei fece di nuovo spallucce. "Un pochino, sì... me li sento pesanti, ecco. Prudono un po'."

Ace sapeva che quelli erano i sintomi tipici del cosiddetto 'piede da trincea'. La giungla non era per nulla fredda, ma i piedi non avevano avuto modo di asciugarsi per diversi giorni di seguito. Camminarci sopra, poi, non aveva aiutato. Piper aveva una vescica particolarmente ostica sul tallone.

Phantom si inginocchiò accanto ad Ace e prese alcuni panni sterili, salviette mediche e cerotti. Aveva due asciugamani che avrebbero usato per asciugarle i piedi il più possibile. C'erano anche un paio di calzini asciutti.

Piper non disse nulla, si limitò a guardare Phantom con espressione preoccupata.

Ace sapeva che Piper si sentiva a disagio con l'amico, anche se non ce n'era motivo: sebbene Phantom fosse un po' scorbutico, non avrebbe mai fatto del male a Piper. L'amico si sentiva frustrato per il fallimento della missione, non erano riusciti a salvare Kalee, ma di sicuro anche lui si stava impegnando come gli altri per portare Piper e le ragazzine in salvo.

Ace rivolse un cenno a Phantom, si sedette sui talloni e prese un povero piede martoriato di Piper tra le ginocchia, Phantom fece lo stesso con il piede sinistro.

Nessuno proferì parola per alcuni minuti, finché Piper sbottò: "Se avessi saputo che siete dei massaggiatori tanto bravi, avrei parlato prima."

Ace notò che Phantom curvò le labbra in un piccolo sorriso, ma continuò a lavorare sul piede sinistro.

"E vorrei anche lo smalto... Sì, quando avete finito, potete anche terminare la pedicure con un bello smalto," continuò Piper.

Ace ormai aveva capito che quando Piper si sentiva a

disagio usava l'umorismo per difendersi, quindi le sorrise e le rispose con tono giocoso: "La prossima volta."

"Pe-di-cure?" chiese Sinta, con la fronte aggrottata dalla confusione.

Quella semplice domanda fu sufficiente a distrarre Piper, che cercò di spiegare alla piccola cosa fosse la pedicure, mentre Ace e Phantom continuarono la loro medicazione senza intoppi.

Ace avrebbe voluto una pausa più lunga per far riposare quei piedi martoriati, ma dovevano muoversi. Se non si fossero sbrigati a lasciare quei monti, non avrebbero più potuto permettersi pause extra. Infilò un calzino asciutto sul piede di Piper con estrema delicatezza e le rimise una scarpa, imitato da Phantom, poi i due uomini si alzarono.

"Allora, come va?" le chiese Ace mentre si inginocchiava di nuovo davanti a lei.

"Meglio," confermò Piper.

"Ricorda... non devi dirmi quello che credi voglia sentire, devi dirmi la verità. Fai qualche passo, senti male da qualche parte? Come vanno le vesciche?"

Piper inspirò a fondo e camminò intorno alla roccia su cui si era seduta. "Tutto bene. Davvero," disse ad Ace per rassicurarlo, poi si rivolse a Phantom. "Grazie," gli disse a bassa voce.

"Non c'è di che," le rispose Phantom con un cenno, poi raccolse gli involucri dei medicamenti e se li rimise nello zaino.

"Dai, ragazze. Aiutatemi a ripulire questo casino e poi possiamo andare," chiamò Rocco, Sinta e Rani corsero verso di lui lasciando Ace e Piper da soli.

Ace si alzò e si sforzò di restare immobile, anche se voleva solo stringerla tra le braccia. Lei lo guardò e si morse un labbro. "Scusa se non ti ho detto quanto mi facessero male i piedi... non pensavo fossero messi tanto male."

Lui inspirò a fondo. "Lo so, tranquilla. Stanotte, prima di

dormire, devi toglierti le scarpe e calzini, devi lasciarli respirare."

Piper arricciò il naso, Ace voleva ridere ma si trattenne. Non riuscì a trattenere il desiderio di toccarla, così le accarezzò leggermente la testa: nonostante lei avesse i capelli sporchi e annodati, erano morbidi. "Lo so, ma è il meglio che possiamo fare."

"Va bene... ma se qualche esserino strisciante mi morde, sappi che sarà colpa tua."

A *quello* sì che Ace poteva ridacchiare. "Mi pare giusto. Stai andando benissimo, Piper."

"Scommetto che lo dici a tutte quelle che salvi," scherzò lei mentre riportava lo sguardo verso il basso. Ace le mise una mano sotto il mento e le alzò il viso, ripristinando il contatto visivo. "No. Certo, sono incoraggiante, ma più sul tipo 'resisti' o 'manca poco', frasi che dico a chi è in difficoltà. Potremmo portarti in braccio se necessario, ma ciò ci rallenterebbe e renderebbe l'estrazione ancora più complessa. Stiamo andando bene, il fatto che non ti sei mai lamentata ci ha alleggerito l'incarico. Inoltre, stai dando un ottimo esempio alle piccole. Stai andando proprio bene, Piper. Davvero."

"Grazie," sussurrò lei. "Questo è il momento in cui tante donne magari promettono di andare in palestra quando tornano a casa, ma... se devo essere sincera, penso di non volermi mai più allenare, dopo questa bella avventura. Penso che preferirò di gran lunga stare sdraiata in spiaggia e guardare gli altri che si affannano con i loro esercizi."

Ace non riusciva a smettere di sorridere, amava il modo in cui Piper riusciva a non prendersi troppo sul serio. "Sai, forse domani a quest'ora saremo stipati su un pick-up, diretti verso la capitale."

"Wow, *questo* sì che è interessante," scherzò lei. "Andiamo, dai. Che bello, non penso ci sia niente di meglio di un pick-up dove stare tutti ammassati per scendere a tutta birra da un monte di un paese straniero, speriamo solo che non si cappotti!"

Ace smise di preoccuparsi delle conseguenze e abbracciò Piper, che ricambiò immediatamente il gesto affettuoso con vigore. "Ti porto a casa sana e salva," le promise.

Piper inspirò a fondo e annuì.

Ace si tirò leggermente indietro e guardò verso sinistra: Sinta lo stava fissando, con il visino sporco e qualche briciolina intorno alle labbra. Nonostante ciò, era la visione più tenera del mondo.

Tuttavia, cambiò idea quando guardò a destra. Anche Rani lo stava fissando e gli stava anche stringendo una gamba con un sorriso. I capelli erano arruffati, ma era veramente graziosa.

"Pronte ad andare, bimbe?" chiese loro.

"Andare!" esclamò Sinta, Rani annuì.

Ace alzò lo sguardo e incrociò quello di Kemala, per un secondo intravide l'ombra della speranza; poi l'adolescente si girò rapidamente verso gli altri soldati, che li stavano aspettando con pazienza.

Ace avrebbe tanto voluto saperne di più sugli atteggiamenti degli adolescenti, per capire cosa pensasse Kemala. Si distaccò da Piper. "Fammi sapere se senti ancora male, in caso ci fermiamo e diamo un'occhiata."

"Va bene."

Lui inarcò un sopracciglio.

"Davvero!" esclamò lei.

Ace annuì soddisfatto, si chinò e prese in braccio le bimbe. Le fece rimbalzare e loro scoppiarono in una serie di deliziose risatine: non avevano gran motivo di ridere ultimamente, ma Ace si sentì estasiato per il fatto che loro si fidassero di lui tanto da lasciarsi andare in brevi momenti di spensieratezza.

Anche Piper ridacchiò, in quel momento il SEAL realizzò

che era proprio quello il suo desiderio. Una donna al fianco, una famiglia. Forse quella donna non era Piper e quelle bimbe non erano destinate a essere figlie sue, ma... Ace ci sperava.

———

Dopo aver marciato per ore, quella sera, Rocco e gli altri avevano ben pensato di accendere un fuocherello. Non serviva a spargere calore, ma la luce e il senso di pace delle fiamme avrebbero calmato Piper e l'avrebbero davvero fatta sentire *come* immersa in una scampagnata con amici, invece che in fuga da ribelli armati che avevano ucciso la migliore amica... e avrebbero ucciso anche lei, se ne avessero avuto l'occasione.

Sinta e Rani si erano addormentate rapidamente su un lettino di fortuna creato da Ace. Kemala era seduta il più lontano possibile da Piper, che si sentiva ferita da quell'atteggiamento, ma del resto non poteva farci nulla, al momento.

Si era tolta scarpe e calzini, Ace le aveva curato di nuovo i piedi doloranti ed erano tutti intorno al fuoco a chiacchierare del più e del meno. Durante la giornata, Piper aveva scoperto che Rocco e Gumby erano impegnati e che Gumby era prossimo al matrimonio.

"Ma dimmi, come fa la tua fidanzata a sopportare il fatto che tu vada spesso in missione?" gli chiese Piper.

Il SEAL era seduto con la schiena appoggiata a un tronco e si rivolse a lei con un sorriso. "Fa il meglio che può... non te lo nascondo, non è facile... né per lei, né per me. Ma almeno Sidney ha Hannah e Caite con lei, e anche le mogli degli altri SEAL."

"Hai due figlie?" gli chiese lei.

Gumby apparve confuso per un attimo, poi ridacchiò. "No, scusami. Hannah è la nostra cagnolina, Caite è la ragazza di Rocco."

Allora Piper si rivolse a Rocco: "Mi piace che le vostre ragazze vadano d'accordo."

Invece di annuire, Rocco la guardò con tanta intensità da metterla quasi a disagio, per qualche oscura ragione.

"Caite e Sidney non vanno solo 'd'accordo'... Sono unite, molto vicine. Frequentare o sposare un SEAL non è per nulla semplice. Siamo spesso in missioni pericolose, non possiamo dire nulla alle persone che amiamo, nemmeno quando torniamo. È molto stressante e se proprio devo dirla tutta, non so cosa spinga una donna ad accettare tutto ciò."

Ace emise una sorta di ringhio a quelle parole, Piper gli era seduta accanto e agì senza nemmeno pensare: gli posò una mano su una coscia, calmandolo all'istante. Piper mantenne lo sguardo in quello di Rocco, era davvero interessata a quell'argomento e voleva capire di più.

"Guarda, sono il primo ad ammettere che i militari sono dei coglioni," proseguì Rocco. "Non ci vuole niente a trovare donne pronte a scopare: il nostro lavoro è molto stressante e ci sono fin troppi soldati e marinai che si sfogano scopando... con donne che non sono mogli o fidanzate, ecco."

"Ma *tu* non sei così," dichiarò Piper con sicurezza.

Lui sbuffò. "No, non sono così e neanche questi cinque signori intorno a te. Abbiamo visto il peggio dell'umanità, letteralmente... abbiamo visto uomini usare mogli e figli come scudo per fuggire, quando finivano sotto tiro... abbiamo visto madri vendere i figli a stranieri, tanto per prendersi qualche soldo. Non posso immaginare di fare niente che possa ferire la mia donna, intendo sia fisicamente che psicologicamente. Preferirei morire piuttosto che tradirla, lei mi ha salvato la vita rischiando la sua e se mai dovessi farla dubitare del mio amore... beh, mi sparerei in testa."

Piper si lasciò andare in un lungo sospiro, quanto le sarebbe piaciuto vivere un amore tanto intenso, davvero. Ma non aveva mai vissuto nulla di simile, neanche lontanamente.

Poi si ricordò cosa aveva appena detto Rocco: "Ti ha salvato la vita, rischiando la sua?"

Rocco annuì. "Sì. Io, Gumby e Ace siamo quasi morti durante una missione, siamo rimasti prigionieri in una cantina. Eravamo sicuri di non farcela, ma poi è arrivata Caite. Quando non mi sono presentato al nostro appuntamento, lei si è preoccupata, ha capito che ero in pericolo ed è venuta a salvarmi."

Piper era consapevole di avere gli occhi spalancati, ma quella storia aveva dell'incredibile. Si voltò verso Ace e gli chiese: "Davvero?"

Lui annuì. "Sì."

"Accidenti," sussurrò lei.

"In quel frangente abbiamo capito che avevamo dei rimpianti, azioni ancora da compiere. A me dispiaceva non aver mai avuto un cane," le disse Gumby senza alcun imbarazzo. "Ne ho sempre voluto uno ma poi non l'ho mai preso, sai, perché pensavo non fosse il massimo quando andavo in missione."

Il SEAL non disse altro, quindi Piper lo incalzò: "E te ne sei preso uno?"

"Sì, anche se possiamo dire che Hannah mi è tipo caduta dal cielo. Stavo guidando, immerso nei miei pensieri, quando ho visto una donna scazzottarsi con un tizio. Mi sono fermato per aiutarla, ho scoperto che stavano lottando per un pitbull che quello stronzo aveva maltrattato."

"Ora sta bene?"

Gumby sorrise. "Sta alla grande."

"E la donna?" insistette Piper.

"Oh, anche lei. Me la sposo questo mese."

"Allora le va bene ciò che fai," gli rispose Piper.

Gumby annuì e tornò serio. "Come ha detto Rocco, non è facile... per nessuno di noi. Sidney mi manca, io le manco. Mi preoccupo per lei, tanto quanto lei si preoccupa per me."

"Ok, ma non è lo stesso," protestò Piper. "Cioè... tu vai in missioni pericolose e rischi di morire, lei no."

"Ma io ho cinque uomini pronti a pararmi le chiappe, so che tutti loro farebbero di tutto per farmi tornare da Sidney. Ma lei... potrebbe finire sotto una macchina mentre sono via, o avere un infarto, o cadere e non essere in grado di chiamare aiuto. A casa potrebbe succedere di tutto e io non posso essere lì ad aiutarla. Ecco perché per noi è dura. Siamo protettivi, sicuramente per via dello schifo che abbiamo visto. Quindi lasciare la nostra donna a casa è difficile... tanto quanto per loro è dura vederci partire."

Piper rifletté su quel discorso, in effetti aveva senso. Si girò per guardare Sinta e Rani, profondamente addormentate l'una accanto all'altra. Il pensiero di lasciarle al loro destino era doloroso quanto quello della perdita di Kalee. Che ne sarebbe stato di quelle giovani vite? Le avrebbero maltrattate? Avrebbero abusato di loro? Qualcuno avrebbe deciso di venderle per guadagnarsi da vivere?

Poteva accadere letteralmente di tutto, dopo la partenza di Piper, anche dopo tutti gli sforzi fatti per tenerle al sicuro... La sola idea di lasciarle a Dili era ripugnante, ma Piper fece del proprio meglio per bloccare quei pensieri tristi: ci avrebbe pensato al momento giusto. Si rivolse di nuovo a Rocco e gli chiese: "Beh, qual era il *tuo* rimpianto? Se ti va di condividere."

"Perdere l'appuntamento con Caite," le rispose lui senza esitare. "Ci eravamo appena conosciuti, le avevo promesso che ci saremmo incontrati, ma poi sono rimasto intrappolato in quella maledetta cantina."

"Chiedi ad Ace qual era il suo rimpianto," le suggerì Bubba.

Piper si voltò verso l'uomo di fianco a lei, che la stava fissando, per nulla irritato dal fatto che gli amici volevano fargli rivelare una sorta di segreto. "Qual era il tuo rimpianto?" gli chiese lei.

"Non avere figli," le rispose lui immediatamente.

Piper inspirò a fondo... e si sentì incapace di distogliere lo sguardo.

"So che molti uomini non pensano ad avere figli, ma se ti ricordi ne abbiamo già parlato. Li ho sempre desiderati, più di uno, voglio che i miei bimbi non siano mai soli. Quindi, quando ero convinto di morire, ecco... era quello il mio pensiero, il mio rimpianto più grande."

L'aria tra loro si stava surriscaldando. Piper gli strinse la presa sulla gamba, sempre incapace di guardare altrove: Ace era un padre nato, protettivo e gentile, pronto a insegnare ai suoi figli a essere forti e raggiungere i loro scopi. Sì... sarebbe stato un padre esemplare.

Gumby spezzò l'incantesimo tra i due ponendo una domanda a Bubba. "E tu? Se dovessi morire adesso, quale sarebbe il tuo rimpianto?"

Bubba non ci pensò un attimo e gli rispose subito: "Non chiarire e risolvere con il mio vecchio."

"Vive in Alaska, vero?" gli chiese Rex.

"Sì, a Juneau. Non si guida fino là, non ci sono strade... devi volare o prendere una barca. Odiavo quel posto e me ne sono andato appena possibile, ma lui si trova tanto bene lì, dopo la morte di mamma, ricordo che ero piccolo, si è rifiutato di andarsene perché diceva che lì si sentiva vicino a lei. Anche il mio gemello, Malcom, vive ancora lì."

"Dovresti chiamarlo, quando torniamo," gli disse Piper. "La vita è troppo breve per i rimpianti."

Bubba le rivolse un bel sorriso. "Sì, magari lo chiamerò."

"Bene."

"E tu, Rex?" gli chiese Rocco.

"Non ho tanti rimpianti," gli rispose l'omone. "Ma magari

potrei provare a conoscere quella bella infermiera che ho visto alla base, qualche tempo fa."

"Chi?" gli chiese Ace.

"Avery."

"Quella alta, rossa e con le lentiggini?" gli chiese Gumby.

"Sì, proprio lei. L'ho vista all'ospedale della base... è proprio carina."

"Carina?" gli chiese Piper con una smorfia. "Lascia che ti dia un consiglio...credo che a nessuna donna piaccia sentirsi chiamare carina. Attraente, bella, forte, pratica, tanti altri aggettivi sì ma... 'carina' ci riporta alle elementari, ci fa sentire bambine."

Rex ridacchiò divertito. "Me lo ricorderò, grazie."

"Phantom?" lo chiamò Bubba. "Hai qualche rimpianto?"

"Sì," gli rispose l'uomo più silenzioso del gruppo. "Aver perso quei trenta secondi extra che ci avrebbero permesso di salvare Kalee e riportarla a casa con noi."

Dopo aver gettato la bomba, Phantom si alzò e si inoltrò nella giungla oscura alle loro spalle.

Rimasero tutti in silenzio, non sapevano *cosa* dire. Piper si fissò le mani in grembo e si morse un labbro, non voleva scoppiare a piangere. Stava provando a seguire il consiglio di Ace e non incolparsi per la morte dell'amica, ma era dura, soprattutto se considerava che Phantom probabilmente incolpava lei e le bimbe per non essere stato in grado di portare a termine la missione.

Kemala ruppe il silenzio, tra lo stupore di tutti: "Vorrei non ho gridato a madre quando è morta, poi io mandata in orfanotrofio."

Tutti si voltarono a fissarla sconvolti, ma si mosse solo Ace. Si alzò rapidamente, raggiunse l'adolescente e si inginocchiò accanto a lei. "Tua mamma è stata uccisa?"

Kemala annuì. "Padre era arrabbiato."

Persino da dove era seduta, Piper notò che Ace stringeva forte i denti. "Ti ha mandato lui in orfanotrofio?"

L'adolescente annuì di nuovo. "Ma sono felice. Lui era cattivo, madre no."

Ace le accarezzò la testa. "Mi dispiace, piccola. Scommetto che è stata dura."

Lei deglutì a fatica e annuì. "Ma voi... non picchiate."

Ace le tenne una mano sulla testa e sembrava che al momento ci fossero solo loro due al mondo. "Un buon uomo non picchierebbe mai i suoi bambini, o sua moglie, o una donna in generale. Meriti il meglio, Kemala: ricordatelo sempre. Meglio sola che con un uomo che ti fa del male."

"Piano è sposare," sussurrò lei.

Ace scosse la testa. "No, non lo è. Puoi vivere una vita felice anche senza sposarti, se non vuoi. *Non* permettere a nessun uomo di colpirti, non va bene. Meriti molto di meglio."

Piper iniziò a piangere. A ogni parola di Kemala le si spezzava il cuore e l'atteggiamento rincuorante di Ace l'aveva commossa.

Beckett Morgan era destinato a diventare padre: a giudicare dai successi con le tre ragazzine, sarebbe stato un genitore fantastico.

"Ha ragione," aggiunse Rocco. "Chi picchia per ottenere ciò che vuole è cattivo."

Piper sapeva che Rocco aveva scelto un lessico semplice per farsi capire.

Kemala si voltò, guardò il fuoco e disse: "Vita in città è dura. Troppi uomini. Nessuna scelta per Kemala." Aveva gli occhi spenti, senza alcuna emozione.

Piper pianse ancora di più, travolta dal senso di colpa. Capiva il discorso di Kemala: prima che scoppiasse il caos provocato dell'attacco dei ribelli, Kalee e la direttrice dell'orfanotrofio stavano discutendo su quanto fossero fortunate ad essere in montagna, perché le ragazzine in città non avevano tante scelte per il loro futuro: poiché non avevano una famiglia, venivano praticamente date a qualsiasi uomo facesse una sana "donazione" agli orfanotrofi sovraffollati.

Era sbagliato e disgustoso, ma Piper era sollevata al pensiero che per quanto la vita in montagna fosse ardua, salvava le ragazzine da qualsiasi uomo desideroso di comprarsi una sposa bambina.

Era ovvio che Kemala avesse sentito quella conversazione, era abbastanza grande da essere considerata merce da matrimonio e sapeva cosa la aspettava in città.

Piper chiuse gli occhi e lasciò crollare la testa in avanti, si sentiva male per l'adolescente: voleva dirle che l'avrebbe adottata, che l'avrebbe portata negli Stati Uniti dove non avrebbe dovuto sposarsi con un uomo che non amava. Ma non sapeva se fosse fattibile, l'adozione... non voleva far sperare inutilmente la ragazzina, per poi deluderla in un secondo momento.

Piper guardò di nuovo le bimbe addormentate: lo stesso discorso valeva per loro. Avevano ancora qualche anno di libertà, ma poi sarebbero finite tra le grinfie di uomini che non amavano.

Ace non disse nulla; si sedette per terra e tirò Kemala a sé, in un grande abbraccio. La ragazzina sorprese di nuovo tutti quanti quando si lasciò abbracciare e gli appoggiò la testa sul petto. Nessuno aggiunse altro: non c'era più nulla da dire.

Dopo un po', gli uomini si alzarono e si diressero verso i punti di esplorazione che avevano individuato prima del calar del sole. Avrebbero fatto la guardia anche quella notte, proprio come la notte precedente. Non erano più tanto in pericolo, ma nessuno voleva correre rischi inutili.

Ace si alzò per spegnere il fuoco, poi tese una mano a Piper. Lei l'afferrò, lui la aiutò ad alzarsi e la condusse verso Rani e Sinta. Proprio come la notte precedente, Ace si sdraiò e Piper gli si distese sul petto. Kemala si accomodò poco distante da loro.

Piper era persa in un turbine di pensieri: il flebile desiderio di adottare le piccole si era fatto più forte. Non sarebbe stato semplice, avrebbe dovuto passare settimane nella capitale per capire come avrebbe potuto ottenere la documentazione necessaria per salvare le ragazzine e portarsele negli Stati Uniti... ma ormai era convinta che quelle tre le appartenessero, era una sensazione che non poteva scrollarsi di dosso.

Dopo aver sentito le parole strazianti di Kemala, la sola idea di lasciare le tre in un orfanotrofio qualsiasi era inaccettabile.

Si trattava di una follia, però: Piper era una trentaduenne single, con un buon salario ma un piccolo appartamento. I nonni non potevano aiutarla, dal momento che erano impegnati a spendere ogni centesimo della pensione per pagare la comunità di pensionati dove si erano trasferiti qualche anno prima.

Era da matti pensare di adottare le ragazzine, ma il seme dell'intenzione ormai si era piantato e Piper sentiva di aver preso la decisione giusta. Lo doveva a Kalee, che prima di morire le aveva salvate; lo doveva al signor Solberg, che avrebbe apprezzato qualsiasi residuo legame con la figlia... lo doveva alle ragazzine. Punto.

"Ehi, a cosa pensi così intensamente?" le chiese Ace a bassa voce.

Piper accennò una scrollata di spalle. Non voleva condividere con lui quei pensieri e farsi dare false speranze sulla salvezza delle piccole. Aveva immaginato i sentimenti di Phantom quando aveva visto il cadavere di Kalee nel buco; Piper si sentiva in quel modo.

No, Piper non avrebbe lasciato le ragazzine a Dili. Non sapeva come avrebbe fatto, ma sarebbe riuscita a salvarle.

Ace aggiunse: "Tutto ti sembrerà migliore, domattina. Io e i ragazzi faremo di tutto per farti stare meglio. Ora riposati."

Lei sperava che lui intendesse portare via le piccole da Timor Est, ma sicuramente intendeva lasciarle in un orfanotrofio della città. Per il momento Piper doveva tenersi ben stretto il piano... almeno fino a quando avrebbe ottenuto più informazioni.

Poco prima, Rocco aveva detto che avrebbero visitato l'ambasciata degli Stati Uniti a Dili. A quel punto lei avrebbe scoperto cosa fare per adottare Rani, Sinta e Kemala.

Si sentì meglio a quel pensiero, anche se la faccenda la spaventava; annuì contro il petto di Ace e si rilassò. Nonostante i turbamenti, si addormentò in pochi minuti.

———

Il comandante Storm North strinse le labbra mentre guardava con empatia Paul Solberg, un uomo distrutto. Era appena stato informato della morte della figlia, uccisa a Timor Est, e dei SEAL che avevano salvato Piper e tre orfane, ma non erano riusciti a prendere il corpo di Kalee perché dovevano allontanarsi dai monti.

"Non può essere vero," esclamò Solberg con tono angosciato. "Lei ha mandato i suoi uomini per prendere Kalee! Cos'è successo?"

"Non abbiamo ancora i dettagli," disse Storm all'uomo devastato.

"Può dirmi *qualcosa*?" gli chiese Solberg. "Mi ha detto che hanno soccorso Piper... erano insieme? Perché Piper è sopravvissuta e Kalee no? C'è stata una sparatoria? Mia figlia si è sacrificata per salvare gli altri? Non lo escluderei."

"Sinceramente non lo so," gli rispose il comandante con tono piatto. "Non appena sarò in grado di sentire i miei uomini, quando saranno arrivati nella capitale, saprò di più."

Storm osservò l'altro uomo che provava a controllarsi. Paul adorava la figlia ed era a pezzi. Comunicare ai parenti un decesso era una delle parti più difficili del lavoro del comandante, quella volta non fu diverso.

Solberg si schiarì la gola e con tono distante disse: "Quando Kalee ha deciso di unirsi ai Peace Corps non ero entusiasta, ma pensavo di averle almeno rimediato un posto sicuro. Avrei dovuto impormi di più e non farla andare. Kalee è troppo buona, era sempre pronta ad aiutare gli altri... ma quando i SEAL avranno portato Piper a Dili, torneranno a riprendere il corpo della mia Kalee? Non possono lasciarla lì."

"Signore, le ripeto... devo parlare con i miei uomini per darle tutte le risposte che merita. L'area è instabile, con tutti i ribelli che si aggirano tra i monti ci vorranno settimane, forse mesi prima di tentare altre missioni." Storm detestava dover comunicare notizie tanto cattive, ma non voleva dare false speranze a un uomo già distrutto.

Solberg non disse nulla per un lungo momento carico di tensione, poi ruotò le spalle all'indietro e disse: "Capisco. Quando avrà altre informazioni, mi avviserà?"

"Sì, ovvio," gli promise Storm.

Il signor Solberg annuì e gli disse: "Grazie per avermi informato personalmente."

Storm sapeva riconoscere un congedo quando ne sentiva uno, quindi si limitò ad annuire. "Non appena saprò qualcosa, mi metterò in contatto con lei. Mi dispiace per la sua perdita."

Paul annuì e lo accompagnò alla porta. Non disse altro e gli chiuse la porta alle spalle: Storm non sapeva dire se la comunicazione fosse andata o meno a buon fine.

Certo, Solberg era distrutto per la perdita della figlia... ma il comandante aveva intravisto qualcosa di strano in quello sguardo. Era in servizio da anni e aveva dovuto comunicare innumerevoli decessi. Ciascuno reagiva a suo modo, ma negli occhi di Solberg c'era qualcosa di... sinistro.

Scosse il capo e si diresse verso la macchina, non aveva il tempo di rimuginare. Doveva studiare la mappa dell'area intorno a Dili e capire come assistere i suoi uomini e Piper Johnson, che dovevano lasciare i monti e raggiungere la capitale; aveva saputo che i ribelli si stavano muovendo rapidamente dai monti, anche loro si stavano dirigendo verso la capitale. Se li avessero raggiunti... l'estrazione dell'intero gruppo sarebbe stata decisamente complicata.

———

Nell'istante in cui Paul Solberg chiuse la porta dietro Storm North, si voltò e tornò in salotto, rimase immobile finché udì il motore del veicolo fuori casa allontanarsi.

Poi gridò un sonoro "FANCULO!" liberatorio.

Il dolore e la rabbia lo stavano consumando, sentiva solo il bisogno di torcere il collo a Piper Johnson.

Era *lei* quella che aveva incoraggiato la figlia a cacciarsi nei guai, l'aveva persino incoraggiata a unirsi ai maledetti Peace Corps! Lui non aveva idea del perché Kalee fosse tanto amica di quella sciacquetta, a lui Piper non era mai piaciuta... era solo un'opportunista. Kalee era bella e vivace, Piper era ordinaria e riservata; sua figlia era ricca e avrebbe compiuto grandi azioni nella vita, mentre Piper lasciava raramente l'appartamento.

Era inferiore a Kalee, in tutto e per tutto.

Paul *sapeva* che Piper doveva avere qualcosa a che fare con la morte di Kalee, ma al momento la marina non ne sapeva ancora nulla e comunque non gli avrebbero detto niente.

Iniziò a considerare le varie opzioni. Magari Piper aveva urlato, attirando l'attenzione dei ribelli e messo Kalee in pericolo... o era corsa via in preda al panico e Kalee l'aveva inseguita.

O la nobile Kalee si era sacrificata per salvare l'amica...

Paul iniziò a camminare furiosamente per la stanza mentre continuava a riflettere. Non dormiva da tanto, aspettava solo notizie; era troppo distratto per lavorare, mangiare... la testa gli faceva un male infernale, ultimamente accadeva spesso; non riusciva a smettere di pensare alla sua bambina terrorizzata e dolorante che moriva inesorabilmente... da sola. Quelle immagini indelebili gli marchiavano i pensieri, non lo lasciavano in pace.

Qualcuno doveva pagare per la morte di Kalee, e quel qualcuno era Piper Johnson. Era *lei* la causa della morte della figlia: doveva essere andata in quel modo.

Piper avrebbe rimpianto il giorno in cui aveva deciso di andare a Timor Est... Paul avrebbe fatto tutto ciò che era in suo potere per fargliela pagare.

CAPITOLO SEI

Ace sospirò di sollievo quando intravide la città di Dili. Quella mattina si era respirata un po' di tensione dopo le rivelazioni di Phantom e Kemala della notte precedente, ma quando era sorto il sole si erano messi tutti in cammino e avevano raggiunto una città che sembrava ancora priva di ribelli. Avevano passato due ore agitate alla ricerca di qualcuno che potesse dar loro un passaggio, fino a quando avevano trovato due uomini che avevano accettato di portarli a Dili (a pagamento). Erano tutti saliti con molta fretta nel retro di due pick-up e in quel momento erano in viaggio verso la capitale.

Insieme a lui c'erano Rani, Sinta, Piper, Rocco e Bubba; gli altri erano nel retro dell'altro veicolo. Ace apprezzava il vento caldo sul viso, chiuse gli occhi sollevato; finalmente erano riusciti a scendere dai monti.

Non sapeva se i due uomini che li stavano portando in città fossero al corrente delle incursioni dei ribelli in zona, ma non gli importava più di tanto: era contento di aver trovato quel passaggio e di aver tratto in salvo Piper e le ragazzine.

Lei era andata a visitare un'amica, convinta di trascorrere

una breve vacanza... e invece era quasi morta, poi si era affezionata a tre ragazzine. Lo stesso valeva per lui.

Inoltre, Ace non poteva negare di sentire una sorta di scintilla ogni volta che Piper lo guardava.

Lui aveva assistito a molte coincidenze in vita sua, ma non riusciva a smettere di pensare che l'incontro con Piper fosse stato deciso dal destino.

Rani ridacchiò e lui si voltò subito a guardarla: la bimba si stava sporgendo dal bordo del retro del pick-up, Piper la stava tenendo saldamente per la magliettina. Ace era sicuro che per la bimba quella fosse l'esperienza più bella della sua giovane vita... in effetti, probabilmente era proprio così. I capelli le svolazzavano in tutte le direzioni, nemmeno una spazzola sarebbe riuscita a domarli, ma Ace non ebbe il cuore di farla smettere o di richiamarla, era troppo bello vedere la bimba felice per il vento che le accarezzava il viso.

Accanto a lei c'era Sinta, che non si era sporta tanto dal bordo, ma anche lei aveva un sorrisone stampato sul volto.

Mentre guardava le bimbe godersi quella semplice esperienza, Ace sorrise; guardare il mondo dalla prospettiva di un bambino era diverso... tutto era purezza e allegria.

Piper incrociò lo sguardo di Ace e gli regalò un piccolo sorriso. Accidenti, quella donna ne aveva passate di tutti i colori, era sporca, stanca, aveva perso la migliore amica... eppure gli stava sorridendo.

Ace voleva qualcuno come lei, nella vita: una donna in grado di scorgere la luce anche nei momenti più oscuri... gli servivano quell'ottimismo e quella bontà.

Le sorrise di rimando mentre realizzava che non voleva qualcuno *come* Piper. Voleva *lei*.

Proprio mentre lui realizzava quel pensiero, Piper si voltò di nuovo verso Rani e Sinta.

Ace avrebbe avuto tutto il tempo necessario per convincere Piper a conoscerlo meglio, una volta tornati negli Stati

Uniti. Doveva agire con cautela, evitando di pressare Piper in quel momento. Una volta tornata a casa, lei avrebbe avuto molto da affrontare: la perdita di Kalee, la triste chiacchierata con il signor Solberg, il distacco dalle tre ragazzine con cui aveva legato... lui sperava di poterla aiutare a gestire tutto quanto.

Man mano che si avvicinavano alla città iniziò il traffico e di conseguenza i pick-up rallentarono progressivamente. Impiegarono un'altra ora per raggiungere la costa, una volta lasciati i sobborghi della città. Il piano era quello di registrarsi presso l'ostello prenotato dal comandante, poi andare all'ambasciata americana per recuperare i documenti necessari per Piper. Rocco era riuscito a mettersi in contatto di nuovo con il comandante durante il viaggio e Ace sapeva che dovevano anche visitare l'orfanotrofio più vicino.

Quel pensiero lo rattristò; se era triste lui, chissà quanto erano addolorate Piper e le ragazzine.

I pick-up si fermarono di fronte a un edificio un po' malandato, circondato da una recinzione di un azzurro brillante. C'era un cartello con scritto "Casa Hinha".

"E questo cos'è?" chiese Piper, ancora seduta ancora sul retro del veicolo con le bimbe accanto a sé.

"È un ostello per viaggiatori," le spiegò Rocco. "So che non è un hotel di lusso, ma mi hanno detto che qui c'è l'acqua calda. Pensiamo che sia meglio evitare di alloggiare in hotel di lusso, per non dare nell'occhio."

Piper spalancò gli occhi. "Acqua calda? Ecco le parole magiche! Non mi importa che posto sia, voglio solo farmi una doccia."

Ace balzò giù dal veicolo. "Andiamo, non so voi, ma io voglio proprio mettermi al riparo dal vento."

Piper annuì con entusiasmo e aiutò le bimbe ad alzarsi e ad andare verso Ace; Rani gli tese le braccine e lui le regalò un sorriso. Ace non si sarebbe mai stancato della purezza e della fiducia di quelle bambine. Trasportò la piccola con delicatezza fuori dal veicolo e dopo averla appoggiata a terra le disse: "Resta qui vicino a me, Rani. La città è un posto pericoloso, non andare in giro."

Quando la bimba annuì, Ace si voltò per prendere Sinta, che non esitò a farsi prendere in braccio per farsi portare giù dal pick-up. Ace notò che non appena toccò il suolo, Sinta prese subito la mano di Rani ed entrambe iniziarono a cercare Kemala, che stava scendendo dall'altro mezzo.

Ace si voltò verso il pick-up, Piper era già quasi scesa del tutto dal retro del veicolo. "Come vanno i piedi?" le chiese, offrendole una mano per farla scendere più agevolmente con un saltino.

"Tutto bene. Stanotte hanno preso aria, ha cambiato tutto... insieme al paio di calzini che mi hai dato questa mattina."

"Bene. Se ti fanno ancora male, fammelo sapere. Troveremo un medico prima di tornare a casa."

Lei lo guardò con aria ferita e Ace sentì l'impulso di prendersi a calci da solo: senza farlo apposta le aveva ricordato che presto se ne sarebbero andati da Timor Est. Piper gli regalò un piccolo sorriso determinato e annuì, poi raggiunse le bimbe e mise le mani sulle loro spalle.

Rocco suonò il campanello situato sulla recinzione e rimasero tutti in attesa. Trascorsero alcuni istanti, ma poi dalla porta dell'ostello apparve una signora che si avvicinò alla recinzione borbottando qualcosa in Tetum.

Rocco aprì bocca per spiegarle tutto, soprattutto che non parlavano il dialetto locale, ma Kemala lo bruciò sul tempo e iniziò a comunicare con la signora; Ace si sentì imbarazzato dal disagio che stava provando in quel momento. Nessuno di loro aveva idea di cosa stesse dicendo Kemala, si preoccuparono quando la signora assunse un'espressione corrucciata.

Eppure, nel giro di un minuto la signora aprì il cancello e si fece da parte per farli entrare.

"Benvenuti," disse loro con un inglese molto accentato, forse non conosceva altro dal momento che tornò subito a parlare in Tetum.

Il gruppo seguì la signora in un luogo oscuro e angusto: nonostante l'oceano fosse molto vicino, quel posto non aveva alcun profumo marino. L'aria era stantia e soffocante, ma dopo tutto quello che avevano passato, Piper e le ragazzine probabilmente non ci avrebbero fatto neanche caso.

La signora li condusse in una stanza con quattro letti a castello e indicò gli uomini.

"Ragazzi dormire qui," tradusse Kemala.

Ace scosse subito il capo. "No, dille che non dormiremo lontani da voi."

Kemala lo fissò per un secondo, sembrava sul punto di dirgli qualcosa ma poi si voltò verso la signora e le due iniziarono una conversazione accesa. La signora non era contenta, ma con uno sbuffo e un cenno di consenso si voltò e lasciò la stanza.

"Che ha detto?" le chiese Gumby.

"No contenta, ragazzi e ragazze no dormire in stessa stanza. Ha detto sì, ma dobbiamo dormire su pavimento."

Ace digrignò i denti. "Neanche morti," mormorò.

"Calma, bello," gli disse Rocco mentre lo afferrava per un braccio e lo allontanava dagli altri.

Ace si scrollò dalla presa e gli rispose con tono adirato: "Vaffanculo, so che non dobbiamo dare nell'occhio, ma questo è ridicolo. Andiamo al Farol Hotel, è qui vicino e possiamo avere dei veri letti."

"Siamo sette americani," gli ricordò Rocco. "Ci noterebbero in un secondo; non abbiamo valigie e siamo tutti conciati, magari neanche ci fanno entrare. Non staremo qui per molto, va bene così."

"*Non* va bene così," sibilò Ace. "Ho promesso a Piper un bel letto soffice con tanto di cuscino imbottito, e guarda qui... guarda cosa si ritrova." Indicò il punto dove si trovavano Piper e le ragazzine, ma non c'erano più.

Ace oltrepassò la porta della stanza e vide che Piper aveva condotto le bimbe verso i letti a castello, avevano già tolto due materassi dalle reti e li avevano sistemati al centro della stanza. "Vedi? Possiamo stare tutti qui, come abbiamo fatto nella giungla," stava dicendo Piper a Sinta mentre si sedeva in mezzo ai materassi.

Rani e Sinta ridacchiarono e si unirono a lei, saltando sul vecchio cotone sgualcito come se fosse un lettone di un hotel di lusso.

"Potrebbe andare," mormorò Rex. "Possiamo aggiungere qualche altro materasso e fare turni di guardia, così riusciremo a dormire tutti quanti."

Ace rimase sorpreso dalla prontezza di Piper: era riuscita a rendere divertente una situazione difficile per le ragazzine, ma alla fine non avrebbe dovuto stupirsi.

Quella donna lo aveva sorpreso dal primo momento in cui l'aveva conosciuta: di sicuro lei avrebbe fatto di tutto per dormire in un letto tutto per sé, dopo aver passato l'ultima settimana schiacciata contro le ragazzine o aver usato il corpo di Ace come materasso, ma aveva trovato subito una soluzione all'ennesima situazione difficile, invece di fare una scenata... come aveva appena fatto lui.

Rocco poggiò una mano sulla spalla di Ace e abbassò la voce per non farsi sentire da Kemala: "Dobbiamo farci tutti una doccia e far cambiare i vestiti a Piper e alle ragazzine. Dopo aver parlato con me, il comandante North ha chiamato l'orfanotrofio della capitale, era pieno. Ha persino offerto somme generose, stando a quanto dice lui, ma non gli hanno dato retta."

"Merda. E adesso?" gli chiese Ace.

"Ha trovato una sorta di casa per orfani privata, è gestita da una tizia di nome Amisha, ma non mi ha detto altro."

Ace voleva protestare e saperne di più su quella donna, ma si trattenne: non avevano altra scelta, al momento.

"Bene, ma voglio che Piper vada a dare un'occhiata prima di decidere qualcosa."

Rocco annuì. "Ovvio. Abbiamo appuntamento con Amisha tra due ore, due di noi possono accompagnare Piper durante la visita, altri due possono stare con le piccole."

"E gli altri due?" gli chiese Ace.

"Andranno all'ambasciata per capire come diavolo lasciare questo paese. Li ha già chiamati il comandante, sanno che oggi passeremo da loro... sanno perché siamo qui. Prenderemo un aereo militare per arrivare in Australia, Piper sarà visitata da un dottore a Sydney, da lì ci aspetta un altro volo per la California."

Ace annuì, non era molto al corrente delle comunicazioni tra Rocco e il comandante, visto che aveva trascorso tanto tempo con Piper e le ragazzine, ma il piano di estrazione gli sembrava valido.

Gumby si era avvicinato abbastanza da sentire il discorso e disse: "Io e Phantom andremo a cercare dei vestiti per le ragazze, dato che ne hanno bisogno."

Ace annuì. "Prendete anche qualcosa da mangiare, avranno fame e ormai odieranno i nostri pasti pronti. Oh, vedete anche se riuscite a trovare qualche peluche o giocattolo per Rani e Sinta... così si distraggono un po'. Non so cosa potrebbe piacere a Kemala, ma trovate qualcosa di speciale anche per lei."

Gumby ridacchiò lievemente e Rocco fece il possibile per nascondere un sorriso, senza successo.

"Che c'è?" chiese loro Ace sulla difensiva.

Gumby gli diede una sonora pacca sulla schiena e gli rispose: "Niente. Vedrò cosa riusciremo a trovare."

"Grazie, lo apprezzo." Ace si voltò verso il mucchio di materassi in mezzo alla stanza e vide che Piper aveva trovato un foglietto, probabilmente lo aveva rinvenuto sulla piccola scrivania in fondo alla stanza; stava scrivendo qualcosa e le bimbe la stavano guardando con occhi spalancati. Piper era in ginocchio e parlava alle piccole con tono calmo e rassicurante mentre muoveva la penna.

Ace si avvicinò, incuriosito: Piper stava disegnando. Dopo qualche minuto passò il fogliettino a Sinta, appoggiò la penna a terra e tornò a sedersi con la schiena dritta.

Ranni batté le manine con entusiasmo mentre Sinta esclamava: "Noi!"

"Sì, Sinta. Quelle *siamo* noi," le disse Piper.

Ace non riuscì a trattenersi e si avvicinò per guardare il foglietto che Sinta stringeva tra le mani. Piper aveva disegnato se stessa e le ragazzine nel retro di un pick-up: le aveva ritratte sorridenti e con i capelli scompigliati dal vento.

Non era un disegno finito, era poco più di un bozzetto, eppure i personaggi ritratti erano chiaramente riconoscibili. Ace dedusse che Piper dovesse disegnare molto bene per guadagnarsi da vivere creando fumetti; aveva visto alcune delle sue creazioni, ma era rimasto stupito da quel bozzetto tanto particolare.

"Ace, guarda!" gli disse Sinta mentre si alzava per fargli vedere meglio il disegno. "Noi!"

"Sì, Sinta. Quattro belle signorine."

La bimba sorrise ancora di più e porse il foglietto a Kemala, che era appoggiata contro uno dei letti a castello e guardava intensamente fuori da una piccola finestra con delle sbarre.

L'adolescente lanciò un'occhiata al foglio, disse qualcosa in Tetum a Sinta e poi tornò a fissare la finestra. La più piccola si accigliò e tornò subito da Piper.

"Allora, chi è pronta per farsi una bella doccia?" chiese Rex alle ragazze.

Piper si voltò quasi di scatto, Ace colse la brama nei suoi occhi, ma invece di precipitarsi, lei si rivolse alle ragazzine. "È l'ora delle terme."

Tutte e tre la fissarono, palesemente confuse.

Piper sorrise e scese dai materassi, appoggiò la penna sulla piccola scrivania e tese le mani. Rani l'afferrò subito mentre Sinta appoggiò con cura il disegno sulla scrivania, prima di prendere l'altra mano di Piper.

"Kemala?" la chiamò lei con calma.

L'adolescente sospirò come se le avessero imposto di partecipare a una corsa a ostacoli, ma si staccò dal muro e si avvicinò al gruppetto con gli occhi incollati a terra.

Ace voleva redarguirla: doveva portare più rispetto alla donna che le aveva salvato la vita, ma non disse nulla. Tra tutte e tre, Kemala era l'unica a capire cosa stesse succedendo: non erano più sulle montagne, ormai erano in città e il loro futuro era incerto.

Piper le condusse verso la porta, ma una volta sul punto di uscire, Sinta si bloccò e tese una manina verso Ace. "Anche Ace," gli disse.

Piper scosse la testa. "Non adesso, cucciola. Solo ragazze."

Quando Sinta strinse le labbra in un broncio, Ace rimase folgorato. La bimba sbatté i piedi a terra in modo cocciuto e agitò la manina. "Anche Ace!" ripeté.

Piper lo cercò con lo sguardo, in cerca di sostegno; lui sapeva di non potersi unire alla doccia di gruppo ma andò comunque verso di loro. Si inginocchiò di fronte a Sinta e le disse: "Piper vi laverà ben bene, ci vediamo quando finite."

A momenti perdeva la testa quando Sinta scosse la testa, con gli occhi già lucidi. "Ace protegge dai cattivi!"

Ace non sarebbe mai riuscito a star lontano da quella bimba, neanche sotto tortura: se Sinta pensava che lui la proteggesse dai cattivi, allora non l'avrebbe mai lasciata da sola, a meno che fosse assolutamente necessario. "Piper veglia su di te, sei al sicuro con lei."

La bimba annuì, gli passò una manina tra la barba mentre gli appoggiava la testa su una spalla. "Ace protegge Piper. Piper protegge noi."

"Immagino che faremo la doccia insieme, allora," commentò a bassa voce Ace.

"Io e Phantom andiamo a cercare dei vestiti per loro," gli disse Gumby. "Poi cercheremo anche tutto il resto che ci hai chiesto."

Ace annuì. "Grazie mille."

Gumby alzò gli occhi al cielo.

"State attenti," li avvisò Rocco. "A quanto pare i ribelli non hanno ancora messo piede in città, ma potrebbero arrivare da un momento all'altro: il comandante ha detto che è solo questione di tempo."

Sia Phantom che Gumby annuirono e si voltarono verso la direzione opposta rispetto a dove si trovavano Ace e le ragazze.

"Ci prendono dei vestiti nuovi?" gli chiese Piper mentre si dirigevano verso il bagno indicato da Kemala.

"Sì, a meno che tu ti voglia rimettere quelli che stai indossando," le disse Ace.

Piper scosse la testa. "No... piuttosto mi metto un sacco di farina, se c'è."

Ace ridacchiò. "Sono certo che i ragazzi troveranno qualcosa di più adatto."

Piper si fermò e gli appoggiò una mano su un braccio. "Grazie."

"Per cosa?"

Lei apparve confusa. "Come, per cosa? Per tutto!" esclamò. "Per essere uno zucchero con le ragazzine, per aver scacciato gli insettini striscianti, per averci salvate, per aver evitato che ci trovassero i ribelli, ora per i vestiti... per tutto, insomma."

Ace aveva preso Sinta in braccio, la teneva ben stretta ma con la mano libera accarezzò il viso di Piper. "Non mi devi proprio ringraziare."

"Ma..."

"No, Piper. Farei tutto di nuovo mille volte e non mi aspetterei mai un ringraziamento."

Si fissarono per un lungo momento prima che Sinta li risvegliasse dall'incanto; la bimba portò una manina sull'altra guancia di Piper e le disse con un gran sorriso: "Grazie."

Piper rise e Ace riprese a ridacchiare.

"Sei pronta per farti una bella doccia, ragnetto?" le chiese Ace.

La bimba annuì con poca convinzione.

"Cosa c'è che non va? Non ti piace fare la doccia?"

Sinta si morse un labbro e distolse lo sguardo dai due adulti.

Piper gli lanciò un'occhiata confusa, lui fece spallucce. La bimba sembrava tanto contenta solo pochi secondi prima.

"Non ci piace doccia," disse Kemala da dietro gli adulti.

"Perché?" le chiese Piper.

"Fa male."

"La doccia fa male?" le chiese Ace confuso.

Kemala annuì prima di rispondere: "Freddo fa male."

Piper guardò Ace e poi si rivolse a Kemala con un sorriso. "Scommetto che oggi ti piacerà," le disse.

L'adolescente si limitò a scrollare le spalle.

Sinta iniziò a tremare tra le braccia del soldato e lui si accorse che Rani stringeva la mano di Piper con insolita forza, come se fosse spaventata. Accidenti, Ace sperava proprio che quel posto avesse l'acqua calda. In teoria sì, ma in caso contrario al diavolo tutti, avrebbe affittato una stanza di hotel solo per donare alle piccole la loro prima esperienza con la doccia calda.

Kemala aprì la porta del bagno delle donne e Ace esitò.

"C'è nessuno?" chiamò Piper. Dal momento che nessuno rispose, si rivolse ad Ace: "Tutto bene, via libera."

"Non va bene," le rispose Ace mentre le seguiva nella stanza. Si guardò intorno: c'erano due cabine con i servizi e due lavandini su un lato della stanza, sull'altro c'erano due box doccia con sottili tende di plastica tirate di lato.

Ace si chinò per mettere a terra Sinta e provò un certo imbarazzo quando Piper entrò in uno dei bagni con Rani.

"Devi fare la cacca?" chiese Ace a Sinta. La bimba lo guardò con occhi tristi, prossima al pianto, poi scosse la testolina.

Ace si inginocchiò di fronte a lei. "Non piangere, tesoro. Andrà tutto bene."

Sinta sollevò lo sguardo, incuriosita dalla nuova parola. "Te-so-ro?"

Lui sorrise. "Un nomignolo affettuoso."

La bimba lo guardò stranita.

Ace si sforzò di pensare a come spiegarle quel concetto, in modo da farglielo capire. "Vedi... è un nome buffo, vuol dire che ti voglio bene."

Sinta capì e annuì. "Ace, te-so-ro."

Il SEAL scoppiò a ridere, senza riuscire a trattenersi. Doveva stare attento a parlare quando si trovava vicino alle ragazzine e fare di tutto per farsi capire.

Quel pensiero lo trafisse, spegnendogli la voglia di ridere. Non sarebbe stato ancora a lungo con loro, non avrebbe insegnato loro l'inglese. Si sentì subito triste.

"Non so cosa ci sia di tanto divertente, ma sento che l'acqua mi sta chiamando," disse Piper quando uscì dal bagno con Rani.

"Vi aspetto fuori," disse loro Ace, poi indicò la porta con un pollice.

"No!" Sinta si lanciò verso il SEAL e lo strinse in un abbraccio.

"Ehi, va tutto bene, non vado da nessuna parte," la rassicurò Ace, incapace di sopportare il terrore della bimba.

Piper si avvicinò a Sinta e si inginocchiò di fronte a lei e Rani: iniziò a parlare e si rivolse anche a Kemala, includendola con lo sguardo: "Vi prometto che questa volta non sentirete male. Vi ricordate quando eravamo bloccate in quel cunicolo e vi ho promesso che avrei fatto di tutto per tenervi al sicuro? Qui vale lo stesso. Non vi chiederei mai di fare qualcosa di doloroso, o pericoloso... ci tengo troppo a voi. Non so quanto può diventare calda quest'acqua, ma se sarà fredda, allora non faremo la doccia. Ok?"

Rimase in attesa di una risposta, secondo Ace le bimbe non avevano capito proprio tutto quello che lei aveva detto, ma dopo qualche istante Sinta iniziò ad annuire, seppur riluttante. Anche Rani annuì, più per imitare Sinta; Kemala si limitò a fissare Piper con il solito viso inespressivo, era impossibile capire cosa stesse pensando.

Piper si alzò con un sospiro. "Beh, visto che i nostri vestiti sono molto sporchi possiamo fare la doccia vestite... almeno per iniziare."

"Via le scarpe, Piper," le ordinò Ace.

Lei gli rivolse un sorriso. "Ma certo." Poi si piegò per togliersi le scarpe inzaccherate e le ripose sotto uno dei lavandini, poi ci infilò anche i calzini. "Stasera laverò i calzini," gli disse a voce bassa.

"Non preoccuparti," la rassicurò Ace mentre le guardava i piedi; li aveva già curati ma ciò non gli impedì di preoccuparsi. Vedere Piper scalza in un bagno gli sembrava qualcosa di molto intimo, lo smalto scheggiato delle unghie la faceva sembrare in qualche modo più fragile.

"Vado per prima, che dite?" chiese Piper, voltandosi per sfuggire allo sguardo intenso di Ace. Si piegò in una delle docce per avviare l'acqua. I tubi produssero rumori cigolanti, la pressione dell'acqua non era il massimo ma almeno iniziò a sgorgare. Ace si ritrovò a pensare che Rocco avrebbe dovuto insistere con il comandante per trovare una sistemazione migliore, per esempio con letti per tutti e vere docce.

Tuttavia, sembrava che per Piper quella doccia fosse la fine del mondo. Sorrise alle ragazzine e portò le mani sotto il getto; Ace non aveva idea se l'acqua fosse calda o fredda, Piper non gli rivelò nulla con quel sorriso stampato. Dopo qualche istante lei lo guardò e annuì.

Ace sospirò sollevato.

"Vieni Sinta, è calda. Promesso."

La bimba si rifiutò di avvicinarsi, come se la stesse aspettando una brutta esperienza.

"Kemala? So che sei irritata e non vuoi darmi retta, ma vuoi venire qui a sentire l'acqua calda? Le bimbe seguono te: se vedono che tutto va bene, allora saranno convinte."

L'adolescente rimase immobile.

"Per favore?" la supplicò Piper.

Dopo un lungo momento Kemala si avvicinò a Piper con lo stesso entusiasmo di un condannato a morte che va verso la sedia elettrica. Inizialmente si tenne a debita distanza dal getto d'acqua, attenta a non farsi colpire da nessuno schizzo accidentale, poi allungò una mano.

Nel secondo in cui sfiorò il getto, ritrasse la mano sorpresa.

Piper le sorrise con fare rassicurante. "Vedi? È calda," le disse.

Kemala riportò con cautela la mano sotto il getto, fissando l'acqua che le colpiva la mano e poi si riversava sul pavimento.

A momenti Ace si sentì venir meno quando l'adolescente si rivolse alle due bimbe con un sorriso enorme, tanto da illuminare la stanza; disse loro qualcosa in Tetum, le altre due si avvicinarono con cautela.

Ace rimase a guardare le sue ragazze nella doccia, tutte e quattro in piedi e molto vicine, che si sorridevano come se avessero appena vinto alla lotteria.

"Ve lo dicevo... è calda. Non vi farà male, anzi... posso dirvi che non c'è niente di meglio di una bella doccia calda," disse loro Piper.

L'unico prodotto da bagno a disposizione era una vecchia saponetta posta su un piccolo ripiano in un angolo della doccia; Ace pensò che probabilmente in circostanze normali Piper non avrebbe neanche sfiorato un oggetto simile, invece la guardò mentre prendeva la saponetta e se la sfregava tra le mani. Poi prese la mano di Rani e le passò la saponetta.

"Strofina le mani insieme, così," le mostrò.

Rani iniziò a lavarsi le manine e poi passò la saponetta a Sinta, che a sua volta la passò a Kemala. Le quattro continuavano a ridacchiare mentre si lavavano mani e braccia.

Ace continuò a vigilare sulle ragazze che stavano legando tra loro grazie a dell'acqua calda e a una saponetta. Volendo, avrebbero potuto usare anche l'altra doccia, ma sembravano contente di stare tutte vicine e gioire insieme di una doccia calda dopo una lunga giornata.

Ben presto erano tutte zuppe, con i vestiti incollati addosso. Piper tolse gli indumenti fradici dai corpicini di Sinta e Rani e poi le lavò con cura, si sforzò anche di lavare i capelli. Sollevò Rani in modo da sciacquarle la testa senza farle finire l'acqua negli occhi.

Sia lei che Kemala, invece, tennero i vestiti durante tutta la doccia.

Ace sapeva di essere un cazzone a non lasciare la stanza, ma non poteva proprio togliere gli occhi di dosso dal corpo di Piper: la maglietta bagnata le metteva in risalto le curve, per non parlare dei capezzoli ben visibili sotto il reggiseno. Anche i pantaloni color kaki, da bagnati, mettevano in risalto tutte le curve nei punti giusti.

Nonostante tutto il disagio di quella vicenda, Piper era in forma: Ace sentì prudergli le dita dal desiderio di toccarla, aiutarla a sfilarsi i vestiti e lavarla dappertutto.

A doccia finita, tutte e quattro grondavano acqua e Piper si rivolse ad Ace arricciando il naso: "Uhm... credo che non ci siano asciugamani, vero?"

Ace scosse la testa e le rispose: "Vedo cosa riesco a trovare."

"Grazie. Magari puoi portarti dietro Rani e Sinta quando torni e farle asciugare, così io e Kemala possiamo finire di fare la doccia."

Il solo pensiero di Piper nuda, sotto la doccia, che si insaponava per bene mandò Ace su di giri; realizzò che era da troppo che non stava con una donna... Erano passati mesi. No, anzi, almeno un anno. Accidenti.

Ace si voltò per nasconderle l'erezione. "Certo, torno subito."

"Grazie, Ace," gli disse Piper.

Lui annuì senza voltarsi, aprì la porta e uscì dal bagno, poi fece un gran respiro mentre si avviava lungo il corridoio con gocce di sudore che gli imperlavano la fronte, sia per i vapori del bagno che per la temperatura elevata del luogo.

Santo cielo, doveva proprio controllarsi. Non voleva mettere Piper sotto pressione, quella donna doveva già affrontare abbastanza rogne senza aggiungere un SEAL arrapato che voleva scoparsela.

Poco dopo riuscì a trovare degli asciugamani, Ace immaginò fossero per gli ospiti. Erano piccoli e malandati, ma potevano andare per il momento.

Ne prese sei, magari Piper e Kemala ne avrebbero usati due a testa, poi tornò verso il bagno. Bussò in attesa di essere invitato a entrare.

Quando sentì il permesso di entrare, Ace rimase bloccato sulla soglia.

Sinta e Rani stavano ballando intorno alla doccia mentre Piper e Kemala giocavano a spruzzarsi con i getti d'acqua: tutte e quattro stavano ridendo, Ace avrebbe tanto voluto avere una videocamera per riprendere quella scena gioiosa.

Non appena Piper lo vide con gli asciugamani in mano, chiuse l'acqua e si mosse verso di lui, gli prese dalle mani uno degli asciugamani e lo avvolse intorno alla bimba più piccola.

Quando Piper si chinò, Ace distolse lo sguardo per non vederle il seno appiccicato alla maglietta bagnata. Lui appoggiò gli altri asciugamani sui lavandini e prese quello in cima per asciugare Sinta: quella bimba era uno scricciolo, tutta pelle e ossa.

Mentre era impegnato a recuperare gli asciugamani, aveva notato che Phantom e Gumby erano tornati dalla loro spedizione e avevano appoggiato la borsa con i vestiti nella stanza delle ragazze. Quando le bimbe furono asciutte, Ace le prese entrambe in braccio e loro ridacchiarono senza sosta, chiaramente entusiaste della doccia e dei giochi con l'acqua.

"Piper, Phantom e Gumby sono tornati mentre stavate facendo la doccia; porto queste due scimmiette in stanza e le faccio vestire. Ti faccio portare da Rocco tutto quello che ti serve in due secondi... non spogliarti finché non se ne va, comunque."

Piper gli sorrise e annuì. "Grazie."

"Cosa ti ho detto sul ringraziarmi?" le rispose con tono gentile. Poi si voltò per uscire di nuovo dal bagno con in braccio le due bimbe. "Dai, vediamo se Gumby ha trovato una spazzola e riusciamo a districare questi nidi che avete in testa, ok?"

Sinta e Rani annuirono felici, ovviamente senza aver capito una sola parola di quanto detto loro.

Ace lanciò un'ultima occhiata a Piper prima di costringersi a lasciare il bagno.

———

Piper si lasciò sfuggire un sospiro di sollievo quando Ace lasciò la stanza. Ormai ne era certa, ogni volta che guardava Ace giocare con Rani e Sinta sentiva un tumulto dentro di sé. Sì, quell'uomo sarebbe stato un padre formidabile, era chiaro da come trattava le bimbe e mostrava comprensione ed empatia per Kemala.

L'adolescente nutriva una sorta di antipatia nei confronti di Piper, ma a lei non importava, avrebbe continuato a fare il possibile per alleggerire la situazione con la ragazzina. Insomma, Kemala era rimasta senza casa, le sue amichette erano state uccise ed era stata strappata da tutto ciò che conosceva... e non era stupida, anzi: era più che consapevole del fatto che Piper e i SEAL stavano pianificando di scaricarle nell'orfanotrofio più vicino, quando ne avrebbero avuto l'occasione.

Ma c'era stato un attimo, tra i giochi d'acqua con Rani e Sinta, un attimo in cui Piper aveva percepito una breccia nella difesa di Kemala: aveva riso e per un breve attimo le era sembrata persino felice. L'acqua calda era riuscita a farle abbassare gli scudi, seppur per qualche istante.

Non appena Rocco depositò i vestiti puliti in bagno, Piper si strappò di dosso la maglietta e i pantaloni lerci che aveva indossato nell'ultima settimana. Si avviò verso l'altra doccia e si godette l'acqua calda, ce n'era ancora nonostante i giochi di prima; rimase a lungo sotto il getto, finse di essere in un hotel a cinque stelle mentre si puliva minuziosamente tutto il corpo, passandosi il sapone ovunque per ben due volte, voleva lavarsi di dosso lo sporco e quel senso di morte che percepiva in ogni singolo poro della pelle.

A doccia finita, Piper realizzò che Kemala era ancora sotto il getto; l'adolescente aveva chiuso la tendina, quindi decise di lasciarla in pace. Nel frattempo prese due degli asciugamani portati da Ace e vi si avvolse. Osservò i vestiti portati da Phantom e Gumby: non erano all'ultimo grido, ma a lei non importava. Erano comodi e puliti, quindi indossò con piacere la maglietta larga e i pantaloni della tuta. I SEAL non avevano portato biancheria intima, Piper fece il possibile per lavare le mutandine nel lavandino.

Dopo un po', Piper si rese conto che Kemala era ancora sotto la doccia: forse era meglio controllare che stesse bene. "Kemala?"

Non ricevette risposta così aprì la tendina... provò un tuffo al cuore di fronte a ciò che vide. Kemala era seduta per terra, nuda in un angolo, si abbracciava le gambe raccolte vicino alla testa e stava piangendo. Non produceva alcun suono, ma quel dettaglio rese la scena ancora più straziante.

Piper tornò verso il lavandino per afferrare gli ultimi due asciugamani e poi tornò verso Kemala; chiuse l'acqua della doccia, si inginocchiò e le mise un asciugamano intorno alle spalle. Le collocò l'altro sulla testa, con delicatezza.

Poi l'abbracciò e la strinse con tutto l'affetto del mondo mentre l'adolescente continuava a piangere. Nessuna disse nulla per un lungo momento.

Quando Piper sentì dolore alle ginocchia, le disse: "Mi dispiace per le tue amiche."

Kemala annuì. "Erano spaventate."

Anche Piper annuì. "Sì, certo che erano spaventate."

"Kalee ha provato ad aiutare."

Piper annuì di nuovo. "Sì, vero." Non c'erano dubbi in merito, Kalee non avrebbe mai lasciato indietro le ragazzine per salvarsi la pelle.

"Non mi piace città. Voglio andare a casa."

Il cuore di Piper si spezzò di nuovo, accompagnato dal

senso di colpa. *Lei* aveva portato le ragazzine in città... ma non avrebbe mai potuto lasciarle sui monti, sarebbe stato troppo pericoloso.

Non disse nulla.

"Devi smettere di essere buona," le disse Kemala.

Piper la guardò sconvolta. "Cosa?"

"Rani e Sinta non sanno cosa succederà. Smetti di essere buona così non sanno cos'è buono, quando te ne vai."

Piper non sapeva come rispondere: Kemala aveva ragione... ma non del tutto. Piper voleva offrire a tutte e tre quanto più "buono" possibile, prima di andarsene. Si meritavano tutto il buono del mondo, ma evidentemente Kemala era consapevole di cosa sarebbe successo, quando Piper e i SEAL se ne sarebbero andati.

"Dai," le disse Piper dopo alcuni istanti. "Alziamoci."

Kemala si fece aiutare per alzarsi, ma non appena fu in piedi allontanò la mano di Piper. "Riesco."

Piper sospirò con tristezza, era tornata la Kemala scorbutica; non poteva arrabbiarsi con lei, comunque. Si spostò leggermente per far spazio alla ragazzina che si vestiva, i ragazzi avevano preso dei vestiti troppo grandi ma erano molto comodi.

Piper si sforzò di pulire tutto il disastro che avevano fatto con la doccia mentre Kemala la guardava, poi uscirono dal bagno per ritornare in stanza.

Piper era felice di non dover dormire separata dai SEAL: voleva stare sempre con loro, fino a quando sarebbe tornata a casa. Sapeva quanto loro che senza soldi e senza documenti era in pericolo tanto quanto lo era stata tra i monti.

Non appena entrò nella stanza, Piper guardò Rani e Sinta accoccolate al centro di uno dei materassi che lei aveva sistemato, erano profondamente addormentate.

"Le abbiamo vestite e sono crollate," le disse Rex.

Piper annuì: non era un'esperta di bambini, ma suppose

che le due avessero esaurito l'adrenalina tra la mattinata stressante, il viaggio in pick-up e la doccia calda.

Kemala andò sul materasso, si sdraiò e chiuse gli occhi senza proferire parola.

"Siete riusciti a trovare una spazzola?" chiese Piper ad Ace, che si stava avvicinando a lei.

Lui scosse la testa. "No, stavo provando a sciogliere i nodi in qualche modo ma sono crollate."

"Va bene, possiamo pensarci dopo," gli disse lei, incapace di distogliere lo sguardo dalle ragazzine; più stava con loro, più si affezionava.

"Dobbiamo andare," le disse Ace.

"Dove?" gli chiese lei.

"Il comandante ha trovato una sorta di casa per gli orfani, abbiamo una visita tra poco. Poi dobbiamo andare all'ambasciata americana."

Piper si irrigidì.

No. Non era pronta a rinunciare alle piccole.

Ma quali scelte aveva?

Si guardò intorno, i SEAL la stavano osservando con attenzione. Piper dipendeva dai SEAL: se avesse detto loro che voleva adottare quelle tre bimbe, i soldati sarebbero scoppiati a ridere. Per restare lì, a Piper servivano soldi... tanti soldi. Aveva dei risparmi in banca, magari l'ambasciata poteva aiutarla, ma non aveva idea di quanto ci avrebbe messo per adottare le piccole... sempre che glielo lasciassero fare.

La casa per orfani, una sorta di orfanotrofio privato, sembrava sicuramente meglio di un enorme orfanotrofio statale, quello sì. Di certo le piccole avrebbero ricevuto tutte le cure necessarie e avrebbero trovato un modo per cavarsela nella vita... *qualunque* cosa significasse.

Piper annuì e poi si indicò i vestiti. "Indosserò questi per la visita, vero?"

"Mi dispiace, non abbiamo trovato di meglio," si scusò Gumby.

"No no, vanno bene," gli disse subito lei. "Preferisco questi rispetto ai miei vecchi abiti sozzi."

"Li laveremo mentre sarete fuori," le disse Rex.

"Tu resti qui?" gli chiese lei.

Rex annuì. "Io e Gumby stiamo con le ragazzine, Rocco e Phantom vanno in ambasciata e vi incontrerete là. Tu, Ace e Bubba andrete da Amisha a dare un'occhiata."

"Dopo l'ambasciata, possiamo andare a fare compere e cercare quello che ci serve," le disse Rocco.

Piper fissò il pavimento: il giorno dopo, a quell'ora, forse poteva essere sulla via di casa... senza le ragazzine. Le si spezzò il cuore. "Ok," mormorò.

Percepì la vicinanza di Ace, che le mise una mano sotto il mento e le sollevò il viso. Anche lui si era lavato mentre lei e Kemala si stavano facendo la doccia: Ace aveva i capelli umidi e qualche goccia d'acqua nella barba, indossava una maglietta e dei pantaloni cargo di ricambio. Non indossava più il gilet tattico, ma il petto le sembrava comunque robusto.

"Non ce ne andremo finché non saremo sicuri che le ragazzine abbiano trovato una buona sistemazione, va bene?"

Piper annuì con entusiasmo, era proprio ciò che sperava.

"Ho preso le scarpe," disse Phantom dal corridoio.

Piper si voltò e lo vide con le sue scarpe in mano, non si era nemmeno accorta che lui avesse lasciato la stanza; Ace estrasse un altro paio di calzini puliti dallo zaino.

Piper scosse la testa divertita, pensando che lo zaino di Ace fosse come la sacca dei doni di Babbo Natale. Era convinta di aver indossato l'ultimo paio di calzini puliti, ma si era sbagliata. Lo zaino di Ace era senza fondo e lui se lo portava in giro come se non pesasse nulla... invece era pesantissimo, Piper se ne era accorta quella mattina perché aveva tentato di raccoglierlo per darlo al SEAL, aveva fatto molta fatica.

Una volta pronta, Piper inspirò a fondo, Ace la prese per mano e Bubba li precedette fuori dalla stanza. Lei non aveva idea di cosa sarebbe successo nelle dodici ore successive, ma al fianco di Ace poteva affrontare qualsiasi evenienza.

CAPITOLO SETTE

Ace fissò la donna che si era presentata semplicemente come Amisha, senza fornire un cognome, e lui stava iniziando a capirne il motivo. All'inizio, il tour era partito bene: avevano visto la stanza dove dormivano le ragazzine, c'erano tanti giacigli. Avevano visto alcune ragazzine affaccendarsi in cucina, probabilmente preparavano la cena. Amisha possedeva anche un piccolo cortile dove le ragazzine giocavano a palla.

Tutto sembrava a posto, pulito e la posizione della casa non era male come si aspettavano, la zona non era degradata come altri posti che avevano passato lungo la strada per arrivare lì.

Amisha li portò in ufficio a fine tour e fu proprio a quel punto che Ace avvertì il tipico senso di disagio di quando qualcosa non andava per il verso giusto. A ogni parola della donna, la misura di "vaffanculo" aumentava sempre più in Ace.

"Come vedete, ragazze in luogo sicuro," disse loro Amisha con il suo inglese stentato. "Vanno a scuola fino a dodici anni, poi imparano a curare casa. Cucinare, pulire, cose da donna, così."

Ace e Piper erano seduti alla scrivania, Bubba era appoggiato al muro con le braccia conserte. "Dove sono le ragazze più grandi?" le chiese.

"Grandi?" gli chiese Amisha. "Cosa vuol dire?"

"Sì, hai detto che quando compiono dodici anni smettono di studiare e imparano a fare le 'cose da donna'. Le ragazzine in cucina sembrano sui tredici, quattordici anni... Dove sono quelle di sedici e diciassette?"

"Sposate," gli rispose la donna con una scrollata di spalle.

Ace percepì il momento in cui Piper si irrigidì e le prese una mano; lei gli strinse la presa conficcandogli le unghie nella carne, come se fosse in pericolo. Fino a quel momento era rimasta calma e aveva lasciato parlare Bubba, ma Ace non era sicuro di quanto potesse resistere Piper in silenzio.

Amisha gestiva quella sorta di orfanotrofio ma non ne sembrava entusiasta. Ace si era accorto di alcuni sguardi glaciali che lei aveva lanciato alle ragazzine quando non eseguivano abbastanza rapidamente i compiti assegnati, aveva notato anche che le ragazzine in cucina avevano fatto di tutto per evitare di guardare loro o Amisha.

Tutti quei dettagli infastidivano Ace, che era sicuro che anche Piper la pensasse come lui.

"Sposate, eh?" le chiese Bubba. "Come incontrano gli uomini? Dove trovano il tempo di innamorarsi?"

Amisha scoppiò in una breve risata amara. "Amore? Dimenticavo, siete americani. No amore. Dovere."

"Dovere?" le chiese Ace. "Sarebbe a dire?"

Amisha si rilassò contro lo schienale della sedia e fece spallucce. "Questa casa costa. Servono soldi per dare cibo a ragazze e far studiare; alcuni adottano, ma tante famiglie non possono avere altri bambini. Le ragazze non possono stare per sempre. Le piccole, quindicimila dollari americani. Meno piccole, diecimila. Quando iniziano a imparare cose da donne, cinquemila."

Ace fissò la donna con orrore. "Vendi le ragazzine?" Quella pratica barbara era usuale nei paesi poveri, ma lui sperava proprio che Amisha gestisse un orfanotrofio onesto.

"Come detto, gestire casa costa. Servono soldi per cibo. Questa non è America. Se ragazza non si sposa, non ha niente. Sa che soddisfare uomo è modo migliore per avere casa tutta sua."

"A tredici... quattordici anni?" le chiese Bubba.

Amisha annuì. "Sono già donne, possono avere figli, tempo per casa loro."

Piper gli stava conficcando le unghie talmente a fondo che gli avrebbe lasciato il segno, ma Ace non le lasciò andare la mano. Sicuramente il comandante non aveva idea che la "casa per orfani" da lui trovata vendesse le ragazzine come fossero oggetti; altrimenti non li avrebbe spediti lì.

Ace doveva ammettere che comunque le ragazzine sembravano in salute, vivevano in un ambiente pulito e nessuna di loro sembrava patita, quindi ricevevano le giuste quantità di cibo. Lui e i compagni avevano visto il peggio dell'umanità, sapevano che i paesi poveri purtroppo vivevano realtà ben diverse da quella americana, ma... sentire quella donna parlare con tanta noncuranza di come vendeva le ragazzine al miglior offerente era ripugnante.

Anche se certa gente tentava di renderlo più accettabile, il traffico sessuale restava sempre odioso.

Ace spinse indietro la sedia e rivolse un cenno ad Amisha. "Grazie per il tour, ci sentiamo." Poi si alzò e, senza dare alla donna il tempo di rispondere, si diresse verso l'uscita portandosi dietro Piper. Lei barcollò leggermente ma non disse una parola. Ace la condusse all'aperto e l'abbracciò con forza nell'aria umida e densa. Lei ricambiò il gesto con altrettanto vigore, infilandogli il viso nell'incavo tra la spalla e il collo. Ace la sentì tremare e la strinse ancora di più.

Attese l'arrivo di Bubba, si sentiva in colpa per aver lasciato all'amico il compito di congedarsi da Amisha.

Quella donna all'inizio non aveva capito se loro fossero interessati al mercato, quindi a "comprare" una ragazzina, o a lasciargliene qualcuna. Era stata vaga nel diramare informazioni... fino a quando aveva rivelato loro i costi per "l'acquisto". Magari aveva pensato che Ace e Piper fossero una coppia alla ricerca di un'adozione rapida.

Piper continuava a tremare, scossa dagli stessi pensieri che stavano attraversando anche Ace: quanto era dannatamente facile comprare una bimba di sette anni, o di quattro... o fare un "affare" con una di tredici. Kemala sarebbe stata venduta nel giro di poche settimane, il solo pensiero di lasciare Rani e Sinta tra le grinfie di un vecchio pervertito era nauseante.

Per fortuna Bubba li raggiunse poco dopo e chiamò un taxi, così Ace scacciò certi pensieri: doveva concentrarsi. Aiutò Piper a salire a bordo del veicolo, si sedette accanto a lei e la tirò a sé, lei non si oppose.

"Ambasciata americana," disse Bubba a denti stretti, rivolto all'autista.

"Che merda," sbottò Ace non appena furono partiti. Non avrebbe detto di più in presenza del conducente, magari capiva l'inglese e non era il caso di rischiare.

"Sì," concordò Bubba.

"Non le lascio lì," sussurrò Piper.

"Vaffanculo, no," concordò Ace mentre Bubba le diceva: "Neanche per sogno."

Però in quel modo non avevano risolto il problema delle ragazzine. Ace non sapeva cosa dire per rassicurare Piper, dato che non sapeva che intenzioni avesse. Intanto dovevano parlare con il comandante e informarlo circa l'attività di Amisha: magari lui aveva le conoscenze giuste per chiudere

quella sorta di orfanotrofio, ma comunque dovevano capire
dove lasciare Rani, Sinta e Kemala.

I SEAL non potevano restare per sempre a Timor Est:
erano spesati dal governo, ma dato che la missione era terminata dovevano tornare in California.

Piper non tremava più, ma continuava a restare avvin-
ghiata ad Ace; da un lato lui si sentì contento, lei cercava
conforto in lui, ma diavolo se detestava quella brutta
situazione.

Il taxi li condusse all'ambasciata, Bubba pagò l'autista che
se ne andò via subito. I tre rimasero a guardare il cancello
bianco e il vecchio edificio all'interno. Dall'aspetto esteriore
non sembrava un granché, ma Ace sapeva che talvolta l'appa-
renza inganna; tra quelle mura si trovavano persone che potevano aiutarli a tornare a casa senza creare troppo scompiglio.
Ace detestava avere a che fare con la burocrazia dell'ambasciata, ma ormai tutti i SEAL ci si erano abituati, dato che
spesso quando salvavano le persone le trovavano senza documenti, che si erano persi o erano stati rubati durante i
rapimenti.

"Bubba, ci lasci soli un secondo?" chiese Ace all'amico.

L'altro annuì e si avvicinò al cancello per premere il
pulsante del citofono.

Ace si rivolse a Piper: "Non le lasceremo qui," le disse
con tono deciso, rispondendo a quanto aveva detto lei in
taxi.

Piper si limitò a fissarlo per qualche istante. "Cosa
facciamo?"

Gli piacque il fatto che lei desiderasse affrontare la
vicenda con lui, ma purtroppo non aveva una risposta pronta.
"Non lo so," ammise. "Ma ci inventeremo qualcosa."

Piper annuì e basta, stupendolo. Lui inclinò il capo e la
scrutò, cercando di carpire quali pensieri si celassero dietro
quei magnifici occhi azzurri. In genere era sempre stato in

grado di capirla bene, ma in quel momento Piper nascondeva i pensieri dietro una maschera impenetrabile.

"Ti fidi di me e del fatto che non farei mai nulla per farle soffrire?" le chiese; quella risposta gli serviva.

"Sì."

Lei gli rispose talmente in fretta da farlo sentire subito un po' meglio.

"Bene. Vediamo se il comandante è riuscito a procurarsi il tuo passaporto: prima avremo un documento, prima potremo portarti a casa."

Piper annuì senza entusiasmo.

Ace scosse leggermente la testa, probabilmente non aveva scelto le parole giuste (non dopo quella visita scioccante da Amisha) ma ormai non poteva rimangiarsi quanto detto.

Prese Piper per mano e si incamminarono verso il cancello, che aveva appena iniziato ad aprirsi.

"Ci stanno aspettando," disse loro Bubba.

Ace la guardò, incapace di nascondere un pizzico di disagio. Piper camminava a testa alta, con lo sguardo traboccante di determinazione: lui sapeva che lei non aveva alcuna intenzione di abbandonare le ragazzine al loro destino, anzi, a un certo punto aveva persino espresso il desiderio di adottarle.

Non sapeva indovinare i pensieri di Piper, ma pregò che qualsiasi piano avesse in mente non li cacciasse nei guai.

———

Piper non riusciva a smettere di pensare ai faccini delle ragazzine che aveva visto giocare nel cortile di Amisha, o di quelle che stavano cucinando. Chissà se avevano una vaga idea di cosa avrebbero dovuto affrontare in futuro? Per il loro bene, sperava di no.

Quella visita a Timor Est le aveva aperto gli occhi (oltre ad averle attorcigliato le budella) sulla realtà dei meno fortunati, ma al tempo stesso si sentiva più che mai decisa a risolvere determinate faccende. *Non* avrebbe di certo lasciato Rani, Sinta e Kemala in quel paese: avrebbe fatto tutto il possibile per portarle a casa con lei, magari la visita all'ambasciata americana le avrebbe fornito una soluzione.

Le dispiaceva di non aver condiviso con Ace ciò che pensava, ma aveva paura che lui tentasse di dissuaderla da certe idee. Piper si fidava ciecamente di lui, ma aveva un piano talmente folle in mente che forse, se Ace avesse detto qualcosa di negativo, lei se la sarebbe fatta sotto.

Furono condotti in una stanza dove incontrarono Rocco e Phantom. Non appena li videro, i due SEAL apparvero nervosi e raddrizzarono la postura.

"Cos'è successo?" chiese loro Rocco, che aveva già percepito dai loro volti che qualcosa non era andato per il verso giusto.

"Un macello," gli rispose Bubba mentre scuoteva la testa.

"Spiegati meglio," gli ordinò Phantom.

Piper percepì lo sguardo di Ace su di lei, come se le stesse chiedendo il permesso di parlare, così lei annuì. Non voleva concentrarsi troppo sulle sorti delle povere orfanelle di Amisha.

Ace spiegò ai compagni come funzionassero le "adozioni" in quella casa, Rocco e Phantom erano a dir poco furiosi.

"Dobbiamo denunciarla," disse Rocco.

"A chi?" gli chiese Ace, palesemente frustrato. "Non ci sono tanti posti dove tenere le ragazzine e in fin dei conti, Amisha non le maltratta. Le fa studiare, anche se solo fino ai dodici anni... le nutre, le istruisce... e poi si sa, non siamo in America. Qui non è strano che una ragazzina si sposi in giovane età."

"Ma lei le *vende*. Scommetto che non fa nemmeno controlli sui compratori," ringhiò Phantom irritato.

Per la prima volta, Piper si sentiva esattamente come il burbero SEAL.

"Piper Johnson?" chiamò una signora da un corridoio dall'altra parte della stanza.

"Sono io," rispose lei.

"Può seguirmi?" le chiese la donna.

Piper annuì e si avviò lungo il corridoio, scortata da Ace.

"Solo la signora Johnson," gli disse l'impiegata con una certa fretta e uno sguardo severo.

Lui scosse la testa. "Con tutto il rispetto, solo qualche giorno fa Piper si stava nascondendo sotto il pavimento di un orfanotrofio, terrorizzata all'idea che i ribelli potessero trovarla e ucciderla. La sua migliore amica è stata uccisa da quegli uomini. Piper si sente un po' confusa e a disagio, se io o qualcuno dei miei amici non le stiamo accanto. Credo che lei voglia solo verificare la sua identità prima di emettere il nuovo passaporto; se spunterà qualche informazione confidenziale sarò il primo a lasciare la stanza, ma al momento ci sentiremmo tutti più tranquilli se non la perdessi di vista. Sono sicuro che capirà."

Piper guardò Ace stupita: lui si era attenuto ai fatti, bene o male, ma in realtà lei si sentiva al sicuro all'interno dell'ambasciata. Certo, si sentiva più sicura vicino a *lui* o a uno degli altri SEAL, ma sarebbe riuscita a sopravvivere per mezz'ora da sola, senza dare di matto...

...ma visto che l'impiegata dell'ambasciata le lanciò uno sguardo carico di empatia, Piper decise di reggere il gioco. Inoltre, magari le avrebbero posto domande alla quale non avrebbe saputo rispondere: non aveva parlato con i SEAL delle procedure e quant'altro, quindi meglio che Ace le stesse accanto, così non avrebbe detto qualche stupidata di cui si sarebbe potuta pentire.

Il tocco della mano di Ace sulla parte bassa della schiena le provocò la pelle d'oca lungo le braccia... sì, farsi accompagnare da Ace era indubbiamente positivo. Quando erano vicini, Piper si sentiva al sicuro da qualsiasi minaccia... era una sensazione che la spaventava, in senso buono.

Seguirono la signora in un ufficio spoglio e senza finestre, Piper si chiese come diavolo facesse quella donna a lavorarci. Si sentiva il ronzio delle luci al neon, ma per il resto le sembrò di essere tornata nel cunicolo sotto la cucina dell'orfanotrofio: se si fossero spente le luci, in quell'ufficio sarebbero rimasti completamente al buio, proprio come le era successo tra i monti insieme alle ragazzine.

La determinazione di Piper si rafforzò pensando alle tre piccole.

Rimase seduta composta mentre l'impiegata le poneva tutte le domande personali e continuava a consultare dei fogli; era chiaro che il comandante di Ace avesse già inviato tutti i documenti necessari e che la presenza di Piper fosse solo una formalità.

A pratica finita e con un passaporto nuovo di zecca in mano, Piper inspirò a fondo e si preparò a porre la domanda fatidica, prima di ripensarci.

"Avrei una domanda," sbottò.

Piper fissò l'impiegata, nonostante avvertisse lo sguardo di Ace su di sé.

"Prego, mi dica pure."

"Sono riuscita a fuggire dai ribelli con tre ragazzine. Vorrei sapere qual è la procedura per adottarle e riportarle negli Stati Uniti con me."

L'impiegata guardò Piper con occhi sorpresi e la studiò per un lungo momento, prima di sedersi meglio e voltarsi verso il computer. Pigiò su alcuni tasti per qualche minuto prima di rivolgersi a Piper. "Le adozioni da parte di americani sono molto rare, a Timor Est. Vedo qui che negli ultimi dieci anni ci sono state solo cinque adozioni da parte di cittadini americani."

"Wow... così poche?"

L'impiegata fece spallucce. "Sì. Comunque... deve presentare una domanda all'ufficio immigrazione degli Stati Uniti, che tra gli altri servizi offre anche un'educazione domiciliare. Dovrà dare prova che può prendersi cura delle ragazzine, servirà anche la documentazione di supporto, compresa la validità dello stato civile e della cittadinanza. Lei è sposata?"

Piper sbatté le palpebre, quella domanda la stupì. Non sapeva di certo come funzionasse una pratica di adozione, ma non credeva che il matrimonio facesse molta differenza. "Conta?"

Si sforzò di non agitarsi sulla sedia sotto lo sguardo severo dell'impiegata.

"Tecnicamente no, ma... qui le autorità sono molto rigide per quanto riguarda chi può adottare o meno. Ciò deriva dal fatto che Timor Est è una delle due nazioni prevalentemente cristiane del sud-est asiatico, quindi tendono ad assumere una posizione meno flessibile sulle adozioni da parte di stranieri."

Piper sentì un moto di nausea: aveva sperato con tutta se stessa di riuscire a portarsi a casa le ragazzine, poteva cavarsela con i soldi (magari poteva chiedere un prestito, se le spese per l'adozione si fossero rivelate eccessive), ma non poteva creare un marito dal nulla.

Prima che potesse reagire ringraziando la donna tra le lacrime per il tempo concesso e lasciare la stanza, Ace le prese una mano e disse all'impiegata: "Ha un fidanzato, non è abbastanza?"

La signora gli sorrise. "Purtroppo temo di no."

Ace scrollò le spalle e si rivolse a Piper. "Allora credo che dovremo muoverci più in fretta del previsto e anticipare il matrimonio, amore."

Piper non riuscì a formulare una risposta.

"Quindi dovrei supporre che siete fidanzati?" chiese loro

l'impiegata con fare scettico. "Mi sembra una coincidenza conveniente."

Nell'arco di un secondo Ace tramutò il sorriso in un'espressione irritata. Assottigliò lo sguardo per fissare la donna di fronte a lui. "Conveniente, dice? Se considera *conveniente* che la mia fidanzata sia venuta in questo paese per visitare una buona amica che le aveva parlato delle ragazzine dell'orfanotrofio, allora sì, va bene. Abbiamo trovato le ragazzine perché quest'amica era una volontaria dei Peace Corps qui a Timor Est. Abbiamo sempre desiderato una famiglia numerosa, quindi il fatto che questa ragazza prestasse volontariato all'orfanotrofio sembrava un segno del destino."

"Ma sa cosa non è stato *conveniente*? Quando i ribelli hanno deciso di attaccare quell'orfanotrofio proprio mentre la mia fidanzata lo stava visitando per conoscere quelle ragazzine. Direi che è stato decisamente *non conveniente* quando Piper ha dovuto nascondersi in un cunicolo sotto il pavimento per tre giorni con le ragazzine, per evitare di trovare la morte... o peggio. Non è stato neanche *conveniente* che la sua amica sia stata uccisa durante quell'attacco, Piper e le ragazzine sono dovute scendere dai monti... a piedi."

"Non appena ho saputo cos'era successo, sono volato fino a lì. Volevamo sposarci l'anno prossimo, ma non mi importa se la cerimonia sarà oggi o tra dieci anni, mi importa solo che Piper sia felice."

Piper aveva trattenuto il respiro mentre Ace parlava, una volta finito il discorsetto riprese a respirare. Lui si voltò a guardarla con uno sguardo che le sembrava colmo di ammirazione e rispetto.

"Possiamo effettuare cerimonie legali qui in ambasciata," lo informò l'impiegata. "Se vi sposate, il processo di adozione sarà più semplice per gli standard del paese, ma dovete anche compilare le richieste all'ufficio immigrazione e quelle richiedono tempo per essere approvate."

Ace non aveva mai smesso di fissare Piper, neanche lei era stata capace di distogliere lo sguardo. Cosa stava combinando Ace? "Conosco un amico di un amico che può accelerare l'iter burocratico," rispose Ace all'impiegata. "Tutto fattibile."

Piper sapeva che in realtà lui si stava rivolgendo a lei, non alla signora.

"Non credo sia tanto semplice, ma se volete sposarvi adesso non ve lo impedirò: adoro le storie d'amore. Aspettatemi qui, torno subito con il mio collega autorizzato a celebrare matrimoni."

Quando la signora uscì, Piper e Ace rimasero ancora a fissarsi.

Non appena la porta si chiuse, Ace si alzò dalla sedia e si inginocchiò di fronte a Piper nel piccolo ufficio. Le prese una mano e le chiese: "Vuoi sposarmi, Piper? Qui e ora? Magari sognavi un matrimonio normale, possiamo celebrarlo negli Stati Uniti. Ma non posso sopportare l'idea di lasciare qui quelle tre e so che la pensi come me. Vuoi sposarmi?"

Piper non era in grado di rispondere, le si era seccata la bocca; non riusciva neanche a deglutire.

A dire il vero Ace non aveva rivelato all'impiegata dell'ambasciata cosa facesse per lavoro o l'amore per Piper, di certo le aveva detto tante verità, ma era stato decisamente cauto e vago su come si esprimeva. Piper scelse l'unica opzione possibile in quel momento.

Annuì.

Ace sorrise e si rialzò, facendola alzare con lui. L'abbracciò e lei ricambiò il gesto.

Dopo qualche istante lei sussurrò: "Che stiamo facendo?"

"Ci stiamo sposando, a quanto pare," le disse con un sorriso.

Piper scosse la testa. "Non puoi sposarmi."

"Perché?"

"Perché no." Non riusciva a ragionare in modo lucido.

"Non è una motivazione valida," le disse.

"Tu non mi ami," gli disse lei.

"Ma ti rispetto, ti ammiro e mi fido di te; in pochi possono dire lo stesso. Ti fidi di me?"

"Sai che mi fido," gli disse lei. "Ma... *sposarci?*"

"Ho visto la tua espressione a casa di Amisha, oggi, che orfanotrofio tremendo," le disse Ace. "Non potevamo lasciare lì le ragazzine."

Piper scosse la testa, assalita dalla nausea al solo ricordo. "Ma conosci davvero qualcuno che possa velocizzare la parte burocratica? So che tanti devono aspettare mesi o addirittura anni per ricevere l'approvazione."

"Sì, lo conosco," le disse Ace con sicurezza. "È un mago del computer e non gli chiediamo mai come opera... accettiamo il suo aiuto e basta. So che ci darà una mano. Credo che in un paio di giorni avrà già i documenti firmati dalle persone giuste e potrà mandarli qui in ambasciata per far produrre i passaporti delle piccole."

Piper esitò, era tutto troppo bello per essere vero. "E se il governo dovesse dirci che possiamo sceglierne solo una? O che non possiamo portarle tutte e tre?"

Ace serrò le labbra e poi le rispose: "Non credo ce lo diranno."

"Ok, ma metti che ce lo dicano?" insistette lei.

"Allora ne scegliamo una," le rispose Ace. "E facciamo di tutto per convincere chi di dovere a lasciarci portare via anche le altre due."

Piper sentì gli occhi riempirsi di lacrime e li chiuse per non farle sgorgare: non poteva cedere in quel momento, quello era un giorno felice... il giorno del suo matrimonio. Se l'impiegata l'avesse trovata in lacrime sarebbe stata ancora più sospettosa.

Ace non la forzò a dire altro, le offrì un supporto silenzioso mentre l'abbracciava.

Piper inspirò a fondo e aprì gli occhi. "Kemala," gli sussurrò. "Sceglierei lei."

Ace si limitò ad annuire.

Non le aveva chiesto la motivazione, ma lei gliela fornì lo stesso. "Al momento è lei quella più vulnerabile. È la più grande e nel giro di un anno sarebbe costretta a sposarsi. Rani e Sinta sono più piccole, hanno ancora tempo per adattarsi alla situazione del paese. So che Kemala non mi trova molto simpatica, ma magari avrei tempo per racimolare altri soldi e salvare le altre due prima che diventino merce da matrimonio."

"Se non troviamo una soluzione migliore, troveremo qualcuno di fidato qui a Dili e gli chiederemo di tenere Rani e Sinta fino al nostro ritorno."

Piper apprezzò quell'uso del "noi", ma distolse lo sguardo. "Possiamo annullare il matrimonio, una volta in California."

Lui scosse la testa. "No. Sono certo che l'ufficio immigrazione faccia controlli costanti sui genitori adottivi e sui bambini... soprattutto nel nostro caso, dal momento che il mio amico Tex velocizzerà la pratica. Vorranno sempre essere sicuri che sia tutto a posto; tu e le ragazzine potete trasferirvi a casa mia, ho un sacco di stanze. Troveremo un modo per far quadrare tutto, Piper."

Lei si sentì stordita da tutte quelle informazioni: era incredibile come un'idea impulsiva si fosse già trasformata in qualcosa di enorme e fuori controllo.

Ace si chinò per appoggiare la fronte su quella di lei. "Voglio bene a quelle tre quanto gliene vuoi tu," le disse. "Sono passati solo due giorni e già mi sono affezionato. Permettimi di aiutarti a portarle a casa... *per favore.*"

Piper annuì, che altro poteva fare? L'unico modo di salvare le ragazzine era assecondare il piano svitato di Ace.

Poco dopo, l'impiegata ritornò nella stanza accompagnata da un uomo in completo blu scuro, con la cravatta storta e l'aria agitata. Dietro di lui apparvero Rocco, Phantom e Bubba.

Piper apprezzò che nessuno dei ragazzi aggredisse Ace per quella scelta impulsiva, si limitarono a seguire il corso degli eventi e a fare le congratulazioni, sorridendo come se fossero davvero felici di assistere al loro matrimonio improvvisato.

Cinque minuti dopo, Piper fissava Ace mentre l'impiegato dell'ambasciata celebrava il matrimonio più veloce della storia dell'umanità.

"Vuoi tu, Beckett Morgan, prendere Piper Johnson come tua legittima sposa? Nella buona e nella cattiva sorte, in ricchezza e povertà, in salute e malattia finché morte non vi separi?"

"Lo voglio." Ace pronunciò le parole senza la minima esitazione mentre fissava Piper negli occhi, lei si emozionò. Sì, si stavano sposando davvero: tutto le sembrava assurdo, ma al tempo stesso... bello.

"Vuoi tu, Piper Johnson, prendere Beckett Morgan come tuo legittimo sposo? Nella buona e nella cattiva sorte, in ricchezza e povertà, in salute e malattia finché morte non vi separi?"

"Lo voglio," disse lei con la voce spezzata dall'emozione.

"Per il potere conferitomi dal governo degli Stati Uniti d'America, vi dichiaro marito e moglie. Può baciare la sposa."

Piper si irrigidì, non aveva nemmeno pensato a quella parte della cerimonia: si era appena sposata con un uomo che non aveva mai neanche baciato.

Ace non sembrava altrettanto sconvolto. Le prese il viso tra le mani, la fissò un istante e poi abbassò la testa.

Lei chiuse gli occhi e sollevò il mento, in attesa.

Inizialmente Ace le sfiorò le labbra con le sue, provocandole un minuscolo gemito; a quel punto lui la baciò di nuovo, ma con maggiore *intenzione*. Lei aprì la bocca e Ace si fece strada con la lingua.

Era naturale... *tanto* piacevole, come se si fossero già baciati mille volte.

Piper sentì una punta di solletico provocata dalla barba e inclinò la testa, rendendo il bacio ancora più profondo. Ace la seguì senza esitare un secondo, lei non riuscì a trattenere un gemito più sonoro rispetto al precedente.

Ace si tirò indietro ben prima che lei fosse pronta a staccarsi da lui, Piper lo fissò con occhi sgranati. Lui aveva le pupille dilatate e si leccò le labbra mentre la fissava di rimando. Lei sentì il cuore prendere il volo, in quel preciso momento si sentì viva... come non si era mai sentita prima di allora.

Prima che uno dei due potesse dire qualcosa, Rocco diede uno scappellotto ad Ace e si congratulò, seguito poi da Bubba; Phantom rimase in silenzio vicino alla porta. I due impiegati d'ambasciata richiamarono l'attenzione, gli sposini dovevano firmare tutti i documenti necessari per finalizzare il matrimonio.

Piper firmò con mano tremante, notò che Ace sembrava più deciso, come se non vedesse l'ora di sposarsi con lei.

"Vi daremo una copia," disse loro la signora.

Ace annuì. "Grazie, presto John Keegan si metterà in contatto con voi, contribuirà con la pratica di adozione presso l'ufficio immigrazione."

L'impiegata sembrava sia sorpresa... che scettica.

Ace la ignorò. "Le scriverò il nostro indirizzo, dove terremo le ragazzine."

"Tutta la faccenda è altamente irregolare," commentò la donna. "In genere i bambini adottati restano in orfanotrofio, o in una casa privata."

"Staranno con noi," le disse Ace con tono fermo. "Sono traumatizzate e non staranno lontane da noi. Inoltre non sappiamo se i ribelli scenderanno dai monti per attaccare la capitale, io e Piper ci sentiremmo meglio se le piccole venissero con noi."

La donna capì che discutere era inutile, quindi annuì. "Va bene, ma non possiamo transigere sul fatto che le ragazzine devono parlare con un rappresentante di Timor Est. Non vogliamo che ci accusino di portare via i bambini del paese senza il consenso dei rappresentanti."

"Certo," le disse Ace con calore. "Sa come contattarci, possiamo portarle qui quando vuole. Ora, se non le dispiace, vorrei trascorrere il resto del giorno del matrimonio con mia moglie."

"Ma certo, ci terremo in contatto con lei. Congratulazioni per le nozze."

Ace la ringraziò e uscì dal piccolo ufficio con un braccio intorno alla vita di Piper, pensando che quando era entrato le aveva solo sfiorato la parte bassa della schiena.

Nessuno disse nulla finché furono fuori dall'ambasciata, sul marciapiede di fronte all'edificio recintato.

"Che cazzo è successo?" sbottò Phantom.

Ace rimase rilassato mentre Piper sobbalzò.

"Sì, ci puoi dare una spiegazione?" gli chiese Rocco.

"Ci siamo sposati," disse in modo succinto Ace.

Piper inspirò a fondo e tentò di allontanarsi da Ace per affrontare i ragazzi, ma il SEAL non le permise di allontanarsi. "Beh... ho chiesto informazioni su come adottare le ragazzine, la signora mi ha detto che dovevo essere sposata. Quindi Ace l'ha convinta che eravamo fidanzati, la signora ha proposto di sposarci sul posto. Ho detto ad Ace che possiamo ottenere un annullamento quando torniamo in America, sempre che non ci sia il pericolo di farci portare via le ragazzine."

Mentre parlava, non riusciva a sostenere lo sguardo di Ace. La cerimonia le era apparsa persino romantica fino a qualche momento prima, ma in quell'istante percepiva tutto come pacchiano e miserabile. Insomma, lei indossava una magliettona e dei pantaloni della tuta, non il vestito che si era sempre immaginata per il gran giorno.

"Pensa te, Ace... sei stato davvero il primo di noi a sposarti, chi l'avrebbe mai detto," commentò Bubba con una risata, poi diede un'altra pacca all'amico. "Congratulazioni, bello!"

"Grazie," gli rispose Ace in modo affabile. "Rocco, mi serve una mano."

"Dimmi tutto," fu la risposta immediata dell'amico.

"Beh, in realtà mi serve una mano da Tex. Ci serve un'altra documentazione per l'ufficio immigrazione, come quella di ieri, dev'essere una roba rapida. Immagino che Tex abbia qualche contatto lì, visto che ha adottato la figlia e l'ha fatta immigrare dall'Iraq. Gli puoi dire di mettere il mio indirizzo sui moduli, perché tanto vivremo lì. Dal momento che non sappiamo il cognome delle ragazze, può mettere Morgan. Tanto vale iniziare come intendiamo proseguire. Ha il mio pieno permesso di compilare qualsiasi documento necessario per completare la domanda, sia per me che per Piper. Intendo certificati penali, incontri con i vicini, insomma qualsiasi cosa."

Rocco sorrise. "Gli farà molto piacere, lo chiamo appena torniamo in ostello. Se conosco bene Tex, avrete tutta la documentazione appositamente compilata e firmata entro domani sera."

"Grazie, lo apprezzo," gli disse Ace.

Per la prima volta Piper sentì un briciolo di speranza sbocciarle in petto. Non le importava se quel Tex indagava su di lei, non aveva nulla da nascondere... si sentiva la persona più noiosa del mondo. Guadagnava bene, anche se non aveva tanti soldi quanti ne desiderava, i vicini la trovavano simpatica. Tex non avrebbe trovato scheletri nell'armadio, perché lei non ne aveva.

Sì... forse potevano farcela, dopotutto.

Accidenti, stava per diventare madre di tre ragazzine.

Non solo, era diventata una madre... *sposata*!

"Ace?"

Lui si voltò a guardarla. "Sì?"

In quell'istante, tutti i pensieri di Piper presero il volo, lasciandola senza parole. Mentre fissava il marito, non riusciva a proferire parola. Si sentiva allo stesso tempo nervosa, frastornata... e grata. Era sopraffatta dalle emozioni: aveva voglia di piangere e ridere allo stesso tempo. Sì, insomma, si sentiva incasinata.

Ace sembrò capire tutto il tumulto interiore di Piper e si limitò ad abbracciarla con affetto. Lei gli appoggiò la testa sul petto muscoloso, piacevolmente sodo anche senza il gilet tattico, e gli ascoltò il battito cardiaco. Rimase ipnotizzata da quel suono. Non aveva ancora idea di cosa diavolo stesse combinando, ma per la prima volta, in quella settimana infernale, aveva la sensazione che dopotutto se la sarebbero cavata, in qualche modo.

CAPITOLO OTTO

Rocco e Phantom si avviarono verso l'ostello mentre Piper, Ace e Bubba andarono per negozi a comprare vestiti, giochi e cibo per le ragazzine. Dal momento che probabilmente sarebbero stati costretti a restare ancora qualche giorno in città, volevano essere sicuri che le piccole avessero tutto il necessario. Quando tornarono in ostello, ognuno di loro portava borse piene di oggetti di prima necessità per Piper e le ragazzine.

Ace era riuscito a dileguarsi per comprare un anello, mentre Bubba e Piper erano occupati a cercare vestiti per le piccole. L'anello era di scarsa qualità e le avrebbe lasciato un segno nero sul dito, ma Ace voleva che tutti i curiosi vedessero quell'anello al dito di Piper. Una volta tornati in California, lo avrebbe sostituito con un signor anello, ma non voleva lasciarla un solo giorno senza il simbolo della loro unione.

Si stupì alquanto della possessività e dell'istinto protettivo che provava nei confronti di Piper, ma quei sentimenti erano reali. Quando l'impiegata dell'ambasciata aveva detto che Piper doveva essere sposata per adottare le ragazzine, lui non aveva esitato un secondo: aveva raccontato una storia un po' traballante, ma dato che l'impiegata se l'era bevuta non gli importava; si era sposato.

Lui... *sposato*.

Quel pensiero lo scombussolò, ma in fondo neanche più di tanto. Sentiva che doveva succedere.

Lui e Piper si conoscevano da pochi giorni, non erano innamorati, come diceva lei, ma Ace era sicuro di provare per lei più sentimenti, in soli tre giorni di frequentazione, rispetto a ciò che aveva provato con altre donne con cui era uscito... incredibile. Quindi partivano da una base a dir poco ottimale.

Ace non aveva paura di ammettere a se stesso che non l'aveva sposata solo per il bene delle piccole: certo, voleva proteggerle tanto quanto Piper, ma in realtà desiderava *lei*. Non vedeva l'ora di accoglierla a casa e vederla, conoscerla tutti i giorni senza fastidiosi ribelli o insetti striscianti. Voleva guardarla mentre disegnava e scoprire come renderla felice. Non sapeva quali fossero il piatto o il programma televisivo preferiti di Piper, ma li avrebbe scoperti, così come avrebbe scoperto tutti i dettagli secondari. Aveva colto gli aspetti importanti di Piper quando lei era sotto pressione: era posata, generosa e compassionevole.

Dopo quel bacio, Ace aveva scoperto che lei era anche molto passionale. Piper lo aveva baciato con foga e gli si era aggrappata alla maglia, pur senza rendersene conto, gli si era fatta più vicina inclinando il capo. Per non parlare di quei piccoli gemiti.

Sì, Ace non vedeva proprio l'ora di conoscere meglio Piper Johnson, anzi... Piper *Morgan*.

Quando lui, Piper e Bubba arrivarono in ostello, trovarono Rani e Sinta occupate a giocare a tris mentre Kemala continuava a guardare fuori dalla finestra.

Gumby e Rex andarono subito a salutarli.

"Oggi è il giorno delle congratulazioni," disse loro Rex con un sorriso a trentadue denti.

"Quando ti metti in testa qualcosa non c'è niente da fare, eh?" lo prese in giro Gumby.

Ace strinse le mani degli amici e riprese quella di Piper, gli piaceva stringerla. "Grazie. Tutto bene, qui?"

"Sì." Rex abbassò la voce. "Anche se c'è Phantom che continua a borbottare sull'andare a prendere Kalee, dice che se stiamo qui ancora qualche giorno c'è tempo per tornare a prenderla."

Ace detestò il lampo di dolore che attraversò gli occhi di Piper, ma scosse la testa. "Sinceramente non credo ci sia abbastanza tempo... credo che Tex si procurerà tutta la documentazione a tempo di record. Sapete già che non è uno che perde tempo, con i documenti alla mano non ci interessa restare qui."

"Quindi sei proprio deciso ad andare fino in fondo?" gli chiese Gumby. "Non ci pensi neanche un attimo? Cioè... io ho adottato un cane senza neanche pensarci, ma credo ci sia una certa differenza tra un bambino e un animale domestico. E poi... tre ragazzine?" Scosse la testa. "Sono tante."

Ace annuì: l'amico aveva ragione, ma anche se la decisione di adottare di punto in bianco tre ragazzine poteva sembrare avventata e rischiosa per uno come lui, Ace aveva pensato parecchio ai bambini dopo l'episodio del Bahrain. Si era trovato più vicino che mai alla morte e aveva rimpianto di non avere figli; sentiva di essere in grado di occuparsi di Rani, Sinta e Kemala... quindi, perché non provarci?

"Oggi non hai visto quella sorta di orfanotrofio, Gumby. Quella tizia vendeva le ragazzine... letteralmente. Solo da lì all'ambasciata abbiamo visto almeno dodici ragazzine chiedere l'elemosina, ce n'erano altre che avevano la stessa età di Kemala, andavano a braccetto con uomini molto più grandi di loro. Ok, forse non era così che immaginavo di avere dei figli, ma non mi sento di andare nel panico e non mi pento della mia decisione."

Gumby guardò Piper con uno sguardo che fece irrigidire Ace; già sentiva che le prossime parole dell'amico non gli sarebbero piaciute. Prima di avvisarlo di fare attenzione a ciò che stava per dire, Gumby proseguì.

"E tu? Senza offesa, Piper, ma voi due non vi conoscete... sposarsi mi sembra eccessivo."

Ace lasciò la presa sulla mano di Piper e fece un passo in avanti, spingendola dietro di sé. "Ogni volta che qualcuno dice 'senza offesa' finisce per dire qualcosa di fottutamente offensivo," ringhiò.

"Tutto bene," gli disse Piper, portandosi di nuovo accanto al SEAL, guardò Gumby e Rex con fierezza mentre rispondeva: "Non ho chiesto io ad Ace di sposarmi, sinceramente credo sia matto. Ho offerto l'annullamento una volta tornati a casa."

"*Non* annulleremo un tubo," insistette Ace, ma Piper lo ignorò.

"Non abbiamo avuto modo di parlare per bene. Firmerò un accordo prematrimoniale, se ciò vi farà sentire meglio. O forse adesso sarebbe un accordo post matrimoniale? Non so come funziona... non ho tanti soldi, ma ho dei risparmi. Non ho sposato Ace per soldi, assicurazione o altro... so che non lo stavi insinuando, Gumby, ma è meglio chiarire."

"Allora perché lo hai *sposato?*" le chiese Phantom, apparso nelle vicinanze. Anche gli altri SEAL si erano riuniti intorno a loro, interessati alla conversazione.

Ace voleva di nuovo allontanare gli amici ma in realtà era proprio curioso di sentire la risposta.

Apprezzò lo sguardo che Piper rivolse a Phantom prima di rispondere: "Posso dirvi che è stato per portarmi a casa le ragazzine, o perché sono grata di essere stata salvata. Entrambe le ragioni sono valide, ma in realtà è perché quando sto con Ace, la mia vita diventa subito mille volte più emozionante. Non parlo del suo lavoro o del fatto che ci siamo conosciuti mentre stavamo letteralmente scappando da uomini che volevano ucciderci. Parlo di un sentimento qui..." Si portò una mano al cuore.

"Stare con Ace mi sprona a essere una persona migliore, mi fa sorridere anche se non c'è una ragione per farlo. So che è sciocco, ci conosciamo da pochi giorni, ma il pensiero di non rivederlo più una volta in California mi fa stare fisicamente male. Avete ragione, non ci amiamo... non ancora, è troppo presto. Ma ho il presentimento che se un giorno *potrò* mai amare un uomo e stargli accanto per il resto della vita... sarà lui."

I SEAL rimasero in silenzio a fissarla.

Ace notò che Piper deglutì a fatica prima di chiedere a Phantom: "Va bene, come risposta? È sufficiente?"

Lui sapeva che l'amico non era un sentimentale, qualunque cosa gli fosse successa durante l'adolescenza gli aveva indurito il cuore... ma notò che Phantom guardava Piper con una scintilla di rispetto, persino ammirazione.

Phantom annuì una volta. "Sì, è sufficiente," le disse con calma, poi le tese una mano. "Benvenuta in famiglia."

Ace si rilassò quando Piper strinse la mano all'amico, che la tirò in un improvviso abbraccio e poi la rilasciò.

Lui reclamò la sua donna tirandosela al petto: per quanto ritenesse Phantom alla stregua di un fratello, solo *Ace* poteva stringerla tra le braccia.

"Penso che presto conoscerete la fatica di essere genitori," aggiunse Phantom con un cenno verso Kemala. "Ci sono talmente tanti ormoni da adolescente irritata, qui, da soffocarci tutti."

Ace trattenne una risatina, sapeva che Kemala sarebbe stata una bella sfida, ma si sentiva più che pronto ad affrontarla. Piper si liberò dalle braccia del marito e andò subito verso Kemala, lanciando uno sguardo alle bimbe mentre passava, ma loro erano troppo impegnate a giocare per badare a lei.

Ace seguì la moglie, si era reso conto che il tono della conversazione tra adulti non era stato molto contenuto, ma non era sicuro di cosa avesse sentito o capito Kemala e non voleva lasciare Piper da sola in quel momento.

"Tutto bene?" sentì Piper chiedere all'adolescente.

"Sì," fu la risposta lapidaria.

"Non mi sembra," le disse con gentilezza Piper.

Kemala sbuffò e si voltò per affrontarla con le braccia incrociate, i capelli scuri arruffati e lo sguardo assottigliato. "Perché non vai?" le chiese con tono rabbioso.

"Vado?"

"Sì, noi a Dili. Tu torna in USA."

"Voglio assicurarmi che voi stiate bene prima che io..." iniziò a spiegarle Piper.

"Noi stavamo bene a casa, ora sparita. No casa qui in città. Ora cosa?"

Kemala se la cavava bene con l'inglese, aveva imparato a essere molto diretta. Ace percepì il cuore spezzato di Piper, che però fece il possibile per non crollare.

"Abbiamo visitato un orfanotrofio privato, ma non andava bene. Sto facendo il possibile per assicurarmi che stiate bene legalmente..." ci riprovò Piper.

"Lo so," la interruppe Kemala. "Sposato Ace. Bene. Ora vai."

Piper si acciglò. "Vado?"

"Vai," confermò Kemala. "Via, negli USA. Io, Rani e Sinta tutto bene."

Piper tentò di avvicinarsi a Kemala, ma l'adolescente si ritrasse.

Bene, Ace aveva sentito abbastanza. Sapeva che Kemala era confusa e spaventata, ma non poteva permetterle di trattare male Piper. "Sì, io e Piper ci siamo sposati oggi, vuoi sapere perché?" le chiese.

"Sesso," replicò l'adolescente con una smorfia.

No, non era il momento di toccare quell'argomento con la futura figlia. "No," negò lui. "Non è per questo. È perché il governo non accetta il fatto che donne single adottino bambini. Possono farlo solo le coppie sposate."

Kemala li fissò con aria sconvolta.

"Capisci cosa sto dicendo?" le chiese Ace con calma. "Io e Piper ci siamo sposati per facilitare l'adozione, l'ho *sposata* perché l'ammiro e mi piace stare con lei, mi fa vivere sentimenti che non ho mai provato con altre donne. Non vedo l'ora di conoscerla meglio e scoprire come renderla felice o cosa la rende triste. Ecco perché ci siamo sposati."

Quelle parole sembrarono alimentare la rabbia di Kemala, invece che sedarla. L'adolescente strinse i pugni e se li portò sui fianchi. "Allora voi sposati per portare via Rani?" chiese loro.

"Sì..." iniziò Piper, ma Kemala la interruppe di nuovo.

"Piccola, carina Rani. No sorpresa. Tutti preferire bambine, bene. Io sto con Sinta, non mi servite voi!"

"Kemala, voglio anche te e Sinta," aggiunse rapidamente Piper.

L'adolescente rimase in silenzio, colpita.

Anche Ace cercò di rassicurarla. "Io e Piper vi adottiamo *tutte* e tre. Rani, Sinta *e* te, Kemala. Vi vogliamo tutte, vogliamo portarvi tutte e *tre* negli Stati Uniti non appena ci danno il via libera."

Kemala spalancò gli occhi mentre spostava lo sguardo da Ace a Piper. "Ma Rani e Sinta giovani," protestò.

"Oh, tesoro," le disse Piper. "Anche tu sei ancora giovane... anche se non ti sembra vero, a volte."

L'adolescente scosse la testa. "Tu non volere me."

"Sì, invece," le rispose immediatamente Piper.

"Quando eravamo all'ambasciata, io e Piper abbiamo discusso su cosa sarebbe successo se ci avessero detto che avremmo potuto adottare una sola di voi tre," le spiegò Ace con tono tranquillo.

"Ace, no," lo implorò Piper.

"Deve saperlo," le disse Ace senza distogliere lo sguardo da Kemala. "Sai chi avrebbe scelto Piper, se si fosse presentato il problema?"

Kemala rivolse lo sguardo ai materassi, dove le bimbe si erano addormentate dopo aver giocato, poi ritornò a guardare Ace.

Lui scosse la testa. "No. Né Rani, né Sinta. Lei avrebbe scelto te, Kemala. Se il governo ci avesse costretto a scegliere una sola di voi... Piper avrebbe scelto *te*."

L'adolescente guardò Piper. "Me?"

Lei annuì. "Sì."

"Perché?"

"Perché tu hai più bisogno di me," le disse Piper.

Kemala si mosse verso Piper con passo incerto e cadde sulle ginocchia, stringendole le gambe tra le braccia. Chinò il capo e abbassò le spalle, scossa dalle troppe emozioni.

"Kemala?" la chiamò Piper, nel tentativo di farsi guardare dall'adolescente... senza successo.

Dopo alcuni istanti, Kemala alzò lo sguardo. "Ho paura," ammise. "Pensavo tu andare via. Non capisco città, vivo in montagna."

Ace prese gentilmente Kemala per un braccio e la aiutò ad alzarsi; i tre rimasero tutti abbracciati. Lui sapeva che gli altri ragazzi avevano ascoltato tutto, ma al momento non gli interessava.

"Ho paura anche io," ammise Piper. "Non so se sarò una buona madre, combinerò qualche casino, ma farò del mio meglio."

Ace percepì che Kemala non aveva capito la seconda

parte. "Non abbiamo mai avuto figli, ci serve il tuo aiuto con Rani e Sinta. Ci aiuterai, come hai fatto quando siamo scappati dalle montagne?"

Kemala annuì con entusiasmo. "Io aiuto."

Piper sorrise e accarezzò Kemala su una guancia. "Voglio portarti a casa, Kemala, voglio farti studiare. Sarai una donna di successo, lo so."

"Scuola?" le chiese l'adolescente incuriosita.

"Spero che tra qualche giorno sarà ancora contenta della scuola," sussurrò Ace.

Piper gli lanciò uno sguardo divertito prima di rispondere a Kemala. "Sì, scuola."

"Mi piace scuola. Imparo inglese."

"Sì, certo."

"Kemala," le disse Ace, attirando lo sguardo dell'adolescente. "Non è ancora ufficiale, domani torniamo in ambasciata. Ci sono dei documenti da compilare prima di portarvi negli USA."

Kemala annuì, l'entusiasmo si smorzò all'istante.

"Ma tu hai un ruolo importante." L'adolescente si mostrò di nuovo interessata. "Parte del processo di adozione prevede che un funzionario del governo vi faccia delle domande, dovete dimostrare che volete venire con noi. Non possiamo solo decidere di adottarvi: dovete volerlo anche voi. Hai una scelta, capisci?"

Kemala annuì lentamente. "Sì. Se noi no volere USA... non costringete."

"Esatto," le disse Ace. "Tu, Rani e Sinta parlerete con qualcuno, io e Piper non ci saremo. Vi chiederanno se vi piacciamo e se volete venire via con noi."

"Se dire sì, andiamo?" gli chiese Kemala.

Ace sorrise. "Spero che sia così facile, sì."

"Allora io dire sì," annuì Kemala. "Voglio andare in

America, no stare qui. Kalee detto tutto su USA: alberi, scuola, libertà, no ribelli."

Non era certo il momento di parlare del tasso di criminalità, quindi Ace si limitò ad annuire.

"Vero."

"E noi vivere con te e Ace?" le chiese Kemala.

Piper annuì. "Sì, tutto il tempo che vorrete."

Kemala scoppiò di nuovo in lacrime; Piper la strinse a sé, senza dire altro. Ace abbracciò entrambe e le cullò.

Rimasero in quell'abbraccio per chissà quanto, quando udirono degli spari dalla finestra: non erano vicini, ma neanche troppo lontani.

"Merda," imprecò Rocco mentre si faceva strada tra loro per avvicinarsi alla finestra.

Non si vedeva nulla, ma risuonarono altri spari.

"Sembra che alla fine i ribelli abbiano deciso di muoversi," disse Bubba.

Ace lasciò andare le sue ragazze con un sospiro, poi asciugò una lacrima dal viso dell'adolescente. "Tutto bene, ora?"

"Sì," gli disse lei con un cenno.

Poi lui accarezzò Piper. "E tu?"

Lei gli sorrise. "Tutto a posto."

Ace si chinò e le stampò un bacio in bocca, senza alcun preavviso. Si trattò di un bacio dolce e casto, ma comunque emozionante. "Perché non svegli le bimbe e fai vedere loro tutto quello che abbiamo comprato?"

Piper si leccò le labbra, risvegliando la lussuria di Ace; ma lui resistette e pensò di meritare una medaglia, quando si tirò indietro. Lei annuì e si rivolse a Kemala. "Oggi abbiamo fatto compere, vuoi vedere cosa abbiamo preso?"

Come qualsiasi adolescente, Kemala annuì rapidamente, poi disse: "Sveglio Rani e Sinta."

Si avviò verso i materassi e Piper prese Ace per un braccio. "Siamo sicuri, qui? I ribelli faranno saltare in aria la città?"

"Qui siamo al sicuro... per quanto *possibile*," le rispose. "Siamo vicini alla costa, dubito che abbiano un arsenale tanto potente da arrivare fin qui."

"Anche se invadono la città, si concentreranno intorno ai palazzi della capitale," le spiegò Rocco.

"Non hanno interesse ad attaccare ostelli fatiscenti quando ci sono hotel di lusso in città," aggiunse Gumby.

"Non so quanti siano, ma se ci minacciano, scappiamo in ambasciata," la rassicurò Rex.

"Sei al sicuro," la tranquillizzò Ace. "Anche le ragazzine. Fidati di noi, vi porteremo a casa."

"Certo che mi fido, lo so," gli disse con gentilezza Piper. "Grazie."

Ace la guardò dirigersi verso Kemala e le altre due, si stavano abbracciando tutte per salutarsi. C'era molta meno tensione tra Piper e Kemala, ne era contento, ma dovevano ancora preoccuparsi della pratica di adozione.

Ribelli: potevano essere un fastidio o un vero pericolo. In ogni caso, Ace si sarebbe sentito meglio solo quando sarebbero stati tutti in viaggio verso casa. "Andiamo, Tex," mormorò. "Ho bisogno che tu compia un miracolo."

CAPITOLO NOVE

La città era sottosopra: i ribelli sembravano possedere molta più artiglieria del previsto ma, proprio come avevano supposto i SEAL, i dissidenti si stavano concentrando sulla capitale e gli edifici governativi.

Ciò non significava che andasse tutto bene, anzi. Erano tutti con i nervi a pezzi e si erano tappati in casa. Piper aveva a malapena dormito, la notte precedente, finché Ace si era stufato di vederla rigirarsi continuamente, in ansia per le ragazzine, così l'aveva raggiunta per terra facendola sdraiare su di sé come quando stavano scappando dalle montagne.

"Magari ora riesci a dormire," le aveva sussurrato.

Piper si era sentita subito più sicura e contenta in quella posizione, ma ogni volta che aveva sentito risuonare uno sparo in lontananza aveva ripensato a quel cunicolo sotto la cucina dell'orfanotrofio, dove lei e le ragazzine avevano pregato di non essere trovate dai ribelli.

In quel momento Piper e le bimbe non si trovavano più in quel cunicolo e avevano sei tosti SEAL pronti a proteggerle, ma comunque lei non era riuscita a rilassarsi e prendere sonno. Ace si era accorto che Piper era rimasta sveglia ma non le aveva detto nulla, si era limitato a tenerla su di sé e ad accarezzarle la schiena.

Alla fine Piper era riuscita ad addormentarsi ma si era svegliata all'alba, perché Rani si era messa a vomitare. A quanto pare, la sera prima la piccola aveva mangiato troppo, irritando lo stomaco poco abituato a tutto quel cibo. Piper aveva trascorso la mattinata facendo di tutto per distrarre le ragazzine con disegni buffi, giocando a tris e leggendo un libro per bambini che aveva comprato il giorno precedente.

Kemala era stata di enorme aiuto, il suo atteggiamento era cambiato radicalmente: l'adolescente musona e lunatica era svanita, lasciando posto a una ragazzina desiderosa di compiacere, che faceva sempre il possibile per essere di supporto. Piper aveva apprezzato quel cambiamento, ma non voleva che l'adolescente si sentisse in obbligo di aiutare con Rani e Sinta: sperava che una volta arrivati in California, Kemala riuscisse a rilassarsi un po'.

Nel tardo pomeriggio, Rocco e gli altri avevano deciso di muoversi verso l'ambasciata americana. Non avevano ancora saputo nulla circa la domanda di adozione, ma gli spari riecheggiavano sempre più vicini all'ostello e nessuno voleva rischiare di restare bloccato fuori dall'ambasciata.

I dieci si organizzarono in piccoli gruppi e si avviarono verso l'edificio dall'aspetto ordinario, ma ben protetto. C'erano guardie armate dietro i cancelli che chiedevano di controllare i passaporti dei visitatori per farli entrare. Nonostante ciò, il gruppo rimase in attesa all'esterno finché arrivò ad accoglierli la stessa impiegata con cui aveva parlato Piper il giorno prima, la signora lasciò entrare anche le ragazzine.

Piper, Ace e le piccole furono condotti in una stanza, il resto dei SEAL in un'altra.

"Novità circa la domanda?" chiese Ace alla signora.

L'impiegata serrò le labbra e scosse la testa incredula. "Se non l'avessi visto con i miei occhi, non ci avrei mai creduto."

"Cosa?" le chiese Ace nervoso.

"Ieri è arrivata l'approvazione dall'ufficio immigrazione. Hanno ricevuto la domanda e l'hanno mandata questo pomeriggio. Ora le ragazzine devono parlare con un funzionario del governo che deve firmare la pratica, poi sono tutte vostre."

Piper si voltò verso Ace e gli sussurrò: "Wow, quel Tex è un grande."

"Sì, vero," concordò lui, poi si rivolse di nuovo all'impiegata: "Potremmo svolgere l'incontro questo pomeriggio?"

La signora apparve dubbiosa. "Per via dei tafferugli sono tutti nervosi, non credo che oggi ci sia qualcuno in grado di venire qui... o che ne sia disposto, non per qualcosa di insignificante come un'adozione."

Piper serrò le labbra infastidita, teneva Rani e Sinta per mano e strinse la presa per rassicurare le piccole, anche se in realtà desiderava strangolare la donna di fronte a lei. Ma in fondo, sapeva che non doveva preoccuparsi più di tanto: Ace non avrebbe lasciato impunito quel commento.

"Insignificante? Magari lei e i suoi colleghi la pensate così, ma per noi questo è il giorno più importante della nostra vita. Vede queste ragazzine?" le chiese, indicando le tre bimbe, poi proseguì senza aspettare risposta. "Aspettano questo momento da tutta la vita. Ad adozione ultimata non dovranno più andare a letto sperando di non essere uccise o chiedersi da dove verrà il prossimo pasto. Sapranno di avere dei genitori che le adorano e che vogliono il meglio per loro. Ogni giorno che passa, è un giorno in più di paura di restare da sole a cavarsela."

L'impiegata apparve più ammorbidita, ma non si precipitò a chiamare qualcuno per parlare con le ragazzine.

"Scommetto che si sta chiedendo come siamo riusciti a far compilare tanto rapidamente quella domanda," le chiese Ace con tono ingannevolmente amichevole.

La signora annuì con vigore. "In realtà, sì. Ce lo stiamo chiedendo tutti, qui."

"Sono un SEAL della marina, così come gli altri uomini nell'altra stanza. Abbiamo contatti che lei neanche si immagina. Ci spediscono in paesi stranieri per affrontare il peggio dell'umanità, lo facciamo senza aspettarci un grazie o un riconoscimento. Ma le garantisco che quando uno di noi ha *bisogno* di un favore, ci sono persone che si farebbero in quattro per aiutarci. Voglio solo una firma e avere i passaporti per portare a casa le mie ragazze, lontano da questo paese. Lo vuole anche lei, vero?"

"Certo, ma..."

"Credo che non sarebbe un bene se quei ribelli venissero a sapere che l'ambasciata americana ospita sei SEAL, vero?" le chiese Ace.

Piper fissò il marito: stava per caso cercando di intimidire l'impiegata?

"Di certo non ci siamo fatti notare, ma ci hanno visto in tanti: i tassisti, i negozianti, gli impiegati dell'ostello... la gente chiacchiera. Se fossi un ribelle, tenterei di eliminare i nemici più pericolosi, per poi procedere più tranquillamente."

Diamine, Ace la stava *decisamente* intimidendo di proposito. Piper trattenne il fiato e strinse ancora di più le manine delle bimbe.

"Ha ragione, le mie scuse," gli rispose con tono gelido l'impiegata. "Vado a vedere se riesco a convincere qualcuno per fare oggi l'incontro. Sono sicura che lei e i suoi... amici... desiderate tornare a casa il prima possibile."

"Esatto. La ringrazio," le disse Ace, come se non avesse appena forzato la mano.

"Aspettatemi qui," disse loro la signora prima di lasciare la stanza.

"Ace..." iniziò Piper, ma lui la interruppe.

"Lo so, non è stata una bella mossa, ma mi ha infastidito

quell'atteggiamento di sufficienza. Se così facendo ce ne andremo più rapidamente tanto meglio, no?" le chiese con un sorrisetto.

"Sì, ma non dovevate mantenere un basso profilo?"

Lui fece spallucce. "Credo che il nostro basso profilo sia andato a farsi benedire quando abbiamo trascorso un'ora a fare compere... non siamo passati inosservati."

In effetti, Ace aveva ragione. Tra le barbe, i muscoli e le vibrazioni da duri era facile dedurre che fossero soldati e il loro accento li rendeva facilmente riconoscibili.

Piper si inginocchiò davanti alle bimbe. "Bene, piccole, a quanto pare presto vi chiederanno di parlare con qualcuno sul fatto di venire negli Stati Uniti con noi."

"Sì!" esclamò Sinta.

Piper sorrise. "Siate oneste con il signore che vi farà delle domande. Potete dirgli tutto quello che è successo sulle montagne, non c'è problema."

Kemala si rivolse alle piccole in Tetum; Rani e Sinta la fissarono per un lungo momento e poi annuirono.

"Cosa hai detto?" le chiese Ace.

"Questa è cosa migliore per noi. Dobbiamo dire tutto necessario per convincere uomo a farci venire con voi. Se lui non lascia..." si interruppe; Piper capì che la ragazzina si stava trattenendo dal piangere, si alzò e la prese per mano.

"Dirà di sì, tranquilla. Digli quello che vuoi, ti ascolterà."

La porta della stanza si aprì e riapparve l'impiegata. "Tra cinque minuti arriverà un collega, accompagno le ragazzine nella stanza designata."

Piper inspirò a fondo, ecco giunto il momento fatidico. Detestava perdere di vista le piccole; e se la signora le avesse portate via e fatte scappare da una porta di servizio?

Ace sembrò leggerle nel pensiero, le cinse le spalle con un braccio e la tirò verso di sé. "Va bene, usciamo e aspettiamo con gli altri, se per lei va bene."

L'impiegata annuì, lui le chiese: "Quanto durano in media questi incontri?"

"In genere mezz'ora, ma immagino che oggi durerà di meno," gli rispose in modo criptico.

Ace annuì, probabilmente si aspettava una risposta simile.

"Rani non parla molto," disse Piper alla donna che intanto indicava la strada alle ragazzine.

"Lo riferirò al collega," le rispose la donna.

Quando Kemala gli passò di fianco, Ace si chinò e le sussurrò qualcosa all'orecchio. L'adolescente annuì e poi raggiunse le altre due, le prese per mano e tutte e tre seguirono l'impiegata.

"Dai Piper, andiamo dai ragazzi."

Lei si lasciò condurre verso l'altra stanza. "Cos'hai detto a Kemala?" gli chiese.

"Le ho detto di piangere," le rispose Ace senza vergogna.

"Davvero?"

"Sì, credo che il funzionario del governo sia un uomo e gli uomini detestano vedere piangere donne e ragazze. Quindi se loro diranno tra le lacrime che vogliono venire con noi, la chiacchierata finirà in pochi minuti."

"Ma non è che penserà che *non* vogliono venire, se piangono?"

"Penso che le nostre ragazze gli faranno capire molto bene con chi vogliono vivere," le disse Ace con fiducia.

"Vero," borbottò Piper. "Ho una domanda..."

"Spara."

"Hai detto che gli uomini odiano le lacrime, ma non ti ho visto turbato dalle mie o da quelle di Kemala."

Ace si bloccò nel bel mezzo del corridoio e le prese il viso tra le mani. "Ho visto piangere tante donne, posso dire di avere una certa esperienza," ammise. "Non mi piace vederti piangere ma riesco a gestirlo perché le lacrime ti fanno stare meglio, sono uno sfogo emotivo. Non *sopporto* le lacrime causate dal dolore fisico o derivate da un'azione che provoca danni. Ecco, con *quei* tipi di lacrime devo agire diversamente. Ma se tu, Rani, Sinta o Kemala piangete per emotività... vi abbraccio finché siete a posto, poi vi abbraccio ancora un po'."

Piper deglutì a fatica nel tentativo di reprimere le lacrime emotive di cui stavano parlando; come se Ace avesse capito, le sorrise e le baciò la fronte. "Andiamo, tesoro. Raggiungiamo gli altri, scommetto che Rocco sarà al telefono con il comandante, mi sembra di sentire già l'odore dell'aereo... Se tutto va bene, tra qualche ora saremo già in volo."

Piper si sentì travolta da ogni sorta di sentimenti, ma si trattenne. Le ragazzine non erano ancora del tutto sue, anche se Ace sembrava tanto sicuro, lei non si sarebbe lasciata andare fino al momento in cui avrebbe stretto in mano passaporti delle ragazzine. Non si sarebbe rilassata fino al decollo da Timor Est in compagnia di Kemala, Rani e Sinta.

Venti minuti dopo, la porta della stanza si aprì e apparve l'impiegata.

"Abbiamo terminato."

"E?" le chiese Gumby impaziente.

"I documenti sono stati firmati, stanno stampando i passaporti. C'è una tassa da pagare e..."

Piper non udì altro, si voltò verso Ace e gli saltò in braccio. "Ce l'abbiamo fatta," sussurrò.

Lui fece una piroetta con lei in braccio e le sfiorò col naso la parte posteriore del collo. "Sei ufficialmente una mamma," le disse con dolcezza.

Piper lo guardò non appena lui la rimise a terra. "E tu sei un papà."

"Porca vacca!" esclamò Ace con un sorriso.

Porca vacca, davvero. La sensazione era travolgente ed emozionante.

"Vado a occuparmi della burocrazia," disse loro Rex, dando una pacca ad Ace mentre passava.

"Grazie," gli disse Ace. "Lo apprezzo." Si rivolse a Rocco. "Abbiamo un tempo di arrivo previsto per l'estrazione?"

"Dieci di sera," gli rispose immediatamente l'amico. "Con l'arrivo dei ribelli in città, i tempi sono cambiati. Ora dobbiamo incontrare un gruppo di cittadini australiani che hanno ricevuto l'ordine di evacuare, andiamo a Sydney con loro e da lì il comandante ci farà tornare in California con un aereo militare."

Ace sorrise all'amico e annuì, poi guardò Piper. "Andiamo a casa."

"Casa," sussultò Piper. "In alcuni frangenti ho creduto di non riuscire a sopravvivere a quest'esperienza." Poi divenne triste. "Povera Kalee, dovrebbe essere qui con me."

"Ti giuro che riporterò Kalee a casa," le disse Phantom a bassa voce.

Piper si voltò a guardarlo: non capiva quell'ossessione nel riportare il corpo dell'amica in patria, ma gli era riconoscente. "Grazie," gli disse con dolcezza.

Come al solito, Phantom non le disse nulla e si limitò ad annuire.

La porta si spalancò ancora di più e arrivarono le ragazzine, Sinta corse diretta da Piper e Ace e chiese loro: "Vi chiamo mamma e papà?"

Piper chiuse gli occhi per un istante, sopraffatta dalle emozioni.

Per fortuna Ace fu in grado di rispondere per lei: si inginocchiò, guardò la piccola negli occhi e le rispose: "Puoi chiamarci come vuoi, ma d'ora in poi siete le *nostre* bambine. Capito?"

Le bimbe annuirono felici e li abbracciarono.

Piper andò verso Kemala. "Cos'è successo? Tutto bene?"

La ragazzina sorrise, Piper adorava come quel semplice gesto rendesse l'adolescente ancora più bella.

"Ho pianto, anche Sinta. Abbiamo detto volere andare negli Stati Uniti. Voi salvato noi."

Piper le sorrise. "Il signore firmerà i documenti?" Le sembrava tutto troppo bello, aveva il terrore che sbucasse qualcuno a gridare: "Era tutto uno scherzo!"

"Ci ha fatto domande su Ace e gli altri, ha detto di fare in fretta. Abbiamo detto sì e lui ha scritto i nomi su foglio."

Piper annuì sollevata, poi le chiese: "Posso darti un altro abbraccio?" Aprì le braccia e restò in attesa.

Kemala sorrise di nuovo e la raggiunse subito, senza la minima esitazione.

"Sarò buona," le disse l'adolescente a bassa voce. "Grazie per volere me."

"Grazie a *te*, per volere *me*," le rispose immediatamente Piper, che poi si tirò indietro e guardò la ragazzina negli occhi. "Farò degli sbagli, non sono mai stata una madre, ma ti prometto che tutto ciò che farò, sarà sempre con affetto. Va bene?"

"Affetto?" le chiese Kemala.

In quel preciso istante Piper realizzò che voleva davvero bene alla ragazzina. "Sì, affetto. Come potrei non volerti bene?"

"Io cattiva," commentò Kemala con un piccolo broncio.

Piper scosse la testa. "Non sei cattiva, stella. Eri spaventata e preoccupata per il tuo futuro, non posso biasimarti. Ti chiedo solo di portare pazienza con me."

Kemala annuì, probabilmente non aveva capito proprio tutto; Piper minimizzò ogni preoccupazione e abbracciò di nuovo la figlia.

La *figlia*... Diamine.

Che razza di settimana estenuante: Piper era andata a trovare la sua migliore amica dopo anni e si era ritrovata in un cunicolo in preda al terrore e in pericolo di vita; aveva perso Kalee, camminato per chilometri, si era sposata e aveva adottato tre ragazzine. Aveva vissuto abbastanza emozioni per una vita intera, non c'era alcun dubbio in merito.

Una volta tornata a casa e dopo aver organizzato una cerimonia commemorativa per Kalee con il signor Solberg, Piper sarebbe finalmente tornata a vivere un'esistenza tranquilla. Se la meritava.

CAPITOLO DIECI

Ace si lasciò andare in un sospiro di sollievo quando le ruote dell'aereo sfiorarono il suolo della California. Il viaggio da Sydney era stato lungo, anche se avevano fatto scalo a Honolulu. Nonostante avessero viaggiato su un aereo militare, avevano dovuto passare i controlli di routine alle Hawaii e Ace si era innervosito parecchio, come non gli capitava da anni. Anche se stringeva in pugno i passaporti delle ragazzine, aveva trattenuto il fiato fino a quando non li avevano fatti passare.

Erano in viaggio ormai da trentasei ore e Ace desiderava solo andare a casa e godersi un maledetto pisolino.

Ma ovviamente avrebbe dovuto aspettare: prima doveva aiutare Piper a sistemarsi e avrebbero dovuto parlare con il signor Solberg, mentre sostavano alle Hawaii avevano scoperto che il padre di Kalee li avrebbe incontrati in aeroporto. Ace si era lamentato in merito, voleva solo che le sue ragazze si riposassero dopo quel viaggio estenuante, ma il comandante era stato irremovibile, non poteva tenere lontano il signor Solberg.

Il fatto che quell'uomo fosse già al corrente della scomparsa della figlia calmava Ace, almeno in parte. Comunicare la dipartita di un familiare non era mai semplice e a giudicare dal tono del comandante, Paul Solberg non aveva preso bene la morte della figlia. Chissà, forse si sarebbe sentito un po' meglio dopo aver visto Piper e le ragazzine che Kalee era riuscita a salvare.

Kemala e Sinta avevano il naso schiacciato contro il finestrino, felici di scorgere i primi panorami della loro nuova casa. Rani dormiva beatamente tra le braccia di Rocco, con la testolina appoggiata su una spalla del SEAL. Ogni volta che Ace le lanciava uno sguardo gli si scioglieva il cuore: era proprio adorabile... e tutta sua.

Improvvisamente, Ace si rese conto che tra tutto il trambusto di lasciare Timor Est, l'eccitazione delle ragazzine e il tentare di riposare qualche ora durante i vari spostamenti, si era dimenticato di dare a Piper l'anello che le aveva preso.

Al momento lei stava frugando in un bagaglio a mano che avevano comprato a Sydney, colmo di giochi e spuntini per le ragazzine.

"Piper?"

Lei alzò lo sguardo e Ace rimase nuovamente stupito dal pensiero che quella donna fosse diventata sua moglie... Si erano sposati. Viaggiare con lei gli aveva aperto gli occhi, in senso buono. Piper gli aveva dimostrato che il carattere mostrato a Timor Est era sempre lo stesso: non si era mai lamentata del lungo viaggio o della stanchezza. Lui sapeva che lei era esausta, ma più la guardava, più gli sembrava bella.

"Sì?"

"Ti ho preso una cosa a Dili, non ho avuto modo di dartela prima. So che avrei dovuto farlo, ora siamo di fretta e sei agitata all'idea di vedere il padre di Kalee, ma vorrei dartela prima dell'atterraggio."

Ace aprì una mano e le mostrò l'anello che aveva

comprato per lei. Si trattava di un anello con una pietra color acquamarina a taglio princess, incastonata su una fascia d'oro bianco... a detta del venditore, certo. Molto probabilmente si trattava di un frammento di vetro azzurro montato su un metallo spruzzato con qualcosa che poteva far pensare a dell'oro bianco.

Piper fissò l'anello senza parole, così Ace si affrettò a continuare: "Questo è temporaneo, presto te ne prenderò uno vero: mi sa che questo qui non vale più di due dollari, ma il colore mi ha fatto pensare ai tuoi occhi."

Quando lei alzò lo sguardo, Ace vide quei begli occhi azzurri lucidi.

Lui si agitò e fu sul punto di dirle che presto le avrebbe preso un anello coi fiocchi, ma lei aveva già allungato la mano verso il gioiello prima che lui potesse aprir bocca.

Glielo prese delicatamente dal palmo e lo sollevò. "È bellissimo," gli disse.

Lui scosse la testa. "Diciamo che è il meglio che sono riuscito a trovare a Timor Est."

"Davvero, Ace. È perfetto, lo adoro."

Piper se lo infilò all'anulare sinistro, Ace le prese la mano e le baciò l'anello prima di tirarla delicatamente verso di lui, lei gli si avvicinò immediatamente e si baciarono con dolcezza, come se lo facessero da tutta una vita.

"Ti sta?" le chiese Ace a bassa voce.

Piper annuì.

"Ti prenderò comunque un anello vero," le disse, "e una fede nuziale."

Lei si morse un labbro, poi gli chiese: "Lo porterai anche tu, l'anello?"

"Ti farebbe piacere?" le chiese Ace.

"Sì." Fu la risposta rapida e concisa.

"Allora sì, avrò anche io un anello."

"So che mi hai sposata solo per ottenere la custodia delle

ragazzine, ma finché vorrai continuare, sappi che farò del mio meglio per essere una brava moglie. Non so nulla sulla vita delle mogli dei militari, ma mi impegnerò per far filare tutto liscio. Sono felice quando disegno in casa, ma so che dovrò sforzarmi a uscire di più, per via del tuo lavoro."

"Piper, voglio semplicemente che tu sia te stessa. Dobbiamo conoscerci meglio, ma non devi comportarti in modo diverso per via del mio lavoro. Ti presenterò Caite e Sidney non appena sarà possibile, ti aiuteranno ad affrontare meglio tutto quanto. Ma in conclusione, ti ho sposata perché volevo farlo, va bene?"

Mentre finiva di pronunciare quelle parole, Ace sapeva che le stava dicendo la verità. Vero, si era offerto subito di sposare Piper per adottare le tre piccole, ma era convinto che Tex avrebbe comunque trovato un modo per portare le ragazzine fuori dal paese, con o senza matrimonio.

In conclusione, Ace non voleva che la conoscenza con Piper terminasse a Timor Est, così si era legato a lei nel modo più elementare possibile: sentiva il certificato di matrimonio bruciargli in tasca, non vedeva l'ora di portarsi in casa Piper.

A letto.

Sapeva che il sesso era fuori discussione... per il momento. Ace l'avrebbe fatta sistemare con piacere in una delle camere destinate agli ospiti fino al momento in cui si fossero sentiti a loro agio all'idea di condividere lo stesso letto. Ma a giudicare dalla chimica tra loro, secondo Ace sarebbe arrivato presto quel momento, pensiero che a lui faceva solo piacere.

Piper era splendida. Ace era conscio del fatto che in molti l'avrebbero pensata diversamente, lei non era certo il tipo di donna che attirava occhiate lascive o che faceva innamorare chiunque, ma per lui Piper era perfetta.

"Se non avessi voluto sposarti anch'io, non avrei detto sì, sai," gli disse lei.

Ace sorrise, quella donna era in grado di stupirlo con le parole.

"Piper, Ace. Guardate!" esclamò Kemala indicando qualcosa fuori dal finestrino.

Ace non distolse lo sguardo da quello della moglie e rispose distrattamente: "Vedo, vedo."

Piper ridacchiò e poi si voltò per vedere cosa stesse indicando la ragazzina con tanto entusiasmo.

Ace inspirò a fondo per calmarsi, l'oretta successiva sarebbe stata molto impegnativa. Messo piede fuori dall'aereo, avrebbero dovuto incontrare il padre di Kalee e fare i conti con lui, poi avrebbero dovuto fare rapporto su quanto successo a Timor Est, mentre Piper avrebbe parlato con qualcuno per ottenere i documenti d'identità validi per i militari. Solo a quel punto Ace avrebbe potuto portare le sue ragazze a casa.

Le sue figlie.

Diamine, suonava proprio bene.

Nei giorni successivi, lui e Piper si sarebbero occupati del trasloco, portando in casa di Ace quello che lei voleva tenersi e spostando i mobili per accomodare tutto. Il pensiero di combinare la propria vita con lei gli sembrava naturale, non ne vedeva proprio l'ora.

Non c'erano solo loro due a bordo dell'aereo militare; mentre aiutava Piper a prendere per mano Sinta e Kemala per avviarsi, Ace raccolse Rani, che dormiva ancora tra le braccia di Rocco.

"Grazie per averla tenuta, bello," gli disse.

"Nessun problema, quando vuoi," gli rispose Rocco. "Dico davvero. È successo tutto in un lampo, ma adoro queste ragazzine: sono educate, tenere e vogliono davvero imparare il più possibile. Hai fatto la scelta giusta."

"Grazie." Per Ace era fondamentale il supporto dell'amico.

"Le conosco da pochi giorni, ma non riesco a immaginare di vivere senza di loro."

"E Piper?" gli chiese Rocco a voce bassa.

"Oh, lo stesso vale per lei. C'è qualcosa di lei che mi ha colpito, già dal primo momento in cui l'ho vista sbucare da quel cunicolo sotto la cucina."

"So cosa intendi, mi è successo lo stesso con Caite quando l'ho vista in quell'ascensore."

"Quindi non pensi che io abbia fatto una follia, sposandola?"

"No di certo," gli rispose Rocco. "Se lo chiedi a Bubba, Rex o Phantom sì... forse la penseranno così, ma io e Gumby no, sappiamo cosa vuol dire quando una donna fa colpo su di te. Quando lo sai, lo sai. C'è qualcosa di speciale in quella donna, capisci subito che è destinata ad essere tua. Posso darti un consiglio?"

"Certo."

"Dovrete occuparvi di molte questioni, tra il trasloco e le ragazzine che devono ambientarsi, la scuola, il lavoro... ma non trascurare troppo Piper. Non date vita a una routine di cui poi potresti pentirti in futuro. Se vuoi un vero matrimonio con lei, devi lavorare sodo, devi corteggiarla, portarla fuori a cena. Includi le ragazzine qualche volta, certo, ma non dimenticarti di trascorrere del tempo di qualità solo con Piper."

Ace ragionò sulle parole dell'amico, era d'accordo con lui. Se avesse coinvolto troppo le ragazzine nella nuova vita matrimoniale, avrebbe perso l'occasione di scoprire come sarebbe stato vivere una relazione con Piper. "Mi darai una mano? Penso che ci servirà un babysitter."

Rocco sfoggiò un enorme sorriso. "Ovviamente, magari convincerò Caite a sposarmi il prima possibile, mi piacerebbe anche avere dei figli. Ti aiuteranno anche gli altri comunque, ne sono sicuro."

Ace annuì, grato di avere degli amici fantastici.

In realtà aveva pensato di *lasciare* un po' di spazio a Piper, non voleva starle addosso e metterle fretta, ma in fondo Rocco aveva ragione. C'era una chimica pazzesca tra Ace e Piper, ma lui aveva l'impressione che lei l'avrebbe messa in secondo piano per dare la precedenza al benessere delle ragazzine. Se entrambi volevano una vera relazione, dettaglio di cui Ace era *sicuro*, dovevano impegnarsi a costruirla il prima possibile, nei limiti del contesto.

"Pronto?" gli chiese Piper accanto a lui, stava facendo camminare Sinta e Kemala nel corridoio; entrambe indossavano jeans nuovi, magliettine carine prese a Honolulu e comode infradito che si portavano da Dili. Sembravano brillare di quel tipico vigore associato alla gioventù, avevano i capelli sistemati bene e guance tinte di rosa per l'entusiasmo di vivere una nuova avventura in un nuovo paese.

Piper, al contrario, appariva esausta e stressata, era chiaramente preoccupata per l'imminente incontro con il signor Solberg. Sia lei che Ace sapevano quanto sarebbe stato difficile.

Senza esitare e tenendo bene a mente le parole di Rocco, Ace si avvicinò a Piper con la mano libera (con l'altra teneva Rani in braccio) e le avvolse la parte posteriore del collo. La tirò a sé e la baciò con grande intensità: con quel bacio rovente voleva dirle che non era più sola, lui l'avrebbe supportata e tutto sarebbe andato bene, avrebbero affrontato tutto. Insieme.

Ace si tirò indietro ma non lasciò la presa sul collo di lei, si sentì soddisfatto quando lei non fece alcun movimento per sottrarsi; la guardò negli occhi e le disse con tono calmo: "Ce la farai, Piper. Sarò al tuo fianco. Il padre di Kalee sarà devastato, ma anche contento del fatto che tu e le tre piccole siate sane e salve."

Lei deglutì a fatica. "Non lo conosci, è... intenso. Anche se conosco Kalee da una vita, non so dirti cosa pensi di me suo padre. A volte sembra che gli stia simpatica, altre volte sembra che mi tolleri solo per il bene di Kalee."

"Sì ma non gli *devi* stare simpatica, in fin dei conti. Deve rispettarti e basta. Inoltre, sei l'ultimo legame che gli è rimasto con la figlia, sarebbe uno stolto a non volerti nella sua vita. Capito?"

Lei annuì. "Grazie per il supporto."

"Questa è una delle cose per cui non devi ringraziarmi," le disse Ace, poi si chinò per baciarla sulla fronte. "Andiamo, sbrighiamo questa faccenda. Ci aspetta una lunga giornata e non vedo l'ora di scoprire come reagiranno le ragazzine alla loro nuova casa."

"Che sarà anche la mia," gli disse Piper con un sorriso. "Per quel che so, vivi in un monolocale con un letto e una televisione da novanta pollici, massimo emblema del tuo status di scapolo."

Ace ridacchiò e lasciò la presa sul collo di Piper, facendo un passo indietro. Piper avrebbe visto da sé che a casa avrebbe avuto tutto lo spazio di cui potevano aver bisogno lei, le ragazzine e magari anche un paio di altri bambini. Ace aveva usato i soldi ricevuti dalla morte dei genitori e i risparmi di una vita per comprarsi una casa enorme: disponeva di cinque camere da letto, un seminterrato e una cucina sofisticata. Il desiderio di avere una grande famiglia aveva sicuramente influito sull'acquisto: Ace sperava di trovare una donna che volesse tanti bambini, proprio come lui, ma non aveva *mai* pensato che sarebbe stato tanto fortunato come in quel momento.

"Non è così, vero?" gli chiese Piper dopo non aver ricevuto risposta.

"Aspetta e vedrai, mia cara," le rispose Ace con un sorriso.

Piper alzò gli occhi al cielo e tornò a concentrarsi su Sinta e Kemala, esortandole a scendere dall'aereo. Ace risistemò la presa su Rani, attento a non svegliarla, poi seguì la famiglia giù dall'aereo, attraversarono la pista per raggiungere l'hangar.

Una volta scesi dall'aereo, Ace non fu sorpreso di scorgere il comandante North che li aspettava, dopotutto avevano preso un aereo militare ed erano atterrati alla base navale. C'erano gruppi di persone che salutavano i loro cari nell'hangar, ma Ace non riuscì a distogliere lo sguardo dall'uomo accanto al comandante.

Paul Solberg incuteva timore: era massiccio e persino più alto di Ace e del comandante. Tentava di nascondere la pancia sotto una camicia non infilata nei pantaloni, aveva i capelli rossi scompigliati, come se ci avesse passato più volte le mani o ci avesse dormito sopra. Aveva anche una barba incolta, che non gli donava di certo un aspetto raccomandabile.

Ma Ace si irrigidì per lo sguardo di quell'uomo.

Era totalmente inespressivo; non sembrava felice di vedere Piper, nemmeno triste di non vedere la figlia scendere dall'aeroplano. Sembrava che fosse lì per incontrare una donna qualunque e non la migliore amica della figlia.

Uscendo dall'aereo e andando verso l'ingresso dell'aeroporto, Piper stava davanti ad Ace e lui aveva avvertito che qualcosa non sarebbe andato per il verso giusto.

Si stava già voltando per affidare Rani alle cure di Rocco quando Piper si avviò verso il comandante e il signor Solberg.

Ace si trovava a pochi passi dalla moglie, ma non fu abbastanza vicino da impedire l'accaduto. Il mondo si mosse al rallentatore: la vide avanzare a braccia aperte verso il padre della migliore amica.

Invece di abbracciarla, Solberg fece scattare una mano e le tirò un fortissimo schiaffo.

Piper fu sbalzata all'indietro e cadde a terra. Quando Ace la raggiunse, lei si teneva una mano sulla guancia colpita e fissava il signor Solberg con aria incredula.

"Doveva toccare a *te*," le sibilò Solberg.

Poco prima, Ace aveva creduto che quell'uomo non avesse emozioni, ma dovette ricredersi. Solberg stava fissando Piper come se lei avesse puntato una pistola alla tempia di Kalee e avesse premuto il grilletto.

La rabbia che gli trasudava da ogni poro era innaturale... oltre che inquietante.

Solberg fece un passo in avanti e Ace si posizionò tra lui e Piper. Il comandante North afferrò per un braccio l'uomo furibondo, ma fu inutile; Solberg lo ignorò.

Il padre di Kalee fece di tutto per guardare Piper, ma il SEAL rimase immobile.

"Stia indietro," sbraitò Ace, desideroso di prendere a pugni Solberg, ma non voleva spaventare le ragazze mostrando il proprio lato violento.

"Levati di mezzo," gli ordinò Solberg.

"Faccia un passo indietro," gli rispose Ace, allargando le braccia. Sentì che uno degli amici stava aiutando Piper a rialzarsi, ma non volle distogliere lo sguardo dall'uomo che aveva di fronte.

Guardandolo meglio, Ace realizzò che Solberg sembrava... scombussolato. Aveva gli occhi iniettati di sangue, come se avesse bevuto senza sosta o avesse pianto a lungo. Probabilmente la seconda, dal momento che Ace non avvertì il tanfo dell'alcol. Solberg aveva la camicia macchiata, come se non si fosse cambiato i vestiti da giorni.

Ma Ace rimase turbato dall'odio che leggeva nello sguardo di quell'uomo.

Quasi lo preferiva inespressivo, come prima.

"*Spostati*. Quella troia ha ucciso la mia Kalee!" sibilò.

"Paul," gli disse il comandante North. "Piper non c'entra nulla con la morte di sua figlia."

"Si sarebbe dovuta salvare Kalee, non *lei*," gli rispose Paul con tono glaciale. "Ha sempre seguito mia figlia, non ha mai avuto un ruolo dominante. Se almeno per una volta in vita sua questa qua avesse preso l'iniziativa, Kalee sarebbe ancora viva!"

"Signor Solberg..." iniziò Piper alle spalle di Ace, ma quando non aggiunse altro, Ace immaginò che uno dei ragazzi le avesse intimato di non dire altro per non peggiorare la situazione: era chiaro che Solberg non avrebbe ascoltato una sola parola detta da Piper, in quel momento: era convinto che la figlia fosse morta per mano di Piper, nulla gli avrebbe fatto cambiare idea.

"Sono quelle le ragazzine?" chiese Solberg seccato.

"Sì," gli rispose il comandante. "Sono Rani, Sinta e Kemala. Kalee le ha salvate quando le ha fatte nascondere insieme a Piper per sfuggire ai ribelli."

"Occhio per occhio," borbottò Paul con una strana scintilla negli occhi.

"Che cazzo significa?" gli chiese Ace con tono minaccioso.

Per la prima volta Solberg spostò gli occhi in quelli di Ace, che sostenne lo sguardo con fierezza. Il SEAL aveva visto il peggio dell'umanità, lottato contro terroristi a mani nude e con coltelli, tramite il mirino di un fucile aveva guardato negli occhi un bastardo che si era fatto saltare in aria, portandosi dietro dozzine di bravi soldati. Ace aveva fatto di tutto e non aveva quasi paura di nulla.

Ma gli occhi senz'anima di Solberg e la consapevolezza di avere puntati su di sé gli occhi delle sue ragazze portò Ace a compiere qualcosa di inaudito per lui.

Fece un passo indietro.

Solberg si stava trattenendo a malapena, ma era una mina vagante e Ace non lo voleva vicino alle sue ragazze. Anche se era il padre della migliore amica di Piper, la connessione terminava lì. Se quell'uomo credeva realmente che la morte della figlia fosse stata causata da Piper, sarebbe stato un pericolo per lei.

Le aveva già messo le mani addosso, infatti: l'aveva *schiaffeggiata* e non provava alcun rimorso, era chiaro.

Ace giocò l'unica arma a disposizione e gli disse: "Kalee si vergognerebbe di lei."

La frecciata fece tentennare Solberg, così Ace continuò a parlare.

"Non ho conosciuto sua figlia, ma so che sarebbe disgustata per come si sta comportando. Si era unita ai Peace Corps per rendere il mondo un posto migliore per le bambine come queste qui. Piper non ha chiesto di finire in mezzo alla rivolta dei ribelli, e nemmeno sua figlia. Nemmeno le bambine che hanno perso la vita insieme a sua figlia lo hanno chiesto... ma è successo. Dovrebbe inginocchiarsi e ringraziare Dio per il fatto che Kalee abbia salvato Rani, Sinta e Kemala... e invece sta qui a fare il prepotente, come un idiota. Si goda il resto della sua triste, patetica vita, perché questa è *l'ultima* volta che lei vede mia moglie e le mie figlie. Si è appena giocato le ultime persone che hanno visto e parlato con sua figlia. Per sempre."

Ace non distolse lo sguardo dall'uomo che lo stava fissando con odio infinito: avevano ingaggiato uno scontro di potere, uno scontro che Ace intendeva vincere. Le sue ragazze ne avevano passate di cotte e di crude, non avrebbe permesso a Paul Solberg di prolungare le loro sofferenze.

"Andiamo Paul, andiamo a parlare nel mio ufficio," gli disse Storm mentre gli stringeva la presa sul braccio e lo faceva retrocedere.

Ace mantenne lo sguardo saldo in quello di Solberg finché lo vide girarsi per seguire il comandante, fuori dall'hangar.

Il secondo dopo si voltò verso Piper, aggrappata a un braccio di Phantom (proprio lui, tra tutti gli altri compagni). L'amico la stava proteggendo tenendole un braccio sul petto, lei glielo teneva con entrambe le mani mentre fissava Ace.

Il segno dello schiaffo di Solberg era rosso e vivido, quella vista fece riconsiderare ad Ace l'opzione di andare a prendere a pugni quell'uomo.

Rocco teneva Rani addormentata, Gumby aveva preso in braccio Sinta, che gli aveva affondato il viso nel collo, Kemala stava vicino a Bubba con un'aria comprensibilmente preoccupata.

Ace detestava il fatto che le sue ragazze fossero spaventate, ma al momento gli importava solo di Piper. Era certo che i ragazzi si sarebbero occupati delle bimbe fino a quando si fossero sentite meglio.

Non appena Ace si avvicinò a Piper, Phantom annuì e fece un passo indietro, permettendo agli sposi di abbracciarsi. Si strinsero con vigore, Ace le sentì battere il cuore contro il petto e il respiro frammentato contro il collo.

Lentamente ma con nettezza, la rabbia di Ace lasciò spazio alla preoccupazione. Si sforzò di tirarsi indietro per guardare Piper in volto. "Stai bene?"

Lei annuì.

Ace le portò una mano al viso e con il dorso delle dita le tracciò delicate carezze sulla guancia ferita. "Mi dispiace di non esserti stato abbastanza vicino da intervenire."

Piper chiuse gli occhi per un secondo, prima di riaprirli e fissare Ace.

"Non si è mai comportato così. Voglio dire... Kalee non me l'ha mai descritto come un uomo violento, anzi, al massimo si lamentava di quanto fosse protettivo. Lui le ha dato tutto quello che lei voleva, mentre cresceva... Sono stati sempre loro due contro tutto il resto del mondo."

Ace serrò le labbra, colpito dal grande cuore di Piper. Il padre della sua amica si era comportato da villano, le aveva praticamente detto che doveva morire lei al posto di Kalee, eppure Piper lo stava praticamente difendendo.

"Non fare confusione, Piper," l'avvisò lui. "*Non* ha detto niente di giusto, non mi importa se sta soffrendo."

"Lo so, ma... Ace, tu non lo conosci. Non hai idea del loro legame, Kalee era *tutto* per lui. Quell'uomo è devastato e sconvolto, non riesco nemmeno a immaginare quanto stia soffrendo."

"L'unica ragione per la quale non l'ho preso a pugni è perché non volevo farlo di fronte a te e alle bimbe, ma se si azzarda a presentarsi di nuovo non mi tratterrò. Nessuno può alzare le mani su te, o sulle bimbe. *Nessuno.* Chiaro?"

Piper lo fissò per un lungo momento, Ace si sforzò di mantenere la rabbia sotto controllo.

Solberg l'aveva picchiata. *L'aveva picchiata.* Se Ace non si fosse frapposto fra i due, chissà cos'altro le avrebbe fatto... il solo pensiero era inaccettabile.

"Perché uomo picchiato Piper?" chiese Kemala, vicino a loro. "Cos'ha fatto?"

Ace si voltò verso la ragazzina, visibilmente scossa ma meno spaventata rispetto a Sinta.

"Piper non ha fatto proprio nulla," le disse Ace.

Kemala annuì. "Uomini picchiano," gli disse con sicurezza. "Guarda occhi," si rivolse a Piper. "Muovi veloce."

Ace rimase sconvolto da ciò che la ragazzina aveva dovuto imparare. Teneva un braccio intorno a Piper e appoggiò l'altra mano sulla spalla di Kemala. "In America gli uomini non possono picchiare le donne: è contro la legge."

Kemala sgranò gli occhi, scioccata.

"Neanche le donne possono picchiare gli uomini," aggiunse Piper.

Ace annuì, confermando. "Guardami, Kemala." La ragazzina obbedì. "Se qualcuno picchia te o le tue sorelle, devi dirmelo. Se non mi trovi, devi dirlo a Rocco, Gumby, Bubba, Rex o Phantom, ci penseranno loro. Nessun vero uomo picchia chi è più piccolo di lui. Non mi importa la ragione, non va *mai* bene. Se un uomo ti picchia, Kemala, significa che non ti ama. Ricordatelo."

Kemala lanciò uno sguardo alla guancia paonazza di Piper, poi tornò a guardare Ace. "Tu non picchi Piper quando fa sbaglio?"

"No, certo che no," la rassicurò Ace.

"O me?"

"No."

"O Sinta?"

"No, neanche Rani. Combinerai dei pasticci, Kemala, compirai azioni che mi daranno fastidio e mi faranno persino arrabbiare, ma ciò non mi darà il diritto di picchiarti. Non ti farò mai del male fisico, mai; questa è la mia promessa in qualità di padre adottivo. Chiaro?"

La ragazzina annuì, poi inclinò la testa e gli chiese: "Tu no picchi Piper o noi... ci vuoi bene?"

Quella domanda strinse il cuore di Ace, che non esitò a risponderle: "Sì, vi voglio bene. Farò di tutto per tenervi al sicuro."

Kemala annuì soddisfatta, come se necessitasse di quella risposta. "Mi piacciono USA."

"Ho sentito cos'è successo," disse una voce profonda alle loro spalle.

Ace si voltò e riconobbe il contrammiraglio Creasy, in piedi vicino a loro. "Vi porgo le mie scuse. Il signor Solberg è stato una spina nel fianco del comandante North da quando abbiamo scoperto cosa stesse succedendo alla figlia: lo tormentava per avere ogni dettaglio, anche quelli riservati. Avremmo dovuto capire che non sarebbe stata una buona idea farvi incontrare tutti quanti, ma il signor Solberg ha insistito e visto che non avevamo ragione per dirgli di no, lo abbiamo fatto venire... ma è stato un errore. Sta bene, signora Morgan?"

Ace percepì un sussulto da parte di Piper. Signora Morgan. Il contrammiraglio sapeva del matrimonio, era ovvio. Ace aveva appena detto a Kemala che voleva bene a tutte loro, mentre rassicurava l'adolescente dicendole ciò che lei aveva bisogno di sentire, e non rimase sorpreso nel constatare che le aveva appena detto la verità. Non appena aveva capito che Piper era in pericolo, aveva avvertito un cambiamento dentro di sé.

Nessuno avrebbe picchiato la *sua* donna senza pagarne le conseguenze, o minacciato le sue figlie.

Occhio per occhio.

Ace ricordò quelle parole amare pronunciate da Solberg. Cosa voleva dire? Era una minaccia, certo, ma nei confronti di chi? Di Piper? Delle ragazzine?

Il non sapere gli metteva addosso agitazione.

Piper rispose alla domanda del contrammiraglio. "Sto bene, la ringrazio. Pensa che sia possibile far sistemare le ragazzine? Hanno affrontato un lungo viaggio, so che dobbiamo parlare con qualcuno alla base per finalizzare il tutto."

Ace si sentì orgoglioso di lei e agì senza pensare, scoccandole un bacio su una tempia prima di rivolgersi al superiore. "Sì, per favore, signore. Vorrei far mangiare qualcosa alla mia famiglia e far sgranchire loro le gambe prima di metterci al lavoro."

Il contrammiraglio sorrise in modo genuino e annuì. "Certo. Ragazzi, voi altri seguitemi. Se a loro va bene, puoi stare con la tua famiglia mentre gli altri fanno rapporto... a meno che voglia unirti anche tu alla riunione."

Ace annuì immediatamente, preferiva di gran lunga stare con Piper e le ragazzine. Non si sentiva tranquillo nel lasciarle ancora da sole, non sapeva se Solberg se ne fosse andato e non voleva cercare Piper mentre parlava con chi di dovere per i documenti, dove quell'uomo avrebbe potuto aggredirla di nuovo o riempirle la testa di idiozie.

"La ringrazio, signore, perfetto. Leggerò il rapporto e aggiungerò qualche dettaglio, se necessario."

Il contrammiraglio annuì e fece cenno a una porta vicino a dove erano scomparsi Solberg e il comandante. Piper prese in braccio Rani, che si svegliò nel passaggio da lei a Rocco.

"Benvenuta negli Stati Uniti," le disse Piper con voce dolce. Rani le toccò leggermente la guancia arrossata e le diede un bacio, sciogliendo il cuore di Ace.

Piper cercò il suo sguardo con occhi lucidi.

Sì... Ace avrebbe ucciso chiunque si fosse azzardato a minacciare le sue ragazze.

––––––––

Paul Solberg fu scortato fino alla sua Porche e seguito finché lasciò la base navale. Guidò senza meta per un'ora, prima di tornare a casa. Scese dalla macchina di lusso senza curarsi del fatto di aver lasciato le chiavi nel quadro, poi entrò in casa.

La porta era rimasta aperta, ma non se ne preoccupò. Ormai, niente aveva più senso senza la bella Kalee.

Paul si abbandonò sul divano di pelle del soggiorno, fissando la grande TV di fronte a lui con la vista annebbiata.

Kalee era morta.

E Piper Johnson... no, Piper *Morgan*, era viva e sembrava felice.

Serrò i pugni.

Che diritto aveva lei di essere felice, quando lui stava vivendo l'inferno sulla terra?

Immaginò la scena: Piper che spingeva via Kalee perché non c'era più spazio nel buco che aveva trovato per ripararsi.

Poi si era sposata e aveva adottato le tre ragazzine. Quelle ragazzine potevano essere di *Kalee*. Se Piper non si fosse comportata da fifona, Kalee non avrebbe sentito l'urgenza di proteggerla. Sarebbe ancora viva, si sarebbe sposata con un SEAL coraggioso e avrebbe adottato quelle ragazzine.

Kalee gli aveva mandato una mail poco prima della morte,

raccontandogli tutto sulle bambine: quanto erano adorabili, quando le piaceva stare con loro e insegnare loro tutto ciò che poteva.

Paul doveva diventare nonno, non piangere la morte di sua figlia!

Fu pervaso da rabbia, depressione, invidia e poi di nuovo rabbia. Non riusciva a smettere di pensare a tutti quegli "e se".

E se Kalee si fosse nascosta in quel buco, al posto di Piper?

E se Piper non fosse andata a visitare la figlia a Timor Est?

E se lui avesse proibito a Kalee di unirsi ai Peace Corps?

La mente di Paul continuava a turbinare, si sentì la nausea.

Si ricordava la figlia ridente, poi immaginò il cadavere... crivellato di proiettili, a faccia in giù nel terreno merdoso dei monti di Timor Est.

Paul si portò le mani alla testa, incapace di trattenere le lacrime. Si sentiva la testa sul punto di scoppiare, era confuso e stava sperimentando il più grande dolore mai provato in vita sua, sia fisicamente che emotivamente.

Non si ricordava nemmeno l'ultima volta che aveva mangiato o si era fatto la doccia, ma non gli importava. Non dormiva più di dieci minuti al giorno, perché non riusciva a smettere di pensare agli ultimi momenti di vita della figlia.

Avrebbe fatto di tutto per scambiare il posto con lei; avrebbe volentieri dato la vita, per farla tornare sulla Terra in piena salute.

Mentre sedeva sul divano costoso del soggiorno, tra tutto il materiale accumulato anno dopo anno, Paul realizzò cosa doveva fare.

Nulla aveva più importanza, senza sua figlia.

Occhio per occhio.

Quella frase continuava a tornargli in mente.

Quando aveva detto a Piper che sarebbe dovuta morire *lei* diceva sul serio, parola per parola.

Le ragazzine dovevano essere di Kalee.

Il SEAL doveva essere di Kalee.

Occhio per occhio.

Paul avrebbe sistemato tutto... per Kalee.

CAPITOLO UNDICI

Piper era esausta, affamata e devastata, ma si impegnò al massimo per nascondere tutto il malessere e mantenere un'espressione contenta per il bene delle sue piccole.

L'incontro per recuperare i documenti era durato secoli, ogni volta che si apriva la porta della stanza Piper sussultava e si chiedeva se fosse tornato il padre di Kalee ad aggredirla.

Le parole pronunciate da quell'uomo la tormentavano.

Doveva toccare a te.

Già lo pensava lei, ma sentirlo pronunciare da qualcun altro era solo una conferma.

"Smettila," le disse Ace, mentre le portava verso casa a bordo di una Yukon Denali. Piper era rimasta sorpresa da quella grande macchina, lui aveva minimizzato dicendo che si sentiva più sicuro alla guida di un veicolo grande.

"Di fare cosa?" gli chiese lei, voltandosi verso Ace.

"Smettila di pensare alle parole di quel coglione."

"Come fai a sapere cosa stavo pensando?" gli chiese Piper.

"Hai la fronte corrugata, sei accigliata."

Piper rimase stupita da quanto lui fosse in grado di

capirla. Come faceva? "Non riesco," ammise. "Era fuori di sé... davvero oltre ogni limite."

"Sì, è vero," confermò Ace. "Ma è un problema suo, non tuo." Le prese una mano e la strinse forte. "Per quel che vale, io sono molto felice che tu sia qui, e lo stesso vale per le tre ragazzine che abbiamo qui dietro."

Piper sorrise e si voltò per guardare le figlie adottive, tutte occupate a fissare fuori dai finestrini con occhi spalancati e pronte ad assorbire tutte le novità nel minor tempo possibile. Ace e Piper dovevano procurarsi due seggiolini a misura di bimbe per Rani e Sinta, ma quella era solo una delle mille commissioni da sbrigare.

"Mi ha spaventata," ammise Piper sottovoce. "Pensavo sarebbe stato contento e sollevato di vedermi, e invece... era *incazzato*."

"Non pensarci più," le disse Ace. "Farò tutto il possibile per tenerlo lontano da te. Comunque, se dovessi incontrarlo di nuovo, *non* affrontarlo: gira i tacchi e scappa. Non mi importa se lo incroci al supermercato... molla il carrello e scappa. Chiaro?"

Piper annuì. "Sono sicura che con il tempo soffrirà sempre meno, magari a quel punto riusciremo a parlare e mi ascolterà su quanto è successo."

"Magari," accettò Ace. "Pronta a vedere la tua nuova casa?"

Piper inspirò a fondo e raddrizzò la schiena, consapevole del fatto che Ace non le aveva ancora lasciato andare la mano, ma lei ne era contenta, le piaceva. C'era stato un cambiamento tra loro due: da quando erano atterrati e il padre di Kalee aveva dato i numeri, Ace era diventato molto più attento e cortese di prima, che già era molto. Certamente si sentiva in colpa per non essere riuscito a intervenire prima e fermare l'attacco del signor Solberg, ma Piper non era arrabbiata con lui. Chi si sarebbe mai aspettato un gesto simile?

Inoltre, Piper avvertiva una scintilla sempre più intensa ogni volta che guardava Ace. Finalmente al sicuro e non più in fuga dai ribelli, lei riuscì a elaborare il fatto di essersi sposata con lo splendido uomo accanto a lei. Le sembrava assurdo, ma l'anello che portava al dito funzionava da buon promemoria. Aveva notato quando Ace aveva detto a Kemala che si era affezionato a loro, ma magari intendeva in generale, come quando si vuole bene a un amico.

"Più che pronta! Basta che ci sia un letto e io sono felice."

Ace ridacchiò e lei lo guardò confusa, poi realizzò il doppio senso di quanto aveva detto. Arrossì e alzò gli occhi al cielo. "Non intendevo... quello," chiarì rapidamente.

"Diamine," le rispose Ace con un sorrisetto.

Prima che lei potesse reagire a *quello*, Ace proseguì: "Ho un sacco di letti per ciascuno di noi. Potremmo sistemare le ragazzine in una stanza, almeno finché si abituano al nuovo spazio."

"Hai abbastanza camere per ciascuna di loro?" gli chiese Piper. "Non ci avevo nemmeno pensato."

"Ho cinque camere da letto e tre bagni, direi che sono sufficienti per tutti."

Piper lo guardò incredula. "Davvero?"

"Sì."

"Ma le case a Riverton sono super costose."

"Sì."

"Oh, santo cielo... sei un miliardario?" sbottò lei.

Ace scoppiò a ridere. "No, ma ho abbastanza soldi per essere sicuro che tu e le piccole abbiate sempre la pancia piena e un tetto sulla testa."

Piper era sconvolta dal radicale cambio di vita in corso. Sentirlo dire "le nostre piccole" le faceva svolazzare sciami di farfalle nello stomaco.

"È pazzesco," mormorò lei.

Ace le strinse la mano. "Il comandante mi ha dato un paio

di settimane di licenza, quindi posso stare con voi e fare tutto il necessario per completare la nostra lista delle cose da fare. So che devi tornare al lavoro, distrarrò le ragazzine qualche ora al giorno in modo che tu possa disegnare in pace. Sono sicuro che avremo tanto di cui parlare e tanto da decidere, tra come gestire le ragazzine ed essere dei bravi genitori. Sai, tipo a che ora mandarle a letto, cene di famiglia in salotto e non davanti alla TV, la scuola... e mille altre questioni. Quindi sì, hai ragione, è tutto pazzesco ma anche emozionante, stimolante o travolgente... solo se lo decidiamo noi."

Piper fissò Ace che guidava: aveva ragione su tutta la linea. Si sentiva già travolta dagli eventi, ma almeno c'era lui ad aiutarla; se fosse stata una mamma single, avrebbe dovuto affrontare molti più problemi da sola.

"Ho paura," sussurrò lei.

"Di cosa?"

Piper apprezzò che lui non l'avesse redarguita dicendole di non essere spaventata. "Che succede se combiniamo un disastro genitoriale e finiranno con l'odiarci e andarsene di casa?"

"Guardale," le intimò Ace.

Piper si voltò di nuovo verso le ragazzine. Stavano assorbendo il più possibile, volevano vedere tutto quello che riuscivano a processare nelle testoline: macchine, negozi, i vestiti colorati dei passanti... Piper riusciva quasi a percepire le sensazioni gioiose delle piccole, così come la gioia di essere quasi arrivate nella loro nuova casa.

"Combineremo dei casini," le rispose Ace in modo calmo. "Come ogni genitore. Ma finché sapranno di essere al sicuro e di far parte di una famiglia amorevole, andrà tutto bene. Se da grandi vorranno saperne di più su Timor Est, faremo il possibile per educarle in merito... magari un giorno ci faremo un viaggio, chi lo sa."

Piper fu scossa da un brivido, non voleva nemmeno pensare di rimettere piede in quel paese.

"Tra un bel po', sia chiaro," aggiunse Ace. "Dico solo che hanno una vita intera davanti a loro; finché le supporteremo e le ameremo, non credo che i nostri errori facciano molta differenza."

"Spero che tu abbia ragione."

"Eccoci arrivati," annunciò Ace.

Piper si voltò rapidamente e rimase a fissare l'enorme casa di fronte a lei. Una delle tre porte del garage aveva iniziato ad aprirsi lentamente.

"È grande!" esclamò Sinta con ammirazione dietro i genitori.

"Siamo in hotel?" chiese Kemala.

Ace ridacchiò, parcheggiò l'auto e poi si voltò verso le ragazzine. "No, non è un hotel. Questa è la vostra nuova casa, dove vivrete d'ora in poi."

Piper voleva ridere per l'espressione scioccata delle piccole, erano rimaste tutte e tre con occhi sgranati e a bocca aperta. Anche lei era rimasta colpita dalla casa, ma era riuscita a nasconderlo un pelino meglio. Uscì dal veicolo e aprì la portiera posteriore per far uscire le piccole. Ace prese Rani, Piper condusse le altre due intorno alla macchina e poi verso la porta della casa.

Ace l'aprì e fece un gesto per farle entrare prima di lui, ma nessuna di loro si mosse, sembravano spaventate ed esitavano a compiere il primo passo.

Piper si mise tra loro e le fece entrare nella casa di Ace.

"Dovrei varcare la soglia portandoti in braccio, ma non vorrei spaventarle ancora di più," le mormorò Ace mentre lei gli passava accanto.

Piper sorrise e si voltò per lanciare una battuta ad Ace, ma si bloccò quando vide che lui aveva un'espressione triste, come se davvero gli dispiacesse non poterla portare in casa in braccio. Piper aprì bocca per dirgli qualcosa, anche se non sapeva bene cosa, ma qualsiasi frase le morì in gola quando lanciò uno sguardo dentro casa.

Il corridoio che collegava il garage alla casa conduceva in una sala enorme, con pavimenti in legno scuro; Piper notò un enorme lampadario appeso sopra un grande tavolo di legno fatto sicuramente a mano, grande abbastanza da ospitarli comodamente tutti e cinque. La cucina era ad angolo e si affacciava sulla sala.

Piper si immaginò subito a preparare la cena mentre le ragazzine facevano i compiti sedute al tavolo o guardavano la televisione nell'altra stanza, dall'altra parte della cucina. C'erano anche un enorme televisore appeso al muro e un divano componibile dall'aspetto morbido e confortevole.

Sinta corse a rifugiarsi dietro le gambe di Piper mentre lei si guardava intorno.

"Benvenute a casa!" esclamò Ace.

Piper rimase immobile al centro della stanza e si girò lentamente per continuare a guardare tutto, estasiata da quella casa meravigliosa.

"Piper?" la chiamò Ace, con una voce ben diversa dall'uomo che aveva imparato a conoscere.

Lei si voltò a guardarlo.

Ace appariva preoccupato, con la fronte aggrottata e le labbra serrate. "Non ti piace?"

"Non mi piace...? Ace, è perfetta! È come se tu mi fossi entrato nel cervello e avessi collegato tutti i fili dei sogni che ho fatto sulle case che avrei voluto prendermi un giorno. E quel giorno... è oggi." Scosse la testa. "Sono sopraffatta, direi più scioccata."

Ace sorrise e camminò verso di lei, le afferrò il viso tra le mani e si chinò per baciarla. La solleticò con la barba e non la divorò in un bacio passionale, era più un gesto intimo e rincuorante.

Poi si tirò indietro e le disse: "Ho vissuto qui solo soletto per due anni, non mi sono mai sentito a casa come in questo momento."

Piper si sciolse... era inevitabile. Quell'uomo riusciva sempre a dire le parole giuste per emozionarla.

"Ace?" lo chiamò Kemala.

Lui si voltò immediatamente. "Sì?"

"Quanti bambini tieni qui?"

Piper si accigliò, non era sicura di aver capito la domanda di Kemala. Per aver imparato inglese da poco, la piccola si sapeva esprimere molto bene, ma talvolta le sue frasi spezzettate rendevano difficile capirla.

Ma Ace sembrò capire al volo la domanda posta, si inginocchiò di fronte all'adolescente. "Nessuno. Qui ci siete solo tu, Sinta e Rani," le disse.

Kemala scosse la testa, sembrava infastidita dal fatto che Ace non avesse capito la domanda. "Troppo grande per noi e basta." Si guardò intorno. "Almeno..." si contò le dita cinque volte, "...potrebbero vivere qui. Vengono altri orfani?"

Ace allungò una mano e cinse delicatamente il collo di Kemala, donando alla figlia maggiore la massima attenzione. Piper conosceva quella sensazione, sapeva che quella presa era salda senza risultare minimamente minacciosa.

"Vedi, qui in America questa casa è normale per una famiglia come la nostra. Sopra ci sono cinque camere: una per ognuna di voi, una per me e Piper, e una per gli altri bambini che potremmo avere insieme. È tutto nostro, Kemala, questa è la tua nuova casa... per sempre. Solo noi, nessun altro orfano."

Piper sentì una morsa allo stomaco sentendolo parlare di altri bambini: si erano solo baciati, ma in quel momento lei non riuscì a smettere di pensare a come *creare* quei bambini.

Il pensiero di fare l'amore con Ace la travolse come un'onda improvvisa. Santo cielo, era esausta e sopraffatta da tutto, ma la sola idea di denudarsi con il bell'uomo che le aveva realizzato ogni sogno la rendeva eccitata e nauseata al tempo stesso.

Piper non si sentiva bella come Kalee, anche se era la tipica bionda occhi azzurri della California; non si considerava per nulla sensuale, sentiva di avere qualche chilo di troppo. Inoltre era timida e preferiva stare in casa; se avesse incrociato Ace per strada, lui non l'avrebbe degnata di uno sguardo.

Ma erano sposati.

Sposati.

E lui avrebbe voluto fare sesso.

Santo cielo.

Improvvisamente, Piper non riuscì a smettere di pensare ad *altro* che a fare sesso con Beckett Morgan. Per come lo aveva conosciuto in quel breve tempo, era pronta a scommettere che Ace sarebbe stato un amante generoso e premuroso.

Prima che lei potesse perdersi troppo in certi pensieri, Kemala si rivolse alle altre due e disse loro qualcosa in Tetum; Sinta e Rani scoppiarono a piangere.

Piper e Ace si allarmarono e fecero di tutto per calmarle, ma senza sapere esattamente il motivo di quel pianto, era complicato.

"Cos'hai detto?" chiese gentilmente Ace a Kemala.

"Quello che tu hai detto. Questa casa... *nostra* casa. Davvero." Anche Kemala iniziò a piangere, sforzandosi per trovare le parole giuste. "Noi sognato questo, sempre. Casa, famiglia, cibo, sicurezza, noi pensavamo che USA erano meglio di montagne... ma non potevamo immaginare *questo*: è un sogno."

Ace rivolse un sorriso caloroso alle piccole. "Vedrete un sacco di cose che vi sorprenderanno, nei prossimi giorni, ma presto vi abituerete a tutto. Io e Piper vi chiediamo solo di non dare nulla per scontato. Ricordatevi da dove arrivate e fate di tutto per restituire il bene a chi è meno fortunato di voi. Ok?"

Le tre ragazzine annuirono.

Piper non sapeva dire se le piccole avessero capito tutto, ma sentiva che Ace avrebbe ripetuto spesso quello che aveva appena detto. Era d'accordo con lui: *erano* fortunate e si ripromise di aggiungere alla loro routine delle visite a rifugi per senzatetto e progetti per impedire a loro (ma anche a se stessa e ad Ace) di dimenticarsi dei meno fortunati.

"Allora, vediamo il resto della casa?" chiese loro Ace. "Voglio farvi vedere le vostre stanze."

Le ragazzine sorrisero; Ace si rialzò, prese Piper per mano e le condusse tutte sopra le scale.

Quando Ace aprì la prima porta, Piper sobbalzò per la sorpresa: c'era un letto matrimoniale con un piumone rosa coperto da decine di peluche e una libreria piena di libri per bambini. C'era un armadio aperto, Piper intravide almeno una ventina di vestiti differenti.

"Come hai fatto a organizzare tutto?" gli chiese mentre le ragazzine entravano nella stanza e ispezionavano tutto con cautela.

"Caite e Sidney."

"Chi?"

"Le ragazze di Rocco e Gumby."

"Oh, sì, già."

Ace sorrise. "Ho chiesto ai ragazzi di vedere se Caite e Sid fossero disponibili per andare a comprare i beni primari per le piccole. Ho tirato a indovinare le taglie, se qualche vestito è troppo grande lo possiamo restituire... non volevo che arrivassero in una casa vuota, volevo farle sentire a loro agio." Sbuffò e indicò le bimbe con un cenno. "Penso di aver fallito, però."

Le ragazzine non avevano toccato neanche un peluche, erano al centro della stanza palesemente confuse, come se non avessero capito o non potessero credere che tutti quei giochi fossero per loro. Piper percepì un moto di delusione da parte di Ace, di sicuro si aspettava una reazione diversa.

"Hanno bisogno di tempo," gli disse con tono calmo. "Anche se loro non apprezzano ancora, io sì. Grazie, Ace... davvero. Hai superato ogni limite, in senso buono... una settimana fa sei partito per una missione, ora sei a casa con una moglie e tre figlie."

"Rifarei tutto nello stesso modo," le disse Ace con serietà. "A volte il destino accende delle luci. Il momento in cui ti ho vista sbucare da quel pavimento sotto la cucina di quell'orfanotrofio sperduto tra i monti, dentro di me si è acceso qualcosa."

"Bello," commentò Sinta vicino a loro.

Piper sobbalzò, si era talmente persa negli occhi di Ace che per un attimo si era dimenticata di tutto il resto.

"Dai," disse Ace a tutte e quattro, "Andiamo a vedere le altre due stanze, dopo potete decidere quella che volete."

Dopo aver visto le altre due stanze per le bimbe, Ace le condusse nella camera da letto principale. Piper non poté fare altro che sospirare di gioia: la stanza era accogliente e rilassante, proprio come ogni camera da letto che si rispetti. Il letto matrimoniale aveva una bella trapunta, sembrava fatta a mano. C'era un enorme comò di fronte al letto e una grande poltrona nell'angolo.

Piper si avviò verso il bagno collegato alla camera, non si stupì più di fronte a tanta magnificenza: c'erano due lavandini, un armadietto, una vasca Jacuzzi e una doccia a sé stante.

"L'armadio passa di là," le disse Ace indicandole una porta in fondo al bagno. "Si snoda fino a raggiungere la lavanderia, posso garantirti che è comodo avere la lavatrice e l'asciugatrice proprio accanto all'armadio. C'è anche una porta che conduce nel corridoio." Ace sorrise. "Certo, quando insegneremo alle ragazzine a fare il bucato da sole potremmo rimpiangere questa sistemazione... Dovremo solo ricordarci di tenere chiusa la porta del nostro bagno per non essere sorpresi in certi momenti."

Piper non riuscì a non arrossire, ogni volta che Ace si riferiva alla loro vita matrimoniale con la certezza granitica che sarebbero durati nel tempo, lei riusciva a immaginarsi quel tipo di vita in modo sempre più vivido. Aveva pensato spesso che una volta scampati dal pericolo e tornati in America senza altre situazioni di pericolo, Ace si sarebbe pentito del loro matrimonio e si sarebbe allontanato, ma la realtà era ben diversa.

Più tempo trascorrevano insieme, più sembravano avvicinarsi. Piper non riusciva a smettere di lanciargli occhiatine, spesso notava che anche lui faceva lo stesso. Lei sentiva il corpo reagire rapidamente, quando c'era Ace nei paraggi; era un fatto eccitante e preoccupante al tempo stesso.

"Chi ha fame?" chiese Ace, sapendo che Piper era prossima al crollo.

"Ora di mangiare?" gli chiese Kemala con grande interesse.

"Ecco un'altra cosa che è cambiata," iniziò a spiegare Ace mentre si allontanava dalla camera da letto, seguito dalla famiglia. "Se avete fame, potete mangiare. Farò di tutto per farvi mangiare tre pasti sacrosanti al giorno, quindi colazione, pranzo e cena, ma se avete fame fuori da questi pasti potete farvi uno spuntino salutare."

"Sacrosanti?" gli chiese Kemala.

Ace ridacchiò; Piper adorava sentire quella risatina, era più forte di lei.

"È un nome come un altro, piccola," le disse Ace. "Insomma, sappiate che ci sarà sempre cibo da queste parti... chiaro?"

Le tre bimbe annuirono.

"Allora, volete fare uno spuntino?"

Tre testoline annuirono di nuovo.

Ace colse lo sguardo di Piper e le disse: "Caite e Sidney sono andate a fare la spesa, quindi avremo un sacco da mangiare. Posso preparare qualcosa per stasera, dimmi cosa vorresti mangiare; possiamo discutere su cosa ritieni sia meglio far mangiare loro, per farle abituare al cibo americano."

Per l'ennesima volta, Piper si sentì travolta dalle emozioni: doveva considerare proprio tutto per le nuove figlie. Non potevano sfondarsi di hamburger e patatine, i pancini delle ragazzine dovevano abituarsi gradualmente ai nuovi cibi.

Una volta in cucina, Ace aprì il frigo e Piper notò che effettivamente era pieno di cibi sani e freschi.

"Devo conoscere queste due," sussurrò Piper.

"Sono sicuro che domani passeranno di qui," le disse Ace con calma.

"Domani?" gli chiese lei.

Lui si voltò a guardarla. "È un problema?"

"No, è che... voglio fare una buona impressione, con tutto quello che abbiamo da fare, sarò un po' stanca."

"Hai ragione," le disse subito Ace. "Chiamerò Rocco e Gumby per avvisarli che abbiamo bisogno di un attimo di tempo prima di incontrarle."

"Ace, va tutto bene," gli disse lei. "Voglio conoscerle."

"No, non ci ho pensato... hai ragione, abbiamo bisogno di un po' di tempo da soli con le ragazzine. Dobbiamo capire come comportarci, insomma. Chi vuole del formaggio?"

Quel cambio di argomento tanto repentino fece sorridere Piper; prima parlava con lei, l'attimo dopo si era già concentrato sulle ragazzine.

Ace le fece sedere al tavolo con un piatto colmo di sottilette, formaggio cheddar, mozzarella, uva e delle carotine.

"E tu?" le chiese mentre stavano in piedi in cucina a guardare le piccole che annusavano e studiavano il cibo prima di assaggiarlo.

"Sono a posto, ti ringrazio."

Ace le mise una mano su un braccio, lei lo guardò.

"Grazie."

Lei aggrottò la fronte. "Per cosa?"

"Per questo," le rispose, indicando il tavolo con un cenno. "Per non avermi mandato a cagare quando ho suggerito di sposarci, per avermi regalato la famiglia che ho sempre sognato."

"Penso che dovrei essere io a ringraziare *te*," gli disse lei.

Ace la fece girare lentamente e l'abbracciò, Piper gli si abbandonò. Le sembrava che ad ogni abbraccio, la mente le si svuotasse aiutandola a rilassarsi. Ma quella volta, invece di rilassarsi, Piper non riusciva a smettere di pensare a quanto le piacesse stare a contatto con Ace. Percepiva chiaramente le carezze gentili sulla schiena, le dita di lui che le sfioravano i capelli prima di adagiarsi sul collo. Piper gli appoggiò le mani sui fianchi e lo guardò con occhi trepidanti.

"Voglio che il nostro matrimonio funzioni," le disse lui con calma.

A quelle parole, Piper sentì la pelle d'oca esploderle sulle braccia.

"So che non è accaduto come succede di solito, ma ogni volta che ti guardo, voglio conoscerti meglio. Voglio sapere tutto di te, anche come hai fatto a trasformare le tue strisce in lavoro. Sono ansioso di veder sbocciare le nostre ragazze, alzare gli occhi al cielo per le docce infinite di Kemala, senza però rimproverarla; sentire Rani parlare a vanvera fino a dirle di tacere, vedere Sinta talmente a suo agio con noi da smettere di cercare di compiacerci."

"So che è presto per parlare di intimità tra noi, ma sappi che la desidero. Quando prima ho detto a Kemala che volevo altri figli, dicevo sul serio. Vorrei avere dei figli con te, Piper. Non adesso, c'è già abbastanza carne sul fuoco, ma in futuro sì. Sono attratto da te e spero che per te sia lo stesso. Non voglio solo baciarti... voglio *tutto* di te. Voglio un vero matrimonio, in ogni aspetto. La pensi come me?"

Ace sembrava talmente insicuro sull'ultima domanda che Piper gli rispose ancora prima di pensare. "Sì. Assolutamente."

Il sorriso sul volto di Ace era talmente bello che Piper si sforzò di non arrossire e continuò: "Non ti avrei sposato se non ti avessi rispettato o non mi fossi piaciuto, Ace. Sarei rimasta a Dili per cercare di risolvere la situazione in un altro modo. Ero solo preoccupata del fatto che tu volessi sposarmi solo per... dovere, sai."

"Ma tu vuoi un vero matrimonio? Degli altri bambini?" le chiese Ace, come se avesse bisogno di una conferma.

"Sì. Non stanotte, non domani, ma sì. Anche io voglio conoscerti meglio. Anche se siamo sposati, possiamo uscire e divertirci. Sembra stupido, visto che vivremo nella stessa casa, ma... voglio sapere come sei entrato in marina, il rapporto con i tuoi genitori, le uscite con gli amici che non includono insetti, ribelli e fuga da altri paesi. E..."

Lei esitò, ma decise di continuare. Se non avessero iniziato subito a essere onesti nel loro matrimonio, sarebbe stato un disastro.

"E voglio pomiciare con te, pregustando l'attesa e il dubbio se vuoi andare fino in fondo mentre siamo seduti sul divano a vederci un film insieme. Voglio sentire la tua barba che mi solletica quando mi baci il corpo... voglio tutto, Ace. Lo voglio con te."

Mentre Piper parlava, Ace era rilassato, ma quando lei era entrata nella parte più intima del discorso, Ace si era irrigidito e aveva stretto la presa su di lei.

Diamine, forse Piper avrebbe fatto meglio a tenere la bocca chiusa?

"Com'è che sei ancora single?" le chiese.

Piper fece spallucce. "Sono un'introversa, non mi piace

andare in giro per locali o trovare gente sulle applicazioni. Non sono neanche tanto bella."

"Stronzate," le rispose subito Ace. "Sei perfetta. Se avessi voluto sposare una modella, l'avrei fatto. Ma io voglio una donna che sia reale, che posso stringere tra le braccia sapendo che è davvero *lei* e non un mucchietto d'ossa. Il fatto che tu non ti reputi bella la dice lunga sul potere di questa società ipocrita."

Piper adorò ogni singola parola. *Davvero.*

"Hai sfogliato troppe riviste di bellezza, mia cara. La tua idea di bellezza sarà tutta scombinata. La bellezza appariscente è solo a fior di pelle, la tua bellezza interiore compensa ogni difetto che *credi* di avere. E se per caso pensi che io *non* ti ritenga attraente, voglio essere chiaro... sei stupenda e sono orgoglioso di averti come moglie."

Piper voleva controbattere, mostrandogli le maniglie dell'amore, gli occhi troppo distanti e gli strani nei dissemi-nati sul corpo che talvolta producevano peletti sgradevoli... ma se Ace la trovava bella, chi era lei per dissentire? "Grazie," gli disse, sembrando in qualche modo sciocca.

Lui ridacchiò. "Sì, so che non mi credi. Ma lascia che ti dica che sono molto felice di averti messo quell'anello al dito, così ogni tizio che passa sa che sei già stata presa."

Piper adorò anche *quelle* parole.

"Allora, vuoi che mi metta a spignattare o vuoi fare tu?"

Mentre parlava Ace le accarezzava la nuca con un pollice, Piper voleva sciogliersi a terra. Era esausta dal lungo viaggio e voleva solo collassare a letto, ma era diventata una madre: doveva occuparsi di tre ragazzine ed essere sicura che fosse tutto a posto. "Sai cucinare?"

"Sì."

Piper gli credette, era convinta che quell'uomo sapesse fare tutto.

"Se per te va bene, che ne dici di riso e pollo? Stasera stiamo leggeri, domani penseremo a ricette più gustose."

"Perfetto. Cosa farai mentre preparo?"

"Magari leggo qualcosa alle piccole?" Non le piacque porre quella domanda, ma in realtà non sapeva cosa *avrebbe dovuto* fare con loro. C'erano valigie da disfare e altre mille faccende, ma voleva solo stare tranquilla per un po'.

"Ottimo." Ace la baciò e la tirò a sé, rimasero avvinghiati per un po' godendosi la sensazione di stare insieme, al sicuro, felici e al caldo.

"Buono!" esclamò Sinta dal tavolo.

Piper e Ace si voltarono verso la bimba, il piatto era vuoto e le tre ragazzine li stavano guardando con grandi sorrisi.

"Vi è piaciuto tutto?" chiese Ace, senza allontanare Piper; rimasero avvolti nel loro abbraccio.

"Sì!" esclamarono Sinta e Kemala, mentre Rani annuiva con entusiasmo.

"Poi ci accordiamo meglio, ma intanto, Sinta, puoi mettere il piatto nel lavandino? Kemala, vicino al lavandino ci sono delle spugnette, puoi bagnarne una e pulire il tavolo? Rani, il tuo compito è assicurarti che tutte le sedie siano sotto il tavolo quando vi alzate. Ce la fate?"

Le tre annuirono e si misero subito al lavoro con gioia.

"Immagino che presto si seccheranno dei compiti e si lamenteranno," gli disse Piper con ironia.

Ace ridacchiò e la risata le attraversò il petto, dal momento che erano ancora abbracciati. "Oh, non vedo l'ora. Non vedo l'ora di ogni singolo momento."

Piper si chinò e lo baciò senza la minima esitazione, incapace di trattenersi dal leccargli il labbro inferiore, lui rispose immediatamente... e si ritrovarono avvolti in un bacio passionale, come mai prima di quel momento. Era come se quel discorso sul vero matrimonio avesse incendiato i loro animi.

Piper si tirò indietro e si leccò le labbra assaporando il

sapore di Ace, consapevole della presenza delle piccole che probabilmente li stavano guardando. Sentiva l'erezione premerle sulla pancia ma non si spaventò. Sarebbero andati con calma, un giorno per volta. Era contenta che lui fosse attratto da lei, che potesse provocargli un effetto del genere. Per lei era lo stesso: per la prima volta dopo secoli, Piper si sentì bagnata tra le gambe... per un *bacio*.

Ah, sì. Voleva un vero matrimonio tanto quanto Ace.

Ace le sorrise e lasciò cadere le braccia, poi si girò a osservare le ragazzine che svolgevano i compiti assegnati. Quando finirono, Piper chiese: "Vorrei leggervi un libro, vi interessa?"

Tutte e tre annuirono; mentre lasciava la cucina per tornare di sopra in modo da poter dare un'occhiata ai libri comprati da Sidney e Caite, nella speranza di trovarne uno che potesse risvegliare l'interesse delle ragazzine, Piper si voltò a guardare Ace ancora una volta.

Lui era rimasto immobile e le fissava con un sorriso a trentadue denti, il più grande che lei gli avesse mai visto sfoggiare. Sembrava soddisfatto e rilassato, aveva uno sguardo che lei non aveva mai visto quando erano a Timor Est. Piper si rese conto di quanto avesse ancora da imparare sul marito... e sinceramente non ne vedeva l'ora.

CAPITOLO DODICI

Giorno dopo giorno, la settimana successiva fu parecchio movimentata; Ace si era immaginato che essere padre fosse complicato, ma non aveva idea di *quanto* potesse esserlo, anche se ne amava ogni istante.

Piper e Ace avevano portato le piccole dal medico della base navale per farle visitare. Erano tutte e tre leggermente sottopeso e minute rispetto ai bambini americani della loro età, ma per fortuna nel complesso stavano bene.

Il dottore aveva suggerito di fissare un appuntamento con un logopedista per Rani, dato che la bimba non aveva detto una parola da quando Piper l'aveva incontrata, ma Ace aveva ritenuto che un logopedista non potesse fare molto; l'importante era che Rani stesse bene, avrebbe parlato quando si sarebbe sentita pronta. Piper la pensava nello stesso modo.

Avevano iscritto Sinta e Kemala alla scuola della base navale, scegliendo il corso di studi per stranieri, mentre Rani avrebbe frequentato l'asilo per mezza giornata. Un giorno erano andati tutti insieme al supermercato e per le piccole quell'esperienza era stata stupefacente, dal momento che non avevano mai visto niente di simile. Erano rimaste sconvolte dall'enorme quantità e varietà di cibo disponibile, a tal punto che Piper e Ace avevano dovuto abbandonare il carrello per calmare l'eccitazione delle ragazzine.

Avevano anche visitato un parco giochi e avevano procurato una tessera della biblioteca a tutte e tre, dopo aver visitato l'edificio: Piper e Ace avevano già letto loro tutti i libri comprati da Caite e Sidney, quindi volevano assicurarsi che le piccole avessero abbastanza libri per mantenere vivo l'interesse verso la lettura.

Avevano anche fatto visita alla casa di riposo dove vivevano i nonni di Piper, che erano rimasti sconvolti nell'apprendere le novità sulla nipote, sposata e con tre ragazzine al seguito, ma si dicevano felici per lei. Ace aveva avuto l'impressione che volessero bene a Piper, ma che non smaniassero per passare del tempo con le nuove nipotine; sembravano contenti di giocare a carte con gli altri anziani.

Prima di andare via, Ace aveva chiesto ai nonni di parlare in privato per rassicurarli che si sarebbe preso cura di Piper e delle ragazzine, avrebbe fatto il massimo per assicurarsi che lei avesse una vita sicura e felice, loro si erano limitati ad annuire educatamente. Dopo quella visita, Ace aveva compreso meglio la decisione di Piper riguardo l'adozione delle piccole: era evidente che lei desiderasse un profondo legame familiare e se avesse dovuto crearsi una famiglia per vivere certe emozioni, prima o poi l'avrebbe fatto.

Anche se la settimana era stata molto movimentata, Ace aveva notato i miglioramenti linguistici delle sue piccole. Erano in America da soli sette giorni, eppure erano talmente immerse nella lingua (tra ascoltare, parlare, leggere e guardare programmi televisivi per bambini) da compiere enormi progressi. Ace non aveva dubbi che tutte e tre sarebbero state in grado di progredire in una classe più avanzata, non ci sarebbe voluto tanto tempo.

Un giorno aveva lasciato Piper a casa a leggere alle ragazzine ed era uscito per comprarle un nuovo anello. Non gliel'aveva ancora dato, aspettava il momento perfetto. Sentiva che più tempo trascorreva con Piper e più si innamorava di lei, ma non era minimamente preoccupato da quei sentimenti, che si sviluppavano tanto rapidamente: aveva visto anche Gumby e Rocco innamorarsi in fretta delle loro donne.

Però, a dirla tutta, *era* un po' insicuro sui sentimenti di Piper per *lui*. Avevano sempre passato quasi ogni ora del giorno con le piccole e la sera, non appena le ragazzine erano andate a letto, Piper crollava inevitabilmente sul divano. Ace era solito prenderla in braccio e portarla a letto. Lei era spesso stanca, lui non poteva biasimarla... dal momento che lo era anche lui. Era estenuante occuparsi continuamente delle ragazzine e assicurarsi di soddisfare ogni loro bisogno, sia fisico che emotivo.

Ace sorrise pensando al modo in cui dormivano. Nell'ultima settimana, le ragazzine avevano avuto paura di dormire da sole nelle loro stanze, così lui e Piper avevano permesso loro di addormentarsi nel letto matrimoniale; quando arrivava l'ora di dormire, Piper e Ace le raggiungevano nel lettone. La prima notte Piper continuava a rigirarsi e lui aveva ripetuto ciò che avevano fatto a Timor Est: l'aveva fatta distendere sopra di sé e le aveva lasciato usare il proprio corpo come cuscino. A quel punto lei si era addormentata all'istante.

Ace amava sentire i loro corpi tanto vicini, adorava il respiro calmo e controllato di lei contro il collo. Ogni mattina lei si scusava per averlo "schiacciato," ogni volta Ace le diceva di non preoccuparsi e che gli piaceva dormire con lei in quel modo. Non lo diceva tanto per rassicurarla, Ace preferiva di gran lunga farle da materasso che farla dormire nella camera degli ospiti finché non si fosse sentita tranquilla. Lei era *già* tranquilla con lui, Ace si beava in quella sensazione.

Due giorni prima, avevano ceduto e comprato un letto a una piazza e mezza per la stanza di Kemala, quella sera sarebbe stata la prima notte in cui le loro figlie avrebbero provato a dormirci tutte e tre insieme, senza la presenza di Piper e Ace. Si sentivano sempre più sicure in casa, giorno dopo giorno; non erano ancora pronte a dormire da sole, ma almeno avrebbero provato a dormire senza Ace e Piper.

Ace non ne vedeva l'ora, era curioso di vedere cosa sarebbe successo con Piper: forse lei gli avrebbe chiesto di dormire nella stanza degli ospiti, dal momento che non avevano più bisogno di rassicurare continuamente le figlie che tutto andava bene.

Sinceramente, lui sperava di no.

Nell'ultima settimana, Ace aveva anche fatto spostare a casa tutti gli averi di Piper. I SEAL erano andati ad aiutarli e nel giro di un giorno era tutto ultimato. Ace si sentiva proprio a casa, circondato da tutti gli oggetti di Piper, guardava con gioia i cuscini dai colori vivaci sul divano, i loro computer vicini, i vestiti di lei nell'armadio...

Sì, più tempo trascorreva con Piper, più Ace si sentiva a proprio agio.

Quel giorno, Piper avrebbe incontrato Caite e Sidney per la prima volta. Gumby stava dando una piccola festa nella casa sulla spiaggia e aveva invitato tutti quanti.

Rani, Sinta e Kemala non sapevano nuotare: Ace si era prefissato di insegnarglielo. Le ragazzine erano cresciute su un'isola tropicale, ma avevano passato tutta la loro vita in montagna e la prima volta che Piper aveva riempito la vasca da bagno con l'acqua e aveva provato a fare il bagno a Rani e Sinta, le due bimbe si erano spaventate a morte.

Le lezioni di nuoto erano *decisamente* una priorità.

Ace sapeva che Piper era nervosa all'idea di conoscere Sidney e Caite, le aveva detto più e più volte di stare tranquilla, ma sapeva che lei non si sarebbe calmata fino se non dopo aver constatato da sé quanto fossero meravigliose quelle due ragazze.

Mentre si avvicinavano alla casetta di Gumby, ubicata tra case più grandi, stravaganti e costose, Ace non poté fare a meno di sentirsi un po' invidioso. Amava l'acqua come tutti gli amici SEAL e gli sarebbe tanto piaciuto avere un posto con accesso diretto al mare, per tuffarsi ogni volta che voleva. Siccome sapeva che alla fine avrebbe voluto una grande famiglia, gli era sembrato più pratico comprare una casa più grande, ma lontana dalla costa.

Aiutò Piper a far scendere le piccole dalla macchina, poi si diressero verso l'ingresso. Ace teneva Rani in braccio mentre Piper teneva Sinta per mano. Prima che potessero suonare il campanello, Sidney li accolse alla porta e li salutò con grande entusiasmo.

"Ciao, sono tanto felice che siate venuti! Oh, mio Dio, le vostre ragazzine sono bellissime! Tu devi essere Rani," disse Sidney alla bambina tra le braccia di Ace. "Adoro la tua maglietta! Il rosa è il mio colore preferito. E tu devi essere Sinta, hai proprio un bel nome! Kemala, ho sentito molto parlare di te! Ace ha detto al mio fidanzato quanto sei intelligente, sono felicissima di conoscerti. Entrate!"

Ace non poté fare a meno di ridacchiare per l'entusiasmo travolgente di Sidney. Non appena le ragazzine si avviarono in casa, Sidney si girò verso Piper e le sorrise di nuovo. "Mi piacerebbe abbracciarti, ma visto che non ci conosciamo, sarebbe un po' strano, vero? Sono proprio tanto felice che tu stia bene. Non conosco i dettagli della vicenda, dal momento che Gumby non può dirmeli, ma so che ne hai viste di cotte e di crude... mi dispiace tanto. Ma da quel che ho capito hai dimostrato un coraggio da leone e hai anche salvato queste tre meraviglie!"

Piper arrossì ma riuscì a ricambiare il sorriso di Sidney. "Non sono sicura di aver fatto tanto, a parte nascondermi finché Ace e gli altri non sono venuti a salvarmi."

"Stupidaggini," le disse Sidney, agitando una mano nell'a-

ria. "C'erano un milione di decisioni che avresti potuto prendere, mentre aspettavi che arrivassero, ogni singola scelta
avrebbe potuto mandare tutto all'aria."

Sidney aveva proprio ragione, Ace non aveva mai pensato
a tutte quelle decisioni, ma dopo aver sentito le parole di
Sidney non riusciva a pensare ad altro. Se Piper fosse spuntata
dal buco quando c'erano i ribelli, se avesse starnutito nel
momento sbagliato... Tutti quei "se" erano impossibili da
ignorare.

"Smettila di monopolizzarli, Sid," le disse Caite mentre li
raggiungeva con un bel sorriso, erano tutti in casa ma vicini
all'ingresso. "Sono Caite," si presentò a Piper tendendole una
mano.

Piper la strinse, poi Caite prese in mano la situazione.
"Andiamo, sono tutti fuori! Alcuni dei ragazzi stanno
giocando a calcio, Gumby sta grigliando e io e Sidney ci
stavamo ingozzando di patatine. Vi piacciono le patatine?"
rivolse l'ultima domanda alle ragazzine.

Loro non le risposero, limitandosi a guardare Piper; Caite
scoppiò a ridere.

"Venite, vi piaceranno! Ve lo prometto."

Kemala guardò Ace e lui annuì in modo rassicurante.
L'adolescente si occupava magnificamente delle sorelle,
rendendolo orgoglioso; allo stesso tempo, Ace voleva farle
sapere che poteva rilassarsi e divertirsi con tutti quanti.
"Veniamo anche noi, Kemala," le disse.

Lei annuì e prese Sinta per mano. "Andiamo tutti," le
disse.

Piper prese Rani dalle braccia di Ace e l'appoggiò a terra,
la bimba afferrò l'altra mano di Kemala. Il cuore di Ace
minacciava di esplodere ogni volta che vedeva le figlie camminare mano nella mano, era esattamente ciò che desiderava:
d'accordo, essere un padre era complicato e faticoso, sapeva

che le ragazzine non sarebbero sempre andate tanto d'accordo ma decise che si sarebbe goduto il momento.

Prese Piper per mano e si scambiarono un sorriso, era sicuro che anche lei stesse pensando lo stesso. Seguirono Caite, Sidney e le figlie attraverso la piccola casa fino a raggiungere il portico sul retro.

Sul momento le ragazzine si spaventarono alla vista del pitbull nero di Sidney e Gumby, Hannah, ma si rilassarono subito quando Sidney le rassicurò che la cagnolina era dolcissima. Le ragazzine non si fidarono abbastanza da accarezzare Hannah, ma le passarono accanto per raggiungere la spiaggia mentre Caite le guidava verso una piccola area già allestita con un grande telo, un ombrellone e abbastanza giocattoli per giocare nella sabbia per ore.

"È bello vederti, Piper," le disse Gumby dalla postazione vicino alla griglia.

"Anche per me. Sembri diverso, quando sei vestito," gli rispose Piper.

Nel momento in cui finì di pronunciare quelle parole, si rese conto di quello che aveva appena detto e si portò una mano alla bocca, Sidney si limitò a ridere.

"Non intendevo in quel senso," le disse Piper velocemente. "Cioè, ora indossa abiti normali, maglietta e pantaloncini, quando l'ho conosciuto era in uniforme. "

Ace ridacchiò e a quel punto Piper chiuse gli occhi.

"Ok, ora sto zitta. C'è un motivo se sto quasi sempre a casa."

"Ti capisco perfettamente," le disse Sidney per toglierla dall'impiccio. "Voglio dire, sono super sexy nelle loro uniformi, ma sembrano completamente diversi quando indossano abiti normali. E poi, diciamocelo... quando indossano magliette e pantaloncini possiamo vedergli *per bene* i muscoli." Indicò con un cenno il resto dei ragazzi, impegnati a saltare e in pratica a giocare a palla avvelenata con un pallone da calcio sulla spiaggia.

"Ehi," le disse Gumby, arrabbiato per finta. "Donna, smettila di guardare i miei amici."

Sidney rise di nuovo e lo abbracciò. "Sai che ho occhi solo per te."

Ace adorava vedere Gumby tanto rilassato e felice. Dopo tutti i guai che avevano passato, era bello sapere che l'amico aveva trovato la persona con cui poteva abbassare la guardia e godersi la vita.

"Tornando seri... è bello vederti tanto rilassata, Piper. Abbiamo affrontato momenti intensi e sono davvero felice di poter dire che abbiamo portato te e le ragazzine lontano da Timor Est," le disse Gumby.

Ace non poteva essere più d'accordo. Da Timor Est non arrivavano buone notizie: i ribelli sembravano più forti del previsto, avevano scatenato il pandemonio nella capitale e arruolato quanti più uomini e ragazzi possibile. Avevano fatto irruzione nelle case, uccidendo direttamente le donne e le ragazze per costringere gli uomini a imbracciare le armi in nome della causa o li avevano minacciati di uccidere le loro famiglie, se non avessero obbedito.

Alcune bande di ribelli costringevano persino le donne ad arruolarsi, abusando di loro sia fisicamente che emotivamente e portandole a una disperazione tale da far loro accettare qualsiasi condizione pur di essere lasciate in pace. Era uno scenario tremendo, Ace sapeva che erano stati molto fortunati a portare in salvo Piper e le ragazzine appena in tempo.

"È terribile," commentò Piper con un brivido. "Non capirò mai la guerra e la politica. "

Ace fece di tutto per cambiare argomento, non voleva che la giornata prendesse una piega triste e portasse Piper a ricordare tutte le loro peripezie. "Dopo aver mangiato, mi servirebbe un po' di aiuto per insegnare alle piccole a nuotare. Pensi che anche gli altri mi aiuteranno?"

"Certamente, ci piacerebbe molto. Rocco ha insegnato a Caite, quindi non ho dubbi che sarà in grado di insegnare anche alle tue ragazze."

Le *tue ragazze*. Ace non si sarebbe mai stancato di sentire quelle parole: era diventato padre solo da circa una settimana, evento che non si aspettava per almeno un altro paio d'anni, ma non poteva negare di essersi affezionato tantissimo a Rani, Sinta e Kemala.

"Grazie. Vuoi darci una mano anche tu?" chiese a Piper.

Lei scosse immediatamente la testa. "No, tanto si fidano di te e diventerei troppo nervosa in acqua, lo capirebbero. Vi guarderò volentieri."

"Io e Caite ci siederemo con te, così possiamo chiacchierare e conoscerci meglio," le disse subito Sidney.

Ace sapeva che Piper era nervosa anche a *quell'idea*, ma lei si limitò ad annuire a Sidney e a dirle: "Sì, perfetto."

"Fantastico. Gli hamburger e gli hot dog sono quasi pronti, secondo voi la vostra ciurma cosa vorrà mangiare?" chiese loro Gumby.

Mentre Piper rispondeva che secondo lei le ragazzine avrebbero mangiato tutto, Ace la osservò di sottecchi: indossava un paio di pantaloncini che le lasciavano scoperte le gambe formose. Ace non trovava nulla di sbagliato in lei, nonostante sapesse che Piper non si sentiva in forma; non era uno stecchino ma lui amava dormire con lei sul corpo, il solo pensiero di sistemarsi tra quelle cosce che gli avrebbero agganciato i fianchi gli faceva gonfiare l'uccello nei pantaloncini.

Piper indossava una magliettona che le nascondeva la parte superiore del corpo, ma quando lui le appoggiava una mano sui fianchi o sulla parte bassa della schiena, poteva percepirne tutte le curve nella loro prorompente femminilità.

Per farla breve, lei era tutto ciò che lui aveva sempre deside-rato in una donna... ed era *sua*.

L'anello che le aveva preso all'inizio della settimana passata gli stava bruciando in tasca. Voleva sostituire quel gingillo che le aveva comprato a Timor Est, ma non aveva ancora trovato il momento ideale. Per lui era un gesto impor-tante, non voleva semplicemente rifilarle l'anello in un momento qualsiasi di una giornata frenetica.

"...ne pensi?"

Ace sbatté le palpebre, aveva solo percepito il tono della domanda di Piper, perché si era distratto a fissarle il sedere mentre pensava di portarla a casa, mettere le piccole a letto e pomiciare con lei sul divano. La sera precedente, prima che lei crollasse per la stanchezza, si erano comportati come due adolescenti che cercavano di godersi il massimo di un'intensa sessione di baci prima che uno dei loro genitori scendesse le scale.

Si erano infilati le mani dappertutto, ad ogni bacio e carezza Ace l'aveva desiderata sempre di più. Voleva mostrarle esattamente quanto lei gli piacesse, quanto la stimasse e la desiderasse.

Ace si stava innamorando perdutamente di Piper; solo una settimana prima, lei era solo l'obiettivo di una missione, nel giro di poco era diventata sua moglie, la madre dei suoi figli e stava diventando la persona più importante della sua vita. Era una vera e propria follia, ma ad Ace sembrava tutto giusto e naturale.

"Ace?" gli chiese lei inclinando la testa.

"Scusa, mi sono distratto," le disse in modo remissivo, colse il sorriso di Gumby prima che si girasse verso la griglia per non farsi vedere: sicuramente l'amico aveva indovinato a cosa stesse pensando Ace.

"Ti ho chiesto se secondo te le ragazzine sarebbero più propense ad assaggiare un hot dog se glielo taglio."

"Sì," le disse Ace. "Riempi quello di Rani con il ketchup, sai quanto le piace."

"Maddai! Tutti quegli zuccheri," protestò Piper.

Ace andò verso di lei e finalmente fece ciò che aveva desiderato fare negli ultimi cinque minuti, ovvero toccarla. Le strinse la nuca in una presa delicata, lei lo fissò e gli appoggiò le mani aperte sul petto.

Per un lampo Ace pensò a loro due in piedi, in quel modo, ma nudi come mamma li aveva fatti. Lei gli avrebbe fatto scivolare le dita sulla pelle mentre lui la penetrava a fondo... Lei lo avrebbe guardato proprio come stava facendo in quel preciso istante.

Lui scosse la testa per disfarsi di certi pensieri e le rispose: "Ma ci importa solo che mangino. Le loro papille gustative si acclimateranno e poi si apriranno a nuovi cibi. Dobbiamo solo avere pazienza e lasciare alle ragazzine i loro tempi... sai che se Rani mangia qualcosa, le altre due lo proveranno. È la tipica bimba che vedi negli spot televisivi... quella che convince sempre tutti!"

Piper sospirò, poi annuì. "Va bene."

"Bene," concordò Ace. Poi con un'ultima carezza sul collo si allontanò retrocedendo di un passo.

"Quasi pronto," annunciò Gumby. "Sid, tu e Piper andate a chiamare gli altri per favore."

"Certo," gli disse lei, poi si alzò in punta di piedi per baciarlo. Dato che lui era molto più alto di lei, dovette chinarsi. Condivisero un bacio breve ma intenso, prima che Sidney si voltasse verso Piper. "Andiamo, sto morendo di fame. Prima riusciamo a far smettere quei tonti di buttarsi nella sabbia, prima mangiamo."

Non appena le donne si furono allontanate, Gumby disse ad Ace: "Sei proprio cotto, fratello."

Ace sorrise e tenne gli occhi fissi sul sedere di Piper mentre lei camminava sulla sabbia. "Sì."

"Sono contento per te," gli disse Gumby.

Ace si voltò verso l'amico e compagno di squadra. "Nessun rimprovero per averla sposata troppo in fretta, o per aver commesso un errore?"

"Scherzi? No," gli disse immediatamente Gumby. "Senti... Sappiamo tutti quanto può essere breve la vita. Eravamo insieme in quella maledetta cantina del Bahrain. Ricordo il tuo grande rimpianto, hai fatto centro: non solo hai avuto i figli che hai sempre voluto, ma con loro hai trovato anche una donna fantastica e premurosa. Vedo come guardi Piper... questo matrimonio non è un errore. Anzi, arriverei a dirti che se non la fai tua al più presto come si deve, sei un idiota."

Ace non riuscì a trattenersi e scoppiò a ridere, apprezzava la schiettezza dell'amico. "Mi piace," ammise. "Davvero tanto. È simpatica e talmente altruista che devo costringerla a rilassarsi e fare qualcosa per se stessa. Lavora duramente e si preoccupa sempre delle ragazzine, ogni ora del giorno. È una madre straordinaria e mi invoglia a diventare un padre migliore. Ma ciò che conta è che con il passare dei giorni mi rendo conto che lei mi piace *davvero*. Penso di aver riso di più nell'ultima settimana che in tutta la mia vita. Ho paura di tornare a lavorare a tempo pieno, perché non potrò più passare tutto il giorno con lei."

"Sembra che tu nutra altro, oltre alla *simpatia*," osservò Gumby.

"Sì," gli disse Ace con semplicità.

La conversazione fu interrotta dal ritorno del gruppo.

"Il mio consiglio è di smettere di combattere i pensieri," gli disse rapidamente Gumby prima dell'arrivo degli altri. "Tu la vuoi e lei prova lo stesso, a giudicare da come ti guarda. Siete sposati: è giunta l'ora di renderla ufficialmente tua. La vita è breve, non sai mai se un giorno potrebbe essere qui e il giorno dopo non esserci più."

Ace rifletté sulle parole di Gumby mentre gli altri salivano le scale per raggiungere il portico. L'amico aveva rischiato di perdere Sidney, l'aveva salvata per un soffio: proprio come gli aveva appena detto Gumby, un giorno Sidney era tranquilla e al sicuro, il giorno dopo stava per morire.

Ace ripensò inevitabilmente a Paul Solberg: non l'avevano più visto da quando erano scesi dall'aereo, ma il comandante North lo aveva tenuto d'occhio e non aveva riportato buone notizie.

Solberg aveva smesso di presentarsi al lavoro, dei poliziotti erano andati a controllare come stesse e lo avevano trovato in giro per casa, sembrava non lavarsi da giorni. La casa aveva un odore bizzarro e da quel poco che erano riusciti a vedere dalla porta, era un casino, con spazzatura sparsa in giro, il caos regnava sovrano.

Occhio per occhio.

Ace non riusciva a togliersi quelle parole dalla testa.

Non voleva proprio che Solberg desse di matto e cercasse di fare del male a Piper: il solo pensiero era ripugnante e orribile.

Sì, provava più di semplice affetto nei confronti di Piper Morgan... sua moglie. Avrebbe protetto lei e le loro figlie con tutto se stesso.

Era il momento di portare avanti la relazione: lui e Piper si erano sposati per necessità, ma lui voleva dimostrarle cosa provava: voleva che avessero un vero matrimonio, in ogni senso possibile.

———

Piper era seduta sotto il portico e guardava Ace e gli altri uomini che giocavano e istruivano le ragazzine in acqua, volevano insegnare loro almeno i rudimenti del nuoto.

Non poteva negare che le era aumentato il battito cardiaco, quando Ace si era infilato il costume da bagno. Tutti

i SEAL indossavano quelli che sembravano essere boxer neri, in realtà erano tute attillate che aderivano alla parte superiore delle cosce.

Di fianco a lei, Caite si lasciò andare in un gran sospiro.

Sidney ridacchiò. "Sono veramente sexy," osservò.

"Vi giuro che mi sembra di guardare dal vivo uno di quei calendari, avete presente... 'bellissimi militari barbuti', o simili," concordò Piper.

Sia Caite che Sidney si piegarono in due dal ridere.

"Oh, santo cielo! Hai proprio ragione!" esclamò Caite.

"Poi guardateli come giocano con le piccole... accidenti, credo che mi stiano per esplodere le ovaie," commentò Sidney tra una risatina e l'altra.

Piper era d'accordo, anche quell'aspetto era attraente, ma in realtà lei aveva occhi solo per Ace. Era come se lui spiccasse tra il resto dei ragazzi, nonostante fosse qualche centimetro più basso di loro.

Forse Piper lo vedeva in quel modo per come lui continuava a guardare verso di loro, come se volesse controllare costantemente che lei stesse bene. Ogni volta che i loro sguardi si incrociavano, Piper sentiva che il loro legame si faceva sempre più forte.

Aveva resistito alla tentazione fisica per una settimana, ma dopo giorni di gesti teneri verso lei e le ragazzine, lo desiderava sempre di più.

A Piper piaceva già Ace, ma i sentimenti che stava sviluppando erano decisamente più intensi. Forse il periodo trascorso tra i pericoli di Timor Est aveva in qualche modo accelerato quei sentimenti, facendole provare un qualcosa di intenso e mai vissuto con nessun altro. Ma al di là delle ragioni varie, Piper sapeva di provare per Ace un qualcosa di nuovo, non si era mai sentita in quel modo per nessuno.

Lui aveva fatto di tutto per farla sentire accolta in casa, non si era lamentato della novità: per lui era sicuramente un cambiamento radicale portarsi in casa quattro femmine. Piper era sicura che il momento migliore per cementare i loro sentimenti fosse la sera, quando restavano finalmente da soli. Parlavano di tutto e di più, lui non sembrava mai trattenersi dal dirle quello che pensava.

La sera precedente si erano baciati a lungo e Piper era sul punto di confessargli di essere più che pronta a fare l'amore con lui, ma Ace sembrava conoscerla meglio di lei stessa; infatti, dopo neanche cinque minuti che lui si era tirato indietro dolcemente e le aveva detto di chiudere gli occhi per riposare, lei si era addormentata.

Le piaceva molto dormire sopra Ace, quasi si imbarazzava per quanto si trovasse bene a dormire corpo contro corpo. Quella modalità di sonno le ricordava il modo in cui lui si era preso cura di lei quando erano in fuga dai monti di Timor Est. Era stato un tesoro anche a proteggerla dagli insetti, quando lei era convinta di dover dormire nel terreno e sentirseli addosso.

Le prime notti, quando erano ancora nel lettone insieme a Rani, Sinta e Kemala, Piper si era svegliata pensando di essere di nuovo nell'ostello di Dili. Ma quella notte sarebbero stati solo loro due e Piper non riusciva a smettere di pensare a quello che sarebbe potuto succedere nel loro letto. Ace sarebbe stato il gentiluomo che lei conosceva e l'avrebbe fatta dormire, o un'altra sessione di pomiciata avrebbe portato a qualcosa di più? Lei sapeva *cosa* scegliere, tra i due scenari.

"Allora... Rocco mi ha detto che sei un'artista," le disse Caite.

Piper annuì, sforzandosi di controllare gli ormoni impazziti e intrattenere una conversazione normale con le due donne con cui voleva fare amicizia. "Sì, ho una laurea in economia, ma non ero attratta dal pensiero di stare seduta in un cubicolo tutta la vita a sistemare numeri o creare piani aziendali. Ho una visione particolare della vita, ho sempre amato disegnare. Allora ho avviato un blog per condividere le mie vignette, solo per evitare di annoiarmi a morte al lavoro. Ho sempre ricevuto commenti positivi, ma un giorno ho pubblicato una vignetta particolare che è diventata virale sui social media. Da allora, la mia vita è cambiata in modo assurdo: il mio blog ha ricevuto talmente tante visite da andare in crash. C'era gente che mi tempestava di messaggi, chiedevano se potessero avere le mie vignette stampate sulle magliette, altri le volevano su tazze da regalare. Alcuni volevano comprare i miei disegni e appenderli al muro. Era pazzesco, ma preferivo passare il tempo a disegnare che stare dietro una scrivania."

"Aspetta un secondo! Tu sei Piper J?" le chiese Sidney con sorpresa, raddrizzandosi dalla sedia.

Piper annuì. "Sì."

"Porca miseria! Adoro le tue vignette!" esclamò. "Riesci a rendere esilaranti situazioni quotidiane e banali, le tipiche situazioni a cui nessuno fa caso!"

"Sì," concordò Piper, conscia di stare arrossendo, ma le faceva sempre piacere ricevere complimenti sulle sue vignette. Quello che era iniziato come un modo per preservare la sanità mentale si era trasformato in una carriera, il fatto che nel mentre riuscisse anche a far ridere il prossimo era un grande bonus. "Grazie."

"Mi è piaciuta quella che hai postato questa settimana. Ora che ti sto conoscendo ho la sensazione che ti rivolgerai più ai bambini, vero?"

Piper fece spallucce. "Probabilmente sì. Grazie alle piccole, mi stanno venendo tante nuove idee."

"Per non parlare del matrimonio," le disse Caite con un sorriso.

"Vero. Ieri sera ho disegnato una vignetta dove un tizio chiede alla fidanzata cosa c'è per cena; dopo una minuziosa descrizione di un pasto gourmet, il tizio le risponde: 'Magari ordino una pizza.'"

Le altre due scoppiarono a ridere.

"In realtà questa storiella si riferisce più alle ragazzine che ad Ace: l'altra sera lui ha lavorato sodo per preparare una deliziosa pasta al formaggio e le piccole hanno storto il naso. Quindi ho preparato il solito riso e pollo, quello se lo mangiano da una settimana."

"Sembra che oggi abbiano apprezzato gli hot dog," le ricordò Caite.

"Sì, sinceramente ne sono proprio contenta," le disse Piper. "Voglio che mangino sano, con il giusto apporto di verdure e proteine nella dieta, ma finora non sto facendo un granché. Non mi piace l'idea che Rani voglia il ketchup su tutto, ma se serve a farla mangiare, va bene."

"Non ho figli, ma immagino che ci metteranno un po' di tempo prima che si abituino al cibo di qui... e poi i bambini sono notoriamente schizzinosi," le disse Sidney.

"Lo so. Questa settimana mi sono unita a un gruppo Facebook dove i genitori condividono consigli e trucchi per far mangiare nuovi cibi ai loro figli, ho capito di non essere affatto l'unica ad avere questi problemi," disse loro Piper con un piccolo sorriso. "Ho pensato anche a una nuova striscia."

"Devo assolutamente cercarti online," le disse Caite. "Ma prima... posso chiederti una cosa?"

Piper annuì all'istante, si sentiva tranquilla con Caite e Sidney: non la giudicavano e si sentiva meglio sapendo che non erano due stangone da copertina. Sì, era un pensiero sbagliato e stupido, ma se loro due fossero state splendide, Piper si sarebbe sentita sicuramente intimidita e imbarazzata.

A dirla tutta, sembravano le classiche ragazze acqua e sapone, tranquille e contente del loro aspetto. Caite aveva un'enorme macchia di ketchup sulla maglietta, lasciata da Rani quando l'aveva toccata, mentre Sidney sfoggiava macchie di fango sui pantaloncini, prima la sua cagnolina Hannah le era saltata addosso per giocare. Caite e Sidney erano due donne vere... proprio come Piper.

Sì, sentiva che avrebbe potuto rispondere a tutto quello che volevano chiederle.

"Rocco mi ha raccontato qualcosa della tua storia, di come sei andata a Timor Est per visitare la tua amica Kalee e ti sei trovata nel bel mezzo di un casino. Mi dispiace molto per quello che è successo alla tua amica," le disse Caite.

"Grazie," le disse Piper dolcemente. "Mi manca ogni giorno. Era spiritosa e vivace, era l'animo di ogni riunione a cui partecipava. La gente era attratta da lei: di solito me ne stavo in disparte e la guardavo conquistare nuovi amici. Poi, una volta che tutti erano sotto il suo incantesimo, mi facevo avanti e mi divertivo anche io."

"Sembra che fosse fantastica. Mi dispiace non averla mai conosciuta," commentò Sidney a bassa voce.

"*Era* fantastica," concordò Piper. "La sua morte è stata un'enorme ingiustizia. Non importa cosa dice Ace, mi sento ancora un po' in colpa."

"Non devi," le disse Caite. "Voglio dire, faccio presto a parlare, ma non puoi passare la vita a guardare indietro: devi andare avanti. Credo davvero che tutto accada per una ragione. Magari sul momento non ne capisci il motivo, ma lo capirai più avanti. Devo dire che hai tre piccole ragioni proprio sotto il naso, e hai anche Ace. Direi che è un buon inizio."

Piper rifletté su quelle parole: Caite aveva ragione. Ovviamente avrebbe preferito avere anche Kalee accanto a sé, quel giorno, ma sapeva che se gli eventi non si fossero svolti in quel modo, non si sarebbe ritrovata seduta dov'era in quel momento, guardando tre ragazzine che aveva adottato... per non parlare del fatto che era sposata con l'uomo più incredibile che avesse mai incontrato.

Sì, Caite aveva decisamente ragione.

"Tornando alla mia domanda," proseguì Caite. "Cosa ti ha spinto ad adottare Rani, Sinta e Kemala? Voglio dire, capisco che avete trascorso momenti intensi insieme, ma come è avvenuta l'adozione?"

Piper si era posta la stessa domanda più di una volta, quindi non si offese. "Vedi... sono figlia unica e mi è mancata la presenza di fratelli e sorelle. Ero sempre da sola. Quando mia madre è morta e pensavo di dover andare in affidamento, ero terrorizzata. Per fortuna i miei nonni si sono fatti avanti e hanno accettato di crescermi, ma non ho mai dimenticato quella sensazione: pensare di essere totalmente sola al mondo."

"Hai ragione, è strano che io possa passare da donna single con poche responsabilità a voler adottare tre ragazzine, una delle quali è un'adolescente. È difficile da spiegare, ma i tre giorni che abbiamo passato insieme in quel cunicolo, sotto il pavimento della cucina dell'orfanotrofio, mi hanno cambiata. Quelle piccole dipendevano completamente da me; quando sentivamo i ribelli aggirarsi nelle stanze, cercando chiunque potessero trovare, ci rannicchiavamo tutte insieme e praticamente trattenevamo il respiro. Quando la piccola Sinta aveva bisogno di fare pipì, dovevo trovare il modo di creare un bagno per tutte. Quando abbiamo finito le scorte di cibo e acqua, non potevo esporle al rischio, quindi andavo io."

"Poco dopo ho capito che avrei fatto di tutto, e intendo davvero qualsiasi cosa, per tenere al sicuro quelle ragazzine. Non avevano fatto nulla per meritarsi una situazione simile; nemmeno io, ok, ma loro erano tre bambine, in fin dei conti, desiderose di amore e protezione. Invece, stavano crescendo in un orfanotrofio dove nessuno si interessava a loro."

"Quando sono arrivati i ragazzi e li ho sentiti parlare in inglese, il mio unico pensiero è stato quello di salvare le ragazzine: quella era la mia possibilità di farle scappare.

Sapevo che non avremmo potuto sopravvivere a lungo, rannicchiate sotto quel pavimento, la squadra è arrivata come in risposta alle mie preghiere. Avevo già pensato di portarmi via le piccole, ma è stato solo dopo la visita di quel... mah, chiamiamolo orfanotrofio privato, dove la proprietaria vendeva le ragazzine a chiunque volesse comprarle, che ho avuto la certezza di non poterle abbandonare a Timor Est. Nessuno le avrebbe protette come avrei fatto io, né si sarebbe preoccupato di farle mangiare, insomma nessuno avrebbe letteralmente messo in gioco la propria vita per loro, come avrei fatto io."

"E a loro andava di lasciare il paese?" le chiese Caite, che si era seduta in avanti, sporgendosi verso Piper per appoggiarle una mano su una gamba in segno di sostegno silenzioso.

Piper annuì. "Sì. Credo che il tempo trascorso in quel maledetto cunicolo abbia cambiato anche loro, per non parlare del modo in cui la squadra le ha protette durante il viaggio in città. Credo che prima di noi, nessuno si sia davvero interessato a loro... men che meno degli uomini. Devo dirvi che all'inizio non stavo molto simpatica a Kemala. Pensavo che fosse solo una normale adolescente lunatica, ma poi ho scoperto che si comportava così perché aveva paura di essere scaricata, una volta raggiunta la capitale. Tremava al solo pensiero di essere lasciata da sola in città, pensava che l'avrei abbandonata senza ripensamenti. Quando ha capito che non era così e che l'avrei portata in America, il suo atteggiamento è cambiato radicalmente."

"Sembra completamente devota a te e ad Ace," osservò Sidney.

"Spero che con il passare del tempo si rilassi un po' di più e non si senta sempre obbligata ad aiutarci. Voglio che sia una ragazzina spensierata, così come dovrebbe essere. Non deve preoccuparsi di sposarsi a quattordici anni, non dovrà partorire i figli di un uomo che non ama quando avrà sedici anni,

non dovrà preoccuparsi di quando arriverà il prossimo pasto.
"

"Mi metti in soggezione," le disse Caite, raddrizzando la schiena.

Piper scosse immediatamente la testa. "Ho fatto quello che avrebbero fatto tutti."

"Sbagliato," le rispose Caite. "Penso che tu sia stata l'*unica* persona disposta a donare la vita per salvare quelle tre ragazzine, e adottarle su due piedi."

"Beh, c'è un'altra persona così... *Ace*. E poi, cara... non sono andata da sola in una parte pericolosa di una città straniera per cercare di salvare un SEAL della marina," le rispose Piper con un piccolo sorriso.

Caite si mise a ridere. "Vero."

"E non ho neanche cercato di rubare un cane a una persona orribile, membro di una gang spietata," aggiunse Piper, guardando Sidney.

"Bene, allora è ufficiale: siamo tutte matte," le disse Caite con un sorriso.

"Ed è per questo che andiamo tanto d'accordo," aggiunse Sidney.

Piper si rallegrò, le piacevano proprio quelle due donne. Le piaceva l'idea di fare amicizia con loro e sapeva già che, se avesse avuto bisogno di qualcosa, loro l'avrebbero aiutata senza esitare, proprio come Ace poteva contare sulla squadra.

Per la prima volta in vita sua, Piper non si sentiva più tanto sola.

Sentì delle grida in lontananza e riportò lo sguardo dove aveva visto l'ultima volta le sue bambine. Si alzò immediatamente, pronta a correre sulla spiaggia per proteggerle da qualsivoglia pericolo, ma sembravano tutti rilassati. C'era un uomo che stava zoppicando verso i SEAL, tra la casa di Gumby e quella accanto.

"Chi è quello?" chiese Piper.

"Non lo so," le rispose Caite. "Ma sembra proprio che i ragazzi siano contenti di vederlo."

Era vero: la squadra era uscita dall'acqua e si stava dirigendo verso l'uomo misterioso. Ace teneva Rani in braccio, Bubba portava Sinta, Kemala era tra Phantom e Rex.

"Andiamo, ora sono curiosa," disse Caite mentre si alzava.

Sidney e Piper la seguirono e si avviarono verso quella direzione scortate da Hannah, che aveva dormito con loro sul portico.

———

"Cazzo, Tex! Sei davvero tu?" chiese Ace all'uomo che si avvicinava verso di loro.

"In carne ed ossa," gli rispose Tex con il familiare accento del sud.

"Che diavolo ci fai qui?" gli chiese Rocco mentre lo abbracciava.

"Ero curioso," gli rispose Tex, strizzando l'occhio ad Ace dopo essersi tirato indietro. "Dopo tutto il lavoro che ho fatto per far approvare l'adozione e farti portare via le ragazzine da Timor Est, volevo tanto conoscerle di persona."

Ace notò Piper avvicinarsi per ascoltare la spiegazione di Tex, le tese un braccio e lei gli andò incontro, cingendogli la vita con un braccio, portando Ace al settimo cielo. "E siamo felici che tu l'abbia fatto. Lei è Rani, quella in braccio a Bubba è Sinta, la bella ragazzina con Phantom è Kemala."

Tex salutò ognuna di loro, Ace fu felice di vederle rispondere, seppur timidamente, senza paura. Immaginò che si sentissero al sicuro, dal momento che erano circondate da persone fidate, quindi si lasciavano andare con più facilità. Tra l'altro, avevano appena affidato la propria vita letteralmente in mano ai SEAL per imparare a nuotare.

"E lei dev'essere Piper," le disse Tex con un sorriso.

"Tex, ti presento mia moglie, Piper Morgan," gli disse Ace, estremamente soddisfatto di presentarla come moglie a uno degli uomini che più rispettava e ammirava al mondo.

"Piacere di conoscerti, Tex," gli disse Piper molto formalmente. "Non potrò mai ringraziarti abbastanza per tutto quello che hai fatto per noi. So che le adozioni di solito richiedono un sacco di soldi e di tempo, non vanno spedite come la nostra. Sappi che io... *noi*... lo apprezziamo."

Tex agitò una mano per minimizzare i complimenti, Ace sapeva che l'amico avrebbe reagito in quel modo. "Non mi devi ringraziare, mi basta sapere che queste tre bellezze sono al sicuro e felici."

"Come stanno Akilah e Hope?" gli chiese Rocco.

"Stanno benissimo. Hope cresce a vista d'occhio e Akilah conclude il liceo quest'anno."

"Wow, di già?" esclamò Gumby.

"Vero? Sembra ieri quando l'ho incontrata per la prima volta."

Ace si chinò verso Piper e le disse: "Tex ha adottato Akilah dall'Iraq. È stata portata negli Stati Uniti per farsi curare un braccio, è rimasta ferita durante uno scontro a fuoco."

Lei annuì. "Ecco perché conosceva gli agganci giusti dell'ufficio immigrazione."

Tex annuì, cogliendo la conversazione. "Sì. Potrei aver fatto qualche lavoro per loro, nel corso degli anni. Quindi per loro non è stato complicato *restituirmi* un piccolo favore."

Ace scosse la testa. Quello che per Tex era un "piccolo favore", era un evento che aveva stravolto la vita di due persone.

"Andiamo," disse Gumby a Tex, dandogli una pacca sulla schiena. "Ci è rimasto del cibo. Rilassati con noi per un po'."

"Non posso restare," gli disse Tex. "Sto andando a trovare Wolf e Caroline e a salutare il resto della squadra. Volevo solo fermarmi per conoscere le tue figlie, Ace, e anche per farvi sapere che sono a vostra disposizione, se mai vi dovesse servire qualcosa. Lo so cosa pensate, che sono un contatto di Wolf... ma non potrebbe esserci qualcosa di più errato. Sono disponibile per ognuno di voi, spero che ora ve ne siate resi conto. Non avete nemmeno bisogno di passare attraverso il comandante North per contattarmi: prendete un maledetto telefono e mi chiamate, ok?"

Tutti annuirono, Ace non poteva negare che le parole del SEAL in pensione fossero provvidenziali. Tex era un esperto di computer, tecnologia e ricerca di informazioni, il migliore che avesse mai conosciuto. La facilità con cui aveva reso possibile l'adozione delle ragazzine era una prova più che sufficiente di quanto fosse abile e degli agganci di cui disponeva. Tex era una risorsa preziosa, Ace prese nota mentalmente di assicurarsi che tutti, comprese Piper e le altre donne, avessero il suo numero.

"Dai, torniamo alla nostra lezione di nuoto!" esclamò Rocco mentre Tex si girava per tornare verso la macchina.

Ace si chinò e baciò Piper, poi le sorrise. Gli piaceva vedere i lampi di soddisfazione e di lussuria che le attraversavano gli occhi.

Conscio del fatto che più le ragazzine scorrazzavano sulla spiaggia e in mare e più si sarebbero stancate, Ace sorrise ancora di più. Sperava di avere quella sera la possibilità di dare a Piper il nuovo anello e mostrarle quanto voleva che la loro relazione si sviluppasse... in meglio.

———

Phantom corse dietro a Tex che lasciava la spiaggia, raggiungendolo di fianco a casa di Gumby. "Ehi, Tex! Posso chiederti una cosa?" gli chiese mentre si avvicinava.

Tex si fermò e annuì all'istante. "Certo. Non stavo scherzando prima, quando vi ho detto di contattarmi in caso di bisogno."

"So che il comandante North sta tenendo d'occhio tutto quello che succede a Timor Est, ma apprezzerei se potessi farlo anche tu."

"Vuoi tornare a prendere Kalee," gli disse Tex. Quella non era una domanda.

Phantom avrebbe dovuto essere sorpreso dalla perspicacia del SEAL in pensione, ma in realtà non lo era. "Sì. Non avremmo dovuto lasciarla lì, tanto per cominciare."

"Per quel che so, non avete avuto scelta. Non potevate di certo andare in giro per giorni con un cadavere sulle spalle: sarebbe stato impossibile e avrebbe finito per traumatizzare Piper e le ragazzine. L'estrazione non poteva avvenire immediatamente, come succede di solito quando sei in una missione che va a rotoli."

Phantom ne era consapevole, ma si sentiva comunque infastidito. "Lo so, ma c'è qualcosa che non mi convince, è successo qualcosa a Timor Est. Non riesco a capire cosa, però, quindi mi sento parecchio infastidito."

Tex lo fissò per un lungo momento. "Dimmi tutto," lo esortò.

Phantom fece spallucce. "Niente, si tratta solo di questo presentimento. Non so cosa c'è di sbagliato, sempre ammesso che ci sia. Abbiamo già dovuto abbandonare delle persone per un bene superiore, ma sembra quasi che... non so, è come se il mio cervello avesse rimosso qualcosa successo quel giorno in orfanotrofio. Fissavo quella fossa comune, poi ho guardato Piper e gli altri che uscivano da uno degli edifici. Mi sono voltato di nuovo verso la fossa... Non ricordo cosa ci fosse di diverso, ma non posso fare a meno di pensare che mi sia sfuggito qualcosa: qualcosa di importante."

"Lo hai detto agli altri?" gli chiese Tex.

"No," ammise Phantom. "Abbiamo sentito arrivare i ribelli

e dovevamo andarcene. Inoltre, non sono sicuro di *aver* visto davvero qualcosa di strano. È solo una sensazione, capisci. Ma il punto è che detesto non essere in grado di portare a termine una missione. Ho bisogno di tornare indietro e riportare Kalee a casa."

"Ho sentito che suo padre non sta affrontando bene l'accaduto."

"Capirai che sorpresa," mormorò Phantom.

"Sì... comunque, va bene. Terrò gli occhi spalancati e le orecchie aperte, ti farò sapere appena sento qualcosa che potrebbe essere interessante."

"Lo apprezzo," gli disse Phantom.

Tex alzò gli occhi al cielo. "Se mi ringrazi, dovrò fare qualcosa di drastico. "

Phantom ridacchiò. Tutti sapevano che Tex detestava essere ringraziato, se qualcuno osava mandare un regalo o fare un gesto plateale, Tex si impegnava al massimo per mettere in imbarazzo il povero malcapitato. Phantom alzò le mani in segno di resa. "Non ti sto ringraziando, sia chiaro."

"Bene. Stai sempre attento, Phantom. Il mondo ha bisogno di più uomini come te."

Il giovane SEAL sbatté le palpebre sorpreso, incapace di rispondere a Tex che si voltava per raggiungere la macchina parcheggiata sulla strada di fronte alla casa di Gumby.

Phantom non si era mai considerato particolarmente speciale: aveva passato un'infanzia tremenda e aveva trascorso la maggior parte della vita da adulto cercando di dimenticarla e di andare avanti. In qualche modo ci era riuscito, ma c'erano sempre quei momenti in cui il passato sbucava da angoli di memoria creduti dimenticati e lo tormentava.

Phantom scosse la testa per non soffermarsi sui tetri pensieri e si voltò per tornare verso l'oceano. Forse non era in grado di esprimerlo bene, ma Caite, Sidney e Piper gli piacevano molto. Era stato preoccupato per gli effetti che avrebbero potuto provocare sugli amici, in particolare per il risvolto sul lavoro, ma alla fine quelle preoccupazioni si erano rivelate infondate. Rocco, Gumby e Ace erano professionisti, capaci di separare la vita personale da quella professionale.

Phantom doveva ammettere che più stava a contatto con Rani, Sinta e Kemala, più si affezionava. Il modo in cui Sinta lo aveva guardato mentre lui l'aiutava a galleggiare sulla schiena in mezzo all'oceano gli sarebbe rimasto impresso a lungo. Quei grandi occhi scuri non esprimevano altro che fiducia... gli aveva fatto bene all'anima.

Mentre andava di gran passo verso gli amici in acqua, ancora impegnati a far nuotare e giocare le ragazzine, Phantom non riusciva ancora a liberarsi dall'inquietante sensazione di essersi perso un dettaglio fondamentale mentre erano ancora sperduti tra le montagne di Timor Est. Non sapeva cosa fosse, ecco il problema. Quel dubbio lo assillava di continuo, non lo lasciava mai, era un tormento costante.

Phantom provò a scrollarsi di dosso quel pensiero, fece un respiro profondo e si tuffò nell'oceano, schizzando le ragazzine. I gridolini e le risatine delle piccole riuscirono a sciogliergli il cuore, giusto un po'.

———

Paul Solberg era seduto sulla spiaggia a un centinaio di metri da dove le ragazzine che avrebbero dovuto appartenere alla sua Kalee giocavano nell'oceano con i soldati. Era nascosto da una grande festa di famiglia, c'erano giovani e adulti che correvano avanti e indietro. Paul non spiccava, con pantaloncini e maglietta, non doveva preoccuparsi di essere visto mentre sedeva su una panchina del lungomare; da lì riusciva a osservare i SEAL e le ragazzine che giocavano in acqua.

In viso era impassibile, ma dentro era in tumulto. Per

giorni, Paul oscillava senza sosta tra rabbia, disperazione, invidia, per poi tornare alla rabbia... un circolo vizioso senza fine.

Aveva cominciato a passare tutto il tempo libero a guardare le ragazzine. Aveva detto al consiglio di amministrazione dove lavorava che si sarebbe preso del tempo libero, visto che tutti sapevano cosa fosse successo, gli avevano concesso quei giorni senza discutere.

Paul non riusciva a non pensare a come tutto sarebbe potuto andare diversamente. Aveva seguito Piper e le ragazzine al supermercato, in biblioteca e ovunque fossero andate. Sapeva che Ace aveva comprato un gioiello alla nuova moglie, anche quel dettaglio lo feriva: la dolce Kalee non avrebbe mai avuto un uomo premuroso che si prendesse cura di lei, come Ace faceva con Piper.

Ma Paul stava elaborando un piano. Dato che le ragazzine erano appena arrivate in America, era ovvio che Ace e Piper stavano sempre con loro e le tenevano sempre d'occhio.

Ma un giorno avrebbero abbassato la guardia; le ragazzine si sarebbero sentire più a loro agio, così i loro genitori.

Doveva essere *Paul* a insegnare a nuotare alle nipotine. Poteva riempirle di regali, molto più di quanto avrebbero mai potuto fare un SEAL e una dannata fumettista.

Paul non era stupido: sapeva di non poter prendere facilmente tutte e tre le ragazzine, ma poteva prenderne *una*. Nessuno avrebbe sospettato di lui fino a quando non sarebbe stato troppo tardi. Aveva abbastanza soldi per portarsi una nipote fuori dal paese.

Mentre Paul fissava le ragazzine che giocavano in acqua, la mente vorticava con piani mischiati ai ricordi di Kalee e un pensiero perforante gli balenò.

Il dolore per la morte della figlia prese il sopravvento sulla mente razionale. Guardava la bambina più piccola che giocava in acqua, ma non era una delle piccole scappate da Timor Est, no... lentamente si trasformò nella bambina che aveva cresciuto lui.

Quella nell'oceano non era Rani, era Kalee.

Sua figlia.

La sua piccola.

La sua vita.

Paul doveva salvarla. Doveva portarla via dalla donna malvagia che gliel'aveva rubata: doveva salvare la sua Kalee.

CAPITOLO TREDICI

Purtroppo, Ace non riuscì a trovare un momento per dare l'anello a Piper *o* sviluppare la loro relazione fisica quella sera, dopo la festa a casa di Gumby, nemmeno la notte seguente... e la settimana successiva, in effetti.

Erano sempre indaffarati e la sera erano talmente esausti da riuscire a seguire distrattamente il telegiornale sul divano prima di iniziare a russare sonoramente.

Le ragazzine si stavano abituando alla nuova sistemazione notturna, erano contentissime di accoccolarsi tutte insieme nel lettone in camera di Kemala.

Ace *era* entusiasta del fatto che Piper dormiva con lui, usandolo come cuscino gigante, ma non riuscivano ad andare oltre i baci. Normalmente Ace sarebbe stato frustrato, ma visto come stavano bene le figlie non aveva proprio nulla di cui lamentarsi.

Era tutto ciò che aveva sempre sognato: la baraonda, la gioia di guardare le figlie che si abituavano alla nuova vita e imparavano sempre qualcosa di nuovo, il piacere di sapere che tornando a casa la sera avrebbe trovato una moglie ad accoglierlo. La casa gli era sembrata sempre troppo grande, spesso si era chiesto perché diamine avesse acquistato una casa con cinque camere da letto, ma finalmente lo aveva capito: era destinata ad accogliere Piper e le ragazzine.

Era sabato mattina, le ragazzine stavano facendo colazione mentre lui organizzava la giornata con Piper. Avevano deciso di portare le figlie all'acquario, poi in biblioteca. Piper aveva finito una vignetta il giorno prima quindi era libera tutto il fine settimana, anche lui era libero fino a lunedì (salvo chiamate improvvise dal comandante).

"Le ragazze hanno bisogno di scarpe nuove," gli disse Piper "Magari possiamo andare al centro commerciale."

"Sai come hanno reagito l'ultima volta," le ricordò Ace.

"Sì, ma sono qui da quasi tre settimane, ormai. Penso che si siano acclimatate, diremo loro dove stiamo andando. Penso che andrà tutto bene."

"Va bene, ma facciamo in fretta."

Piper sorrise. "Dici così perché odi lo shopping."

Ace ricambiò il sorriso. "Sì. So che oggi sarà l'unico giorno in cui lo shopping durerà poco. Con tre figlie, prevedo guai in futuro."

Piper sorrise ancora di più. "Probabilmente hai ragione, ho visto Sinta mentre sfogliava la pubblicità dei grandi magazzini... sembrava davvero interessata."

Ace le si avvicinò e l'abbracciò, Piper non esitò a contraccambiare e rilassarsi, rendendolo contento.

"Se me lo avessero chiesto un mese fa," gli disse Piper con calma, "non avrei immaginato che la mia vita sarebbe cambiata in questo modo. So che alcune persone, tipo il mio agente, pensano che io sia impazzita e che mi sia mossa troppo in fretta, ma onestamente... l'esperienza di Timor Est mi ha insegnato quanto sia importante per me la famiglia. Ho perso la mia migliore amica, ma ho trovato tre ragazzine fantastiche."

"E un marito," le ricordò Ace.

"E un marito," concordò lei.

Ace si abbassò per scoccarle un bacio, ma si bloccò sentendo bussare alla porta.

"Porta!" gridò Sinta.

"Vado io," disse Ace.

"Ci penso io," gli disse Piper.

Ace scosse la testa e ignorò la seconda bussata. "So che puoi aprire tu, ma non aspettiamo visite e non sappiamo chi c'è dall'altra parte della porta: potrebbe essere una ragazzina scout che vende biscotti, o Paul che vuole urlarti addosso qualche altra cattiveria. So che non lo abbiamo più visto da quando siamo arrivati in America, ma quello che *sento* dal comandante non mi piace. Forse non l'ho detto ad alta voce quando ci siamo sposati, ma ho promesso che farò sempre il possibile per proteggere te e le ragazzine da qualsiasi potenziale pericolo... inclusi visitatori inattesi di sabato mattina."

"Ma sarà il postino che lascia dei pacchi," gli disse Piper con gentilezza, però Ace notò che lei aveva addolcito l'espressione, infatti lo guardava come se le avesse appena regalato la luna.

"Probabilmente sì," le rispose, senza lasciarla andare.

"Bene," gli disse lei dopo qualche istante. "Vado a vedere se le ragazze hanno provato le uova strapazzate che hai preparato per loro."

"Non preoccuparti troppo," le disse Ace. "Non stanno morendo di fame, in caso mangeranno più riso e pollo." Si chinò e baciò Piper, gli risultava sempre un gesto naturale, tanto quanto toccarla, non riusciva a trattenersi. Ogni volta che lei gli passava vicino Ace voleva toccarla, sentirla e baciarla; sembrava che anche per lei fosse lo stesso.

Lei gli sorrise, gli accarezzò una guancia prima di andare verso le ragazzine.

Ace andò alla porta e sbirciò dallo spioncino mentre udiva

bussare una terza volta. Sorpreso, sbatté le palpebre e aprì subito la porta, fissando i visitatori.

"Gumby, Sidney! Che ci fate qui?"

"Vi buttiamo fuori di casa," gli rispose Sidney con un sorrisone. "Siamo in missione."

"Missione?" le chiese Ace confuso.

Gumby scrollò le spalle. "Io e Sid stavamo chiacchierando e ci siamo accorti che né tu né Piper avete avuto modo di passare una giornata da soli, da quando avete portato a casa le piccole. Quindi oggi avrete un po' di tempo libero."

"Anche stasera," aggiunse Sidney.

C'era anche Hannah con loro, seduta sul pianerottolo con la lingua penzoloni. Sembrava tranquilla e contenta; guardando la cagnolina, Ace notò due borse ai piedi degli amici.

"Scambiamo casa con te e Piper fino a domani, a mezzogiorno," gli disse Sidney. "Credimi, non è un sacrificio passare del tempo nella tua casona. Ci occuperemo noi delle piccole, voi non dovete preoccuparvi di *niente*. Passa del tempo con Piper, solo voi due: ve lo meritate."

Ace non sapeva bene cosa dire: era sorpreso e commosso dal gesto, voleva accettare subito ma doveva interpellare anche Piper: magari a lei non andava di lasciare le ragazzine con Gumby e Sidney.

"Venite," disse loro, aprendo di più la porta e chinandosi per raccogliere la borsa di Sidney. "Le ragazze stanno finendo di fare colazione, stavamo proprio decidendo cosa fare oggi."

Ace seguì gli amici nell'ingresso, fino in cucina. Kemala stava mettendo i piatti nella lavastoviglie e Sinta era occupata a pulire il tavolo con uno strofinaccio. Ace sorrise, apprezzava che le ragazzine volessero sempre dare una mano in casa. Sapeva che lo facevano per compiacerli di continuo, volevano essere sicure che né lui né Piper si pentissero di averle adottate... il che era impossibile.

"Oh, ciao Sidney, ciao Gumby," li salutò Piper, guardando Ace con espressione incuriosita.

"Ciao!" la salutò calorosamente Sidney, Gumby le rivolse un cenno col mento.

Sidney prese subito in braccio Rani, se la mise sulle ginocchia facendola saltellare su e giù, la bimba si mise a ridere. "Siamo qui per liberare te e Ace, oggi e stasera," le disse Sidney senza esitazione. "Lo so, magari non ti fidi a lasciarci le ragazze, ma ti *giuro* che staranno bene. Io e Gumby abbiamo un sacco di idee per farle divertire."

"Cosa?" le chiese Piper, totalmente nel pallone.

Ace la raggiunse e le cinse la vita con un braccio. "Non ne sapevo nulla nemmeno io," la rassicurò. "Ma si sono offerti di stare con le bimbe fino a domani, a mezzogiorno. Possiamo andare nella loro casa sul mare."

"Vogliamo che abbiate del tempo tutto per voi. Vi siete impegnati tantissimo con le ragazzine, abbiamo pensato che sarebbe stato carino permettervi di concentrarvi su voi due, almeno per un po'."

"Oh, ma oggi dobbiamo andare al centro commerciale per comprare le scarpe alle piccole, Kemala e Sinta hanno bisogno di altri libri e quindi volevamo andare in biblioteca," spiegò loro Piper.

"Ci pensiamo noi," le disse Gumby.

Piper guardò lui, Sidney e poi Ace.

Lui attese pazientemente, spettava a lei decidere. Desiderava ardentemente stare da solo con Piper; amava Rani, Sinta e Kemala ma voleva passare del tempo con la moglie. Si era ripromesso di portarla fuori, ma non ne aveva mai trovato il tempo. Quell'opportunità era perfetta.

"Non so..." iniziò Piper dubbiosa.

"Piper e Ace, andate," disse Kemala all'improvviso. "Io aiuto con sorelle."

Ace guardò sorpreso la figlia, era la prima volta che lei si riferiva a Rani e Sinta come sue sorelle. Piper gli prese una mano e strinse forte, anche lei aveva colto quell'importante sfumatura.

"So che lo farai," le disse Piper dopo qualche istante. "Sei di grande aiuto, io e Ace lo apprezziamo. Sicura che starai bene con Sidney e Gumby?"

Kemala annuì con grande entusiasmo.

Sinta era troppo occupata ad accarezzare Hannah per capire cosa stessero dicendo gli adulti. All'inizio aveva avuto paura del pitbull, ma in quel momento l'adorava. A Timor Est, i cani non erano per nulla amichevoli con gli esseri umani, quindi vedere un cane che viveva in casa e che era addirittura affettuoso con lei era come accarezzare un leone in uno zoo.

Rani non sembrava interessata ai genitori, dato che era distratta da Sidney che la faceva saltellare sulle ginocchia e poi la inclinava quasi fino a farle toccare il pavimento con la testolina, prima di tirarla su.

"Siete sicuri che vi vada bene, ragazzi?" chiese Piper a Gumby e Sidney. "Sono schizzinose con il cibo, ci stiamo lavorando. Dormono tutte insieme nel letto di Kemala, Rani fa il pisolino il pomeriggio e..."

"Tranquilla," le disse Sidney con sicurezza. "Le nostre lenzuola sono pulite, prendete quello che volete dalla cucina. Il tempo dovrebbe essere bello sia oggi che domani, quindi potete sedervi dietro casa e rilassarvi, farvi una nuotata o una bella passeggiata. Quello che volete, insomma."

Ace guardò Piper, lei lo stava già fissando: entrambi desideravano andare. Lui non sapeva se lei volesse rilassarsi o volesse stare con *lui*; per quel che riguardava lui, non vedeva l'ora di averla tutta per sé.

"Se siete sicuri..." iniziò Piper.

"Sicurissimi," la interruppe Sidney. "Fate la borsa, ci pensiamo noi, qui."

Quando Piper lasciò la stanza e Sidney portò le ragazzine in sala per guardare la televisione, Ace si rivolse a Gumby. "Allora, è una tua idea?"

L'amico fece spallucce. "L'altro giorno mi hai detto che ti seccava non riuscire a dare l'anello a Piper, ci ho pensato e ho realizzato che probabilmente non avete avuto tempo per fare *niente*, oltre a stare con le ragazzine. Pensavo volessi stare un po' da solo con la nuova mogliettina."

"Grazie, lo apprezzo."

"Io e Sidney stiamo finalizzando i dettagli per il matrimonio sulla spiaggia, abbiamo parlato anche di cosa vogliamo in futuro. Ovviamente siamo finiti a parlare di bambini, passare del tempo con le tue piccole ci aiuterà. Stiamo cercando casa verso l'interno, non venderemo la casa sulla spiaggia perché ha un sacco di bei ricordi, magari diventerà la casa per le vacanze sia per noi che per la squadra. Lavoriamo sodo, è inestimabile avere un posto come quello per rilassarsi un po'."

Ace deglutì a fatica prima di annuire. Gumby era un buon amico, incredibilmente generoso. "Quando sarà il grande giorno?" gli chiese dopo un attimo.

"Pensiamo tra due settimane, sempre che non ci mandino in missione. Non faremo niente di complicato, celebrerà il contrammiraglio Creasy e non abbiamo in programma fiori, damigelle, smoking e tutto il resto. Verranno i miei genitori e mio fratello. Sai che volevamo fare qualcosa in piccolo, quindi tra la mia famiglia e tutti voi, siamo a posto."

"Non vedo l'ora," gli disse Ace dandogli una pacca sulla spalla.

Chiacchierarono del più e del meno finché Piper tornò in cucina, tirandosi dietro una piccola valigia.

"Finito," disse loro. "Ho messo a lavare le lenzuola, mentre Ace fa la borsa dirò a Sidney tutto quello che dovete sapere per le ragazzine."

Ace annuì. "Perfetto." La raggiunse e le stampò un bacio in fronte prima di proseguire verso le scale. Ci avrebbero messo un po' a lasciare la casa, sperava che Sidney fosse paziente mentre Piper le diceva tutto sulle ragazzine.

Ace sorrise mentre preparava in fretta una borsa, non vedeva l'ora di godersi i prossimi momenti con Piper. Si sentiva esaltato come un adolescente alle armi con il primo appuntamento.

Primo oggetto nella borsa: l'anello di diamanti che le aveva preso qualche settimana prima. Finalmente glielo avrebbe messo al dito... o almeno, così sperava.

———

Otto ore dopo, Piper sedeva sul portico posteriore di Gumby e sospirò soddisfatta. L'intera giornata era stata estremamente rilassante e divertente. Stare con Ace era stato uno spasso, più del previsto... ecco ciò di cui aveva bisogno. Amava Rani, Sinta e Kemala, ma essere madre era estremamente faticoso: doveva cercare costantemente di intrattenere le figlie e assicurarsi che avessero tutto ciò di cui avevano bisogno per crescere, così non le restava molto tempo per concentrarsi su di sé o sulla relazione con Ace.

Ma quel giorno lei e Ace avevano fatto tutto quello che volevano *loro*, ed era stato tutto perfetto. Una volta arrivati a casa di Gumby, Ace aveva suggerito di andare a nuotare; lei aveva notato il modo in cui lui l'aveva guardata in costume, anche lei lo aveva occhieggiato con altrettanta cura. Avevano riso e giocato tra le onde per almeno un'ora, prima di sdraiarsi sui loro asciugamani sulla sabbia e parlare per un'altra ora.

Poi avevano fatto la doccia e si erano fatti uno spuntino. Avevano parlato della loro infanzia, un po' di quello che era successo a Timor Est. Piper aveva chiamato Sidney, che le aveva mandato una foto delle ragazzine che si godevano un buon gelato al centro commerciale. Rani aveva più gelato in viso e sulla maglietta che in bocca, ma sorridevano tutte con gioia, a Piper importava solo quello.

Poi Ace si era offerto di cucinare, lei si era seduta in cucina e gli aveva tenuto compagnia mentre lui preparava la cena. Avevano mangiato e in quel momento erano seduti sulle comodissime sedie del patio posteriore, persi a guardare il tramonto.

"Vieni qui," le disse Ace dopo qualche minuto di piacevole silenzio.

Piper si voltò, lui le stava tendendo una mano. Lei si alzò lentamente e fece i due passi necessari per posizionarsi di fronte a lui. Ace la prese per i fianchi e se la fece sedere in braccio. Piper impiegò qualche istante per accomodarsi, ma una volta sistemata si godette una sensazione fantastica. Si era girata di lato, in modo da appoggiarsi del tutto sul petto di Ace e sistemargli la testa su una spalla.

Spesso aveva sentito la barba di Ace solleticarle il viso e il collo, ma non si era mai presa il tempo di osservarla da vicino. Allungò una mano e finalmente fece una mossa che aveva sognato diverse volte, nelle ultime settimane: gli accarezzò la barba.

Ace sorrise e la lasciò fare senza dire nulla.

Dopo alcuni secondi, Piper gli disse: "È proprio morbida. Non so perché, ma pensavo fosse ispida."

Lui fece spallucce. "Se fosse fastidiosa, penso la taglierei. Non vorrei proprio dar fastidio a mia moglie e alle mie figlie quando le sfioro o le bacio."

"Non mi dai mai fastidio," gli disse Piper senza nemmeno pensare. Si sentiva molto tranquilla dopo quella giornata rilassante, era stata un toccasana anche per la libido. Piper non aveva mai avuto il tempo che avrebbe voluto per ammirare quanto fosse bello il marito, o quanto fosse muscoloso, o come fosse sexy in boxer quando si svegliava la mattina.

Era stata talmente occupata con le ragazzine, che il sesso con il marito era passato in secondo piano.

Ma dopo averlo osservato per ore e aver scoperto ancora di più su di lui, Piper si sentiva pronta per andare oltre. Non era una grande novità: le piaceva il marito, sì, ma quel momento era la conferma di tutto ciò che lei aveva desiderato nelle ultime settimane. Era passato molto tempo dall'ultima volta che Piper aveva fatto sesso, si era accorta di desiderare Ace più di quanto ricordasse di desiderare *qualsiasi* uomo. Era un po' sconcertante, in realtà: sapere che non sarebbero stati interrotti, però, era quasi un afrodisiaco.

"Buono a sapersi," le disse Ace con una risatina.

Piper era più che consapevole del modo in cui lui le stava accarezzando una coscia, anche se stava attento a non risalire troppo; sembrava semplicemente che gli piacesse toccarla. Dato che lei indossava pantaloncini, quel tocco delicato sulla pelle le inviava scariche elettriche direttamente al clitoride. Era snervante ed eccitante allo stesso tempo.

Piper non sapeva bene dove mettere le mani, gliene portò una sulla nuca e l'altra le rimase in grembo. Rimasero a lungo in quel modo, godendosi il momento: lo sciabordio delle onde contro la riva, il cinguettio degli uccellini e il lento calare del sole oltre l'orizzonte... Piper sperava che quel momento non terminasse mai.

Quando il sole tramontò, l'unica luce che illuminava il portico sul retro proveniva da dentro casa. La penombra appena creata era intima e accogliente, Piper arrivò al punto di voler prendere la mano di Ace per farsi toccare tra le gambe. Non aveva idea se lui sapesse quanto l'aveva fatta eccitare, ma lei lo desiderava oltre ogni limite.

"Sono proprio felice," le disse Ace all'improvviso, facendola trasalire e concentrare su pensieri non libidinosi, come l'umidità tra le gambe e i capezzoli turgidi.

"Anch'io," gli rispose lei.

"No, dico... sono *felice*," ripeté lui.

Piper sollevò la testa e lo guardò.

"Quando sono partito per quella missione a Timor Est, non avevo idea della svolta che avrebbe preso la mia vita: so che in molti pensano che siamo pazzi, ma chiederti di sposarmi è stato un po' egoista da parte mia. Mi piacevi già, ovviamente, ma non posso mentire... il pensiero di essere un padre mi ha deviato. Nelle ultime settimane mi sono reso conto che anche se mi è piaciuto conoscere le ragazzine e capire come essere un buon padre, ho aperto gli occhi solo vivendo con *te*."

Piper continuò a fissarlo, temeva leggermente le prossime parole, ma al tempo stesso desiderava che lui le dicesse ciò che anelava da tempo.

"Sei compassionevole e gentile, ma non cedi facilmente. Sai per istinto di cosa hanno bisogno le piccole, non hai paura di dire di no. Sei premurosa e industriosa, il più delle volte dai più di quanto chiederesti mai in cambio. La sera, quando andiamo a letto e tu mi crolli sul petto, non riesco a pensare ad altro che a quanto sono fortunato."

"Non so assolutamente come ho fatto a ritrovarmi sposato con una moglie fantastica, unica nel suo genere, con tre bambine meravigliose... La giornata che abbiamo trascorso oggi a ridere e giocare è stata... un dono, sì. Ne farò tesoro per il resto della vita. Sono felice, Piper: grazie a te. Avrei potuto adottare dei bambini e soddisfare il mio bisogno di essere un papà single, ma con te nella mia vita... è tutto perfetto."

"Quando ti ho dato quell'anello ti ho promesso che l'avrei sostituito con qualcosa di meglio... quindi un paio di settimane fa sono andato per negozi e te ne ho preso uno nuovo."

Piper si sentiva gli occhi lucidi ma si tenne stretta ad Ace mentre lui la spostava leggermente per frugarsi in tasca dei jeans. Tirò fuori un oggetto e glielo mostrò; Piper riusciva a malapena a vederlo nella scarsa luce, ma quello che *riuscì* a vedere la lasciò di stucco.

L'anello aveva una fila di quattro diamanti gialli a taglio princess, con diamanti bianchi più piccoli che circondavano quelli più grandi. Sembrava parecchio costoso, ma... era una meraviglia.

"Volevo prenderti un anello che rappresentasse la nostra famiglia, quindi quattro diamanti mi sembravano perfetti: tre per le nostre piccole, uno per noi due. Volevo che fosse pratico e modesto, ma sempre visibile per ricordare a tutti che ormai sei mia."

Piper non riusciva a muoversi per prendere il gioiello, si sentiva bloccata. Non poteva credere che Ace le avesse comprato un anello tanto bello. Una volta aveva ricevuto dei fiori da un uomo, ma mai regali del genere, neanche alla lontana. Come avrebbe dovuto reagire? Avrebbe dovuto piangere, o ridere? Saltare in piedi e lanciarsi in un balletto sfrenato?

"Se non ti piace, lo riporto indietro e te ne prendo un altro," le disse Ace con voce preoccupata, dal momento che lei non aveva ancora proferito parola.

Ace iniziò ad abbassare la mano e Piper gli afferrò il polso con uno scatto, senza neanche pensare.

"È l'anello più bello che abbia mai visto," sussurrò lei. "È troppo costoso per una come me."

"Ti sbagli," le disse Ace. "Non è tanto costoso. Se fosse stato per me, ti avrei preso un anello da dieci carati talmente ingombrante che non avresti potuto fare nulla, portandolo al dito... ma ho pensato che questo qui fosse più nel tuo stile. Puoi tenerlo quando disegni e quando giochi con Rani nella vasca. Non ti farà diventare il dito verde, al contrario di quello che ti ho preso a Timor Est... Mi piace anche il pensiero che ci porti sempre con te, ogni volta che guarderai questo anello penserai alla nostra famiglia."

Piper inspirò a fondo, si tolse l'anellino di Timor Est, se lo infilò sull'anulare della mano destra e tese la sinistra ad Ace.

Lui le rivolse un sorriso dolce, le prese la mano e le fece scivolare lentamente il bellissimo anello lungo l'anulare, baciandolo delicatamente quando arrivò in fondo al dito. "Bellissimo," mormorò. "Ho anche una semplice fede di platino da abbinare."

Il cuore di Piper si sciolse. "E tu?" gli chiese.

Ace inarcò un sopracciglio, in segno di domanda.

"Ne porterai uno anche tu?"

Lui le rivolse un piccolo sorriso e si rimise la mano in tasca, estrasse un largo gioiello nero e lo tenne sul palmo per farlo vedere a Piper, che l'afferrò per esaminarlo.

"È titanio nero. Ho pensato di aver bisogno di qualcosa di resistente, dato che probabilmente ne vedrà delle belle. Molto probabilmente si graffierà, ma suppongo che in questo modo sarà ancora più interessante. Volevo anche qualcosa che fosse facile da vedere sul dito, in modo che tutte sappiano che *anche io* non sono più sul mercato. Non posso indossarlo in missione, ma giuro che lo porterò sempre con me. Non appena possibile, me lo rimetterò al dito."

Piper non riuscì più a trattenere le lacrime, gli prese la mano sinistra e gli infilò delicatamente l'anello nero sull'anulare, proprio come aveva fatto lui prima. Glielo baciò, Ace si chinò in avanti e si appoggiò con la fronte su quella di lei.

Rimasero entrambi in silenzio, completamente assorbiti nel momento per non dimenticarlo mai. Piper non si era mai sentita tanto amata, adorata e... desiderata.

Si tirò indietro e gli disse le parole che voleva liberare da tutto il giorno. "Ti voglio, Ace."

Trattenne il respiro, in attesa dalla risposta.

Sentì il battito cardiaco di Ace accelerare sotto il palmo della mano, in un secondo lui si era alzato tenendola in braccio e si stava già dirigendo verso la porta.

"Quando siamo entrati in casa nostra la prima volta non ti ho portata in braccio, recupero ora. Mi dai una mano?"

Piper sorrise, allungò una mano e aprì la porta, lui entrò agevolmente. Non la adagiò sul divano, andò dritto verso la camera da letto e la fece sdraiare sul materasso, poi la raggiunse posizionandosi su di lei con le mani ai lati della testa.

Piper si sentiva minuta sotto di lui, adorava quella sensazione: aveva vissuto una sensazione simile quando erano ancora nella foresta di Timor Est e Ace l'aveva protetta con tutto il corpo, facendola sentire al sicuro.

"Se facciamo l'amore, non si torna indietro," l'avvertì Ace.

Piper capiva perfettamente cosa volesse dirle. "Non voglio tornare indietro, non voglio un annullamento o un divorzio. Sei un padre fantastico e un uomo stupendo. Voglio invecchiare con te, non vedo l'ora di scoprire cosa ci riserverà il futuro. Non andremo sempre d'accordo e probabilmente ci arrabbieremo. Sarai via in missione più di quanto vorrei, potresti irritarti tra tutti gli ormoni femminili che girano in casa. Ma più passo del tempo con te e più mi innamoro, Ace... ho paura ad ammetterlo, ma spero che un giorno tu possa ricambiare il mio amore."

"Lo ricambio già," le disse Ace, fissandola intensamente; Piper riuscì a malapena a respirare. "Penso che alla fine sarò io a infastidire *te*, spero solo che mi parlerai e mi lascerai risolvere qualsiasi casino possa aver combinato."

Piper gli portò con lentezza una mano al viso e gli coprì delicatamente le labbra. "In questo momento, mi dai fastidio perché non vuoi stare zitto e fare l'amore con me," gli disse con un sorriso.

Ace sorrise dietro le dita di Piper, poi la tirò più in alto sul letto e si girò, Piper finì distesa su di lui proprio come ogni notte da quando si erano incontrati, ma quella volta lei sentì l'erezione premerle tra le gambe.

"Amo dormire con te, ma devo ammettere che ho avuto più di una fantasia di scoparti mentre sei sdraiata sopra di me, proprio così," le disse con tono serio.

"Chi sono io per negare una fantasia a un SEAL della marina, un eroe americano?" Detto ciò Piper inspirò a fondo, si mise a sedere e si sfilò la maglia dalla testa, poi la lanciò lontano e la fece cadere da qualche parte accanto al letto.

Lo sguardo di Ace le sarebbe rimasto impresso nella memoria per sempre: era un misto di divertimento e lussuria. Lui si mise seduto, con lei ancora in grembo e le affondò il viso tra i seni.

Piper sentì il respiro caldo sulla pelle e la barba che le provocava un leggero solletico. "Bello," mormorò lui mentre le trovava il gancetto del reggiseno per allentarglielo, non si preoccupò nemmeno di toglierlo; si attaccò a un capezzolo come un disperato.

Piper lanciò un gridolino d'estasi, lasciando cadere la testa all'indietro mentre stringeva i capelli di Ace. Lui non esitò un istante, continuò a scoprirla, come se riuscisse a malapena a controllarsi. Le prese un seno per stringerlo mentre le succhiava il capezzolo, intanto le pizzicava l'altro.

Lei non riusciva a stare ferma e cominciò a strofinarsi contro l'erezione che le premeva tra le gambe. "Ace, santo cielo..." boccheggiò mentre si agitava contro di lui.

Lui non le rispose a parole, ma si spostò sull'altro capezzolo e se lo mise in bocca, mordicchiandolo e leccandolo famelicamente.

Piper fu travolta dalla pelle d'oca sulle braccia, voleva sentire la pelle calda di Ace sotto le dita; gli afferrò l'orlo della camicia per sfilargliela, ma lui non l'aiutò: non si staccava da lei.

"Ace," mugolò lei mentre gli accarezzava il petto sotto la camicia. Anche lui aveva i capezzoli duri, glieli pizzicò con forza per portarlo allo stesso livello di eccitazione. La mossa funzionò. Poi Ace andò con la mano verso il bottone e la zip dei pantaloncini di Piper, aprendoli in un secondo.

"Via tutto," le ordinò lui con voce bassa e roca, Piper si eccitava quando lui le parlava con quella voce dominante. Non le piaceva l'idea di perdere il contatto fisico, ma sapeva che non sarebbe mai stata in grado di togliersi i pantaloncini e le mutandine se i loro corpi fossero rimasti incollati. Quindi si staccò rapidamente da Ace e si mise in piedi accanto al letto, si tolse il reggiseno e tutti gli altri vestiti.

Quando Piper tornò di nuovo a cavalcioni su di lui, Ace si era già tolto i jeans e i boxer, disteso in attesa che lei tornasse. Piper non riusciva a staccargli gli occhi dall'erezione: era tanto bella quanto impressionante. Era passato del tempo dall'ultima volta, improvvisamente non si sentì sicura di poter fare l'amore tanto serenamente.

"Vieni qui," le disse Ace, che si stava già muovendo per raggiungerla.

Piper si posizionò di nuovo come prima, sentendosi molto più esposta.

Lui iniziò ad accarezzarle l'interno coscia con i pollici, lei si rilassò gradualmente, dal momento che Ace non si spinse oltre.

"Ecco qui," le disse dolcemente. "Andremo al tuo ritmo. Sei talmente bella che potrei guardarti tutta la notte."

"Mh... non credo che questo ci soddisferebbe," gli rispose lei con ironia.

Ace ridacchiò, poi la guardò con talmente tanto amore che Piper a momenti si dimenticava di respirare.

"Io, Beckett Morgan, prendo te, Piper Morgan, come mia legittima sposa. Nella buona e nella cattiva sorte, in ricchezza e in povertà, in salute e in malattia, finché morte non ci separi. Mi prenderò cura di te e delle nostre figlie senza aspettarmi nulla in cambio. Non ti farò mai del male e ucciderò per proteggerti da chiunque ti minacci."

Piper sentì un nodo alla gola, tutto quello che riuscì a dire fu: "Ace..."

"Lascia che ti ami," le disse. "Non ti farò mai del male... mai."

"Sì," sussurrò lei.

Ace le spostò un pollice tra le gambe e le iniziò ad accarezzare il clitoride con delicatezza. Lei era su di lui a gambe spalancate, pronta a tutto, ma lui non la penetrò con le dita. Si divertì a stuzzicarla, le sparse la crescente umidità tra le pieghe, preparandola per il gran momento.

Poco dopo, Piper iniziò a muovere i fianchi seguendo il ritmo delle dita di Ace. Voleva di più, il tocco doveva essere più forte. Si chinò leggermente e gli prese l'uccello in mano, a malapena riuscì a chiudere la mano talmente era grande. Si mosse leggermente in avanti con il bacino, fino a strofinare le pieghe umide sulla parte inferiore dell'uccello.

Ace gemette ma non spinse i fianchi, non la obbligò a subire una penetrazione; mosse più rapidamente il pollice contro il clitoride, imitando alla perfezione il tocco che avrebbe usato Piper in un momento di piacere solitario. Ace usò l'altra mano per afferrarle un seno, poi cominciò a pizzicarle il capezzolo, facendola dimenare sopra di lui.

"Ecco qui," mormorò lui. "Sì, ecco. Quanto cazzo sei bella, Piper. Diamine... potrei guardarti tutta la notte. Cavalcami, vieni su di me."

Piper ci provò, ma per quanto il tocco di Ace fosse piacevole non era abbastanza rapido e forte; c'era quasi, era frustrante non riuscire a venire.

Senza nemmeno pensare, si alzò sulle ginocchia, raddrizzò la schiena e si portò la mano libera tra le gambe.

Ace lasciò le dita sul clitoride per un istante ma poi le tolse.

"Scopami, è *talmente* eccitante," le disse Ace, ma ormai Piper era troppo persa nel proprio piacere. Aveva iniziato a strofinarsi il clitoride con forza e velocità, voleva venire, voleva oltrepassare il limite.

Sobbalzò quando Ace le infilò un dito nella passera; alzandosi, lei gli aveva fornito abbastanza spazio per farlo entrare. Non riuscì a trattenersi e iniziò a muoversi a ritmo del dito, iniziò praticamente a scoparglielo, gemendo con intensità.

"Continua così, tesoro, ora ti faccio venire... quanto cazzo sei sexy, *dannazione*."

Piper gemette sonoramente, quella fu l'ultima frase che sentì prima di volare oltre il limite.

"Dimmi di sì," la supplicò Ace dal basso.

Piper abbassò lo sguardo, il viso di Ace era contratto in una smorfia; poi sentì una presenza tra le gambe... non era un dito, però. Ace le aveva posizionato l'uccello ormai fradicio tra le gambe umide e lo teneva con forza. Non si era spinto oltre, stava aspettando che lei gli desse il permesso di proseguire.

Piper si sentì travolta da nuove scariche di piacere dovute all'orgasmo, in tutta risposta gli afferrò l'uccello con una mano e si abbassò lentamente su di lui.

Entrambi gemettero quando la cappella si fece strada tra l'umido e il caldo. Lei si fermò un attimo per adattarsi alla grande dimensione, il corpo di Ace era granitico come al solito. Lui rimase immobile, lasciandole tutto il tempo di gestire il momento.

Piper si abbassò lentamente, centimetro dopo centimetro; poi si tirò su e quando scese di nuovo, avanzò ancora di più.

Nel giro di pochi minuti, o forse di pochi secondi, Piper fu in grado di accoglierlo totalmente dentro di sé.

Lui era arrivato talmente a fondo che i loro peli pubici si sfioravano. Quando lei guardò verso il basso per vedere il punto in cui si univano, non riusciva a vedere dove finiva lui e cominciava lei.

"Dannazione, è fottutamente sexy," grugnì Ace.

Piper alzò lo sguardo, anche lui stava fissando il loro punto d'incontro. Lei contrasse i muscoli interni, facendolo gemere.

"Ti prego, rifallo," la supplicò lui.

Piper ripeté la mossa e sorrise quando lui si lasciò inondare dal piacere.

Ace tornò a fissarla e lei si bloccò: non riusciva a distogliere lo sguardo, travolta dall'amore che vedeva trapelare da quegli occhi.

"Scopami, Piper," la implorò.

Piper non aveva molta esperienza sessuale, non aveva mai fatto l'amore in quel modo, ma decise di fare ciò che la faceva stare bene. Si sollevò un po' sulle ginocchia e ruotò i fianchi mentre si abbassava ancora una volta.

"Sì, piccola. Continua così."

Piper lo cavalcò più volte, ma non era abbastanza: era sicuramente piacevole, ma Piper voleva di *più*: voleva una passionalità scatenata.

"Aiutami," sussurrò.

Lui le spostò le mani dai capezzoli (con cui aveva giocato fino a quel momento) per afferrarle i fianchi con forza. Apparentemente senza sforzo, Ace la sollevò dall'uccello e poi la sbatté molto più forte di quanto lei avrebbe mai pensato di poter apprezzare, ma le piacque. Era come se l'uccello di Ace potesse penetrarla ancora più a fondo, mentre lei gli sbatteva le cosce contro i fianchi.

Ace ripeté la mossa.

E poi ancora.

Piper seguì il ritmo dei movimenti e cominciò ad aiutarlo, sfruttando i muscoli delle cosce per cavalcarlo. Erano entrambi talmente bagnati da produrre suoni al limite del ridicolo, ma in quel momento era tutto terribilmente sexy, Piper non si era mai sentita tanto bagnata ed eccitata.

Abbassò lo sguardo, Ace continuava a guardarle il seno

che rimbalzava senza sosta e l'uccello che spariva e riappariva sotto quella cavalcata.

Il sesso era ormai fuori controllo, selvaggio, l'esperienza più straordinaria che Piper avesse mai vissuto.

All'improvviso, lei volle venire di nuovo, strangolargli l'uccello mentre lui la scopava. Piper non aveva *mai* avuto due orgasmi durante il sesso, non sapeva nemmeno se ne fosse capace, ma in quel momento sentiva di averne *bisogno*.

Si portò di nuovo una mano tra le gambe, accarezzò l'uccello di Ace che pompava dentro di lei, facendolo gemere. Dopo che si fu inumidita le dita con i suoi stessi succhi, tornò a strofinarsi il clitoride.

"Sì... oh, cazzo, mi stai stritolando," le disse Ace. "Tirati su di nuovo, voglio sentirti sul mio cazzo. Così. Cazzo!"

Piper amava il modo in cui Ace diventava incoerente mentre scopavano, anche *lei* si sentiva in quel modo. Si pizzicò il clitoride con ancora più forza e velocità, in pochi secondi si sentì al limite. Si bloccò, in bilico sopra Ace, ma lui non si fermò. Le tremavano le cosce, Ace pompava in lei e continuava a scoparla mentre lei rimaneva immobile.

Era tutto troppo sexy, Piper non riusciva più a trattenersi.

Lanciò un grido e fu scossa da violenti tremiti, Ace le afferrò i fianchi e la costrinse a scendere sopra di lui, *con forza*. Lui era totalmente dentro di lei, Piper sentì l'uccello pulsare.

"Oh, sì, Piper, che figa fantastica! Mi stai stringendo così forte che... Dio, sto per venire! *Arrrgghhhh!*"

Piper avrebbe voluto ridere per quel verso sproporzionato, ma in fondo non c'era nulla da ridere dato che anche lei aveva perso ogni controllo. Ace la fece sdraiare su di sé, ma tanto lei non poteva fare altro che giacere inerte come un sacco di patate.

Erano ancora connessi, la sensazione era incredibile. Lei amava dormire sopra di lui, ma non si sarebbe mai potuta dimenticare quel momento.

Quando sentì di essersi calmata a sufficienza, alzò una mano e gli accarezzò la barba.

Sentì e vide Ace ridacchiare dolcemente, mentre le prendeva la mano con cui lei lo stava accarezzando. "Non abbiamo usato niente," le disse a bassa voce.

Piper rimase confusa per un momento, ma quando sentì l'uccello scivolarle fuori capì cosa intendesse lui e sollevò la testa. "Sono sana," gli disse con franchezza.

Lui ridacchiò di nuovo, sorprendendola. "Lo so, tesoro, anche io, se vuoi posso mostrarti gli esami. Ci controllano spesso in marina... ma stavo parlando più che altro della contraccezione. Usi qualcosa?"

Lei scosse lentamente la testa. "Non prendo nulla perché ho mestruazioni regolari e non frequento nessuno da molto tempo."

Ace le rivolse uno sguardo indecifrabile, poi le disse: "Ti amo, Piper. Davvero. Abbiamo assistito al corteggiamento più veloce del mondo, ma questo non sminuisce i miei sentimenti per te. Dico solo che... non mi dispiacerebbe se rimanessi incinta."

Piper smise di respirare per un istante. "No?"

"No," le disse immediatamente. "Sai che vorrei altri figli, non riesco a pensare a niente di meglio che averli con te."

"Quanti ne vuoi?" gli chiese lei, ancora occupata a elaborare quanto le aveva detto.

"Quanti vorrai darmene."

Lei sbatté le palpebre. "E se ti dicessi che ne voglio otto?" gli chiese con un piccolo sorriso.

"Comincerei a cercare una casa più grande."

Piper scosse la testa. "Non voglio altri otto figli," gli rispose.

"Mi dispiace per stasera. Volevo prendere un preservativo dalla borsa, mentre venivamo qui, ma mi sono lasciato trasportare. Se domattina non avrai troppi dolori, mi piacerebbe riprovarci. Magari prendendomi un po' più di tempo. È passato molto dall'ultima volta che ho fatto sesso, tu eri semplicemente troppo bella perché fossi in grado di trattenermi, diamine... Vorrei assaggiarti, esplorarti tutta... voglio vedere cosa ti fa agitare, cosa ti fa scattare. Ma devo sapere cosa vuoi fare per la contraccezione, Piper. Sarò felice di mettere un preservativo se non sei pronta per un bambino in questo momento, mi rendo conto che abbiamo già abbastanza a cui pensare."

Piper pensò ad avere un figlio con Ace: una volta formulato il pensiero, non riuscì a sbarazzarsene. Le piaceva proprio quell'idea, più di quanto si aspettasse. "Non devi usare i preservativi," gli disse dolcemente.

"Vuoi portare in grembo il mio bambino?" le chiese Ace senza mezzi termini.

Che senso aveva nascondersi? Piper inspirò a fondo e annuì.

Ace le regalò un sorriso mozzafiato, Piper desiderava scattargli una foto e conservarla per sempre. Ma del resto sapeva che lui le avrebbe ancora sorriso in quel modo... lo faceva sempre.

Ace sollevò la testa e la baciò in bocca, fu un bacio lungo e lento che la fece dimenare sopra di lui. Ace le mise una mano sulla schiena e la strinse a sé mentre la testa si riabbassava sul cuscino. "Dormi, Piper. Ti sveglierò più tardi e ci potremo *esplorare*. Va bene?"

"Sì," sussurrò lei.

Cercò di rimanere sveglia, di assaporare il fatto che lei e Ace erano finalmente ufficialmente marito e moglie, ma i due orgasmi travolgenti e il calore dell'uomo sotto di lei lo resero impossibile. In pochi minuti si era addormentata, al sicuro tra le braccia dell'uomo che amava e che la ricambiava.

Le loro piccole erano al sicuro, a casa, accudite da buoni amici; anche mentre Piper si appisolava, il pensiero che forse una nuova vita le si stesse formando in grembo la fece sorridere e stringersi ancora di più al suo uomo.

―――――

Dall'altra parte della città, Paul Solberg sedeva in auto, a poche case di distanza da quella di Piper e Ace, la studiava intensamente. In qualche modo, aveva bisogno di far uscire Kalee per poter fuggire dal paese e iniziare insieme una nuova vita.

Ma in che modo?

Era riuscito ad ottenere un passaporto per Kalee usando una foto che le aveva scattato un giorno, quando aveva seguito Piper e le ragazzine in spiaggia. Quella donna gli aveva rubato Kalee e lui se la sarebbe ripresa, in un modo o nell'altro.

Presto avrebbe potuto riabbracciare la sua piccola. Prima avrebbero attraversato il Messico, poi si sarebbero fatti strada verso il Sud America. Grazia alla carnagione scura, Kalee si sarebbe mimetizzata meglio in quei paesi.

Paul sentì la testa pulsargli violentemente, non ricordava nemmeno l'ultima volta che aveva mangiato, ma il cibo ormai non aveva importanza: contava solo Kalee.

Pensare ai capelli scuri di lei gli aumentò il mal di testa... c'era qualcosa di sbagliato...ma si premette l'interno della mano sugli occhi, fino a calmare il dolore.

Si sentiva in colpa. Aveva promesso a Kalee che avrebbe sempre preso le pillole prescritte dal dottore, ma le aveva buttate nel water due settimane prima. Inspirò a fondo, non aveva bisogno delle pillole: stava bene anche senza, anzi, stava proprio *alla grande*.

Si voltò verso la casa, Paul sapeva che Piper e Ace non erano lì, avevano lasciato Kalee con dei babysitter. Era un buon segno, stavano abbassando la guardia; al momento

giusto, poteva riprendersi la figlia che gli avevano rubato, sì...
Piper gli aveva rubato la figlia... ma in breve lui l'avrebbe
riportata a casa.

Occhio per occhio.

Stava facendo la cosa giusta.

CAPITOLO QUATTORDICI

Le due settimane successive trascorsero molto rapidamente per Ace. Era occupato come sempre, ma l'avanzamento della relazione con Piper gli aveva portato un rilassamento di cui non sapeva di aver bisogno. Piper era innamorata di lui, lui l'amava e tutta la vita di corsa derivata dal crescere tre figlie non sembrava più tanto insormontabile.

Finalmente le ragazzine iniziavano a sentirsi a loro agio anche con i nuovi cibi, assaggiavano più novità rispetto al solito cibo insipido che si erano mangiate da quando erano arrivate in America. Rani era una vera e propria golosona, amava i dolci: faceva di tutto per un pezzo di cioccolato e Ace non si vergognava ad ammettere di averla corrotta più di una volta con dei dolcetti.

Sinta aveva scoperto quanto adorava i cereali. Se li mangiava mattina, mezzogiorno e sera, se i genitori le davano il permesso: non importava se fossero Kellogg's, Cheerios, Nestlé o altre marche... se li godeva come se fossero la torta più buona del mondo.

Anche Kemala aveva fatto del suo meglio per provare diversi cibi: le piaceva la pasta al formaggio, un po' meno il purè di patate. Adorava la salsa ranch, spesso ci condiva di tutto, dalle verdure alla pizza.

Ace era molto curioso circa le vignette di Piper, una sera lei lo aveva sorpreso a guardare il blog. Si era seduta accanto a lui e avevano trascorso quasi due ore a guardare tutte le vecchie vignette. Lei gli aveva descritto tutto ciò che aveva pensato quando stava disegnando una scena, avevano riso tanto e lui era rimasto ancora più colpito da quel talento di rendere l'ordinario un qualcosa di speciale.

Tra tutti i disegni, Ace ne aveva adorato uno che ritraeva una signora anziana seduta in un carrello della spesa con le braccia aperte e la testa buttata indietro. Un uomo anziano, il marito, la stava spingendo attraverso il parcheggio con un enorme sorriso. Ace amava Piper anche per com'era riuscita a ritrarre la gioia e l'amore in un unico disegno, cogliendo solo la spensieratezza del momento, senza disapprovare e ritrarre i due come degli svitati.

Poi lei gli aveva anche mostrato gli ultimi disegni che aveva fatto e Ace si era accorto che le piccole avevano avuto un impatto sullo stile di Piper: la maggior parte delle nuove vignette coinvolgeva bambini, mostrando la bellezza dell'innocenza della gioventù.

Il disegno che Ace preferiva, però, era quello che Piper aveva fatto solo per loro due; Ace lo aveva fatto incorniciare e poi appeso in camera da letto, in modo da poterlo vedere subito quando entrava in camera la sera con Piper.

La Piper della vignetta era sdraiata su un uomo, in cui lui si era riconosciuto. Lui aveva la testa girata da una parte, come anche lei; lei gli teneva un braccio intorno al collo, lui le cingeva la parte bassa della schiena, l'altra mano tra le scapole. Il lenzuolo arrivava fino alla schiena di Piper, facendo intendere che fossero nudi.

Piper aveva scritto la parola *Casa* sotto il disegno; quando Ace l'aveva visto, si era sentito subito un groppo in gola.

Era incredibile come lei fosse riuscita a catturare l'essenza racchiusa nel loro gesto, ogni volta che si abbracciavano a letto la sera: Piper faceva *sentire* Ace a casa, non importava dove fossero, se a letto in camera loro, o tra le montagne di Timor Est.

La loro vita sessuale era intensa, sebbene non troppo regolare. Arrivavano sempre esausti a fine giornata, spesso una volta a letto si accontentavano di stare insieme a parlare tranquillamente prima di addormentarsi.

Le notti in cui riuscivano a conservare un po' di energia dopo una lunga giornata passata a stare dietro alle piccole, d'altro canto, erano erotiche e bellissime. Avevano fatto l'amore sotto la doccia, in piedi e in quasi tutte le posizioni a cui lui riuscisse a pensare. Piper era sensuale e generosa in camera da letto, oltre che decisa ed esigente. Lui ne amava ogni sfaccettatura, sapeva che si sarebbe fatto in quattro per darle tutto ciò che lei desiderava in camera da letto.

Piper non era rimasta incinta, ma Ace non se ne preoccupava. Sarebbe successo, prima o poi, in caso contrario avrebbero adottato un altro bambino; forse voleva adottare in ogni caso. Entrambi avevano un forte desiderio di avere altri figli, Ace era certo che in un modo o nell'altro ce l'avrebbero fatta. Per il momento si godeva la vita frenetica al fianco di Piper.

Purtroppo Ace era consapevole del fatto che presto sarebbero arrivati momenti difficili. Al lavoro la situazione si stava intensificando, il comandante li avrebbe spediti in missione da un momento all'altro. I SEAL avevano esaminato i probabili scenari per prepararsi; se le informazioni ricevute fossero state verificate, la squadra sarebbe dovuta partire in poco tempo.

Ace detestava lasciare Piper da sola, ma non poteva essere altrimenti. Sia Sidney che Caite li avevano rassicurati che avrebbero aiutato Piper, se necessario. Ace si sentiva meglio con quel pensiero, ma comunque gli dispiaceva non poter aiutare Piper durante le giornate frenetiche che l'avrebbero attesa in sua assenza.

Tra Kemala e Sinta che andavano a scuola e Rani che andava mezza giornata all'asilo più vicino, Piper passava molto tempo a portarle in giro in macchina: lei lo aveva rassicurato che andava tutto bene, ma Ace non poteva fare a meno di preoccuparsi.

Quel giorno, però, Ace avrebbe cercato di tenere a bada i pensieri sulle missioni e su Piper che rimaneva da sola: Gumby e Sidney si sposavano. Erano tutti invitati nella loro casa sulla spiaggia, il contrammiraglio Creasy li avrebbe sposati sulla spiaggia dietro la casa di Gumby. Avevano programmato un rilassante barbecue dopo la cerimonia, poi si sarebbero tutti divertiti finché Gumby non si fosse scocciato di averli intorno e li avrebbe spediti a casa.

Ace si avvicinò a Piper e la prese per mano mentre si avviavano verso la casa sulla spiaggia. Gumby e Sidney erano all'oscuro del fatto che i ragazzi si fossero riuniti e avessero deciso di indossare l'uniforme bianca per la cerimonia. I futuri sposini non volevano niente di stravagante, ma secondo i SEAL indossare l'uniforme era un gesto importante per mostrare rispetto al loro fratello d'armi.

Anche Caite e Piper si erano coordinate e indossavano abiti color lilla. Sidney aveva intenzione di indossare un bel vestito bianco estivo, per il suo semplice bouquet aveva scelto margherite viola e lilla. Dopo aver scoperto quel dettaglio, un pomeriggio Caite e Piper erano andate a fare shopping e avevano scelto dei vestiti che si intonassero con lo stesso colore dei fiori.

Ace adorava il modo in cui la moglie aveva contribuito a rendere il giorno di Sidney memorabile. La trovava splendida nel vestito lungo fino al ginocchio, scollato e con cerniera sul retro. Si era raccolta i capelli in una crocchia alta, Ace non riusciva a toglierle gli occhi di dosso o tenere le mani a posto... beh, come sempre.

Piper era riuscita chissà come a far preparare le ragazzine in tempo e si stavano recando tutti verso la casa sulla spiaggia, in perfetto orario.

"Possiamo nuotare?" chiese Sinta dal sedile posteriore.

"Forse," le rispose Piper. "Ma sicuramente dopo la cerimonia. Dovrete fare del vostro meglio per rimanere pulite e senza sabbia fino a dopo le foto, ok?"

Ace ridacchiò sommessamente. Le figlie sembravano inevitabilmente attratte dalla sporcizia: non si facevano mai problemi a giocare per terra o a strisciare sotto i letti e altri mobili, portandosi dietro ogni batuffolino di polvere sfuggito alle pulizie. Anche loro indossavano dei bei vestiti: Rani ne indossava uno blu scuro vaporoso di cui si era innamorata immediatamente, Sinta ne indossava uno lungo fino alle caviglie con un materiale abbastanza leggero da permetterle di farlo volteggiare quando faceva le piroette, infine Kemala indossava un bellissimo tubino grigio chiaro, secondo Ace la faceva sembrare fin troppo grande.

Piper aveva spazzolato e acconciato i capelli delle figlie, aveva persino permesso loro di usare un po' di lucidalabbra.

"Ci sarà Hannah?" chiese Kemala.

Ace si meravigliò di quanto fosse migliorato l'inglese della figlia più grande. Certo, frequentava una classe dove si studiava l'inglese come seconda lingua, ma la ragazzina aveva fatto grandi progressi dopo solo un mese.

"Sì," le rispose Piper. "Sidney ha detto che sarà lei a portare gli anelli che ha comprato Gumby. Li porterà lungo la navata."

"E se scappa?" le chiese Sinta.

"Allora dovete correrle dietro," le rispose Piper con una risata.

Anche Sinta stava migliorando con l'inglese. Ace riconosceva di avere figlie molto intelligenti, non poteva nemmeno immaginare che se fossero rimaste a Timor Est avrebbero smesso di studiare a soli dodici anni.

Rani non aveva ancora detto una sola parola, né in inglese né in Tetum, ma stando ai libri scritti dagli specialisti non c'era nulla di preoccupante. La piccola stava assorbendo tutto, avrebbe parlato quando si sarebbe sentita pronta. Nel frattempo riusciva a farsi capire con gesti non verbali, occhioni da cerbiatta, bronci e qualche versetto occasionale.

"Ti dispiace che non abbiamo avuto un vero matrimonio?" gli chiese Piper quando erano quasi arrivati a destinazione.

Ace si voltò a guardarla. "Per quanto mi riguarda, abbiamo avuto un *vero* matrimonio." Le prese la mano con l'anello e glielo baciò.

"Bella risposta," gli disse Piper. "Ma ti dispiace di non aver potuto condividere un evento del genere con i tuoi amici?"

"No," le disse subito Ace. "Credo fermamente che tutto sia andato come doveva andare. Se vuoi dare una grande festa mi va benissimo, ma non ho bisogno di indossare l'uniforme o di vederti tirata a lucido per sentirmi impegnato totalmente con te o con le nostre piccole."

Piper gli sorrise. "Non voglio che tu rimpianga nulla."

"Il mio unico rimpianto sarebbe se *tu* ti fossi persa qualcosa," le disse.

Lei scosse la testa. "Va tutto bene, davvero. Onestamente, non avevo mai pensato molto al matrimonio, non ero sicura che mi sarei mai sposata. È difficile incontrare qualcuno quando stai tutto il giorno chiusa in casa."

"Ti amo," le disse Ace mentre parcheggiava vicino alla casa di Gumby.

"Ti amo anch'io," gli rispose Piper.

"Sei pronta?"

"Assolutamente. Andiamo."

Ace le baciò ancora una volta il palmo della mano, poi

scesero dalla macchina, aprirono le portiere posteriori per far scendere le piccole e si diressero all'interno.

———

"È andata bene, che ne dici?" chiese Caite a Piper molte ore dopo. Erano sedute sul portico posteriore a guardare i ragazzi giocare con le ragazzine. Si erano tolti le uniformi e i vestiti per giocare un po' in acqua, in quel momento si stavano divertendo con un pallone da spiaggia. Hannah si era comportata benissimo alla cerimonia, Piper sapeva che non avrebbe mai dimenticato quel giorno speciale.

Gumby e Sidney si erano volatilizzati da circa un'ora, il SEAL aveva portato la sposa in un albergo per la notte e detto agli amici di restare tutto il tempo che volevano. Caite e Rocco avevano intenzione di passare la notte lì per badare ad Hannah, Ace e Piper avrebbero portato a casa le ragazzine quando si sarebbero sentite stanche, anche se per il momento si stavano divertendo un mondo e non sembravano minimamente affaticate.

Il sole stava cominciando a calare e si stava facendo tardi, ma Piper non aveva il coraggio di richiamare le piccole: voleva che si creassero ricordi fantastici da conservare una vita intera, era più importante che portarle a casa presto; decise di rilassarsi sulla sedia per guardare gli altri che giocavano sulla spiaggia e riflettere sulla giornata.

Sidney e Gumby erano una coppia straordinaria, le loro promesse nuziali erano state genuine e commoventi. La cerimonia in sé era durata pochissimo, erano andati dritti al sodo; in effetti, ci avevano messo più tempo a fare le foto, rispetto alle nozze vere e proprie. A metà della cerimonia, Ace aveva preso Piper per mano e le aveva accarezzato l'anello scadente preso a Timor Est, lei non voleva saperne di toglierselo. Piper sapeva che anche

Ace non si sarebbe mai dimenticato quella giornata, proprio come lei.

A cerimonia finita, un'altra sorpresa: Rocco si era inginocchiato e aveva chiesto a Caite di sposarlo.

Tutte le donne si erano commosse, la giornata era stata perfetta. Piper amava vedere le nuove amiche tanto felici e gli uomini distesi e tranquilli.

Il contrammiraglio e la moglie erano partiti circa mezz'ora prima, Piper era rimasta piacevolmente sorpresa di quanto le fossero piaciuti. All'inizio si era sentita intimidita, ma dopo aver sentito il modo in cui Brenae e Caite erano state tenute in ostaggio nel loro complesso residenziale e dopo aver visto quanto la signora fosse aperta e amichevole, Piper si era gradualmente lasciata andare.

"Direi che non poteva andare meglio," disse Piper a Caite, rispondendo alla precedente domanda. "Il tuo anello è bellissimo."

Caite alzò la mano sinistra e ammirò l'anello che le aveva regalato Rocco. "Vero?"

Piper annuì. "Quel solitario sembra proprio adatto a te. È molto tradizionale."

"Lo adoro," le disse Caite. "Avevo paura che Rocco finisse per prendermi qualcosa di enorme, mi avrebbe fatto uno strano effetto sul dito."

Piper ridacchiò. "Capisco. Com'è che i nostri uomini hanno bisogno di assicurarsi che ogni uomo nel raggio di chilometri sappia che non siamo più disponibili?"

Anche Caite si unì alle risate. "Non ne ho idea, ma devo ammettere che non mi dispiace."

"Neanche a me. Come ha reagito tua madre? Era contenta?" le chiese Piper.

"Pensavo che le sarebbe venuto un infarto al telefono," ammise Caite. "Voglio dire, i miei sapevano già che Blake stava per chiedermelo, dato che ha preso un aereo di nascosto per incontrare mio padre e chiedergli la mia mano, ma comunque..."

"Ma davvero? Diamine!"

"Lo so... un gesto molto all'antica, ma comunque molto dolce. Mia madre mi ha detto che le ha promesso di tenermi sempre al sicuro e felice," le disse Caite con un piccolo sorriso.

"Che meraviglia," le disse Piper. "Sai già quando farai la cerimonia?"

Caite sgranò gli occhi. "Ehi, non ti ci mettere anche tu. Voglio godermi il fatto di essere una fidanzata prima che tutti inizino con la solita domanda sulla cerimonia. Comunque, per risponderti, no, non ci abbiamo ancora pensato, ma penso di voler qualcosa di simile a quella di Sidney... qualcosa di raccolto e tranquillo, sono troppo grande per avere venti damigelle e spendere un sacco di soldi. Preferirei risparmiare e spenderli per una casa nuova, o qualcosa del genere."

"Sono d'accordo con te," le disse Piper. "Ma ti prego, dimmi che farai indossare ai ragazzi le loro uniformi. Ti giuro che oggi erano troppo sexy."

"Vero?" le chiese Caite. "Santo cielo, tra tutte quelle barbe e le medaglie appuntate al petto mi sono dovuta trattenere per non sbavare."

Scoppiarono a ridere.

"Siamo davvero fortunate," le disse Piper. "Un giorno sei lì che ti fai i fatti tuoi, immersa nella tua vita... e il giorno dopo eccoci qua, a vivere il sogno di ogni donna."

"Esattamente," concordò Caite con sentimento.

Rimasero sedute a guardare i SEAL che si divertivano a giocare con le piccole. Però quando Rocco corse verso la casa e il resto dei ragazzi iniziò a radunare le ragazzine e a tornare verso di loro, Caite e Piper si alzarono allarmate.

"Non farti prendere dal panico," disse Rocco a Caite. "Ma

dobbiamo partire. Il comandante ci ha appena chiamato, c'è bisogno di noi alla base."

"Merda," imprecò Piper sottovoce. Lei e Ace avevano parlato della possibilità che lui fosse mandato presto in missione, ma non si sentiva ancora pronta. Non quel giorno, diamine. "Ma è tardi," obiettò lei.

Ace apparve davanti a Piper, le prese il viso tra le mani e la girò delicatamente verso di sé. "Lo so, mi dispiace tanto."

Piper gli afferrò i polsi e inspirò profondamente. "Va tutto bene. Ce la caveremo," gli disse.

Lui sorrise. "Certo. Almeno le bimbe sono stanche, stasera crolleranno subito."

Piper si sforzò di sorridergli. "Pensi che partirai tanto presto?"

"Onestamente... non lo so. Magari è solo una precauzione, sono arrivate informazioni che vanno riviste all'istante. Potremmo partire già stasera sul tardi, o potrei essere a casa tra qualche ora. In ogni caso, ti avviso."

"E Gumby?"

"Ne abbiamo già parlato: non ce la sentiamo di rovinargli la luna di miele, quindi se partiamo stanotte, partiremo senza di lui."

"È sicuro?" gli chiese Piper preoccupata.

"Certo. Ce la caveremo," le disse Ace, echeggiando le parole scelte da lei poco prima.

Piper inspirò a fondo e annuì, poi sentì un paio di braccine cingerle i fianchi, così guardo in basso: Sinta la stava abbracciando con sguardo preoccupato, Kemala era vicino a lei e teneva Rani.

"Va tutto bene, ragazze," disse loro Ace. Allungò una mano sui capelli umidi di Rani e mise l'altra sulla spalla di Sinta. "Devo andare al lavoro. Spero di essere a casa stasera, ma potrei dover partire subito. Fate le brave con Piper, ok?"

Rani e Kemala annuirono, Sinta alzò le braccia per attirare

l'attenzione di Ace. Lui si chinò e la prese in braccio. "Cosa c'è, piccola?"

Sinta gli picchiettò una guancia. "Papà sta bene?"

Piper chiuse gli occhi e inspirò profondamente, era la prima volta che una delle piccole chiamava Ace "papà," suonava *proprio* bene. Sinta aveva chiesto se dovesse rivolgersi a loro come mamma e papà, ma poi non ne avevano più parlato... fino a quel momento. Piper poteva solo immaginare come si sentisse Ace.

Infatti quando aprì gli occhi, notò che il marito faceva fatica a parlare; forse non voleva che gli si spezzasse la voce, o non voleva preoccupare Sinta con una voce carica di emotività.

"Certo che starà bene," intervenne Piper, mettendo una mano sulla schiena di Sinta. "Se tuo padre deve partire per andare ad aiutare gli altri, ha tutti i suoi amici a proteggerlo, tu sai già quanto sia forte e coraggioso."

Sinta annuì, si chinò in avanti e gli stampò un bacio sulla guancia prima di dimenarsi per scendere. Ace la mise immediatamente a terra e rimase immobile mentre la bimba gli abbracciava le gambe. Poi Sinta si girò e corse in casa, urlando il nome di Hannah come se non avesse appena sconvolto il mondo di mamma e papà.

"Aiuto con le sorelle," disse loro Kemala.

"Lo so," le disse Ace. "Ma non dimenticare di rilassarti. Sappiamo che vuoi bene alle sorelline, ma è importante fare anche ciò che piace anche a *te*."

Piper e Ace si erano impegnati affinché Kemala facesse tutto quello che facevano le ragazze della sua età: non doveva fare la babysitter, Kemala offriva un aiuto prezioso, ma i genitori non volevano farle sentire che l'avevano adottata solo per badare alle più piccole.

"Sì, ho preso nuovi libri dalla biblioteca... leggerò."

"Bene. Non vedo l'ora che tu mi legga qualcosa, quando torno a casa," le disse Ace.

Kemala sorrise.

Ace tese le braccia a Piper, che gli porse Rani. Lui tenne la bambina in alto in modo che fossero faccia a faccia. "La mia scimmietta farà la brava mentre papà è via?" le chiese Ace.

Rani ridacchiò e annuì con entusiasmo.

"Bene. Ora, perché tu e tua sorella non andate dentro a prendere tutte le vostre cosine? È ora di andare, sono sicuro che avete tutti i vestiti sparsi per casa."

Rani sorrise di nuovo, Ace la baciò sulla guancia prima di metterla giù. La bimba corse in casa seguita da Kemala.

Piper si sforzò di non piangere. Non era pronta per la partenza di Ace. Era un sentimento stupido, dal momento che lui era un SEAL della marina, uno dei migliori: quando la patria lo chiamava, Ace doveva andare. Eppure, Piper non era sicura di essere pronta a fare la mamma single. Ace l'aveva aiutata più di quanto lei avesse mai sognato, il solo pensare di dover gestire le tre piccole da sola le faceva aumentare il respiro, infatti Piper percepì un principio di iperventilazione.

"Respira, Piper," le intimò Ace, cingendola in un abbraccio. "Andrà tutto bene. Ricordati che avresti fatto anche tutto da sola: un gioco da ragazzi."

"Ma *non* ho fatto nulla da sola," protestò lei, appoggiata alla pelle calda del collo del marito. Gli annusò il sudore, aveva giocato sulla sabbia, ma anche il suo profumo naturale: le faceva venir voglia di legarlo al loro letto in modo da non farlo mai andar via... in modo da poterlo prendere come voleva, ancora una volta. "Ti prego, torna da me," sussurrò.

Ace si tirò indietro e la baciò con grande passionalità: quando lui si staccò, *entrambi* respiravano velocemente. "Tornerò," le disse con fermezza. "Stanotte, domani, tra una settimana; ci sarò sempre, quando avrai bisogno di me."

Piper annuì, doveva essere forte e smettere di farsela

sotto. Caite e Sidney se la cavavano bene quando i loro uomini partivano in missione, poteva farcela anche lei. "Ok."

"Ok," le fece eco Ace. "Tutto a posto?"

"Sto bene," gli disse lei.

"Ti amo," le disse Ace. "Talmente tanto che non so neanche quantificare."

"Lo so," gli disse Piper. "Perché ti amo nello stesso modo."

"Comunque, se dobbiamo partire, non sarà in cinque minuti. Mandami un messaggio quando arrivi a casa con le piccole e fammi sapere come va, ok?"

"Certo."

"Andrò alla base con uno dei ragazzi, ti metto le chiavi della macchina in borsa."

Piper annuì.

Poi Ace la baciò ancora una volta, un bacio che purtroppo non durò abbastanza. Poi le passò il dorso delle dita su una guancia e si voltò per andare in casa.

Piper trattenne le lacrime con la sola forza di volontà, in fondo Ace non se ne stava andando per sempre: stava solo andando in missione, sarebbe tornato presto. Lei se la sarebbe cavata.

Inspirò a fondo ed entrò in casa per prendere le piccole e portarle a casa prima che facesse troppo buio.

———

Non appena si misero in viaggio, Rani si addormentò sul seggiolino. Kemala e Sinta chiacchieravano incessantemente sulla giornata e Piper si concentrò sul tornare a casa sana e salva. Era decisamente preoccupata per Ace, lui non poteva dirle nulla per questioni di sicurezza, ma Piper detestava il fatto di non poter sapere nulla, nemmeno la destinazione dov'era diretto il suo uomo.

Per quanto fosse orgogliosa del marito, Piper si stava

rendendo conto che c'erano alcune parti di quel lavoro che proprio non le piacevano. Ma in fondo non aveva altra scelta se non quella di affrontare la situazione, dunque si convinse a farsi forza e cominciò a pensare a tutto ciò che avrebbe dovuto fare una volta tornata a casa.

Prima di tutto, le piccole dovevano farsi un bel bagno, erano ricoperte di sale e sabbia. Era sabato sera, quindi potevano anche vedersi un film prima di andare a letto. Poi voleva leggere anche un po' di Harry Potter con Kemala.

Una volta sistemate le ragazzine, Piper sarebbe potuta crollare e crogiolarsi nella propria tristezza.

Poi avrebbe pensato a cosa fare con le piccole, il giorno dopo: magari a Caite avrebbe fatto piacere un po' di compagnia nella casa sulla spiaggia, dal momento che sarebbe rimasta a fare la dog-sitter fino al ritorno di Sidney e Gumby. In caso contrario, potevano andare allo zoo.

Sempre persa nei suoi pensieri, Piper aprì una delle porte del garage e vi parcheggiò dentro. Aprì il bagagliaio e mentre scendeva dall'auto, disse: "Vado a prendere Rani, così non si sveglia. Ragazze, potete prendermi qualche borsa? Metto Rani sul divano e poi torno a prendere il resto."

"Va bene," le disse Kemala.

Sinta si limitò ad annuire.

Piper slacciò la cintura di sicurezza di Rani e la prese in braccio, la bimba continuò a dormire contro di lei appoggiandole la testolina su una spalla, totalmente rilassata. Piper si meravigliò della capacità di Rani di dormire in ogni occasione possibile, le piaceva portarsi quel piccolo peso sul petto. Piper aspettò che Sinta le aprisse la porta di casa, poi entrò in soggiorno.

Aveva appena appoggiato Rani sui cuscini del divano quando avvertì un rumore alle spalle.

Piper si voltò e rimase pietrificata vedendo l'uomo al centro della stanza: ovviamente si era intrufolato nel garage attraverso la porta ancora aperta ed era entrato direttamente in casa.

Paul Solberg fissava Piper con sguardo stralunato.

Lei si ricordò immediatamente cosa fosse successo l'ultima volta che si erano visti e fu travolta da un'ondata di panico.

"Signor Solberg," gli disse lei, cercando di mantenere la calma. "Qualcosa non va?"

"Sì, qualcosa non va," le disse. "Tu hai la mia Kalee, io me la riprendo."

"Cosa?" gli chiese Piper, spaventata dalla voce piatta e priva di emozioni dell'uomo. Solberg indossava una camicia stropicciata e macchiata, Piper non lo aveva mai visto tanto in disordine.

E poi, cosa intendeva dire? Kalee era morta... Solberg stava chiaramente delirando.

Lui fece un passo avanti, Piper si rese conto di non poter proteggere contemporaneamente Rani e le altre ragazzine. Sperando che lui non avesse visto Rani sul divano, si posizionò tra l'intruso e le ragazzine che erano appena entrate in soggiorno passando dalla cucina.

"Sono qui per mia figlia," ripeté il signor Solberg, fissando Piper come se la stesse sfidando a controbattere.

Piper prese una decisione rapidissima e disse: "Kemala, porta tua sorella giù da basso nella stanza dei giochi, restate lì."

Al piano inferiore, Ace aveva una specie di stanza di sicurezza: era più che altro una stanza dove custodiva le armi, ma avevano detto alle ragazzine che era la "stanza dei giochi" di papà e che non dovevano mai entrarci da sole.

Per sicurezza, Ace aveva mostrato a Kemala come entrare nella stanza usando l'interruttore segreto che aveva fatto inserire in fase di costruzione. La porta era sempre chiusa a chiave, ma se qualcuno sapeva come sbloccarla era facile entrarci.

Piper sperò con tutto il cuore che Kemala capisse quello che le stava dicendo. Non aveva idea di cosa stesse succedendo al signor Solberg, ma la stava spaventando e aveva bisogno di salvare le ragazzine, farle andare nel seminterrato aveva un doppio scopo: avrebbero raggiunto la stanza segreta ed era l'unico modo per farle allontanare dal soggiorno senza che si avvicinassero al signor Solberg, a parte rimandarle in garage.

"Ma..." iniziò a protestare Kemala, ma Piper la interruppe, usando un tono mai usato prima di quel momento.

"Vai. Fai come ti ho detto."

Senza dire altro, Kemala prese Sinta per mano e si diresse verso la porta del seminterrato, situata accanto all'ingresso della cucina.

Piper sospirò di sollievo, almeno due delle figlie erano fuori pericolo. Fece un passo verso il divano, intenzionata a porsi tra il padre di Kalee e la piccola Rani, ancora addormentata.

L'omone si mosse più velocemente, si portò accanto alla bimba prima che Piper potesse raggiungerla.

Lei non aveva idea di cosa stesse architettando quell'uomo, ma di certo non era nulla di positivo. Si sforzò di restare calma. "Signor Solberg, sono felice di vederla, soprattutto perché non ho più avuto sue notizie. Vuole un caffè?" Cercò di mantenere la voce rilassata.

"No. Non voglio *niente* da te," grugnì lui di rimando. "Mi prendo quello che mi appartiene e me ne vado. Non vedrai mai più né me, né Kalee!"

"Signor Solberg," gli disse Piper il più fermamente possibile. "Kalee è morta a Timor Est. Mi dispiace tanto. Mi manca tanto quanto a lei."

In un lampo, da oltre tre metri di distanza, Solberg scattò

verso Piper sferrandole un pugno; la colpì alla testa, in un modo talmente potente e fulmineo che Piper non ebbe nemmeno la possibilità di difendersi.

Si accasciò di lato schiantandosi contro la libreria, picchiò la testa contro uno scaffale prima di cadere su mani e ginocchia.

Il dolore alla testa era lancinante, Piper sentì il sangue colarle nell'occhio.

"Non avrei mai dovuto permetterti di farle da babysitter!" urlò il signor Solberg con voce minacciosa. "Sapevo che avresti avuto una cattiva influenza sulla mia bambina! Non posso fidarmi di *nessuno*. Sono l'unico che può prendersi cura di lei! Non cercarci. Sto portando Kalee in un posto dove so che sarà al sicuro. La proteggerò!"

Piper aveva le vertigini e la testa le faceva malissimo, ma si costrinse comunque ad alzarsi.

Quando vide il padre di Kalee iniziare a piegarsi per prendere Rani, perse la testa: no, quell'uomo non poteva prendersi la sua bambina.

Piper si gettò sulle gambe di Solberg, cogliendolo di sorpresa e facendolo barcollare. Non aveva mai preso lezioni di autodifesa, quindi non sapeva cosa diavolo fare, ma avrebbe fatto di tutto per proteggere Rani.

Per pochi secondi, lunghi quanto ore, i due rimasero aggrovigliati sul pavimento del soggiorno. Anche se Solberg era più vecchio di Piper, era più pesante e più forte di lei, in breve si trovò a cavalcioni su di lei e le afferrò il collo.

Solberg la guardò e Piper capì di essere spacciata. Quegli occhi erano vuoti, era come se lui non la vedesse affatto: di certo non stava vedendo la migliore amica della figlia, la ragazza con cui aveva cenato più volte di quante lei potesse ricordare.

Piper aveva paura che lui volesse strangolarla e così cominciò a lottare freneticamente. Cercò di usare le ginocchia per colpirlo alla schiena, ma lui rimase impassibile. Lei gli portò le mani al viso, tentando di usare le unghie come armi, ma lui capì le sue intenzioni e la fece girare, come se non pesasse più di una piuma.

Lei inspirò a fondo, avendo finalmente la gola libera, si rilassò una frazione di secondo ma poi Solberg le afferrò la testa e gliela tirò all'indietro con uno strattone, facendola poi sbattere duramente contro il pavimento.

Nonostante la stanza fosse rivestita di moquette, Piper patì il dolore sulla fronte.

Rimase immobile sul pavimento e cercò di riprendere fiato per dare un senso a quello che stava succedendo: probabilmente lui pensava di averla sconfitta, perché Piper sentì togliersi il peso dalla schiena.

Lei strinse un pugno, si girò sulla schiena e nel momento in cui si mise a sedere gli sferrò un pugno; mancò l'obiettivo, ovvero l'inguine, riuscì a colpirgli solo una coscia.

Solberg grugnì infuriato e afferrò Piper per i capelli, trascinandola sul pavimento fino alla porta di vetro scorrevole che conduceva alla terrazza sul retro della casa. Mentre lei tentava di liberarsi dalla presa per ferire Solberg in qualche modo, lui armeggiò con la serratura.

Solberg sembrava immune a ogni colpo, come se fosse sotto l'effetto di sostanze stupefacenti o completamente fuori di sé. In qualche modo riuscì ad aprire la porta e prima che Piper potesse fermarlo lui la gettò fuori, facendola atterrare duramente. Piper sentì dolore al coccige, alla guancia e alla fronte, nel punto in cui poco prima aveva sbattuto sul pavimento.

Si alzò sulle mani e sulle ginocchia e strisciò verso Solberg, non si sarebbe mai arresa, quell'uomo era evidentemente fuori di testa: lei non poteva lasciare le figlie in pericolo.

Quando lei lo raggiunse, Solberg le chiuse la porta in faccia.

A Piper si gelò il sangue, raggiunse la maniglia e provò a girarla, ma la porta non si mosse.

Solberg l'aveva chiusa fuori a chiave.

Piper guardò con orrore Solberg che si dirigeva verso il divano e si chinava per prendere in braccio la piccola Rani. Il fatto che fosse delicato con la bambina non la fece sentire meglio.

"No, signor Solberg, per favore! Non la prenda!" urlò Piper da fuori. Picchiava sul vetro spesso, mentre pregava Solberg di lasciare in pace Rani. Aveva del sangue sulle mani per la lotta appena ingaggiata, le colava anche sul lato del viso per un altro taglio che si era procurata durante lo scontro.

Solberg la ignorò e si diresse rapidamente verso la porta aperta del garage, con Rani addormentata tra le braccia.

Il pianto non faceva altro che peggiorarle il dolore alla testa, ma Piper non riusciva a trattenersi. Le lacrime si mescolarono con il sangue che le colava dal taglio sulla testa, non riusciva più a vedere nulla.

"*La prego!* Non Rani, non prenda mia figlia!" urlò.

Solberg la sentì urlare da dietro il vetro, si voltò verso di lei prima di dirigersi fuori dalla porta. "Tu hai preso la mia!" le gridò con un'occhiata torva, prima di sparire dalla porta.

"*No!*" urlò Piper, costringendosi ad alzarsi in piedi. Non poteva lasciarlo andare via con Rani, doveva fare qualcosa! Doveva fare il giro della casa prima che lui potesse salire in macchina.

Si alzò in piedi come meglio poteva e barcollò verso le scale che portavano giù in giardino, afferrò il corrimano in legno per reggersi in piedi.

Riuscì a scendere metà dei gradini prima che la testa incominciasse a girare e la nausea la colpisse con talmente tanto impeto da farla ondeggiare sulle scale.

"No!" sussurrò lei. "Devo prendere Rani..."

Ma fu tutto inutile, il corpo non resse. Piper iniziò a

vedere tutto nero e appoggiò male un piede su un gradino, scivolò in avanti e cadde, facendosi gli ultimi cinque scalini sul sedere.

Piper ansimò per il dolore nel momento in cui sentì il motore di un'auto avviarsi dall'altro lato della casa; lanciò un gridò colmo di frustrazione e orrore.

"Rani!" urlò, ma visto lo shock del momento riuscì a malapena a sussurrare. L'oscurità avvolse Piper del tutto, non riuscì più a vedere nulla. Colpì il suolo con un fianco e non seppe più nulla.

I pneumatici stridettero mentre il signor Solberg si allontanava dalla casa, ma Piper non li sentì: era svenuta.

———

Giù nel seminterrato, Kemala continuava a camminare avanti e indietro. Sinta era tornata a parlarle in Tetum, ormai non lo faceva da settimane; le ragazzine si erano ripromesse di parlare solo in inglese per poterlo imparare più velocemente.

Entrambe avevano capito che qualcosa non andava per il verso giusto, eccome. Piper non avrebbe detto loro di andare nella "stanza dei giochi", se non fosse stata seriamente preoccupata. Il tizio che era entrato in casa loro era lo stesso che aveva schiaffeggiato Piper quando erano scese dall'aereo.

C'era qualcosa che non andava in lui, sembrava disperato: Kemala sapeva riconoscere la disperazione, l'aveva vista molte volte a Timor Est: sui volti dei bambini che avrebbero fatto di tutto per trovare qualcosa da mangiare, sui volti dei ribelli, che lei aveva spiato mentre fuggivano dall'orfanotrofio, sul volto di Kalee quando aveva chiuso l'ingresso del loro cunicolo e aveva detto loro che sarebbe tornata in pochi minuti.

Ma ciò che aveva veramente colpito Kemala era stato il modo in cui Piper si era messa tra lei, Sinta e quell'uomo. Kemala sapeva di essere stata cattiva con Piper e Ace a Timor

Est, ma aveva paura di essere abbandonata in città. Non sapeva nulla della vita in città, tranne che non avrebbe avuto scelta e sarebbe stata venduta al primo uomo che avesse deciso di prenderla in moglie. Il suo primo viaggio in assoluto era stato a Dili, ed era stato travolgente e spaventoso. Il pensiero di essere abbandonata a se stessa era terrificante e se l'era presa con Piper.

Ma poi Piper le aveva detto che se avesse dovuto scegliere una di loro da portare con sé in America avrebbe scelto proprio lei e ciò l'aveva stupita.

Pochi minuti prima, Piper si era esposta al pericolo per proteggere lei e Sinta.

Kemala si sentiva una codarda per essere corsa nel nascondiglio e continuava a camminare avanti e indietro, senza pace, cercando di capire cosa fare.

"Cosa pensi che voglia quello là? È il padre di Kalee?" le chiese Sinta, parlando ancora nella loro lingua madre.

Kemala annuì. "Sì. Non aveva tutte le rotelle a posto."

Sinta era d'accordo. "Piper è lassù con lui e Rani. Dobbiamo fare qualcosa! Papà ha delle armi, qui."

Kemala si voltò e fissò Sinta. "Non. Toccarle."

Sinta alzò le mani. "Non le ho toccate. Non volevo!"

"Non possiamo usare le armi, ma hai ragione: dobbiamo fare qualcosa. Quell'uomo picchia. Ace e Piper hanno detto che in America è contro la legge che gli uomini picchino le donne. Anche se è vecchio, potrebbe uccidere sia Rani che Piper."

"Allora, cosa facciamo?" strillò Sinta con gli occhi lucidi, fissando Kemala come se potesse risolvere tutti i loro problemi.

Kemala fissò Sinta e riacquistò tutta la determinazione.

Per la prima volta, Kemala si sentì importante.

Si era sempre sentita un numero: un'altra bocca da sfamare, una ragazza che alla fine sarebbe stata data in sposa a chiunque avesse avuto bisogno di una badante, ma in America, era una sorella maggiore... una figlia.

"Abbiamo bisogno di un telefono," disse Kemala a Sinta. "Piper non vuole che lasciamo questa stanza, ma Ace ci ha detto di chiamare aiuto se fosse successo qualcosa."

Le due ragazzine aprirono i cassetti e guardarono su tutti gli scaffali della stanza, ignorando le pistole e i proiettili.

Infine, Sinta aprì un ultimo cassetto e tirò fuori quello che sembrava essere un piccolo telefono cellulare ancora nella confezione di plastica. "È questo? È diverso da quello che usano Piper e papà."

Kemala lo afferrò e armeggiò per cinque minuti buoni per disfarsi della confezione di plastica e raggiungere il telefonino. Lo aprì e tenne premuto il pulsante verde. Non aveva familiarità con l'elettronica quando aveva lasciato Timor Est, ma era diventata rapidamente abile dopo aver vissuto con Piper e Ace per quasi un mese.

Quando lo schermo si illuminò, Kemala sorrise a Sinta. "Funziona."

"Grande!" Poi si accigliò. "Ma chi hai intenzione di chiamare?"

Kemala si rabbuiò. Voleva chiamare Ace, ma non sapeva né il suo numero, né quello degli altri SEAL.

Lasciò cadere le spalle. Piper aveva bisogno di aiuto, ma lei non sapeva cosa fare.

"Guarda!" gridò Sinta mentre le indicava un pezzo di carta nel cassetto con altri telefonini ancora confezionati.

Kemala si chinò e lo raccolse. C'era una parola sulla carta, con una serie di numeri. Non sapeva chi fosse la persona, sempre ammesso che fosse davvero una persona, ma non sapeva cos'altro fare.

Con cautela compose il numero trovato sul foglietto di carta.

A operazione terminata, si portò il telefono all'orecchio e trattenne il respiro.

"Pronto?" le rispose un uomo dopo il terzo squillo.

"Pronto?" gli rispose Kemala.

"Chi sei?" le chiese l'uomo con voce severa. "Come hai avuto questo numero?"

Kemala si ingobbì e fu tentata di riattaccare, ma inspirò a fondo; chiunque fosse, Ace si fidava abbastanza di lui da aver messo il numero nel cassetto e lei doveva aiutare Piper. Doveva farsi forza.

"Mi chiamo Kemala. Mia... Piper ha bisogno di aiuto. Per favore."

"Kemala? Porca miseria! Sono Tex. Ci siamo conosciuti in spiaggia settimana scorsa, ricordi?"

"Tex?" Certo che si ricordava, era il signore simpatico che aveva aiutato a rendere possibile l'adozione e il loro arrivo negli Stati Uniti. Piper le aveva raccontato di più su quel signore proprio poche ore prima: era un SEAL in pensione e aveva perso una gamba, aveva anche adottato una ragazza di un altro paese.

"Sì, sono io. Dimmi cosa c'è che non va."

Kemala sapeva che il suo inglese non era molto sviluppato, ma fece del proprio meglio per spiegargli la situazione.

A spiegazione terminata, Tex le disse: "Resta dove sei e *non muoverti*. Hai capito?"

"Sì, ma Piper ha bisogno di aiuto! L'uomo dell'aeroporto che picchia è qui."

"Lo so, cercherò aiuto per lei *e* per te. Non importa quello che senti, non lasciare la stanza, rimani con Sinta finché qualcuno non viene a prendervi. È molto importante. Piper ti ha mandato lì perché siete al sicuro, proprio come quando eri a Timor Est. A volte è meglio stare immobili e nascosti, piuttosto che esporsi al pericolo."

Kemala lo capiva perfettamente. "Restiamo qui."

"Sei stata brava, Kemala. Sono davvero orgoglioso di te e lo saranno anche i tuoi genitori quando lo sapranno. Adesso riattacco e ti aiuto, ok?"

I suoi genitori.

Kemala non vedeva Piper e Ace come genitori, all'inizio, ma in quel momento capì cosa avessero fatto per lei. Le avevano dato una famiglia, una *vera* famiglia. Lei apparteneva a loro e loro le appartenevano. Erano i suoi genitori. Era un qualcosa per cui aveva pregato ogni notte, finché non era diventata abbastanza grande da capire che non sarebbe mai stata adottata e sarebbe sempre stata da sola.

"Ok," sussurrò.

"Ora riattacco," le disse Tex. "Resta lì, i soccorsi stanno arrivando."

Kemala annuì e sentì il rumore della chiamata disconnessa.

"Chi era? Ci aiuterà?" le chiese Sinta con impazienza.

"Era Tex, il signore che ha fatto in modo che i nostri genitori potessero adottarci," le rispose Kemala in Tetum.

"Ci aiuterà?" le chiese Sinta.

"Sì. Dobbiamo restare qui. Manderà aiuto."

Dopo quelle parole, Sinta scoppiò in lacrime.

Come aveva fatto tempo prima nel cunicolo sotto la cucina, a Timor Est, Kemala avvolse le braccia intorno a Sinta e la fece sedere contro il muro della stanza dei giochi del padre, stringendola forte mentre piangeva.

CAPITOLO QUINDICI

Ace e i compagni erano impegnati a esaminare le nuove informazioni e a discutere i diversi piani di attacco. Avevano trovato un obiettivo di alto valore e la missione era quella di ucciderlo. I terroristi di alto livello erano come scarafaggi, avevano la capacità di nascondersi negli anfratti più reconditi, riuscivano a ripararsi persino dalle bombe sganciate dal cielo. Erano protetti da tirapiedi e si spostavano in nascondigli sicuri fino a quando la loro posizione non veniva compromessa, poi si spostavano di nuovo e così via.

Ma quella volta, i SEAL tenevano un terrorista in pugno. Il governo e l'esercito erano determinati a fargliela pagare per tutte le persone innocenti che aveva ucciso o fatto uccidere dai seguaci. I SEAL sarebbero arrivati con il favore delle tenebre, lo avrebbero individuato e ucciso una volta per tutte, poi sarebbero scomparsi come una nuvola di fumo, come se non fossero mai passati di lì.

Nel bel mezzo della loro pianificazione, il telefono del comandante North iniziò a squillare. Lui si scusò ed uscì nel corridoio per rispondere alla chiamata.

Pochi secondi dopo rientrò nella sala, ancora al telefono. "Ace, chiama Piper. Subito!"

Ace ci mise un attimo a distrarsi dalle tattiche militari e dall'idea di infiltrarsi in territorio nemico, ma non appena registrò quanto detto dal comandante, fu attanagliato dal panico. Estrasse il telefono di tasca e chiamò Piper. Il telefono squillò diverse volte, poi scattò la segreteria telefonica. "Cazzo," disse, poi la richiamò immediatamente.

Anche quella chiamata raggiunse la segreteria telefonica.

"Non risponde," disse poi al comandante. "Resoconto."

"Sto parlando con Tex, ha detto che ha ricevuto una chiamata da un telefono usa e getta, era tua figlia Kemala."

Ace scattò in piedi mentre il comandante stava ancora parlando e si diresse verso la porta. Rocco gli afferrò un braccio e lo trattenne, Ace lottò per divincolarsi dalla presa dell'amico.

"Lasciami andare! Devo tornare a casa!"

"Verremo tutti con te, ma abbiamo bisogno di più informazioni. Non puoi partire in quarta, amico mio; usa la testa."

Ace inspirò a fondo; Rocco aveva ragione, ma il primo istinto era quello di raggiungere la moglie e le figlie.

"Tex ha chiamato la polizia, stanno andando a casa tua. Ha detto a Kemala di non muoversi, è insieme a Sinta. Immagino che siano nella tua stanza di sicurezza, vero?" gli chiese il comandante.

Ace annuì. "Se stanno usando un cellulare usa e getta, direi di sì. Li tengo in un cassetto della stanza. Aspetta, hai detto che Kemala e Sinta sono lì dentro? Dove sono Piper e Rani?"

"Non lo so. Kemala ha detto che c'era il tizio che ha picchiato Piper all'aeroporto, Piper le ha detto di portare Sinta in seminterrato e poi nella 'sala dei giochi'. Rani stava dormendo sul divano, l'ultima volta che Kemala l'ha vista."

Ace perdeva la testa, parola dopo parola. Non aveva idea del perché Paul Solberg fosse andato a casa sua, soprattutto

perché non aveva risposto a nessuna delle mail che gli aveva
inviato Piper. Ace aveva cercato di farla smettere, ma lei gli
aveva semplicemente detto che non ci riusciva. Quell'uomo
era il padre di Kalee e stava soffrendo, lei voleva fare tutto il
possibile per aiutarlo.

Piper aveva il cuore più grande del mondo e il pensiero
che Solberg potesse averle fatto qualcosa che le avesse offu-
scato l'animo era ripugnante.

Ace tese la mano verso il comandante e agitò le dita con
impazienza: un gesto irrispettoso, ne era consapevole, ma
sperava che Storm lo perdonasse, considerata la situazione.

Il comandante gli passò il telefono senza un attimo di
esitazione.

"Paul Solberg," disse Ace a Tex. "È il padre di Kalee.
Quando siamo atterrati dopo essere tornati da Timor Est, ha
tirato un ceffone a Piper; non era contento di vederla viva e
vegeta, visto che era morta la figlia. Potrebbe cercare di rapire
mia moglie o farle del male."

"Ci sto lavorando," lo rassicurò Tex. "Vi manderò tutto
quello che scopro su quell'uomo non appena avrò informazioni."

"Voglio sapere anche il dettaglio più insignificante su di
lui," grugnì Ace. "So che ha un sacco di soldi, di solito i ricchi
nascondono un sacco di segreti. Voglio sapere *tutto*."

"Se ha rapito Piper ed è ricco, è probabile che abbia le
risorse necessarie per dileguarsi nel nulla," lo avvertì Tex. "Dal
momento che la tua donna non indossa un localizzatore, sarà
più difficile trovarla."

"Se le ha torto anche solo un capello, lo uccido, cazzo,"
sibilò Ace.

"Calma, Ace. Non ti agitare finché non capiamo cosa sta
succedendo: magari Solberg è andato a scusarsi e ora stanno
parlando con il cuore in mano sul divano."

Ace era certo che non stesse succedendo nulla di simile,

altrimenti Piper non avrebbe spedito le ragazzine nel seminterrato... ma non rifiutò le parole di Tex. "Adesso andiamo a vedere. Mandami tutto quello che trovi."

"Sarà fatto."

"Tex?"

"Sì?"

"Non potrò mai ringraziarti abbastanza per aver aiutato mia figlia in mia assenza."

"Vai a cagare," gli disse Tex con tono di scherzo. "Non devi mai ringraziarmi per qualcosa del genere. Però, Ace, fai memorizzare il tuo numero a tua figlia; non so come abbia fatto a contattarmi, ma immagino che sia stato solo perché non sapeva come trovare *te*."

Ace ci aveva già pensato: Kemala aveva trovato il numero di Tex perché lui lo aveva scritto su un foglietto e lo aveva messo tra i cellulari usa e getta. Non si ricordava il motivo di tale azione, era stato un istinto... in quel momento ne fu decisamente grato. Si rese conto che né lui né Piper avevano spiegato alle ragazzine come chiamare il pronto intervento in caso di bisogno, quindi si ripromise che avrebbe spiegato chiaramente alle figlie come contattare lui, Piper e la polizia, in futuro.

"Sarà fatto," disse a Tex. "Passo e chiudo." Riagganciò e restituì il telefono al comandante. I compagni avevano già messo via i piani della missione che stavano esaminando ed erano pronti a partire.

"Facci strada," disse Bubba ad Ace.

Ace ringraziò il cielo per avere amici meravigliosi, erano tutti pronti e desiderosi di aiutarlo a risolvere quella situazione spinosa.

"Come la mettiamo con l'operazione?" chiese Ace al comandante. Era un professionista in tutto e per tutto, sapeva che alla fine il suo paese veniva prima di tutto. Ne era consapevole quando aveva accettato di diventare un SEAL e non aveva nessuno che importasse più del lavoro, ma non poteva ignorare ciò che stava succedendo a casa. Prima di agire in quel modo, si sarebbe licenziato.

Però non aveva intenzione di lasciare che i compagni di squadra mettessero a repentaglio le loro carriere per lui.

"In Texas c'è una squadra Delta che è in attesa di ricevere ordini. Dirò al contrammiraglio di dare il via libera, qui abbiamo una situazione più urgente da risolvere."

Ace nutriva un gran rispetto per il comandante e in quel momento ne provò ancora di più, se possibile. Sospirò di sollievo; amava il lavoro, ma avrebbe rinunciato a tutto pur di salvare la famiglia.

"Andiamo," lo esortò Rex. "Basta cazzeggiare."

"Piper e le ragazzine hanno bisogno di noi," grugnì Phantom.

Ace si voltò senza ribattere e uscì dalla stanza, seguito da quattro dei compagni di squadra.

Dieci minuti dopo, Phantom imboccò la via di Ace e frenò non appena vide la gran quantità di luci rosse e blu delle macchine della polizia.

Ace non attese un attimo in più, aprì la portiera e corse come un lampo verso casa. Riuscì a superare due poliziotti che cercarono di fermarlo, ma si bloccò quando entrò in soggiorno.

C'era sangue sparso ovunque sul pavimento. Qualsiasi cosa fosse successa era iniziata contro la parete, dove c'era la grande libreria, poi una scia di sangue portava al divano prima di arrivare alla porta della terrazza... aperta.

Piper era sdraiata sul pavimento, coperta di sangue, con i paramedici che la stavano curando.

Ace si mosse per raggiungere la moglie ma tre poliziotti fecero di tutto per trattenerlo; diamine, Piper stava sanguinando, aveva bisogno di lui e quei dannati imbecilli stavano cercando di tenerlo lontano da lei!

Dopo alcuni minuti carichi di tensione e l'aiuto degli altri SEAL, i poliziotti capirono chi fosse Ace e lo lasciarono andare. Lui se li scrollò di dosso e cadde in ginocchio ai piedi di Piper, facendo attenzione a non intralciare i paramedici che stavano lavorando per fermarle l'emorragia sul viso.

"Cos'è successo?" chiese Ace agitato.

"Non lo sappiamo, ha due grossi tagli sul viso: uno sulla tempia, proprio sopra l'occhio destro, l'altro sulla fronte."

"Altre ferite?" chiese Rocco, alle spalle di Ace.

"A occhio nessuna, ma dobbiamo farla visitare in ospedale. Ha bisogno di punti."

In quel momento Piper gemette e Ace le afferrò la caviglia per farle sapere che era accanto a lei.

Piper era immobile e remissiva, ma un secondo dopo riacquistò tutta la forza; scalciò Ace, colpendolo al petto senza fargli male. I paramedici le gridarono di calmarsi ma lei non li ascoltò, era ancora persa in ciò che era successo prima dell'arrivo dei soccorsi.

"Si sposti!" ordinò Ace a uno dei paramedici. "Lasci che mi veda, mi faccia parlare con lei, posso calmarla."

L'uomo si scostò, Ace si chinò verso Piper e le afferrò il viso tra le mani. "Piper," la chiamò a voce alta. "Sono io, Ace! Sei salva. Smettila di lottare, piccola. Va tutto bene."

Piper aveva gli occhi aperti, ma Ace sapeva che lei non lo stava vedendo. Si era comportata benissimo durante la fuga da Timor Est, ma ovviamente Piper era comunque affetta in minima parte da disturbo post traumatico; qualsiasi cosa fosse successa in casa gliel'aveva fatto riemergere.

Ace addolcì il tono e cominciò a mormorarle alcune sciocchezze, nella speranza di calmarla. Dopo due lunghi minuti in cui Piper si agitava per liberarsi dalle mani che la tenevano ferma, perse la scintilla selvaggia nello sguardo e sbatté le palpebre quando vide Ace per la prima volta... quando lo vide *davvero*.

"Ace?"

"Sì, tesoro. Sono io. Va tutto bene. Calmati e raccontami tutto."

"Ace!" gridò lei, afferrandogli con forza un polso invece di scacciarlo via. "Il signor Solberg è stato qui!"

"Sì, lo so. Riesci a dirmi cos'è successo?"

"Rani... dov'è Rani?" gli chiese disperata, cercando di sedersi e di guardarsi intorno.

Ace le teneva il viso, non la fece muovere. "Parlami, Piper. Fai un bel respiro e dimmi cos'è successo."

Lei fece quanto richiesto e gli spiegò: "Eravamo appena arrivate dalla macchina. Rani dormiva... sai che si addormenta sempre in macchina. L'ho appoggiata sul divano e le altre due mi stavano aiutando a portare dentro le borse. Mi sono girata e mi sono trovata il padre di Kalee in casa. Dev'essersi intrufolato, non me ne sono nemmeno accorta. Si comportava come un pazzo, farneticava, così ho mandato Sinta e Kemala nel seminterrato... Oh! Dove sono? Stanno bene?"

"Phantom sta andando a prenderle," la rassicurò Ace, che aveva sentito Rocco dire all'amico di andare a recuperare le piccole: erano in buone mani. "Come hai fatto a ferirti? È stato Paul a procurarti questi tagli?"

Piper si accigliò e fece per portarsi una mano verso l'occhio destro, ma uno dei paramedici la bloccò prima che riuscisse a toccarsi la ferita.

"Sì, sei ferita," le confermò Ace. "Senti dolore? Hai mal di testa?"

Piper annuì leggermente. "Entrambi."

"Commozione cerebrale," confermò uno dei paramedici.

"Ti ha picchiata?" le chiese ancora Ace, doveva sapere cosa le avesse fatto quel bastardo.

"Sì, ma non è questo che ha causato l'emorragia," gli rispose Piper. "Mi ha dato un pugno in faccia, ho sbattuto contro la libreria. Dopo abbiamo lottato, non volevo che si avvicinasse a Rani... ma era troppo forte! Mi ha sopraffatta e mi ha chiusa fuori casa. Volevo fare il giro della casa per fermarlo, ma non ce l'ho fatta."

"Questo spiega la pozza di sangue laggiù," disse uno dei poliziotti dietro di loro. Ace sapeva che tutti stavano ascoltando il racconto di Piper, ma non riusciva a pensare lucidamente: Paul Solberg aveva di nuovo messo le mani su Piper, diamine. Ace si stava sforzando di mantenere la calma.

"Ace, sembrava impazzito," singhiozzò Piper. "Parlava di riprendersi ciò che era suo. Mi ha dato della rapitrice, continuava a chiamare Rani 'Kalee'. Secondo me crede davvero che Rani sia sua figlia! Quando ho cercato di ricordargli che Kalee era morta è impazzito del tutto, a quel punto mi ha tirato il pugno. Ha detto che non dovevo fare la babysitter della figlia, a suo dire avevo una cattiva influenza su di lei. Ha detto che avrebbe portato Kalee in un posto dove nessuno l'avrebbe mai trovata. Ti prego, Ace, dimmi che hai trovato Rani e che quell'uomo non è andato troppo lontano con la nostra piccola..."

Ad Ace si gelò il sangue. Girò la testa per guardare Rocco e serrò le labbra quando l'amico scosse brevemente la testa.

Paul Solberg aveva rapito Rani ed era impazzito: se pensava seriamente che Rani fosse Kalee, aveva superato il punto di non ritorno.

Poi Ace pensò alla ricchezza di Solberg e gli tornarono in mente le parole di Tex: quell'uomo avrebbe potuto sparire con la loro bambina per sempre.

"Ace?" lo chiamò Piper con una nota di panico nella voce.

Lui tornò a guardarla intensamente. "Troverò nostra figlia e te la riporterò a casa," giurò.

"Era impazzito!" gridò Piper. "Pensava che Rani fosse Kalee!"

Ace doveva farla concentrare, gli stava ripetendo qualcosa di già detto. "Ti fidi di me?" le chiese.

Piper annuì all'istante.

"Allora fidati di me quando ti dico che troverò nostra figlia e te la riporterò a casa."

Lei lo fissò alcuni istanti, poi annuì. "Ok."

Ace sentì un movimento dietro di lui e si voltò in tempo per vedere Phantom, Sinta e Kemala.

"Venite qui, ragazze," le chiamò Ace tendendo un braccio. Sapeva che si sarebbero spaventate per il sangue, ma avevano bisogno di vedere che la mamma stava bene, era cosciente e parlava. Voleva anche far sapere a Kemala quanto fosse orglioso di lei, si era comportata nel migliore dei modi.

Le piccole si avvicinarono lentamente. Sinta si inginocchiò ai piedi di Piper, proprio come aveva fatto Ace prima di lei, ma Kemala si mise in ginocchio di fianco a Piper.

"Piper sta bene," disse Ace alle ragazzine. "Ha battuto la testa, ecco perché c'è tanto sangue... ma sta bene."

"Piper?" la chiamò Kemala un po' titubante.

"Vostro padre ha ragione, sto bene," rispose Piper con dolcezza.

Sinta iniziò a singhiozzare ma Kemala guardò dritto negli occhi di Piper. "Ho fatto quello che mi hai detto: ho trovato un telefono, ho chiamato Tex. Sono arrivati i soccorsi."

"Sei stata bravissima," le disse Piper. "Non avevo dubbi. Sono molto orgogliosa di te, grazie per aver chiamato aiuto."

"Rani?" le chiese Kemala.

"La troverò," le rispose Ace. "Non preoccuparti, la riporterò a casa."

"L'ha presa quello là, vero?" gli chiese Kemala.

"Sì." Ace non avrebbe mai nascosto nulla alle figlie.

Kemala tornò a guardare Piper. "Tu ti sei messa tra me, Sinta e quello là. Tu ci proteggi."

Ace non fu sorpreso di sentire cosa avesse fatto Piper.

"Sì, vero," concordò Piper. "E lo rifarei ancora."

Per un secondo, Ace pensò che Kemala stesse per scoppiare a piangere, invece l'adolescente inspirò a fondo per controllarsi; allungò una mano e diede una pacca su quella di Piper. "Non preoccuparti, mamma. Mi prenderò cura di Sinta. Tu vai in ospedale. Noi stiamo bene."

Mamma. Santo cielo, Kemala l'aveva appena chiamata mamma!

Ace era ancora più determinato a trovare Paul Solberg e a fargliela pagare per il rapimento di Rani.

Era ovvio che Piper si fosse resa conto dell'importanza di ciò che Kemala le aveva appena detto, ma si limitò a raggiungere la figlia, accontentandosi di afferrarle la maglia dato che non poteva abbracciarla; Ace le teneva ancora la testa tra le mani e non aveva alcuna intenzione di lasciarla andare. In quel modo rendeva più facile al paramedico dall'altro lato di Piper mantenerle la pressione sulle ferite in testa, inoltre Ace non era sicuro che Piper non avesse altre ferite, quindi non voleva che si muovesse in modo da non aggravare la situazione.

"Ti voglio bene, Kemala," le disse Piper. "A te e alle tue sorelle. Mi metterò sempre tra voi e qualunque pericolo vi minacci. Questa è una promessa. Sono orgogliosa di te, non sai neanche quanto, mi sento molto meglio sapendo che sarai qui a prenderti cura di Sinta finché non potrò tornare a casa."

Kemala diede un'altra pacca sulla mano di Piper. "Smetti di parlare. Vai in ospedale e guarisci."

Ace ridacchiò, stupito di riuscire a trovare anche solo un briciolo di divertimento in quella situazione assurda.

"Ok, ora vado." Piper guardò Ace. "Phantom resterà con loro? So che le proteggerebbe da Solberg, se dovesse tornare."

"Lo farò," rispose Phantom dietro a loro. "Non preoccupatevi. Le vostre piccole saranno al sicuro."

"Grazie," gli disse Piper. Poi chiuse gli occhi mentre il paramedico le premeva un po' più forte sulle ferite. Ma non appena li riaprì, inchiodò Ace con uno sguardo determinato. "Non venire con me," gli ordinò.

Ace sbatté le palpebre, stupito. "Cosa?"

"Voglio che tu scopra dove ha portato Rani. Lei ha più bisogno di te, in questo momento. Devo sapere che la stai cercando."

Ace odiava lasciarla andare da sola, ma aveva ragione. Lui doveva cercare Rani, tanto quanto Piper aveva bisogno di sapere che Ace la stava cercando. "Ok. Però Bubba viene con te in ospedale."

"Va bene."

"La nostra famiglia è in buone mani," le sussurrò.

"Lo so." Gli occhi di Piper si riempirono di lacrime. "Ho cercato di fermarlo," sussurrò, quando Kemala e Sinta si allontanarono con Phantom.

"Oh, tesoro. Lo so," le disse Ace.

"Ero completamente stordita, poi sono pure caduta dalle scale come una stupida. Non sono nemmeno riuscita a vedere che tipo di macchina avesse Solberg. Ho deluso Rani... ho deluso *te*!"

"*Smettila*," le disse Ace con fermezza. "Ricordi cos'abbiamo detto? L'unico in difetto qui è Paul Solberg, non tu."

"Non mi odi?" gli chiese lei.

"Come potrei? Io ti *amo*, Piper. Ora e per sempre."

"Ti amo anch'io."

"Ora vai, lascia che i paramedici si prendano cura di te. Mi terrò in contatto con Bubba e quando troveremo Rani, ti chiamerò immediatamente."

"Va bene... stai attento."

Ace annuì e si alzò finalmente in piedi. Guardò i paramedici posizionare Piper sulla barella e caricarla sull'ambulanza, mentre Bubba la seguiva.

Non appena la portarono via, Ace si rivolse a Rocco e Rex. "Bene, ora troviamo questo pezzo di merda."

CAPITOLO SEDICI

Tre ore dopo, Ace sospirò sollevato quando Bubba lo informò che Piper stava bene. Le avevano dovuto mettere tre punti al taglio sopra l'occhio e aveva una leggera commozione cerebrale, ma per il resto stava bene; era dolorante, ma non riportava ferite gravi e presto Bubba l'avrebbe riportata a casa.

Fuori era buio, mancava poco a mezzanotte; Ace non riusciva a sopportare che sua figlia fosse terrorizzata chissà dove, per di più in balia di uno sconosciuto. La piccola non parlava nemmeno, quindi non poteva gridare aiuto, se si fossero fermati da qualche parte.

Tex stava facendo di tutto per raccogliere informazioni su Paul Solberg e trovare la targa dell'auto. Ace non aveva idea del perché Solberg pensasse che Rani fosse Kalee: ognuno reagiva al dolore in modo diverso, Solberg si era comportato in modo bizzarro... evidentemente, quell'uomo era giunto al limite e alla fine era crollato.

Ace si calmò leggermente al pensiero che, se Solberg pensava davvero che Rani fosse sua figlia, probabilmente non le avrebbe fatto alcun male.

Però restava un grande interrogativo: dove diavolo si

erano cacciati? Tutti sapevano che se Solberg aveva intenzione di andare in Messico, non avrebbe incontrato molti ostacoli.

Anche se Ace aveva adottato Rani da poco, le voleva già un mondo di bene: quando aveva firmato le carte per l'adozione aveva giurato di proteggerla per il resto della vita, e accidenti se l'avrebbe fatto.

Doveva continuare a cercare Rani: se non fosse riuscito a scovare Solberg da solo, avrebbe assunto tutti gli investigatori privati necessari, avrebbe speso ogni centesimo per riportare la figlia a casa.

Tex aveva esaminato tutte le telecamere di sorveglianza su cui era riuscito a mettere le mani: aveva seguito la berlina nera a quattro porte presa a noleggio da Solberg, l'aveva tracciata da casa di Ace, attraverso il centro di Riverton, per poi perderla sull'autostrada diretta verso sud.

Ace si rifiutava di credere di averli persi di vista, attanagliato da un feroce mal di stomaco. Tex ce l'avrebbe fatta a trovare Solberg... sì, doveva farcela.

———

Paul Solberg era in macchina e fissava Kalee che dormiva sul sedile accanto a lui. Non aveva fatto in tempo a recuperarle un seggiolino, ma ci avrebbe pensato una volta giunti in Messico.

Non aveva pensato di ottenere la custodia della sua piccola tanto presto e a notte fonda, non aveva nemmeno fatto i bagagli, quindi si era fermato in diversi posti per recuperare tutto il necessario.

Prima di tutto, i contanti. Paul si era fermato in diversi sportelli bancomat per prelevare un'ingente somma di denaro; voleva essere sicuro di poter comprare tutto quello che voleva la piccola mentre erano in viaggio. Poi erano andati in un

grande magazzino e a casa di Paul, dove lui aveva iniziato a
preparare i bagagli. Kalee lo aveva seguito per casa senza dire
una parola, si era limitata a fissarlo mentre lui aveva fatto il
bucato e poi si era messo a preparare la valigia con meti-
colosità.

Poi lui aveva tirato fuori la valigia che aveva comprato per
Kalee, l'aveva fatta sedere vicino a sé e le aveva mostrato tutti
i vestiti e i giocattoli che le aveva comprato. Lei aveva sorriso
dopo averli visti e sembrava felice, facendo sorridere anche
Paul.

Dopo aver sistemato le valigie in macchina, si erano
diretti verso un supermercato e Paul aveva ordinato tramite
un'applicazione del cibo da farsi consegnare in macchina. L'attesa si era protratta per un po' di tempo, che Paul aveva sfrut-
tato per raccontare a Kalee di tutte le avventure che
avrebbero presto intrapreso. Bene, avevano due sacchi colmi
di cibo per arrivare fino in Messico, ovviamente Paul si era
assicurato di ordinare tutti i piatti preferiti di Kalee.

Non aveva idea di quanto tempo fosse passato da quando
avevano lasciato casa, ma finalmente erano solo lui e Kalee
contro il resto del mondo: non gli importava altro.

Però era esausto; non dormiva da troppo tempo, fuori era
già buio pesto e aveva bisogno di riposarsi un attimo, giusto
un'oretta, poi si sarebbero rimessi in viaggio. Avrebbero
attraversato il confine e si sarebbero diretti verso il Sud
America. Ci sarebbe voluto un po' per arrivarci, ma Paul
aveva un sacco di soldi e lui e Kalee si sarebbero divertiti
durante il tragitto. Paul aveva preparato una valigia piena di
tutto ciò di cui poteva aver bisogno la figlia, così lei sarebbe
stata bene fino a quando non sarebbero giunti alla destinazione finale, a quel punto lui avrebbe potuto comprarle
dell'altro.

Paul si spostò verso una zona più appartata del parcheggio
del supermercato. La bambina si agitò sul sedile, lui non poté

fare a meno di sorridere. Gli era mancata tanto la sua piccola, era meraviglioso averla di nuovo con sé.

Sentì qualcosa pungolarlo dal fondo della mente, ma Paul decise di respingerlo con ferocia, non voleva rovinarsi il buon umore. Niente avrebbe impedito a lui e alla sua bambina di vivere al meglio.

Sì, stavano per iniziare una grande avventura. Paul aveva di nuovo la sua piccola e stavano per vivere per sempre felici e contenti.

———

"Che vuol dire che non riesci a trovare la macchina?" chiese Ace a Tex. Era esausto e preoccupato; con la chiamata di Tex sperava di ricevere buone notizie e una pista da seguire per trovare Solberg... e invece Tex aveva chiamato per dire che l'aveva perso.

"Quello che ho detto. Ho setacciato tutte le telecamere del traffico, ho usato il mio software per cercare la targa, ma non ho trovato niente di *niente*."

"E quindi cosa significa?" gli chiese Rocco. I quattro SEAL erano riuniti intorno al cellulare sul tavolo della sala da pranzo di Ace, le ragazzine stavano dormendo nella stanza di Kemala e presto Bubba sarebbe tornato a casa con Piper. I SEAL avevano fatto del loro meglio per buttare giù un po' di idee e sfruttare le loro conoscenze per trovare il padre di Kalee... senza successo.

"Che o ha abbandonato l'auto a noleggio ed è salito su un altro veicolo, oppure è riuscito a cambiare targa."

"Cazzo!" sbottò Ace. Anche i compagni erano seccati, ma non erano loro i padri con la figlia scomparsa. Ace desiderava fortemente dare a Piper buone notizie, quando fosse tornata a casa, ma da quando lei era stata portata in ospedale la ricerca non si era sviluppata in alcun modo. Ace non vedeva l'ora di abbracciare la moglie, ma detestava doverle dire che stavano ancora brancolando nel buio.

"Lo sto ancora cercando," disse loro Tex. "La dogana è al corrente della situazione e sta facendo il possibile per assicurarsi di non farlo passare."

"Quanti sono i valichi di confine dove potrebbe presentarsi?" gli chiese Phantom.

"Otto. In alcuni si può passare solo a piedi, altri sono un po' difficili da raggiungere, ma se Solberg sta cercando di non farsi notare, potrebbe decidere di allungare il tragitto di un paio d'ore. Inoltre, ci sono altri posti dove il confine è poco controllato e potrebbe essere in grado di attraversarlo senza passare per i canali ufficiali," gli rispose Tex. "Anche se non credo che lui voglia far passare una bambina di quattro anni in uno di quei posti. Però il problema del controllo delle frontiere è che anche se sanno del rapimento, sono più concentrati su persone che *entrano* di nascosto negli Stati Uniti e non su quelle che se ne vanno."

"Dannazione," imprecò Rex.

Ace non riuscì a dire nulla, digrignò i denti con forza.

"E poi, il valico di San Ysidro è enorme, c'è sempre un traffico assurdo. Immagino che sarebbe abbastanza facile portare qualcuno in Messico, anche con controlli vigili alla frontiera. Solberg potrebbe tingersi i capelli, potrebbe tingerli anche a Rani... con un paio di occhiali scuri e vestiti diversi dal solito, nessuno li noterebbe."

Ace spinse la sedia indietro con violenza e si alzò, facendola cadere: il colpo rieccheggiò forte nella casa altrimenti silenziosa. Iniziò a camminare avanti e indietro, passandosi una mano tra i capelli per la crescente agitazione. "Quindi mi stai dicendo che ho perso la mia bambina, rapita come se nulla fosse da un tizio chiaramente fuori di testa?" chiese a Tex con voce letale.

"No," gli rispose Tex, dal tono di voce era facile evincere

che fosse sia frustrato che determinato. "Sto solo evitando di addolcirti la pillola. Purtroppo non è detto che la ricerca di Rani si concluda stasera, neanche domani. Sappiamo tutti che Solberg ha le risorse per continuare a scappare senza farsi notare per molto tempo, ma questo non significa che alla fine non avrà bisogno di altri soldi. Gli tengo d'occhio tutti i conti, non sarà in grado di prelevare un maledetto centesimo senza che io sappia da dove proviene la richiesta, localizzandolo nel raggio di quattrocento metri. Lo prenderemo, Ace. Giuro sulla vita di mia figlia adottiva che lo troveremo."

Ace inspirò a fondo e si strinse le mani dietro il collo, sollevò la testa fino al soffitto e resistette all'impulso di urlare a squarciagola. Non avrebbe aiutato Rani e avrebbe finito per spaventare le altre due ragazzine che dormivano al piano di sopra.

Sentì i compagni riprendere a parlare con Tex, si avvicinò alla porta scorrevole che conduceva alla terrazza. Fissò il cielo e si chiese se anche Rani stesse guardando le stelle in quel preciso momento, sentendosi in qualche modo più vicino a lei.

"Tieni duro, piccola mia," sussurrò. "Presto papà ti troverà."

———

"Devi mangiare, Kalee," disse Paul alla bimba, seduta sul sedile accanto a lui che fissava con espressione contrariata la crostatina che lui le aveva appena dato.

"So che è la tua preferita. Dai, mangiala."

Kalee lo fissò con grandi occhi scuri e scosse la testa.

Paul ricambiò lo sguardo della piccola e si sentì di nuovo a disagio. C'era qualcosa che non andava con Kalee, non si stava comportando bene: gli sembrava costantemente confusa e diffidente, da quando lui si era risvegliato dal rapido pisolino, durato meno di un'ora. Sua figlia non aveva mai avuto paura di lui... mai.

Anche gli occhi erano strani... erano del colore sbagliato...

No... era solo la luce della macchina che li faceva sembrare marroni, anziché verde scuro.

"Non vuoi la crostatina?" le chiese, poi iniziò a frugare in una delle borse della spesa che aveva ordinato. Continuò a tirare fuori prodotti e offrirli a Kalee, che ogni volta arricciava il nasino e scuoteva la testa.

Paul iniziò a sentirsi frustrato, ma che diavolo stava succedendo? Kalee non era mai stata tanto esigente.

Sicuramente era tutta colpa di quella donna, in qualche modo doveva aver cambiato i gusti di Kalee. Un'altra offesa da rinfacciarle!

"E va bene, ma più tardi dovrai mangiare qualcosa. Per ora... che ne dici di una tavoletta di cioccolato?"

Kalee annuì con entusiasmo e accettò di buon grado l'offerta, rallegrando Paul. Si tranquillizzò ancora di più quando la vide scartare la confezione con le ditine e dare un bel morso alla cioccolata.

Paul allungò una mano per accarezzare i capelli della piccola mentre faceva manovra per uscire dal parcheggio del supermercato. Era servito molto più tempo del previsto per sbrigare tutte le commissioni, ma Paul era felice: finalmente si stavano mettendo in viaggio. "Sei emozionata per la nostra avventura?"

La bambina si voltò a guardarlo mentre mangiava, ma non gli disse nulla.

"Sei terribilmente silenziosa, Kalee," le disse Paul. "Di solito mi fai una testa tanta."

Ancora nessuna risposta.

Paul chiuse gli occhi, le palpebre gli sembravano pesantissime. Li aprì bruscamente, si voltò verso la bimba che lo stava ancora guardando.

"Sono ancora stanco, piccola. Tu?" le chiese.

Lei annuì timidamente.

"Sì... anch'io, è molto tardi," le disse Paul. Rischiò di addormentarsi un'altra volta, a momenti sfrecciando in autostrada si perdeva il cartello che indicava l'uscita per il parcheggio dove in genere si organizzavano le macchinate per raggiungere il confine. "Penso che dobbiamo dormire un po' tutti e due, poi possiamo metterci in viaggio. Che ne pensi, va bene?"

Kalee annuì di nuovo.

In qualche modo Paul riuscì a parcheggiare in un posto sicuro e isolato, non sapeva neanche bene come avesse fatto: in fondo non dormiva da giorni, anzi... da settimane. Era a dir poco esausto. La preoccupazione per la scomparsa della figlia lo aveva consumato, ma finalmente si erano ritrovati e Paul poteva tornare a dormire.

Dopo aver parcheggiato l'auto, si guardò intorno. Si sentì abbastanza al sicuro, dato che fuori era buio pesto e la loro era l'unica macchina nel parcheggio.

Kalee finì di mangiare la cioccolata e gli sorrise.

Paul guardò la figlia e sentì di nuovo una sensazione di disagio che gli attanagliava lo stomaco: c'era qualcosa di errato, ma non voleva pensarci. Gli importava solo di stare di nuovo con la sua piccola.

"Ora dormiamo, Kalee," le disse. "Domani ci aspetta una giornata impegnativa."

La piccola annuì, poi si girò su un fianco e chiuse gli occhi.

Paul si appoggiò al sedile e fece di tutto per dormire, ma nonostante i vari tentativi non riusciva proprio a disfarsi della sensazione di aver compiuto un atto ignobile. Si addormentò e sognò Kalee adulta che lo fissava con cipiglio arrabbiato, gli diceva di riportarla indietro... di lasciarla andare.

Quando Paul si svegliò qualche ora dopo, lo stomaco era

ancora più ingarbugliato e sentiva la testa sul punto di esplodere.

Si girò per assicurarsi che Kalee stesse ancora dormendo accanto a lui, si stupì alla vista di una bimba che non riconosceva.

Aveva i capelli castani e non ramati, la pelle era molto più scura di quella di Kalee.

Paul strizzò gli occhi, poi mormorò: "No, è Kalee. La mia Kalee."

Quando riaprì gli occhi e guardò di nuovo la piccola, riconobbe con sollievo la sua bambina addormentata.

Sarebbe andato tutto bene. Una volta portata la figlia in Messico, sarebbe stato finalmente un uomo libero.

———

L'autocontrollo e la frustrazione di Ace erano legati da un filo decisamente sottile. Piper era tornata a casa dall'ospedale con Bubba; non appena Ace le vide il volto malconcio, fu travolto dal bisogno di scagliare un oggetto qualsiasi... con forza.

Piper presentava una fila di punti sopra il sopracciglio destro, le si stavano formando dei lividi sulla fronte e su una guancia. Sembrava stanca e preoccupata, ma più che altro era distrutta per il fatto che non ci fossero novità su Rani.

Ace l'aveva fatta sedere al tavolo con il resto della squadra, lei aveva iniziato a ripercorrere gli eventi di quella sera. Ace si sentì di nuovo in colpa per non essere stato presente e non aver protetto meglio la famiglia.

Tex aveva richiamato e avevano iniziato a parlare di Kalee, nel tentativo di trovare un dettaglio che potesse fornire loro qualche indizio su dove fosse andato Solberg.

"Non andavo spesso a casa di Kalee," disse Piper a Tex. "Lei diceva sempre che suo padre aveva bisogno di ordine, avere gente per casa gli faceva perdere la testa."

Rocco si chinò in avanti, verso di lei. "Ordine? In che senso? Cos'altro diceva del padre?"

Piper si accigliò. "Non saprei dirti... Kalee passava più tempo a casa mia, o da lei ci andavo poco. Oh... c'è stata una volta in cui mi ha detto che suo padre era in ospedale. Credo che avessimo circa quattordici anni, all'epoca. Era rimasta a casa nostra per circa una settimana, credo."

"In quale ospedale?" le chiese Tex. "Quando ho fatto ricerche su di lui, non ho trovato lunghe permanenze in ospedale."

"Non lo so... avevo solo quattordici anni. Ma ricordo che Kalee era molto preoccupata, le avevo chiesto se lo avessero operato: all'epoca pensavo che andare in ospedale significasse automaticamente essere operati, ma lei era scoppiata a ridere e mi aveva detto di no, ma che gli stavano controllando la testa."

"Merda. Ok, aspetta," le rispose Tex.

Piper guardò Ace; lui notò subito che lei stava soffrendo per le ferite, ma non voleva darlo a vedere. Era sicuramente stanca morta, secondo Ace, Piper stava tentando di non fargli capire quanto stesse soffrendo per il dolore alla testa.

"Perché non vai a letto?" le suggerì con dolcezza.

Lei scosse la testa in modo ostinato. "No, voglio aiutarvi."

"Non puoi aiutarci se ti addormenti sulla sedia," le rispose Ace. "Quando Rani tornerà a casa, devi essere in forma."

Quelle parole incoraggianti non sortirono l'effetto sperato.

Piper scosse di nuovo la testa. "Non l'abbracceremo presto, vero?"

"*Sì*, invece," ribatté Ace.

"Tex non ha altre piste, lo ha appena detto. Non abbiamo tracce del signor Solberg."

Ace si sporse verso Piper e la fece sedere su di sé con molta delicatezza. Non gli piaceva sentirla tanto triste e rassegnata. "Solberg farà qualche cazzata e Tex lo beccherà all'istante, tesoro. Anzi... *noi* lo beccheremo. Chiaro?"

Lei annuì.

Ace le portò una mano sul lato della testa e la incoraggiò ad appoggiarsi su di lui, contro una spalla. "Se non vuoi andare a letto, almeno chiudi gli occhi. Ti tengo qui in braccio, ok?"

Lei annuì contro di lui, gli si rilassò in grembo per un secondo e lo abbracciò, stringendolo con tanta forza che Ace ne percepì tutta la preoccupazione e lo stress.

"Ho trovato qualcosa," annunciò Tex dal telefono sul tavolo.

"Cosa?" gli chiese Phantom.

"Quasi vent'anni fa, Paul Solberg si è fatto ricoverare presso l'ospedale psichiatrico di Riverton per una settimana e mezzo. Ha usato un nome falso, ma hanno comunque registrato il nome vero."

"Per cosa?" gli chiese Rocco.

"Schizofrenia."

La parola aleggiò nella stanza, tutti i presenti rimasero in silenzio.

Tex continuò. "Lo hanno curato e congedato, da allora è sempre stato in cura. Ha avuto qualche ricaduta nel corso degli anni, ma dopo aver sistemato le dosi dei medicinali, sembrava essersi stabilizzato."

"Diamine," commentò Piper, in braccio ad Ace. "Una sera, a Timor Est, io e Kalee stavamo parlando e lei mi ha confidato che era preoccupata per il padre. Quando le ho chiesto il motivo era stata vaga, si è limitata a dirmi che stava invecchiando e che per lui, lei era tutto. Mi ha anche detto un'altra cosa ma eravamo al college e ubriache, quindi non ci ho mai dato troppo peso... ma ora mi dà i brividi."

"Cosa?" le chiese Ace.

"Mi ha detto che se fosse morta prima di suo padre, non

credeva che lui sarebbe stato in grado di gestirlo. Aveva la sensazione che lui avrebbe smesso di prendere le pillole e sarebbe andato fuori di testa."

Nessuno commentò quelle parole.

"So che mi sarei dovuta ricordare prima di questa conversazione," disse Piper affranta. "Le avevo detto che le probabilità di morire prima del padre erano minime, se non addirittura nulle. Poi abbiamo iniziato a scherzare sul fatto di diventare due vecchiette ingobbite e di vivere insieme nella stessa casa di riposo."

Piper iniziò a piangere e Ace la strinse forte a sé, poi chiuse gli occhi. Capiva come lei potesse aver dimenticato un commento simile fatto in leggerezza tanti anni prima, quando lei e la sua amica si stavano divertendo... soprattutto considerando tutto quello che era successo di recente.

"Ecco spiegato, allora. Solberg ha smesso di prendere le pillole e ora sta avendo delle visioni," mormorò Tex dal telefono. "Chiaro. La notizia della morte della figlia probabilmente gli ha fatto dimenticare di prendere le medicine, a quel punto è iniziato il declino. Vedere di nuovo Piper... sapendo quanto fossero amiche, probabilmente è stato troppo per lui. Immagino che le visioni siano peggiorate per via di quanto Kalee amasse le bambine, specialmente quelle dell'orfanotrofio che visitava spesso... fino a fargli credere che Rani *fosse* davvero Kalee."

"Ma Kalee non assomigliava proprio a Rani," protestò Phantom. "Aveva i capelli rossi e gli occhi verdi... non è improbabile?"

"Beh, no. Una mente alterata, come quella di Solberg, è in grado di vedere quello che vuole, quando guarda Rani," gli spiegò Tex.

"Ok, ma questo come ci fa capire come trovare Solberg?" gli chiese Ace.

Dopo qualche attimo di silenzio, Tex gli rispose: "Sto

ancora controllando tutte le targhe dei veicoli che si dirigono al confine e le altre telecamere. Ci sono un sacco di macchine e camion, ma spero di avere un po' di fortuna e di trovare la macchina di Solberg. Spero che il suo stato confusionale gli impedisca di capire l'urgenza di portare Rani fuori dal paese e che gli faccia combinare qualche stupidata."

Ace sospirò sconfitto. Quella situazione era inaccettabile, ma non poteva farci nulla. La vita di Rani e la salute mentale di Piper dipendevano da un uomo che aveva perso tutto e non aveva più niente da perdere. Un vero casino.

———

Paul stringeva con forza il volante e fissava la strada davanti a sé. Lui e Kalee si stavano avvicinando sempre più alla frontiera, si era fatta l'ora di punta e lui sapeva di dover scendere, prendere Kalee per mano e iniziare a camminare: dovevano unirsi agli altri viaggiatori diretti verso il Messico.

Eppure, c'era qualcosa che lo tratteneva: aveva ancora gli incubi, seppur da sveglio. Continuava a vedere Kalee da adulta, che lo guardava con aria arrabbiata. Gli chiedeva di riportarla indietro, voleva tornare dalla famiglia; il che era assurdo, dato che Paul *era* la sua famiglia... erano loro due contro il resto del mondo, era sempre stato così. Inoltre, Paul non sapeva proprio dove dovesse riportarla.

Guardò Kalee e la vide seduta pazientemente sul sedile accanto. In effetti, era proprio strano; la sua piccola non stava mai ferma, in genere si muoveva di continuo e ridacchiava.

E poi... perché Kalee non gli parlava? Era sempre stata una chiacchierona, amava ridere e parlare con lui, o al limite con se stessa.

Ma in quel momento, la piccola lo fissava e basta: quei grandi occhi scuri custodivano innumerevoli segreti.

No, un attimo… quegli occhi verdi custodivano innumerevoli segreti.

Paul chiuse gli occhi e scosse la testa. Gli balenarono in mente frammenti di conversazioni con Kalee adulta:

Promettimi che non smetterai di prendere le medicine.

Papà, voglio stare tanto tempo con te, potrà essere così solo se continui a prendere le medicine.

Non importa, devi prendere le pillole ogni mattina.

Promettimelo, papà.

Promettimelo.

Promettimelo.

Paul percepì un rumore e aprì gli occhi, voltandosi verso la bimba. Kalee aveva aperto il vano portaoggetti e stava rovistando tra alcuni fogli. Tirò fuori il portafoglio di Paul e gli sorrise, poi lo aprì e rimase immobile.

Tracciò con le dita una piccola foto, vecchia di anni: Kalee durante il giorno della laurea. Aveva un enorme sorriso stampato in faccia, abbracciava Paul entusiasta.

La bambina si voltò a guardare Paul e gli parlò per la prima volta con un accento marcato. "Kalee."

In quell'istante, la mente tormentata di Paul si schiarì per un momento e lui si accorse di cos'aveva combinato.

La bambina accanto a lui non era sua figlia.

Non era la sua Kalee.

La bella figlia era morta, l'avevano uccisa a migliaia di chilometri di distanza e lui non era riuscito a dirle addio, non era riuscito a dirle per l'ultima volta quanto le voleva bene.

Paul sentì gli occhi riempirsi di lacrime e cominciò a singhiozzare, dilaniato dalla perdita della figlia adorata e dal pensiero di non poterla vedere mai più.

Nel mezzo dello sgomento, Paul sentì un qualcosa di caldo salirgli in grembo.

Aprì gli occhi e vide la bambina che aveva scambiato per

Kalee. Gli era strisciata in grembo e lo stava abbracciando forte.

"Kalee, buona. Voglio bene," gli disse la bambina.

Ciò portò Paul a piangere ancora di più. Abbracciò la bimba e si lasciò andare del tutto.

———

Il mattino dopo non portò alcuna novità sul caso. I SEAL avevano diramato un allarme rosso alla polizia, che aveva ricevuto diverse chiamate da parte di persone che affermavano di aver visto sia l'uomo che la bambina, ma fino a quel momento nessuna pista si era rivelata valida.

Gumby aveva chiamato al lavoro per ricevere aggiornamenti e il comandante gli aveva riferito l'accaduto, il SEAL e Sidney si erano precipitati direttamente dall'hotel a casa di Ace.

Era arrivata anche Caite, le tre donne erano sedute vicine sul divano.

Ace apprezzava tantissimo il supporto degli amici. Fino a quel momento, non aveva capito quanto fosse grato ai ragazzi: quando Caite e Sidney erano state nei guai, Ace era stato presente e di supporto, ma quando Rocco e Gumby avevano provato a esprimere la loro gratitudine, Ace li aveva praticamente ignorati.

Ma finalmente aveva capito.

Non c'era niente di meglio che avere dei buoni amici.

Amici che avrebbero lasciato tutto in un istante per stare vicino a lui e alle persone che amava.

Bubba giocava con Sinta e Rex leggeva un libro a Kemala, Caite e Sidney distraevano Piper e la supportavano.

Tex stava facendo di tutto per rintracciare Solberg con la tecnologia, Rocco si era messo in contatto con il comandante North e stava cercando di scoprire cosa sapessero gli agenti di frontiera. Persino Phantom era stranamente rassicurante, seduto al tavolo da pranzo di Ace mentre continuava ad affilare il coltello tattico.

Sì, Ace sentiva di avere i migliori amici sulla faccia del pianeta.

Ma purtroppo tutto quell'affetto non poteva sminuire la paura che provava per la piccola Rani.

Dov'era la bimba, era spaventata e preoccupata? Forse pensava che Ace e Piper l'avessero consegnata a Solberg? Tutti quegli interrogativi continuavano a torturarlo, Ace poteva solo aspettare, ma aveva i nervi a fior di pelle.

"Dai, Solberg. Dacci un piccolo indizio... solo uno, non chiedo altro," sussurrò.

Proprio in quell'istante, il telefono di Ace squillò, tutti i presenti nella stanza lo fissarono mentre lui rispondeva. Era Tex, quindi Ace mise il telefono in vivavoce in modo che tutti potessero sentirlo.

"Sono Ace."

"Sono Tex. Dal momento che non ho trovato altro, ho iniziato a controllare alcune delle telecamere dei parcheggi di carpooling vicino al confine, tanto per provare... è stato un tentativo un po' alla lontana, ma non sapevo dove altro controllare."

"L'hai trovato?" sbottò Ace.

"Forse. Almeno, ho trovato un'auto che corrisponde alla descrizione della macchina noleggiata: la targa era diversa, ma potrebbe averla cambiata."

Ancora prima che Tex finisse di parlare, Ace si era già alzato in piedi. Raggiunse Piper, la baciò intensamente prima di prenderle la testa tra le mani. Le accarezzò con delicatezza la guancia priva di tagli, lei gli sussurrò: "Vai."

Ad Ace non serviva altro.

Come si voltò, Ace vide Bubba far cenno a Rocco per

comunicargli che lui e Rex sarebbero rimasti con le donne e le ragazzine.

La decisione era stata fulminea, altra ragione per cui Ace adorava i compagni di squadra: lavoravano insieme come una macchina perfettamente funzionante, evitando inutili discussioni su chi sarebbe rimasto e chi sarebbe entrato in azione.

"So che non è molto," disse Tex mentre i quattro SEAL rimasti si dirigevano verso la porta. "Ma è un inizio. Il veicolo è passato davanti alla telecamera e ha parcheggiato nell'angolo posteriore del parcheggio, fuori dalla portata della telecamera. Temo che il filmato sia di qualche ora fa. A quanto pare, di notte la città spegne le telecamere perché di solito nessuno usa il parcheggio tra l'una e le quattro del mattino."

"Merda," imprecò Rocco. "Quindi potrebbe essersene andato."

"Sì," confermò Tex. "Sto ancora controllando le telecamere del confine, ma ho pensato che vi sarebbe interessato questo avvistamento." Diede loro l'indirizzo del parcheggio, Ace vide Phantom che se lo annotava e controllava rapidamente la posizione sul telefono.

"Sì," gli disse Ace. "Certo, volevamo saperlo."

"Il parcheggio non è lontano da qui," disse Phantom. "Però è troppo vicino al confine per stare tranquilli, cazzo."

"Sì, motivo per cui quei parcheggi sono tanto famosi. La gente si incontra lì e fa macchinate per andare oltre il confine... così è più facile," spiegò Tex.

"Bene, ora ci andiamo," disse Ace a Tex una volta saliti tutti in macchina di Gumby.

"Chiamatemi se trovate qualcosa, potrebbe aiutarmi con la ricerca," gli ordinò Tex.

"Sarà fatto," gli rispose Ace. "Grazie per avermi avvisato."

La chiamata terminò e Ace si aggrappò al sedile mentre Gumby usciva dal vialetto e si dirigeva a tutta birra verso l'autostrada. Phantom dava le indicazioni stradali mentre Gumby guidava un po' troppo veloce, ma non serviva lamentarsi o commentare. Erano tutti ben consapevoli del fatto che difficilmente avrebbero trovato Solberg in quel parcheggio, ma nessuno voleva dirlo ad alta voce.

Nel giro di venti minuti, Gumby uscì dall'autostrada ed entrò nel parcheggio indicato. Il sole stava sorgendo e quindi il parcheggio non era più vuoto, si era riempito di pendolari che andavano al lavoro e lasciavano lì le macchine.

"Allora, dov'è il punto che ha detto Tex?" chiese Rocco dal sedile posteriore, accanto ad Ace.

"Angolo sud-ovest," gli rispose Ace in modo secco.

Quando raggiunsero il punto indicato, non c'era nessuna macchina simile a quella usata da Paul Solberg.

"Dannazione," mormorò Ace.

"Non voglio arrendermi," disse Rocco. "Andiamo a San Ysidro e vediamo se riusciamo a individuare quella macchina."

Ace annuì, non voleva proprio tornare a casa e dire a Piper che erano arrivati troppo tardi e Solberg se n'era già andato.

Gumby si diresse di nuovo verso l'autostrada, diretto a sud. Chilometro dopo chilometro, Ace si intristiva sempre più. Lui e i compagni erano uomini d'azione: ricevevano informazioni e agivano, spesso portando a termine le missioni assegnate. Ma in quel momento erano come mosche in balia del vento, giravano in tondo senza scopo e direzione, cercando di trovare la proverbiale pentola d'oro alla fine dell'arcobaleno.

"Ehi... guardate!" esclamò Phantom, indicando la strada davanti a sé. "Quella è...? Non è lo stesso tipo di macchina che guidava Solberg?"

Ace si chinò in avanti e strizzò gli occhi per vedere meglio nella direzione indicata da Phantom. Davanti a loro c'era un'auto di colore scuro che *assomigliava* a quella di Solberg. Aprì la bocca per dire a Gumby di accelerare, ma l'amico aveva già schiacciato l'acceleratore.

Ace si aggrappò al sedile anteriore e Gumby si fece strada tra le altre macchine, cercando di raggiungere l'auto diretta a sud, verso il confine. Se quello era davvero Solberg, sperando che avesse ancora Rani con sé, dovevano raggiungerlo prima che lui si rendesse conto di essere pedinato e cercasse o di seminarli (uscendo dall'autostrada e infilandosi in strade secondarie) o di far del male alla bambina.

Ace ribollì al pensiero che Solberg ferisse Rani, quella bimba ne aveva già vissute troppe: non si meritava anche quello.

Teneva gli occhi fissi sull'auto mentre Gumby faceva tutto il possibile per districarsi attraverso il traffico. "Tieni duro, Rani. Tieni duro," mormorò mentre sfrecciavano verso l'auto.

———

Paul non riusciva a smettere di piangere; in qualche modo era riuscito a controllarsi quando aveva ricevuto la notizia che Kalee era stata uccisa dai ribelli a Timor Est, ma dal momento che aveva ricominciato a piangere di nuovo, non riusciva più a fermarsi.

Si asciugò rapidamente le lacrime per vedere meglio la strada mentre guidava, non era il caso di schiantarsi quando aveva una bimba in macchina.

Lei aveva fatto tutto il possibile per farlo sentire meglio, ma lui singhiozzava di più ogni volta che la guardava, consapevole di cosa avesse fatto. Kalee si sarebbe vergognata di lui, sarebbe stata tremendamente delusa. Non solo lui non aveva mantenuto la promessa di prendere le medicine, ma aveva anche rapito una bambina.

Era un rapitore... diamine, come aveva fatto a cadere tanto in basso?

Paul non riusciva a capire perché Kalee e Piper fossero diventate tanto amiche, dal momento che erano molto diverse, la cosa non gli era mai andata a genio, ma lui non aveva mai veramente voluto del male a Piper... e aveva portato via una bambina dalla migliore amica della figlia: una bambina che aveva davvero conosciuto Kalee. Paul si ricordò delle mail che Kalee gli aveva mandato, gli aveva raccontato tutto sull'orfanotrofio vicino al villaggio dove viveva.

Era stata arruolata dai Peace Corps per insegnare l'inglese agli abitanti del villaggio, ma Kalee andava in orfanotrofio una volta alla settimana per conoscere le bambine e insegnare inglese anche a loro.

La bambina accanto a lui *conosceva* Kalee: l'aveva riconosciuta dalla foto che lui si portava nel portafoglio... e lui aveva portato via quella bimba da Piper.

Paul si sentiva un uomo orribile, doveva sistemare tutto quanto.

Quella bimba si chiamava Rani, Paul se lo ricordò improvvisamente. Per un bel pezzo aveva pensato che Rani fosse Kalee, ma non era vero. Si era ricordato come si chiamava e poi le due non si assomigliavano proprio, come aveva fatto a scambiarle?

Paul sentì una vocina che lo rimproverava di aver sbagliato, quella accanto a lui era davvero Kalee, doveva portarla in Messico e sparire per sempre, ma per la prima volta lui mandò al diavolo quella voce.

Rani non era Kalee, Paul doveva rimediare a quel pasticcio.

Dopo aver sognato Kalee durante un sonno agitato, Paul aveva lasciato il parcheggio proprio quando le macchine dei pendolari cominciavano ad arrivare. Da allora, aveva guidato a vuoto, cercando di capire come comportarsi: dunque, non poteva semplicemente riportare Rani a Riverton e chiedere scusa, non l'avrebbe passata liscia. Piper avrebbe continuato a odiarlo... doveva essere così per forza, dato che lui *si* odiava. Si ricordò di aver mandato al diavolo anche il comandante della squadra dei SEAL che aveva cercato di salvare Kalee. No, loro non lo avrebbero aiutato.

Paul era rimasto senza niente e nessuno.

Niente Kalee.

Gli affari potevano proseguire tranquillamente senza di lui, proprio come era successo nelle ultime settimane.

Se fosse scomparso nel nulla, nessuno avrebbe sentito la sua mancanza.

Paul intravide un edificio dall'aspetto familiare, tra le lacrime... improvvisamente capì cosa doveva fare. Si fermò in un parcheggio vicino all'edificio e tirò fuori un foglio dal portaoggetti: davanti c'era il contratto di noleggio dell'auto, ma il retro era immacolato. Scarabocchiò una nota sul retro del foglio e lo piegò, poi si voltò verso Rani.

Lei lo stava fissando con uno sguardo talmente maturo e consapevole che Paul capì come avesse potuto scambiarla per Kalee.

La voce in testa continuava a ordinargli di attenersi al piano: portare la figlia oltre il confine e vivere per sempre felici e contenti, ma Paul la zittì malamente.

Quella bimba non era sua figlia: era la figlia di Piper, era *Rani* e lui doveva riportarla dalla madre.

"Bene," le disse dolcemente. "La nostra avventura finisce qui."

Rani lo fissò.

Paul le infilò il foglio in mano. "Ora ti faccio fare una cosa, tu devi farla esattamente come ti dico. Va bene?"

Lei annuì.

"Vedi quell'edificio laggiù?"

Rani si voltò per guardare il punto indicato, poi guardò di nuovo Solberg e annuì.

"Bene. Devi scendere dalla macchina e andare lì: entra attraverso la porta aperta e dai questo foglietto alla prima persona che vedi. Capito?"

La bimba corrugò la fronte perplessa, ma annuì.

"Bene. Ora vai, fai come ti ho detto."

La bimba si alzò lentamente in ginocchio: se Paul avesse dato retta alla voce in testa, avrebbe potuto pensare che fosse davvero sua figlia. Lei allungò una manina e sfiorò una guancia di Paul.

Rani lo guardò negli occhi; Paul stava soffrendo talmente tanto che si sentiva prossimo al collasso, la piccola parlò.

"Ok, padre di Kalee. Lo farò. Lei ha detto tante cose su di te. Padre grande e forte, lei voleva bene."

"Anch'io l-le volevo bene," riuscì a dirle Paul. "Era tutto, per me. Ora vai, Piper deve essere molto preoccupata per te."

"Madre," gli disse Rani.

"Sì, Piper è tua madre. Ace è tuo padre."

"Nonno," gli disse Rani... indicandolo.

Paul scosse la testa. "No, non mi vedrai più."

"*Nonno!*" esclamò lei, dandogli un piccolo pugno sul petto. "Padre di Kalee. Nonno di Rani."

Paul non meritava di essere il nonno di nessuno, non dopo quello che aveva fatto; ma guardando gli intensi occhi scuri di Rani, sentiva di non poterle negare nulla, non dopo ciò che le aveva fatto passare.

Sapeva che Piper e Ace non gli avrebbero mai più permesso di avvicinarsi a quel tesoro di bambina, ma diede retta al cuore: accettò.

"Sì, sono il nonno," le disse dolcemente. "Ma devi portare quel foglio alla caserma dei pompieri e darlo alla prima persona che vedi. Ok?"

"Ok," concordò Rani con gioia. Senza dire o fare altro, la piccola si voltò, aprì la portiera e scese dalla macchina. Camminò verso lo spiazzo di fronte alla caserma dei pompieri come se non fosse successo nulla, come se non fosse stata rapita la sera precedente per poi essere portata oltre il confine, rischiando di non rivedere mai più le persone che le volevano bene.

Paul ricominciò a piangere e mise in moto l'auto presa a noleggio. Aspettò di partire fino a quando vide un giovane con un'uniforme blu scuro inginocchiarsi di fronte a Rani; la bimba gli consegnò il foglio, era il momento di andarsene.

Paul uscì lentamente dal parcheggio e si diresse verso il grande ponte che aveva attraversato meno di un'ora prima.

La fastidiosa voce in testa iniziò a rimproverarlo per aver lasciato andare Kalee, dandogli del padre orribile per averla abbandonata; era rimasto solo al mondo, doveva togliersi di mezzo e fare un favore al mondo, nessuno doveva più soffrire a causa sua.

Paul Solberg non si preoccupò di discutere con quella voce, le dava ragione su tutta la linea. Sapeva di essere una persona orribile, il mondo sarebbe stato un posto migliore senza di lui.

Ma poi la richiesta di Rani gli illuminò la mente. Il *nonno*.

Paul strinse più forte il volante, con un gran sospiro.

———

Gumby aveva quasi raggiunto l'auto in cui potevano essere Solberg e Rani, quando il telefono di Ace squillò. Era tentato di ignorarlo perché non riconosceva il numero che lampeggiava sullo schermo; se l'auto che stavano seguendo *era* quella di Solberg, doveva concentrarsi su quello che stava succedendo intorno a lui e non perdere tempo a parlare con un dannato call center.

Ma l'istinto gli mosse automaticamente il dito sullo schermo del telefono per rispondere alla chiamata.

"Pronto?" disse con tono feroce.

Se fosse stato in piedi, gli avrebbero ceduto le ginocchia ascoltando le parole pronunciate dalla persona misteriosa.

"Abbiamo trovato sua figlia. È al sicuro, può venire a prenderla alla stazione di polizia di San Ysidro."

"Prendi la prossima uscita," urlò Ace.

Gumby gli lanciò un'occhiata e ciò che vide sul volto dell'amico lo convinse a mettere immediatamente la freccia per uscire.

"Ace?" gli chiese Rocco, vicino a lui.

Ma Ace ignorò l'amico mentre parlava al telefono. "Sto arrivando. Avete telefonato a mia moglie?"

"È la prossima," gli disse la persona.

"Chiamatela subito," ordinò Ace, che poi riattaccò. Non aveva chiesto dettagli, al momento non gli importavano: voleva solo andare alla stazione di polizia e assicurarsi che Rani stesse bene.

"Dove stiamo andando?" gli chiese Gumby mentre sfrecciava verso l'uscita.

"Stazione di polizia di San Ysidro. Hanno trovato Rani, è lì... sta bene."

Gli altri tre uomini tirarono un sospiro di sollievo, ma Ace sapeva che non avrebbe provato lo stesso senso di sollievo se non dopo aver riabbracciato Rani.

――――

Un'ora dopo, Ace era seduto su un divano della stazione di polizia di San Ysidro con Rani in grembo, Sinta accanto a lui da un lato, Piper dall'altro e Kemala vicino a loro. Nella stanza c'erano anche gli altri SEAL, Caite, Sidney e alcuni detective.

Ace aveva letto il messaggio che Solberg aveva scritto sul retro del contratto di noleggio dell'auto e che ovviamente aveva dato a Rani per farglielo portare dentro la caserma dei pompieri. Non avevano ancora trovato Solberg, ma Rani sembrava in ottima salute, non aveva alcun livido. Ace ne era più che grato.

Ringraziò la buona stella che gli aveva fatto ricomporre la famiglia, era andato tutto bene, per fortuna; ma non poté fare a meno di sentirsi male al pensiero di ciò sarebbe *potuto* succedere.

Aveva fallito.

Tutta la squadra aveva fallito.

Non erano riusciti a trovare Rani, stavano inseguendo una maledetta macchina a caso, diamine.

Nonostante l'aiuto e la competenza di Tex e l'intero stato della California in campo, non erano riusciti a trovare la bambina. Nonostante tutta la loro forza, le loro risorse, la loro esperienza nella caccia ai terroristi e tutte le armi del mondo... avevano comunque fallito.

Solberg aveva tenuto Rani tra le grinfie per ore. Forse era già lontano, magari era già in Messico. Ace non avrebbe mai smesso di cercare Rani, ma in cuor suo sapeva che sarebbe stato come cercare un ago in un pagliaio.

Ace era al tempo stesso umiliato e spaventato dal pensiero che solo grazie a un'improvvisa lucidità (sintomo del briciolo d'umanità nel cuore di Solberg) si trovava seduto su quel divano a guardare la moglie sorridere, ridere e piangere insieme, finalmente riunita alla figlia; in caso contrario avrebbe dovuto vedere Piper scoppiare in lacrime perché Rani era sparita nel nulla, forse per sempre.

Ace aveva sempre ritenuto sé e gli amici SEAL indistruttibili, il meglio del meglio. Quando succedeva qualche casino, li chiamavano per risolvere la situazione. Ma in meno di ventiquattro ore, gli era servita una gran batosta per ricordarsi che in fondo erano pur sempre degli esseri umani, inclini a commettere errori, uomini che non potevano salvare sempre tutti... non importava quanto lo desiderassero.

Ace sapeva quanto la squadra odiasse fallire in una

missione, specialmente Phantom. Volevano sempre salvare la situazione, ma talvolta la fortuna assumeva un ruolo molto più fondamentale di quanto lui fosse disposto ad ammettere, decidendo l'esito della missione.

Preso nelle sue riflessioni, Ace si era distratto e non prestava più attenzione a ciò che gli capitava intorno. Ritornò al presente solo quando Rani gli portò una manina sulla barba per chiamarlo, lui la guardò e le chiese: "Sì, tesoro?"

"Andiamo a casa?"

Gli occhi gli si inumidirono nel sentire per la prima volta la voce della figlia . "Sì, piccola. Penso proprio che sia giunta l'ora di tornare a casa."

Ace si voltò verso Piper e vide che anche lei stava piangendo, le prese gentilmente la nuca e la tirò a sé. La baciò con tenerezza, cercando di mostrarle senza parole quanto fosse felice e quanto l'amasse.

Evidentemente ci riuscì, perché non appena lui si tirò indietro, Piper gli sorrise e sussurrò: "Ti amo anch'io."

Ace ispirò a fondo, guardò le altre due figlie e disse loro: "Bene... ora andiamo a casa, ci facciamo una bella colazione. Che ne dite?"

"Sì!" esclamò Sinta a gran voce.

"Ok," concordò Kemala.

"Pancake!" esclamò Rani, facendo ridere tutti quanti.

Ace si alzò e mentre stringeva le mani ai detective, ringraziandoli per essersi presi cura di Rani fino al suo arrivo, pensò ancora una volta a quanto fosse grato che Solberg fosse riuscito a rinsavire abbastanza da lasciar andare la bambina.

CAPITOLO DICIASSETTE

"Per la cronaca, non sono contento," disse Ace a Piper.

Piper guardò il marito e annuì. "Lo so, ma devo farlo."

Si trovavano fuori dall'ospedale psichiatrico di Riverton, Piper stava per entrare e parlare con Paul Solberg. Quando Solberg si era fatto ricoverare nella struttura, gli allarmi tecnologici di Tex si erano attivati e lui aveva avvisato la coppia.

Erano passati due lunghi mesi da quando Paul aveva rapito Rani: aveva confessato tutto alla polizia e aveva espresso grande dispiacere e rimorso. I medici che lo avevano visitato avevano detto che era prossimo al suicidio, depresso e nel pieno di un attacco legato alla schizofrenia.

Piper aveva deciso di non sporgere denuncia, Ace non era stato per nulla d'accordo. Era grato che Solberg avesse lasciato andare Rani, ma non significava che lo avesse perdonato per averla rapita. Ace aveva ammesso che sì, forse Paul non era in sé e la perdita di Kalee lo aveva fatto andare fuori di testa, ma comunque non era una scusante. Però Piper era sollevata nel constatare che Ace avesse empatizzato un minimo con Solberg: dopo aver provato l'angoscia del pensiero di aver quasi perso *loro* figlia, Ace doveva aver capito parte della sofferenza di Paul, quel gesto disperato aveva acquisito un minimo di senso.

Un briciolo, forse.

Piper cercava un modo per esprimere ciò che le passava per la testa, perché Ace riuscisse a capirla. Il signor Solberg faceva parte della vita di Piper da tantissimo tempo: non avevano mai legato veramente, ma Kalee gli voleva un mondo di bene e Piper ricordava ciò che le aveva detto l'amica: che avrebbe fatto qualsiasi cosa per il padre.

Vero, Paul aveva rapito Rani, ma non le aveva fatto del male. Nella macchina presa a noleggio da Solberg erano stati ritrovati un sacco di spuntini e vestiti per Rani. Persino il messaggio sul foglio che la bimba aveva consegnato ai pompieri in quel fatidico giorno esprimeva totale rimorso.

Lei è Rani Morgan. L'hanno portata via dalla casa dei genitori, a Riverton. Per favore, chiamate la polizia e dite loro che è sana e salva. Mi dispiace tanto, ho proprio sbagliato. Volevo solo un ricordo di mia figlia.

Dopodiché, Paul Solberg era stato sul punto di suicidarsi: stava per buttarsi con la macchina giù da un ponte, ma alla fine si era fatto ricoverare in ospedale psichiatrico.

Piper non riusciva a odiarlo. Sapeva che Ace non aveva alcun problema a odiare il padre di Kalee, le andava bene così: non poteva non amare quanto Ace fosse protettivo con lei e con le loro figlie.

Sorrise tra sé e sé e resistette all'impulso di portarsi una mano sulla pancia. Ace sarebbe stato altrettanto protettivo nei confronti della vita che le cresceva in grembo... ma Piper gli avrebbe rivelato tutto quella sera, in modo da distrarre Ace dal pensiero di Paul Solberg.

"Grazie per avermi accompagnata," gli disse dolcemente.

"Non ti avrei mai fatta venire da sola," le disse Ace ironicamente.

Piper si chinò verso di lui e lo baciò, lui ricambiò senza trattenersi. Poi lei si tirò indietro e gli accarezzò il viso con il dorso delle dita, ammaliata dalla sensazione della barba sulla pelle. Era sposata con un uomo veramente sexy.

Da quando Rani era tornata a casa, ci era voluto un po' di tempo prima che si sentissero tranquilli a far dormire le ragazzine nel letto di Kemala: ma quando tutto era tornato alla normalità, Ace e Piper avevano ripreso ad amarsi in modo famelico. Facevano l'amore ogni notte: a volte con dolcezza, altre volte con una ferocia quasi animale. Piper ne amava ogni secondo e amava Ace con tutta se stessa. Non vedeva l'ora di vivere il resto della vita con lui e di allargare la loro famiglia.

Ma per poter finalmente elaborare quanto successo, sia a Timor Est che con Rani, Piper aveva bisogno di parlare con il signor Solberg.

"Coraggio, tesoro. prima andiamo, prima la finiamo," le disse Ace.

Entrarono nella struttura e si registrarono in reception. Aspettarono per circa mezz'ora prima di essere condotti lungo un corridoio bianco, l'addetto si fermò davanti una porta situata a metà strada.

"Questa è la stanza del signor Solberg, avete venti minuti per visitarlo. Ci sarà un addetto del personale in stanza con voi. Non si possono fare regali ai pazienti e non potete prendere nulla da lui. Per favore, cercate di mantenere la calma in ogni momento: qualsiasi forma di emotività non gli fa bene."

"È un pericolo per mia moglie?" gli chiese Ace con tono glaciale.

"No," gli rispose subito l'addetto. "È un uomo distrutto,

signor Morgan. So cosa è successo, so che entrambi avete passato un momentaccio... ma anche lui. Ci sono sempre due campane da ascoltare, in ogni storia; lavorando qui, ho imparato sia ad apprezzare che a detestare questa verità. Vi chiedo solo di fare molta attenzione."

"Senz'altro," gli disse Piper, posando una mano sul braccio di Ace, teso come una corda di violino. Lei sapeva che il marito non voleva essere lì in quel momento, non voleva avere niente a che fare con l'uomo che gli aveva rapito la figlia e schiaffeggiato la moglie, ma era con lei perché Piper gli aveva chiesto di accompagnarla... Santo cielo, quanto lo amava.

Piper aprì la porta e fece un passo avanti, Ace la seguì immediatamente tenendole una mano sulla schiena, lei adorava quel contatto fisico costante. Era nervosa, ma sapeva che stava facendo la cosa giusta.

Il signor Solberg era sdraiato su un letto, con una coperta beige tirata fino al mento. L'uomo di fronte a Piper era ben diverso da quello audace e imponente che si ricordava: le sembrava minuto e fragile. Solberg teneva gli occhi chiusi, aveva una folta barba con chiazze grigie, segni sotto gli occhi e rughe marcate sulla fronte. Per farla breve, aveva un aspetto tremendo.

In un angolo della stanza, seduto su una sedia c'era un uomo con un tesserino, era l'addetto del personale che li avrebbe assistiti durante il colloquio. Li salutò con un cenno del capo ma non disse nulla.

Piper si avvicinò a Paul, Ace le passò una sedia e lei si sedette, esitò un istante prima di appoggiare delicatamente una mano su un braccio del signor Solberg.

Lui sussultò e si voltò immediatamente verso di lei; come la riconobbe, trasalì.

"Salve, signor Solberg."

Lui continuò a fissarla, con occhi improvvisamente lucidi. Piper si agitò, aveva sempre considerato il padre di Kalee come un uomo tutto d'un pezzo, protettivo nei confronti della figlia, un uomo che non aveva paura di dire quello che pensava. Ma vederlo sdraiato in un lettino e in lacrime le fece sparire in un lampo ogni residuo di rancore che avrebbe potuto covare.

"Mi dispiace tanto per Kalee," gli disse.

Lui scosse la testa. "No. Mi dispiace per quello che ho fatto a te e alla tua famiglia."

"Va tutto bene," gli disse Piper.

"No, non è vero. So quanto eravate amiche tu e Kalee. Anche tu stavi soffrendo e quello che ho fatto è imperdonabile."

Piper si sentì audace e allungò la mano fino a raggiungere quella di Solberg, per poi stringergliela. "Non ha fatto del male a Rani, qualunque cosa sia successa tra voi, l'ha sbloccata... ora parla. Mi ha sorpreso tantissimo quando mi ha chiamata 'mamma', al dipartimento di polizia."

Il signor Solberg corrugò la fronte. "Non ha parlato tanto con me, ma credevo perché avesse paura."

"Non l'ho sentita dire una parola da quando l'ho incontrata all'orfanotrofio," ammise Piper.

"Non merito di sapere nulla del tuo viaggio a Timor Est, ma... mi parleresti di tutto, dell'orfanotrofio e di cos'è successo a Kalee?"

Piper impiegò quindici minuti per raccontare al signor Solberg tutto quello che poteva su Kalee e del periodo trascorso in terra straniera, degli ultimi momenti in vita e di quanto fosse stata coraggiosa. Il signor Solberg l'ascoltò senza dire nulla, ogni tanto si asciugava qualche lacrima, ma annuiva e non distolse mai lo sguardo da quello di Piper.

L'addetto del personale li avvertì che rimanevano solo pochi minuti alla conclusione della visita, Piper inspirò a fondo e disse: "Mi piacerebbe tornare a visitarla di nuovo, se le fa piacere."

A momenti *Piper* si scioglieva in lacrime per la speranza che illuminò gli occhi del signor Solberg.

"Non me lo merito, lo so. Ho fatto un qualcosa di atroce... L'azione più tremenda che si possa compiere. E io lo so, mi hanno portato via mia figlia... avrei fatto di tutto per riaverla. Questa è una delle ragioni per cui mi sono comportato così. Volevo riavere la mia Kalee a tutti i costi... e avevo smesso di prendere le mie medicine."

"La perdono, signor Solberg."

"Grazie," sussurrò lui.

"Potrei portarle qui le ragazze, se lei è d'accordo," gli propose Piper. Ace le strinse la mano che le teneva sulla spalla, ma lei non si voltò a guardarlo. Ovviamente il marito non era d'accordo con quella proposta, ma Piper sentiva di aver offerto qualcosa di giusto. Certo, non era stato il massimo farlo senza prima consultarsi con Ace, ma lei lo aveva fatto apposta: se Ace si fosse opposto categoricamente, lei non avrebbe promesso nulla al signor Solberg.

"Come puoi volerle tanto vicine a me?" le chiese il signor Solberg.

"Lei ha commesso un errore, signor Solberg, ma sono convinta che non avrebbe mai fatto del male a Rani, so anche che prima o poi me l'avrebbe riportata indietro. Sono felicissima che lei si sia riveduto così presto. Kalee avrebbe voluto così, per lei... e per *me*. Avrebbe voluto che io la perdonassi e andassi avanti con la mia vita. Ma al di là di questo, Rani continua a parlare di Lei: ci ha detto tutto sui dolci e sui vestiti che le ha comprato, continua a parlare del 'padre di Kalee', la considera come un nonno."

"Non so esattamente cosa sia successo tra voi, ma ne è rimasta positivamente impressionata. Dopo tutto quello che si è persa in vita sua, non voglio che perda l'opportunità di avere un nonno: i miei genitori sono morti, anche quelli di Ace. I miei nonni non hanno molto interesse a farle da bisnonni... quindi rimane Lei. Per quel che mi riguarda, Rani, Sinta e Kemala sono la parte migliore dell'eredità di Kalee, da Timor Est."

Il signor Solberg iniziò a singhiozzare.

Piper si sentì molto dispiaciuta e gli strinse la mano finché lui non si calmò.

Alla fine, lui la guardò e annuì. "Mi farebbe piacere."

"Allora è deciso. Adesso ne parlo con il personale, mentre usciamo, così vedrò quando potremo tornare a farle visita... ok?"

"Ok."

Piper si alzò in piedi e si innervosì quando Ace le disse: "Inizia a uscire, ti raggiungo subito."

Lei voleva protestare e supplicare il marito di andarci piano con il padre di Kalee, ma di fronte a quello sguardo intenso si limitò semplicemente ad annuire.

Piper uscì dalla porta, ma non se la chiuse alle spalle, restò ad ascoltare l'uomo che amava con tutto il cuore, che parlava con l'uomo che le aveva rapito la figlia.

"Lei non mi sta simpatico," gli disse Ace a bassa voce.

Piper sbirciò dietro l'angolo e vide il signor Solberg annuire.

"Ha schiaffeggiato mia moglie per ben due volte, la seconda volta le hanno dovuto mettere dei punti per chiuderle il taglio sul viso; ha sanguinato su tutto il nostro pavimento e ha strisciato su mani e ginocchia per cercare di salvare Rani. Lei ha rapito mia figlia e ha escogitato di portarla fuori dal paese per non farmela vedere mai più. Se fosse stato per me, l'avrei fatta rinchiudere fino alla fine dei suoi giorni."

Piper sentì una fitta allo stomaco: Ace sembrava tranquillo, ma sapeva che in realtà era furioso. C'era la concreta possibilità che lui non riuscisse mai a perdonare l'anziano sdraiato nel lettino. Forse lei avrebbe dovuto parlarne prima con il marito, prima di dire qualcosa a Solberg. Accidenti.

"Piper non porta rancore: ha un'anima pura, in grado di perdonare del tutto qualcuno. Ha voluto bene a Kalee come a una sorella, per qualche motivo vuole bene anche a Lei. Le permetterò di stare a contatto con la mia famiglia, a patto che lei si comporti bene. Se dirà anche una sola parola fuori luogo, farà arrabbiare le mie figlie o le guarderà male, otterrò un ordine restrittivo contro di lei talmente velocemente da farle venire un capogiro."

Piper lanciò un'occhiata nervosa all'addetto nella stanza: non aveva idea di quanto avrebbe lasciato parlare Ace prima di annunciare la fine della visita. Ma forse, proprio perché il tono di Ace era calmo e non *sembrava* arrabbiato, l'addetto lo lasciò continuare.

"Lo faccio solo perché mia moglie lo desidera. Non ho avuto il piacere di conoscere sua figlia, ma per quel che so da Piper, Kalee era una donna straordinaria, quindi si dia un contegno. Prenda le sue medicine e ringrazi Dio per quello che ha ancora nella vita: una donna meravigliosa che è disposta a perdonarla e l'ha invitata a far parte della nostra vita."

"Lo farò. So quanto male ho causato, credimi, *lo so*. Giuro sulla tomba di mia figlia che non farò mai più del male alla tua famiglia."

Ace accolse quelle parole con un piccolo cenno del capo.

Piper si allontanò dalla porta quando Ace iniziò a voltarsi. Non cercò nemmeno di nascondere le lacrime che le stavano rigando le guance, Ace scosse la testa e alzò gli occhi al cielo quando la vide appena uscito dalla stanza.

"Come facevo a sapere che non saresti tornata verso l'ingresso?" le chiese lui.

"Perché mi conosci meglio di chiunque altro," gli rispose lei tra le lacrime.

Ace la tirò a sé e l'abbracciò. "Sei arrabbiata?" le chiese dopo un momento.

Piper scosse la testa. "No. So che avevi bisogno di avvertirlo, sono contenta che ti sia tolto questo peso." Alzò lo sguardo verso di lui. "Te lo sei *tolto*?"

"Sì, tesoro. Però non sarò mai il migliore amico di quel tizio, capisci. Non ho intenzione di sedermi sul divano e guardare con lui la partita di calcio del lunedì sera, non ci faremo una birra e non spareremo cazzate. Lo sopporterò per il tuo bene e per quello delle nostre piccole, ma finisce qui. Chiaro?"

"Sì." Piper aveva capito forte e chiaro, era più di quanto potesse sperare. "Grazie."

"Non devi ringraziarmi mai per proteggerti," le rispose Ace. "Farei qualsiasi cosa per te e le nostre figlie."

"Ti amo."

"Ti amo anch'io," le rispose Ace. "Ora, possiamo andare? Questo posto mi dà i brividi!"

Piper annuì immediatamente, lui la fece voltare e iniziarono a incamminarsi di nuovo lungo il corridoio che conduceva verso l'ingresso.

"Allora, cosa dobbiamo fare oggi?" le chiese Ace una volta usciti e in direzione della macchina. "Kemala va a casa di una compagna di classe, giusto? Sinta ha lezioni di nuoto e Sidney ha detto che sarebbe venuta a badare a Rani, vero? Vuoi andare a prendere Kemala, o preferisci accompagnare Sinta a lezione?"

Mentre decidevano cosa fare con le figlie, Piper iniziò a riflettere sugli ultimi mesi. Era contentissima di essere tanto impegnata, ben consapevole di come tutto si sarebbe complicato ancora di più con l'arrivo del nuovo bimbo. Mentre Ace la conduceva verso la macchina, lei ripensò ai giorni prima dell'avventura di Timor Est: le sembravano passati degli anni, ma in realtà si trattava solo di pochi mesi. In quei giorni, Piper era una persona molto diversa.

Aveva perso l'unica persona a cui era davvero legata, ma aveva guadagnato un'intera famiglia.

Dopo che Ace la fece accomodare sul lato passeggero della macchina e fece il giro dell'auto per raggiungere il posto di guida, Piper chiuse gli occhi e rivolse una piccola preghiera a Kalee.

Ovunque tu sia, spero che tu sia felice. Spero che la tua risata porti gioia a tutti coloro che ti circondano e che il tuo sorriso illumini i loro spiriti. Grazie per esserti sacrificata per me e per le ragazzine. Avrei preferito che tu fossi ancora qui per essere chiamata zia Kalee, così avremmo potuto invecchiare insieme come abbiamo sempre detto. Riposa in pace, Kalee. Non ti dimenticherò mai.

Ace salì sul veicolo e la studiò per qualche istante. "Ehi, stai bene?"

"Sì, sto bene."

Lui si avvicinò, la prese per la nuca e la tirò verso di sé. Si baciarono a lungo, poi riposarono fronte contro fronte. "Ti amo alla follia, Piper."

"Ti amo anch'io, Ace. Grazie per essere una meraviglia d'uomo."

Lui sbuffò e si tirò leggermente indietro. "Sono uno stronzo possessivo e protettivo, ma mi fa piacere che ti vada bene."

"Ma certo. Mi piace sapere che le nostre figlie hanno un padre che ci tiene a loro."

"Ovvio," le disse in modo succinto prima di accendere la macchina.

Mentre Ace guidava, Piper teneva una mano sulla pancia e l'altra intrecciata a quella di Ace. Non vedeva l'ora di comunicargli che sarebbe diventato papà per la quarta volta e vedere come avrebbe reagito.

EPILOGO

Erano passate tre settimane da quando Ace aveva accompagnato Piper per visitare il signor Solberg all'ospedale psichiatrico. La squadra si era riunita nella casa sulla spiaggia di Gumby e si stava godendo un bel barbecue. Caite, Sidney e Piper stavano giocando tra le onde con Rani, Sinta e Kemala. Gli uomini erano tornati dal Medio Oriente da due giorni, si stavano godendo la breve licenza prima di tornare al lavoro per impegnarsi nella ricerca del prossimo nemico da scovare.

"Piper sta proprio bene," commentò Rex.

"La gravidanza le fa bene," gli rispose Ace.

"Anche a te," notò Rocco.

Ace sorrise. "Sì, vero. Stento ancora a credere che una vita stia crescendo dentro di lei."

Bubba sorrise all'amico: amava genuinamente la moglie, anche lei lo ricambiava con la stessa intensità. In effetti, anche Rocco, Gumby e le loro mogli erano altrettanto innamorati, a Bubba piaceva proprio stare con loro. Lavorando tra il peggio dell'umanità, per Bubba era un toccasana essere circondato da persone davvero felici, nel tempo libero.

Con l'aggiunta della gioia e dell'esuberanza infantile

portate da Rani, Sinta e Kemala, l'atmosfera sulla spiaggia era davvero allegra e piacevole.

Bubba, Rex e Phantom erano i single della squadra, ma a lui andava bene così. Non stava cercando nessuna, non che non credesse nell'anima gemella (sempre ammesso che esistesse) ma aveva visto in prima persona quanto potesse risultare complicato un matrimonio.

Come pensò ai genitori, si rabbuiò all'istante. Avevano litigato quasi sempre quando era bambino. Sua madre odiava l'Alaska e voleva andarsene, il padre si trovava bene e aveva lì tutti i suoi affari. La madre era morta d'infarto quando Bubba e suo fratello gemello andavano alle medie.

Bubba assomigliava più alla madre che al padre, infatti anche lui odiava la città in cui era cresciuto e dopo il diploma se n'era andato, senza tornare mai più. Il gemello Malcom, invece, era rimasto a lavorare con il padre a Juneau. I due avevano guadagnato tantissimo con il lavoro, ma a Bubba non importava nulla dei soldi.

Però gli *dispiaceva* non essere rimasto in contatto con il padre. Ogni tanto aveva parlato con Malcom nel corso degli anni, ma sicuramente il loro legame non era lo stesso di quando erano ragazzini.

Un urlo dalla spiaggia lo risvegliò dai propri pensieri, cominciò a muoversi dal portico ancora prima di pensare, ma si accorse subito che Sinta aveva gridato perché stava giocando con la sorella.

Guardò verso Phantom giusto in tempo per vederlo appoggiare l'hamburger che stava mangiando, come se avesse perso l'appetito all'improvviso. Era da un pezzo che l'amico era teso, più precisamente da quando erano stati costretti a lasciare Kalee a Timor Est. Bubba e gli altri avevano provato a parlargliene, cercando di rassicurarlo sul fatto che la missione non era stata un fallimento visto che avevano salvato Piper e le ragazzine, ma Phantom li aveva sempre ignorati, insistendo che stava bene... anche se era chiaro che stesse in ogni modo possibile, *tranne* che bene.

Bubba fu distratto dalla vibrazione del telefono in tasca, appoggiò il piatto per prenderlo. Numero sconosciuto; fu tentato di non rispondere, ma l'istinto lo esortò a fare il contrario.

"Pronto?"

"Parlo con Mark Wright?" gli chiese una voce profonda e sconosciuta.

Bubba non riusciva a ricordare l'ultima volta che qualcuno lo aveva chiamato per nome; tutti lo chiamavano Bubba dai tempi dell'addestramento di base, una sera lui e la squadra erano andati a mangiare in un posto chiamato Gamberetti Bubba SNC. Si era scofanato da solo un intero secchiello di gamberetti ... aveva trascorso tutta la notte a vomitare. Lo stomaco non era pronto per digerire tutto quel cibo burroso e speziato.

"Sì, chi parla?"

"Mi chiamo Kenneth Eklund, sono l'avvocato di suo padre. Mi duole informarla che Colin Wright è venuto a mancare ieri sera."

Bubba inspirò bruscamente, attirando l'attenzione dei compagni di squadra.

"Cosa? Che è successo? Come?"

"Infarto," gli disse Kenneth con tono brusco. "Per leggere il testamento, è richiesta la sua presenza."

A Bubba non importava nulla del testamento, voleva dettagli sul padre. Gli avevano riferito che era malato? Quand'era il funerale? C'era bisogno di Bubba per organizzarlo? Aveva tantissime domande.

"Come sa, suo fratello è già qui a Juneau, ma lei e un altro individuo incluso nel testamento dovete venire in città il prima possibile, in modo da sbrigare la faccenda."

A momenti Bubba non riusciva a riflettere con chiarezza.

Non aveva idea di chi fosse quell'altro tizio, ma presto lo avrebbe scoperto.

"Bene. Verrò il prima possibile."

"Voglio avvertirla... il testamento è un po' complicato," gli disse Kenneth.

"E Sean?"

"Sean Kassamali?" gli chiese l'avvocato.

"Sì. È stato il socio d'affari di mio padre da una vita, immagino che anche lui sia incluso nel testamento."

"Come le ho detto... è complicato. Se riesce ad arrivare fino ad Anchorage, io e Sean le prenoteremo un idrovolante che la porterà a Juneau."

Bubba si passò una mano tra i capelli con un sospiro. "Le farò sapere i dettagli del volo, non appena mi organizzo."

"Grazie, ci vediamo presto. Mi dispiace per la sua perdita."

Bubba riagganciò e alzò lo sguardo: cinque paia di occhi lo stavano fissando.

"Tutto bene?" gli chiese Rocco.

Bubba scosse la testa. "No, era l'avvocato di mio padre... è morto, ha avuto un infarto. Devo andare in Alaska per la lettura del testamento."

Rex gli appoggiò una mano su una spalla. "Mi dispiace, amico mio."

"Anche a me," gli disse Bubba. "Avrei dovuto fare uno sforzo per tornare prima e parlare con lui. Non l'ho conosciuto abbastanza bene."

"Ti serve qualcosa?" gli chiese Rocco.

Bubba scosse la testa. "No, grazie. Andrò a casa, farò i bagagli, prenoterò un volo, spero domattina, cercherò di dormire un po', prima di partire. Chiamerò il comandante e glielo farò sapere mentre torno a casa."

"Se hai bisogno di *qualcosa*, chiamaci," gli disse Gumby.

"Sì, grazie mille."

"Fa freddo là in questo periodo? Ti serve qualche attrezzo?" gli chiese Phantom.

"Non dovrebbe fare troppo freddo... È settembre, quindi il clima è rigido ma in questo periodo dell'anno in genere c'è solo tanta umidità. Non nevicherà prima di due mesi."

"Va bene. Vuoi che ti accompagni uno di noi?" gli chiese Ace.

Bubba sapeva di avere degli amici fantastici, ma scosse la testa. "No, voi state qui e godetevi il tempo libero. Tanto là ci sarà mio fratello, mi sento un coglione per non essere stato più presente nella sua vita, o in quella di mio padre. Sono sicuro che andrò là giusto il tempo di sentire cosa c'è scritto nel testamento, poi tornerò a casa. Non succede mai niente di emozionante, a Juneau."

"Ecco le ultime parole famose," borbottò Rocco, facendo ridacchiare tutti.

"Mi dispiace per tuo padre," gli disse Gumby. "So che ti sei pentito di non aver chiarito con lui."

In effetti, era proprio così. Bubba e il padre non avevano proprio litigato, ma non si erano parlati per molto tempo. Colin Wright non aveva mai capito perché il figlio non amasse la città natale, non aveva mai capito che quel posto soffocava Bubba, di indole più simile a quella della madre. Quella differenza aveva scavato un solco mai risanato tra Colin e Bubba. Che rabbia.

"Grazie," disse Bubba a Gumby. "Prenderò un volo per Anchorage, poi l'avvocato e il socio d'affari di mio padre mi prenoteranno un idrovolante per portarmi a Juneau. Vi chiamerò prima di lasciare Anchorage e vi farò sapere come procede."

"Resteremo in attesa," gli disse Rocco con un cipiglio.

"Perché mi sembri tanto preoccupato?" gli chiese Bubba. Poi cercò di alleggerire l'atmosfera con una battuta: "Hai forse paura che i terroristi possano dirottare un idrovolante a due posti, o qualcosa di simile?"

"Piantala, Bubba," lo rimproverò Gumby con espressione arrabbiata.

"Davvero, ora ti sei attirato la sfiga da solo," commentò Ace.

"Rilassatevi, ragazzi," disse loro Bubba. "Ho viaggiato su uno di quegli affarini fin troppe volte. Non ci sono strade in entrata e in uscita da Juneau, l'unico modo per arrivarci è volare o via mare. Finora, non ho mai avuto nessun problema."

"Merda!" imprecò Rex, voltandosi per bussare contro il legno del portico. "Ora ti sei *davvero* attirato la sfiga."

Bubba alzò gli occhi al cielo. "Oh, finitela. Vi chiamerò prima di partire e quando atterrerò a Juneau. Basterà a calmare la vostra immaginazione esagerata?"

Dopo aver sopportato altri avvertimenti da parte degli amici e le loro condoglianze per venti minuti, Bubba se ne andò. Ricevere baci e abbracci dalle ragazzine lo fece sentire meglio; stare con loro gli migliorava *sempre* l'umore.

Dopo essersene andato, Bubba si perse immediatamente nei ricordi. Avrebbe desiderato restare più in contatto con il fratello e con il padre. Sapeva che avevano avuto successo negli affari, ma non sapeva dire esattamente cosa producessero. Non pensava che il padre avesse una compagna, ma sapeva che si era affezionato a una ragazza che gli puliva casa, faceva commissioni e ogni tanto gli preparava da mangiare... Sapeva che lei si chiamava Zoey, ma nulla di più.

Aveva tante domande e nessuna risposta, ma sperava di chiarirsi le idee una volta arrivato a Juneau e incontrato l'avvocato e Malcom.

Pizzicato nuovamente dal rimpianto, Bubba giurò di impegnarsi a fondo per non rimandare più tutto ciò che voleva fare. La vita era troppo breve: a partire da quel giorno, non avrebbe mai più dato nulla per scontato.

Si sarebbe ricordato bene di quel voto un paio di giorni dopo, quando l'idrovolante noleggiato avrebbe cominciato ad avere problemi al motore, costringendo Bubba e la donna seduta accanto a lui a un atterraggio di emergenza.

———

Mesi prima a Timor Est, dieci minuti dopo che Piper e i SEAL erano scappati dall'orfanotrofio.

Kalee Solberg gemette e flesse le dita dei piedi, per vedere se fosse paralizzata. Sentì degli uomini urlare e degli spari in lontananza, rimase immobile; per un secondo, non riuscì a ricordare dove fosse o perché sentisse tanto dolore.

Poi si ricordò tutto.

L'orfanotrofio. I ribelli. Si era precipitata fuori per cercare di prendere qualche altra bambina ed era finita dritta tra le fauci dell'inferno. I ribelli erano arrivati e stavano radunando le ragazzine; nel momento in cui l'avevano vista, la vita di Kalee era cambiata radicalmente.

Alcuni degli uomini avevano preso le ragazzine più grandi, poi erano spariti nella giungla. Kalee non voleva pensare a cosa stessero facendo a quelle povere anime o dove le stessero portando. Pregava che i ribelli volessero solo costringerle a unirsi alla causa, ma purtroppo aveva la sensazione che stesse accadendo qualcosa di più raccapricciante.

Lei era rimasta insieme alle bambine più piccole; i ribelli si erano divertiti a spaventarle, elencando tutto il male che avrebbero inflitto loro, sottolineando che tanto a nessuno sarebbe importato, dato che erano delle povere orfanelle.

Quando le piccole erano scoppiate in lacrime, i ribelli si erano sganasciati dalle risate.

Le avevano costrette a restare sedute con gli occhi bendati per un giorno e mezzo, mentre vari gruppi di ribelli andavano e venivano.

Poi avevano portato Kalee nella giungla... e le avevano fatto cose orribili.

Orrori a cui Kalee non voleva mai più pensare.

Orrori che nessuna donna dovrebbe mai soffrire.

In quei momenti di dolore e umiliazione, Kalee continuava a sentire degli spari; quando aveva iniziato a pensare che non poteva andare peggio, i ribelli l'avevano costretta a spingersi oltre il bordo di un'enorme fossa nel terreno.

Si ricordò di aver visto i cadaveri delle ragazzine che aveva consolato solo il giorno precedente. Le aveva coccolate mentre piangevano, le aveva rassicurate promettendo loro che sarebbe andato tutto per il meglio.

Ma era una bugia... *non* era andata per il meglio, anzi.

Quello era l'ultimo ricordo di Kalee.

Alzò leggermente le braccia, aprì gli occhi...

Contenne a malapena l'urlo di orrore che le salì in gola.

Era sdraiata proprio sopra gli stessi cadaveri che aveva visto dal bordo della fossa.

Fu scossa da violenti conati di vomito, ma lo stomaco era troppo vuoto per rigettare qualcosa. Kalee si agitò per allontanarsi dai cadaveri, provò ad alzarsi ma il dolore lancinante la fece barcollare. Sentiva un dolore acuto alla testa, quando si portò una mano alla tempia, sibilò sfiorando quella che doveva essere un'escoriazione causata da un proiettile.

All'improvviso si ricordò lo scoppio della pistola, l'ultimo suono che aveva sentito prima di svenire... quello era stato il suono più forte che avesse mai sentito in vita sua.

Rabbrividì, mentre sentiva una goccia di sudore colarle

sulla tempia. Non aveva più la maglia e indossava solo un reggiseno, ma in quel momento non le importava.

Kalee strinse i denti e trattenne il respiro per smettere di inalare quel fetore terribile. Cercò di non pensare a quanto fosse stata felice la piccola Eden quando si era ricordata le prime parole in inglese.

Vide un nastro di un rosso brillante mentre strisciava su braccia e gambe senza vita, ricordò quanto Amivi adorasse sfoggiare quel nastro tra i capelli.

Quei ricordi minacciarono di distruggere Kalee, che però si costrinse a continuare il percorso verso il bordo della buca e iniziò a pensare a Piper. Era meglio pensare a lei che a se stessa, cosa stava facendo in quel momento?

La sua amica era sopravvissuta? Era rimasta nascosta?

Kalee si sentiva immensamente in colpa per aver coinvolto la migliore amica in tutto quel casino. Era stata lei a incoraggiare l'introversa Piper ad andare a trovarla. *Sarà divertente*, le aveva detto. *Sarà un'avventura, vedrai.*

Che razza di avventura...

Kalee si aggrappò al bordo della buca, si issò con tutta la forza che le era rimasta e fece per uscire dalla fossa della morte.

Sentì un rumore e guardò verso l'alto: si trovò a fissare un paio di occhi scuri, appartenenti a uno dei ribelli; in realtà erano almeno in dodici.

Prima che lei potesse tirarsi indietro, la afferrarono e la tirarono del tutto fuori dalla fossa. Discussero in Tetum, Kalee non capì una parola; poi le puntarono un coltello su un fianco, la bendarono e la costrinsero a camminare.

Kalee non aveva idea di dove stessero andando o di cosa le avrebbero fatto, ma *sapeva* che stava per accadere di nuovo qualcosa di orribile.

Aiuto, pregò. *Per favore, qualcuno mi trovi e mi aiuti.*

NOTE

SENZA TITOLO

1. Peace Corps è una organizzazione di volontariato internazionale creata dal governo degli Stati Uniti all'inizio della presidenza di John Fitzgerald Kennedy, per aiutare i paesi sottosviluppati. [NdT]
2. I Navy SEAL sono le forze speciali della marina degli Stati Uniti. Vengono impiegati soprattutto in conflitti e guerre non convenzionali, difesa interna, azione diretta e azioni anti-terrorismo. [NdT]

CAPITOLO TRE

1. In inglese Ace significa asso. Da qui il soprannome del personaggio [NdT]

Also by Susan Stoker

Armi & Amori: verso il futuro
Soccorrere Caite
Soccorrere Brenae
Soccorrere Sidney
Soccorrere Piper
Soccorrere Zoey
Soccorrere Avery
Soccorrere Kalee
Soccorrere Jane

Delta Force Heroes
Salvare Rayne
Salvare Emily
Salvare Harley
Il Matrimonio di Emily
Salvare Kassie
Salvare Bryn
Salvare Casey
Salvare Sadie
Salvare Wendy
Salvare Mary
Salvare Macie
Salvare Annie (Feb 2022)

Armi e Amori
Proteggere Caroline
Proteggere Alabama
Proteggere Fiona
Il Matrimonio di Caroline
Proteggere Summer
Proteggere Cheyenne

Proteggere Jessyka
Proteggere Julie
Proteggere Melody
Proteggere il Futuro
Proteggere Kiera
Proteggere i figli di Alabama
Proteggere Dakota

Forze Speciali alle Hawaii

Trovare Elodie
Trovare Lexie
Trovare Kenna (19 Oct 2021)
Trovare Monica (10 Maggio 2022)
Trovare Carly
Trovare Ashlyn
Trovare Jodelle

Mercenari di Montagna

Difendere Allye
Difendere Chloe
Difendere Morgan
Difendere Harlow
Difendere Everly
Difendere Zara
Difendere Raven

Ace Security

Il riscatto di Grace
Il riscatto di Alexis
Il riscatto di Bailey
Il riscatto di Felicity
Il riscatto di Sarah

BIOGRAFIA

L'autrice best seller del *New York Times*, *USA Today,* e *Wall Street Journal*, Susan Stoker ha un cuore grande come lo stato del Texas, dove vive, ma questa tipica ragazza americana ha trascorso gli ultimi quattordici anni vivendo nel Missouri, in California, in Colorado, e nell'Indiana. È sposata con un ex militare dell'esercito, che ora la segue in tutto il Paese.

Ha debuttato con la sua prima serie nel 2014, seguita dalla serie SEAL of Protection, che ha consolidato il suo amore per la scrittura, e la creazione di storie in cui i lettori possono perdersi.

Se ti è piaciuto questo libro, o qualsiasi libro, per favore considera di lasciare una recensione. Gli autori lo apprezzano più di quanto tu possa immaginare.

www.stokeraces.com
susan@stokeraces.com